中国人的饭碗

要牢牢端在自己手中

就必须把种子

牢牢攥在自己手里

用中国种子

保障

中国粮食安全

南繁

筑牢中国饭碗的底座

杨　沐◎著

海南出版社
·海口·

图书在版编目（CIP）数据

南繁：筑牢中国饭碗的底座 / 杨沐著．-- 海口：海南出版社，2022.5（2024.12 重印）

ISBN 978-7-5730-0518-2

Ⅰ．①南… Ⅱ．①杨… Ⅲ．①纪实文学—中国—当代 Ⅳ．① I25

中国版本图书馆 CIP 数据核字 (2022) 第 077751 号

南繁——筑牢中国饭碗的底座

NANFAN——ZHULAO ZHONGGUO FANWAN DE DIZUO

作　　者： 杨　沐

策　　划： 王景霞　梅国云

责任编辑： 谭丽琳　刘　逸　胡守景　余传炫

扉页题字： 刘成果

封面设计： 黎花莉　颜晓彦

责任印制： 符燕梅

海南出版社 出版发行

地　　址： 海口市金盘开发区建设三横路 2 号

邮　　编： 570216

电　　话： 0898-66830922

印刷装订： 三河市中晟雅豪印务有限公司

版　　次： 2022年5月第1版

印　　次： 2024年12月第3次印刷

开　　本： 787 mm × 1 092 mm 1/16

印　　张： 24

字　　数： 300千字

书　　号： ISBN 978-7-5730-0518-2

定　　价： 88.00元

目录

第二章　艳阳青碧水稻田

第三章　春草生发瓜透红

第四章　棉芯尽藏科技剑

序

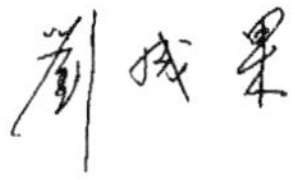

《南繁——筑牢中国饭碗的底座》一书，是海南出版社和作家杨沐同志用近 3 年时间打磨的一部农业题材纪实文学作品。今年春天，我正好在海南三亚休养，海南出版社的同志带着书稿专程前来，想请我这个农业战线的老兵为之作序。

我这一辈子都在跟农业打交道。我自幼生长在农村，大学学的也是农业，在地方工作时长期分管农业。1990 年从黑龙江农垦调入农业部工作后，就再也没有离开农业系统。

和南繁，我结缘也较早，情感也很深。1995 年成立国家南繁工作领导小组，我是首任组长之一，推动也见证了南繁的发展。

对很多人而言，南繁是个很陌生的概念，事实上它和我们每个人的饭碗都关系密切。南繁基地，是指海南岛南部的三亚、乐东、陵水及其周边地区，这里拥有典型的热带气候，具有满足作物生长繁殖的优越生态条件，是农业科技工作者的一块宝地，也是书写“一粒种子可以改变一个世界，一个品种可以造福一个民族”的地方。南繁是我国特有的词，是指农作物种子的异地加代培育。新中国成立以来，有近 2 万个农作物新品种通过南繁获得，占全国审定新品种的70%以上。如今的南繁基地，占地26.8万亩，有 800 多家农业科研院所、大专院校、种业机构在此登记注册，每年有逾 8000 名科技人员在此从事南繁工作。

今年 4 月 10 日，习近平总书记在海南省崖州湾种子实验室考察时强调，种子是我国粮食安全的关键。只有用自己的手攥紧中国种子，才能端稳中国饭碗，才能实现粮食安全。南繁在我国农业生产的战略地位，就像书名所言：筑牢了中国饭碗的底座——它事关中国良种培育，事关中国粮食安全。

看到这部厚重的南繁题材作品，我很高兴。因为南繁非常值得书写，但这么多年，有分量的南繁题材作品实在太少，甚至没有。花了一周的时间，我从头到尾读了一遍，我边读边认真思考，也仔细品味，有时读得我心激动、泪浸珠。我认为，这部作品是迄今为止第一部描写南繁的文学力作，我很愿意为它作序。

为什么说这部作品是一部南繁题材的文学力作？理由有三。

一是这部作品写的是大题材。这个题材大到什么程度？大到它是全党工作的重中之重，是国之大者，“一号问题”，是天大的事——饭碗问题。饭碗问题，就是粮食安全的问题。我想起了 2018 年 9 月，在黑龙江北大荒精准农业农机中心，习近平总书记双手捧着一碗大米说道：“中国粮食！中国饭碗！”这句话意味深长，也振聋发聩。这也让我想起，2011 年农业部种子管理局成立时，他们让我写几个字。我思考了很长时间，最后写了四个字——种先粮安。所谓“种先”有两层含义：第一是要把种子放在优先的位置上；第二是种子科技要处于领先地位。“粮安”的“安”字也有两层含义：第一是数量安全，要够吃，能吃饱；第二是质量安全，不仅要吃饱，还要吃好、吃得健康。现在，我们常说粮食生产要做到“两藏”，一个叫“藏粮于地”，一个叫“藏粮于技”。“藏粮于技”首先就得做到“藏粮于种”，因为种子是

“芯片”。对此，我的感触很深。还记得20世纪90年代中期，全国粮食供应出现缺口，粮价猛涨，最终引发严重的通货膨胀。为了解决粮食供应的问题，农业部提出要用6年时间增产1000亿斤粮食。这可不是小数目。但没想到，这个目标仅用两年就超额完成了。为什么能做到这一点？除了粮食大幅度提价调动种粮农民的积极性外，农民育种家李登海经过南繁培育的紧凑型杂交玉米大大提升了种植密度，大幅增加了玉米亩产量，有力地保证了全国的粮食增产。后来，朱镕基同志在大连主持召开粮食会议，我向他汇报说，粮食增产会增加财政负担，因为粮食收储需要国家财政补贴。朱镕基同志很高兴地说，这种负担是愉快的负担。我说这段经历，主要是想证明种子工作的重要性。现在世界粮食供应又有短缺的苗头，由于疫情肆虐、俄乌冲突，造成了世界粮食供应紧张，对此我们一定要保持清醒，攥紧中国种子、端稳中国饭碗，确保中国饭碗装中国粮食。

二是这部作品突出了主旋律。作者以娓娓道来的笔触，书写了南繁60多年坎坎坷坷、波澜壮阔的发展历史。了解南繁的人都知道，南繁还有个别名，取其谐音“难烦”，就是困难和麻烦多，足以体现南繁发展不易。可以说，南繁60余年，也是南繁人克服困难、排解麻烦、终成伟业的60余年。作者还生动地塑造了南繁人的英雄群谱，“杂交水稻之父”袁隆平、紧凑型杂交玉米专家李登海、西甜瓜专家吴明珠、抗虫棉发明家郭三堆……他们为国家和民族都作出了巨大贡献，是共和国的功臣，非常值得铭记。1993年，我作为农业部副部长分管棉花生产，当时棉铃虫在黄淮海地区泛滥，对棉花生产的危害很大。国务院决定每年拿出4000万～6000万元资金来治理棉铃虫。大家都知道，棉铃虫繁殖快，转移迅速，治理起来颇为困难。怎么办？我们打了三年“淮海战役”。怎么打？四个字：抓种治虫，而且是在“种”和“虫”的结合上做文章，研发抗虫棉。这项又急又难的任务交给了年轻的科学家郭三堆。郭三堆不负众望，经过南繁加代培育，很快拿出转基因抗虫棉。得益于抗虫棉的推广和种植，不仅棉铃虫大面积发生的局面逐步得到控制，并且在竞争中使一度垄断了中国市场的美国抗虫棉品种基本退市。这部作品极大弘扬了南繁精神。什么是南繁精神？它的内涵极其丰富。耕耘在这片土地上的南繁科学家们脚踩大地，心怀苍生；仰望星空，种济天下。我认为他们体现的就是种子精神，一头向下扎，一头向上发。向下扎根沃土，向上勇攀高峰。今年 4 月，习近平总书记在三亚考察时还特别强调要继承和发扬袁隆平等老一辈农业科研工作者的优秀品质。他们的优秀品质就是南繁精神。南繁精神完全立得住，但现在还叫得不够响。我相信随着这本书的出版，南繁精神会被越来越多的人所熟知；我也相信，南繁精神必定会成为中国共产党精神谱系的闪光篇章。

三是这部作品充满了正能量。作品写得有血有肉、有声有色、有家有国，写出了民族之魂。我读完这部作品后，一种自豪感油然而生，一种自信心随之增强。我相信这部作品一定能够使读者受到鼓舞和激励，能够使读者受到感染和洗礼，也能使读者受到教育和启迪。早在 4 年前，习近平总书记第一次视察南繁基地时就明确要求：“国家南繁科研育种基地是国家宝贵的农业科研平台，一定要建成集科研、生产、销售、科技交流、成果转化为一体的服务全国的‘南繁硅谷’。”现在农业农村部和海南省共同制定的南繁硅谷建设规划已经启动，在此关键时刻，此书的出版发行无疑会给南繁硅谷建设添把薪柴，并以此为契机，掀起一股书写、宣传南繁故事，弘扬南繁精神，推动南繁文化建设，促进南繁事业大发展的热潮。

我还特别想点赞本书作者杨沐女士，她作为一个农业方面的外行，用近3年时间拿下这么一个大题材、大部头，非常不容易。首先，南繁又专又偏。偏到什么程度？偏到《现代汉语词典》里都没有这个词。其次，要克服新冠肺炎疫情带来的诸多困难。尽管如此，她的足迹遍布海南、新疆、北京、江苏、河南、湖南和湖北等省区市，行程数万里，深入生活采访近百人，为本书拿到了诸多一手资料，而且很多鲜活的材料具有抢救性质。在这个过程中，她坚持自己弄不明白的不动笔，被采访者不认可不收笔，认真听取了各方面意见，经过反复打磨，给大家捧出这部力作。

这里，我也要对中国作协的慧眼识珠点赞。他们已经将这部作品纳入了2020年度定点深入生活项目扶持名单，并把杨沐同志选为“深入生活、扎根人民”活动的先进个人，难能可贵，令人欣慰！

是为序。

2022年春于海南三亚

（刘成果，原农业部常务副部长，国家南繁工作领导小组首任组长之一）

引　子

我在海南岛居住了20多年，大约自己“太宅”，或者过分注重灵魂和远方，居然从未听说过一项在海南岛上持续了60多年的宏大事业。袁隆平院士的杂交水稻也早在40多年前就听说过，但我从未将“袁隆平”“杂交水稻”这些报章中屡屡跳出的字眼与海南联系到一起，也从不知道这些词语最后能互渗、杂糅成一个多少显得生僻的词——南繁。

南繁，这是一个独存于中国农学、育种界和种业里的固定用词，甚至在全世界种业领域都是一个绝世独立的特殊用词。这个词唯独来源于一种行为，即中国育种家们艰苦卓绝探索60多年，在世界农业史和人类生存史中产生革命性影响的大规模育种、制种实践。

南繁在《现代汉语词典》里没有，在网络上也仅有一个并不严谨的词条，但它是一个业已存在而且仍在持续发展的词，它的内涵和外延仍在不断充盈和拓宽。

从育种学角度来说，南繁是指将本地秋收后的水稻、玉米、棉花、大豆、瓜菜等作物的种子，在冬季拿到南方亚热带或热带地区进行繁殖和选育的方法。这样一年可繁育2～3代，从而加速育种过程，缩短育种时间。

从词语演变的角度来说，它最早的提法叫“异地培育”，后来演变为“北种南育”和“北种南繁”，经过 60 多年的洗礼和演变，它最终被提炼成一个词——南繁。

从词的内涵来说，南繁诠释了众多农业科学家一次又一次的开拓和前赴后继的付出，见证了一个又一个专利技术的发明和种子奇迹、粮食奇迹的创造。其中就包括袁隆平院士发明的杂交水稻技术，李登海培育的紧凑型杂交玉米“掖单”系列和“登海”系列，郭三堆团队研发的有自主知识产权的单价、双价转基因抗虫棉。

从词的外延来说，南繁不再仅仅是一个行业内部的惯用词，而是一个已经上升到国家层面，关乎国家粮食安全，甚至影响到全球粮食安全的战略提法。据官方统计，时至今日，我国审定的农作物良种中，70% 以上与南繁有关。60 多年来，育种家们通过南繁，不断更新农业的“芯片”，种济天下，良种加良法，筑牢了中国饭碗的底座。

2020 年 10 月 9 日，世界粮食计划署被授予诺贝尔和平奖，这更传递出一个鲜明的信息：在新冠肺炎疫情肆虐的当下，粮食问题再次成为这个星球上最应引起关注的问题。环球同此凉热。在中国，粮食问题从来都是一个天大的问题。毛泽东主席早在 1919 年 7 月，便在《湘江评论》的创刊宣言中指出：“世界什么问题最大？吃饭问题最大。”1949 年，中华人民共和国成立之初，面临的最大难题就是 5 亿多人民的吃饭问题。当年全国粮食总产量是 11,318.4 万吨，年人均粮食占有量只有 208.9 公斤。于是，新中国成立后，第一个全国生产会议就是农业会议。在党和国家的工作布局中，农业始终是重中之重，“中央一号文件”，即党中央每年发布的第一份文件，多年来都是部署“三农”工作。“一号文件”已经成为我国重视“三农”问题的专有名词。2022 年 3 月，习近平总书记指出：“粮食安全是‘国之大者’。悠悠万事，吃饭为大。”进入新时代，我国从粮食总产量到年人均粮食占有量，都达到前所未有的水平，其中良种对粮食增产的贡献率超过了 45%。

“民以食为天”不仅是《汉书》和《资治通鉴》里的圣贤语，而且是实实在在关系到百姓日常生计的大问题。提高粮食总产量始终是国家层面的战略问题，也是一个国家国计民生的基础。在提高粮食总产量这个大问题上，各个阶段，不同粮食发挥的作用各不相同：1949—1964 年，在原有的小麦、水稻单产有所提高的基础上，补充粮食的农作物主要是红薯和马铃薯。20 世纪 60 年代中期到 70 年代中期，由于“二杂”（杂交玉米、杂交高粱）的大力推广，担起提高粮食总产量重任的是杂交玉米和杂交高粱。1973 年杂交水稻闪亮登场，1976 年在产稻区大力度、大面积的快速推广，使得我国年人均粮食占有量实现大幅度增长。1993 年我国取消了粮票，这意味着粮食配给制正式结束，中国老百姓终于可以按自己的需求自主购买粮食。进入 21 世纪，中国人不仅吃得饱而且吃得好，肉类、蛋奶的供应从能够满足到丰富多样，生猪、肉牛、奶牛、家禽养殖得到空前的发展。发展的背后是作为饲料主料的玉米的爆发式增长，玉米总产量在 2011 年一跃成为我国三大主粮之首，并保持至今，这除了播种面积的扩大，还仰仗玉米良种的更新换代。

那么，杂交玉米、杂交高粱、杂交水稻是靠什么实现快速培育、迅速推广的？玉米良种靠什么更新换代？水稻品种靠什么既高产又好吃?

正是靠南繁!

三大主粮产量的大幅度提高，除了满足国民口粮需求，也给中国社会带来了深刻的变化：解放了一部分农村劳动力，为中国的改革开放、工业生产和城市建设提供了充足的劳动力资源，也由此带动了中国城镇化的发展。这一切变化的基础，就是粮食的自给自足。而粮食丰产，源头是作为农业“芯片”的种子的一代又一代的更新。自 20 世纪 50 年代开始的中国南繁，加速了种子更新，时至今日，南繁已经成为中国农作物育种必不可少的条件。

2019 年冬，在本书写作的准备阶段，我为查询资料到河南省科技厅，并将希望获得一些有关南繁的资料的需求告知接待我的吴副处长。话刚出口，我随即意识到这里是科技厅不是农业农村厅，这里的公务员未必知道南繁。正补充解释时，这位 40 多岁的女同志慢慢睁大眼睛，答语几同叹息：“我怎么不知道南繁？一到冬天，我就没有爸爸了！”言罢，这位干练女性的眼眶里已泛起一层薄薄的泪花。我怔怔地望着她，试探着问：“你是南繁子弟吗？”“是啊，南繁子弟。一到冬天，爸爸就去三亚南繁了。别人家过年，在外工作的爸爸都是千方百计往回赶。我爸爸，还有跟我爸一起的叔叔们，一到冬天就往外跑。我记得以前老师布置寒假作业总让我们写关于父母的作文，而‘没有爸爸的春节’这个题目，我从小学写到初中，从初中写到高中。写着写着，爸爸就老了。”

我在本书写作过程中不断体会到的一系列巨大震动正是从这一时刻开始。我自己并不是南繁子弟，但自幼年起也体验了农科家庭的五味杂陈，成长的过程中更与南繁人有诸多交集。我把本书的写作视为自己为南繁人和南繁事业记录存档所作出的些微努力，在写书的 3 年里，这份工作是忆旧也是钩沉，更是心灵的刷新和洗礼。我把本书献给那些在孩子们成长岁月中循例缺席的南繁父辈，献给为千家万户的饭碗和穿衣而不断作出牺牲的一代又一代普通南繁人，献给哺育我们、滋养我们的土地。

序章　南繁福地中国粮

如果说海南岛是南海里一颗多棱角的钻石，每一个切面都折射着光芒，那么北纬 18° 穿越的区域正是这颗梨钻最璀璨的切面。热带季风气候在这里浓缩为最理想的光温环境，这里土地微红，这里椰树如伞，这里水田如璧，如果候鸟秋天从遥远的北境而来，这里也一定是它们最愿栖降的土地。

当秋风刮起，这块土地会次第迎来北方候鸟，也会迎来候鸟般的农作物育种人。育种人的迁徙始于 66 年前的一位先驱：中国玉米育种奠基人之一的吴绍骙教授。1956 年，他开始了一项了不起的实践，他与育种家程剑萍合作，在河南开封、郑州和广西柳州之间，进行玉米自交系的异地培育。后来，他将历时 4 年的试验写成论文并发表，建构起了异地培育理论的基本框架。自此，在国家农业主管部门的一再倡导下，全国各地的农业科技工作者从五湖四海走来，汇集在海南岛南部这条南繁育种带上，年复一年劳作，研发出一个又一个农作物品种。这项前赴后继、延续至今的事业，后来被提炼成一个伟大但并不为公众熟知的词——南繁。这些从事南繁的育种人，统称为南繁人。

南繁始于育种人对农作物的育种。为加快育种速度，育种人在本地培育一季，再带着育种材料——通常是种子——到冬季气候温暖的南方种一季。一个新品种的培育需要 6 ～ 8 个世代（种一季叫一个世代），这样一年两季，甚至一年三季的加代，便提高了育种速度。这是南繁最基本的功能——加速育种。

从前说的南繁，并不特指海南岛南部的这条北纬 18° 育种带，而是泛指北纬 23° 以南的地区。吴绍骙课题组 1956 年的南繁就是在广西柳州进行的。1958 年，沈阳农学院的徐天锡课题组到广东省仲恺农业学校进行“二杂”的选育。正是徐天锡课题组用 3 年时间，分别在广州、海口、湛江、南宁四地进行的“二杂”试验，提出了南繁的北际线是北纬 23°，意即南繁应该在北纬 23° 以南的地区进行。随着育种家对农作物生长期的积温要求越来越精确，海南北纬 18° 育种带渐渐成为冬季南繁的首选地。我们现在说的南繁，就发生在这条育种带上，它包括海南省的三亚、陵水、乐东一市两县。

南繁种子培育是从杂交玉米育种开始的。我国北方许多地区长期流传着“大籽儿干不过小籽儿”的说法，意思是籽粒大的玉米产量比不过籽粒小的小麦，玉米产量长期徘徊在亩产 100 公斤左右。吴绍骙、李竞雄等中国玉米育种奠基人，主张推广杂交玉米以提高玉米产量，但在 1949 年，杂交玉米占全国玉米播种面积比例不足 1%。1950 年农业部颁布了由李竞雄、吴绍骙等起草的《全国玉米改良计划（草案）》，提出改良玉米种子的重要途径就是杂交。

一度，我国的遗传学界、作物育种界为米丘林遗传学说掌控，以孟德尔－摩尔根遗传学说为理论基础的杂交玉米选育受到强力压制。李竞雄、吴绍骙等前辈科学家冒着“犯错误”“靠边站”

的风险，秉承科学精神，奋力倡导通过杂交种提高玉米产量。异地培育正是在这种情况下产生的。1956 年，在毛泽东主席“双百”方针的指导下，中国玉米育种重新回到科学轨道上来。各地育种家不计得失，为快速育种，纷纷效仿吴绍骙先生的做法，走上南繁之路。在 20 世纪 50 年代末 60 年代初，玉米综合杂交种、双交种纷纷出笼。1963 年，我国第一个玉米单交种“新单 1 号”由河南省新乡农科所育成，引领了我国杂交玉米从双交种走向单交种的进步之路。

“仓庚守候鸟，虽小系春声。”1964 年是中国南繁史上一个里程碑式的年份。这一年，农业部召开全国“二杂”推广会议。从这一年起，海南渐渐成为中国南繁大业重镇，作为南繁首选基地的重要性始见端倪。这年冬，海南南繁迎来了第一轮培育“二杂”良种、繁制“二杂”品种的高潮。当年的南繁面积就超过 1.1 万公顷。

河南省浚县农业局的程相文正是乘着 1964 年的春风来到海南岛繁制玉米杂交种的。随后乘风而来的还有北京农业大学（今中国农业大学）的戴景瑞，他 1965 年上岛，扩繁了一批引进的玉米杂交种。他和导师李竞雄先生因为这批“水土不服”的引进种遭受过意想不到的挫折和磨难，但他们矢志不渝，坚持以良种造福农民，终于结出丰产果实。1971 年 10 月，中国农林科学院和广东省农林水科技服务站联合在海南岛崖县（今三亚市）召开全国玉米杂交育种会议，进一步提倡利用南繁加快品种选育，力争早出、快出优良品种。1971 年冬，海南岛的玉米、高粱等作物繁育制种面积就达到 1.7 万公顷。戴景瑞就是这支大军中的一员，他受王震将军委托，帮助湖南进行杂交玉米在丘陵地区的推广。春风一直吹，1978 年吹来了山东省掖县（今莱州市）后邓村的青年农民李登海。这位怀揣“敢教日月换新天”的雄心壮志，秉持“不让自己的老娘每天为做饭发愁”的朴素誓愿的青年，带着自己培育的杂交玉米品种“掖单 1 号”上岛制种。随后他和团队培育的紧凑型杂交玉米“掖单”系列和“登海”系列，连续创造了我国夏玉米的高产纪录，为我国玉米杂交种的更新换代发挥了巨大作用。而先期乘风而来的程相文更是坚持南繁近 60 年，在此期间用 21 年时间培育成功大名鼎鼎的单交种“浚单 20”。戴景瑞也以其在玉米研究方面的卓越贡献，于 2001 年当选为中国工程院院士。

20 世纪 60 年代到 70 年代中期，南繁加快了“二杂”品种的培育。当时特有的经济体制有效动员起各级政府和农业技术人员参与大规模制种和大面积推广良种，“二杂”种植面积占播种总面积的比例逐年上升，粮食总产量逐年增加，有力补充了当时严重不足的人均口粮。

南繁是革命性的设想。南繁缩短了育种周期，加快了良种推广速度，而且对发展我国农作物育种和种子繁育事业起了关键作用。玉米异地培育的理论和实践受到农业主管部门的重视和学术界的肯定，带动了其他作物的南繁。

“肯羡鸣春为候鸟，自甘饮露作寒蝉。”杂交玉米和杂交高粱的良种培育和推广，在 20 世纪 60 年代到 70 年代中期补充了我国城乡居民，特别是广大农村人口的基本口粮。但对于初步填饱肚子的中国老百姓来说，顿顿吃上白馍，或顿顿吃上白米饭仍然是奢望。于是，有志的南繁人又成了琢磨吃饭问题的有心人。

身处湖南湘西大山深处的安江农校教师袁隆平，在米丘林遗传学说“一言堂”时，也连续搞过几年红薯嫁接、南瓜嫁接的试验，虽然间或能获得高产果实，但这些果实却无法将其高产性能遗传给下一代。于是，青年袁隆平常常在苦闷中仰望天空，质疑米丘林遗传学说的“权威”。接着，他又连续两年对栽培稻中收集的天然雄性不育株做杂交试验，并于 1966 年 2 月发表了后来被称为“中国杂交水稻研究的开山巨作”的论文《水稻的雄性不孕性》。这篇论文用试验数据否定了经典遗传学关于“自花授粉作物没有杂交优势”的论断，提出通过培育水稻三系（不育系、保持系、恢复系），以三系配套的方法来培育杂交水稻的设想和思路，并对雄性不育系在水稻杂交中所起的关键性作用做了重要论述，成为袁隆平对将要进行的杂交水稻研究提前绘制的一张施工图。1968 年，已经在黑暗中摸索了 7 年的袁隆平，带领李必湖、尹华奇第一次来到海南岛研究水稻雄性不育性。当时，他们的雄性不育材料都来自栽培稻，已经培育了至少 6 个世代，但还找不到恢复系。1970 年 11 月 23 日，李必湖和冯克珊在海南南红农场一处水塘里找到一株野生稻天然雄性不育株——“野败”。从此，中国杂交水稻研究便乘风破浪，飞速发展。

1971 年春，江西省萍乡市农业科学研究所的颜龙安带领科研小组上岛，参与全国杂交水稻雄性不育系选育攻关。1972 年冬，颜龙安选育的“珍汕 97A”和“二九矮 4 号 A”，经过南繁北育连续 5 代回交，不育株率达 100%，不育度也在 99.5% 以上。我国首批“野败”型细胞质的雄性不育系宣告选育成功。

1971 年冬，武汉大学的朱英国带领科研小组上岛研究“红莲型”杂交水稻。杂交水稻界普遍认为，“红莲型”与“野败型”“包台型”并称三大细胞质雄性不育系材料。“红莲型”杂交水稻于1974年实现了三系配套。“红莲型”细胞质雄性不育系是我国杂交水稻的重要种质资源，也是我国杂交水稻生产的重要组成部分。

1972年冬，福建省三明地区农业科学研究所的谢华安带领科研小组上岛参与全国杂交水稻研究协作攻关。1981年，谢华安带领团队成功选育出基因优异的恢复系“明恢63”，并将“明恢63”与不育系“珍汕97A”配组，选育出目前中国稻作史上种植面积最大的水稻良种“汕优63”。1990—2009年，这些恢复系配组的组合，累计推广面积12.66亿亩。“明恢63”的育成，挽救了因为不抗稻瘟病而一度低迷的杂交水稻生产。

1973年10月，袁隆平代表全国籼型杂交水稻科研协作组宣布，中国籼型杂交水稻三系配套成功。三系法杂交水稻技术是一项伟大的发明，它直接带来了中国水稻产量的大幅度提高。在三系法诞生的20年后，中国取消了粮食配给制，中国人基本上解决了吃饭问题。在这项对中国粮食安全，甚至对世界粮食安全都有深刻影响的事业中，袁隆平与全国上千位杂交水稻研究专家相互取经、相互成就，共同谋取了一份属于全人类的福祉。

1975年冬，中央拨款150万元用于支持杂交水稻推广。其中，120万元给湖南省作为调出种子的补偿；30万元给广东省，用于购买15辆解放牌汽车，装备一个南繁车队，运输南繁种子。在1975年，150万元的分量可想而知！它直接驱动了“千军万马”下海南南繁，仅湖南省就派出8000人制种大军，这个南繁季制种面积累计达3.3万亩。1976年，籼型杂交水稻大面积推广，并且逐年增加。杂交水稻的迅速推广，创造了良种推广史上的一个奇迹。

1987—1995 年，历时 9 年完成的两系法杂交水稻研究成果，是中国杂交水稻贡献给世界的又一项伟大发明。于 1996 年开始的“中国超级稻育种计划”，在农业部的倡导下，全国多家杂交水稻研究机构共同参与，创造了一个又一个杂交水稻高产纪录。该工程前四期亩产 700 公斤、800 公斤、900 公斤、1000 公斤的目标，分别在 2000 年、2004 年、2012 年、2014 年圆满完成。

相对于其他南繁作物，海南对杂交水稻至关重要：提供了“野败”和红芒野生稻等重要的种质资源；具有我国唯一的两系不育系繁殖所需的光温环境；为我国杂交水稻技术培训工作创造条件，培养了一大批杂交水稻推广人员。袁隆平院士常感慨地说：“杂交水稻已经遍植大江南北，但很少有人注意，几乎所有的水稻优良品种都是从海南繁育出来的。是海南培育了我，也培育了中国的杂交水稻。”

杂交水稻为保证我国粮食安全作出了巨大贡献，而南繁，直接培育了中国杂交水稻，也推动了杂交水稻科技走向全球。

“上奉祭祀，下求温饱”，老百姓的饭碗装上了中国粮食，肚子填饱后还要衣食无忧。棉花从来都是关系国计民生的战略物资，是仅次于粮食的第二大农作物。而瓜果蔬菜新品种的培育，也从来都是南繁的重要组成部分。

1959 年秋，中国农业科学院棉花研究所（简称“中棉所”）的青年技术员汪若海带着一名工人上岛，进行陆地棉与海岛棉的杂交试验。他们是有记录的第一拨到海南岛南繁的科研人员。1960 年 4 月，他们所种的棉花棉铃纷纷吐絮，试验取得了成功并收获了杂交种子。这应该是我国棉花首次在海南进行冬季南繁，也是海南南繁最早的农作物育种的科研探索。

到了 1982 年，中棉所向当时的广东省崖县良种场长期租用一块面积为 58 亩的土地，建立本单位的南繁基地，从而结束了中棉所长期以来到处“打游击”南繁育种的局面。汪若海带着刚刚大学毕业的王坤波来到这个南繁基地，开始收集、栽培、保护、利用野生棉。经过 40 年的经营，这个现名为国家种质三亚野生棉圃的基地，早已成为我国国家级种质资源库之一。它收集、保存的活体野生棉种质在数量上位于全球第 2 位，为子孙后代留下了一个种质资源的活体标本库。

中棉所是最早在海南建立自有南繁基地的单位之一，后被各地研究机构纷纷效仿。1980 年大学毕业就上岛进行棉花育种的喻树迅，数十年安于“食堂—棉地—宿舍”的规律化南繁生活，他先后育成“中棉所 10”“中棉所 16”“中棉所 20”等 8 个品种，这些成果无不与稳定的南繁环境有关。从 20 世纪 60 年代到 20 世纪末，经过几代棉花育种家的共同努力，中棉所培育的棉花良种占全国棉花品种和种植面积的半壁江山。“自‘中棉所 10’之后，中棉所的品种没有不经过海南南繁的了。”王坤波介绍说。而 20 世纪 90 年代初暴发的、蔓延多年的棉铃虫害，迫使我国紧急研发有自主知识产权的抗虫棉，由此迎来了分子育种与杂交育种相结合的新的育种时代。

1996 年，中国农业科学院生物技术研究所的郭三堆，带着自主研发的、具有自主知识产权的单价转基因抗虫棉株，与江苏省农科院、山西省农科院合作，上岛繁育抗虫棉品种。后来，他和团队又研发了有自主知识产权的双价转基因抗虫棉、三系抗虫棉，不仅打破和击退了国外种业公司对我国抗虫棉种子市场的垄断，同时为我国农作物育种从杂交育种走向分子育种和杂交育种相结合的育种新时代开了先河。

袁隆平有一位同级校友叫吴明珠，为了育瓜，她大学毕业后主动放弃了在北京、在中共中央农村工作部的工作，申请调到新疆；为了解决往来不便，她又申请从乌鲁木齐调到瓜果之乡鄯善县，直接下沉到县农技站。这是一个为了育瓜什么都可以不要的女科学家，一路走来，生动诠释了耐得住寂寞的南繁人心性。1973 年，吴明珠带着西甜瓜育种材料上岛育种。1983 年，为了专心育瓜，吴明珠的“人往低处走”长旅再次走出惊世骇俗的一步：她辞去吐鲁番地区行署副专员的职务。20 世纪 90 年代，她将自己培育的西瓜品种“84-24”无偿提供给其他单位的育种家，使之在中国东部的广大地区成为经久不衰的西瓜品种。只有真正志存高洁、心底无私的人才能作出这样的选择和决定。她这样做，只为 25 岁奔赴新疆时立下的誓愿：为人民育出最好的瓜，让更多的人吃上好瓜。为了克服南繁甜瓜的连作障碍，吴明珠首先在三亚荔枝沟新疆南繁工作指挥部的院子内，建起了瓜类南繁的第一座设施大棚。2005 年，三亚市南繁科学技术研究院以发展设施农业为契机，加快南繁科技成果本地转化，积极推动三亚市开展“设施农业 + 产业化”，年种植西甜瓜面积达 20 万亩。冬季瓜菜生产逐渐成为海南农业的重要增长点。

“客兴催花发，农功候鸟飞。”在 60 多年的南繁历史中，全国各地来海南从事南繁的人数累计超过 60 万人次。他们“偏爱南繁勇闯千里关，不畏艰难敢行万里路”，在这片土地上，创造了三大发明——三系法杂交水稻技术、两系法杂交水稻技术、单价及双价转基因抗虫棉技术。南繁人在南繁基地这块热土上辛勤耕耘，促成了杂交水稻的成功研制，实现了玉米单交种的 6 轮更新换代以及杂交高粱 5 轮品种更新。南繁还是棉花基础科学研究的温室和棉种培育的天堂，也使像新疆哈密瓜这样的地方品种走向全国。目前，全国农作物的良种覆盖率超过 96%，总体上实现了“中国粮”用上“中国种”的目标。而“中国种”的 70% 以上，与南繁有关。

在这块热土上，南繁人辛勤耕耘，在培育良种的同时也锻造自己、锻造团队，从这里走出了一大批闻名全国甚至闻名世界的农业科学家。“杂交水稻之父”袁隆平、“西北瓜王”吴明珠、玉米专家李登海和程相文、抗虫棉发明家郭三堆，以及周开达、戴景瑞、朱英国、颜龙安、谢华安等著名院士，可谓星汉灿烂，皆出其里。

“洪范八政，食为政首”，“悠悠万事，吃饭为大”。中国是 14 亿人口的大国，解决好吃饭问题始终是治国理政的头等大事。党的十八大以来，习近平总书记两次到三亚考察南繁基地，他深入田间地头察看超级杂交水稻长势，来到实验室为种业科技创新鼓劲。他强调：种子是我国粮食安全的关键。只有用自己的手攥紧中国种子，才能端稳中国饭碗，才能实现粮食安全。种源要做到自主可控，种业科技就要自立自强。国家南繁科研育种基地是国家宝贵的农业科研平台，一定要建成集科研、生产、销售、科技交流、成果转化为一体的服务全国的“南繁硅谷”。他还亲切叮嘱新一代南繁人，要继承和发扬袁隆平等老一辈农业科研工作者的优秀品质，十年磨一剑，久久为功，把南繁这件大事抓好。

66 年南繁沧海桑田，66 年南繁岁月如歌。南繁基地是我国种业创新不可替代的战略资源，这片面积为 26.8 万亩的土地，承载着保障国家粮食安全、推动农业科技创新的重大使命。在解决中国人吃饱饭的问题上，南繁基地功不可没，它对国家、对民族的贡献应该超过了中国其他任何一块庄稼地，是值得国人倍加呵护的、名副其实的金土地。

“候鸟解鸣春，呼晴复唤雨。”南繁始于育种家的自发科研行为，但它的规范管理、快速发展得益于国家农业主管部门高度重视、大力扶持，也得益于地方政府的积极配合、全力支持。

1964 年农业部在海南岛召开全国“二杂”推广经验交流会，这是南繁事业的重要节点。1972 年，国务院发文明确科学研究和新品种加代繁殖是南繁的重点，自此南繁工作纳入到规范化管理轨道。改革开放后南繁发展进入新阶段。20 世纪 80 年代初国家提出“利用好、保护好、建设好海南南繁基地”，并将南繁建设列入“六五”计划建设项目。1983 年农牧渔业部颁布《南繁工作试行条例》。1995 年，农业部和海南省政府联合成立国家南繁工作领导小组，时任农业部常务副部长的刘成果为首任组长之一。2008 年 3 月 28 日，海南省南繁管理办公室正式挂牌。进入新时代，南繁在保障国家粮食安全方面的地位日益凸显，“推进南繁科研育种基地建设”“加快建设南繁硅谷”两次写入中央一号文件。

根据“中央支持、地方负责、社会参与、市场运作”的原则，南繁在新时代实现了大发展。今天的南繁基地承接了来自全国 29 个省区市的 800 多家科研单位和种子企业，每年有 8000 多名科研人员如候鸟般飞来，这里已经成为我国新品种培育的“加速器”、农业科技创新的“孵化器”、农业科技人才培养的“摇篮”、海南经济发展的“助推器”、国际交流的“大舞台”、中国的“种业硅谷”。南繁是中国的，也是世界的，它是实施“一带一路”倡议的重要桥梁，为东盟国家6亿人提供前沿农业良种和农业科技。

2019年12月，首届中非农业合作论坛在三亚召开，来自中国和39个非洲国家以及9个国际组织的500余名代表参会。在这个论坛上我第一次见到了袁隆平先生，他为我在《袁隆平口述自传》上签名时，我当面请求：“我要去采访您。”后来，我为本书写作采访了他两次。

2021年3月，中国种子大会暨南繁硅谷论坛在三亚举行。在会上，我第二次见到程相文先生。前后3年，我一次次跟程老先生聊天，把他的南繁故事淘了出来。

南繁孕育了农业良种，同时也孕育了宝贵的精神财富。我一直在想：南繁60多年留给我们的精神财富是什么？是袁隆平不畏权威，以实事求是的态度坚持寻求科学真理；是吴明珠无论工作、生活遇到何种波折，每当面临选择时，她都会坚持最初的理想——育瓜；是程相文近60年坚持南繁，以时间的锉刀，将平凡的自己雕琢出不平凡；是郭三堆求真务实的科学精神；是李登海“敢教日月换新天”的雄心壮志……老一辈南繁人筚路蓝缕，一代又一代南繁人薪火相传，最终凝结成“艰苦卓绝、拼搏进取、创新创业、求真务实”的南繁精神。我想，我们这本书就好好讲讲袁隆平等老一辈农业科学家半个多世纪的南繁故事，讲一讲他们在“一粒种子改变一个世界”的旷世功业中的情怀和担当。就在对南繁往事的摩捋中，在对南繁先辈的梳理中，我也渐渐从叙事中求证：正是南繁，筑牢了中国饭碗的底座！

第一章

风中玉米见光长

戴景瑞　中国工程院院士
玉米遗传育种学家

海南是育种家的天堂，怎么赞扬也不为过！
没有海南南繁，玉米单交种的出现要晚上 3 年，
推广要晚上 5 年。

杂交玉米拉开南繁大幕

一　育种报国

异地培育是南繁的雏形。

1997 年，92 岁的吴绍骙对《中州统战》的记者说："可以说，异地培育是被逼出来的！"

2019 年 12 月，吴绍骙当年的科研助手、育种家陈伟程，在郑州接受笔者采访时说："吴先生提出并实践异地培育，既是科学精神的选择，也是被逼出来的。"

何谓被逼出来的？这话还得从 1949 年说起。

1949 年 10 月新中国成立，百废待兴，万象更新。新中国的领导者们充分认识到，粮食生产是国之基础。毛泽东早在 1919 年 7 月便于《湘江评论》创刊宣言中指出："世界什么问题最大？吃饭问题最大。"于是在新中国成立后，第一个全国生产会议就是研究农业生产。

1949 年 12 月 8 日，农业部召开全国农业生产会议，玉米育种家吴绍骙受邀参加。为什么在全国这么多玉米育种家中唯独邀请他？一个重要的原因就是他不仅学术能力出众，还具有强烈的爱国精神、报国情怀。有两件事情可以说明这一点。1938 年初夏，吴绍骙在美国明尼苏达大学获博士学位，为了赶在香港港口被日寇封锁之前回到祖国，他连学位授予仪式都没有参加就乘船回国，但还是被挡在了归国途中。他辗转了半年多，绕道越南，开始归国“长征”。他走一站停一段，轮船、汽车、马车、徒步各种形式都用上，终于从滇缅公路进入昆明，回到祖国的怀抱。在颠沛流离的200多天里，他丢掉了随身所带的大部分行李，但是导师赠送给他的40多份玉米自交系、原种等，他始终随身带着，一路呵护回国。种质资源是育种的基础，而当时的国内玉米种子严重退化，外来种质资源尤其稀有、金贵。如此艰辛带回的玉米自交系和原种，吴绍骙并没有悄悄占为己有——育种家都知道，优质育种材料就意味着新品种，就意味着能够成为业内翘楚，而吴绍骙无私地将这些种子发到四川、贵州、广西、云南等地，由各地育种家们做试种评比和杂交育种。这些育种材料使身处抗战大后方的育种家们得以继续玉米自交系和杂交种的培育。吴绍骙的这个举动令人感佩！

会前3个月，吴绍骙告别了富足温润的江南，选择去风沙漫天的河南大学所在地开封，只因为北方更适于玉米生产和杂交玉米的科研，更适合他施展才能。他的才华和报国之心，已经被压抑了十几年。从1938年回国，12年中战乱频仍，为了创造机会研究杂交玉米，吴绍骙不得不在南方各省的大学、农业试验场、农业科研机构辗转。他多想有一个安静的课堂、有一块稳定的试验田，好好做学问，多培育出几个玉米新品种；而这一个梦想，随着新中国的成立，随着他调到河南大学农学院（河南农业大学前身）终于得以实现。特别是新中国第一次全国农业生产会议的邀请，令他深感振奋，报国的激情喷涌而出，他拼了十二分的努力精心准备发言材料。

在会上，吴绍骙作了题为《利用杂交优势增进玉米产量》的发言。他结合20多年来研究玉米的经验，加上对中国玉米生产现状的认识，开门见山亮明观点：利用杂交优势，增进玉米产量。他指出鉴于当前我国农业的生产水平和科研水平，应以选育、推广品种间杂交种作为今后相当一段时间玉米杂种优势利用的主要途径。品种间杂交是杂种优势利用的初级形式，之所以做此选择主要受制于当时我国农业科技人员极少，农村文盲占比高。

1950年1月7日的《人民日报》全文发表了吴绍骙的发言稿。这实际上是国家玉米生产的总调子和总号召：利用杂交优势，增进玉米产量。而吴绍骙本人在颠沛流离了十几年后，突然站到了全国玉米生产的第一线，并且作为专家参与了国家顶层设计。这时，他已45岁，但仍壮怀激烈，咬定一个目标，誓要尽己所能，以杂交玉米改变中国缺粮的局面。年轻时，他看到过孙中山先生的一句话："国家之本，在于人民。"1948年，因为战火滞留杭州时，他又看到毛泽东的一句话："世界什么问题最大？吃饭问题最大。"当他在翻译苏联遗传学家李森科著的《遗传及其变异》时，也盼来了解放的曙光，面对这个人民当家作主的新世界，他锚定了人生目标：一切为了人民，为了人民的吃饭问题。如果历史给他舞台，他就为人民的吃饭问题奉献一生。

河南大学任命他为农学院副院长，为新生的共和国培养农业科技人才。1950年春，农业部召开全国玉米工作座谈会，讨论和制订《全国玉米改良计划（草案）》。吴绍骙、张连桂、刘泰、李竞雄、陈启文等共同起草了这份玉米改良计划，提出短期内以品种间杂交种为主要改良方法。于是农业部在全国范围内开展群众性的良种评选和改良运动，一时间各地生产积极性高涨，村有村的良种先进，县有县的良种大王，年底还评当年的良种状元。

如果玉米改良能五年一个台阶地实施下去，第二个五年我国就会有一批自主培育的玉米自交系。有了自交系，双交种的育成、推广就会变得顺利，到第三、第四个五年，玉米单产、总产可望翻一番，平均亩产达到 200 公斤。在河南、山东、河北的农村，有“大籽儿干不过小籽儿”的说法，什么意思呢？就是大籽儿的玉米单产比不过小籽儿的小麦。根本原因就是，从中美洲舶来的玉米种子，经过几百年的种植，品质严重退化。我们急需通过杂交，将玉米内部的好基因碰撞出来，固定下来，改良种子品质。

吴绍骙对玉米改良计划特别上心，被战乱压抑了十几年的他迫不及待地甩开膀子大干一场！ 1950 年夏，他开始多头开展科研和推广：在山东，与坊子农场的陈启文合作，培育和推广杂交种；在河南，与洛阳农科所等单位合作推广双交种；在广西，与自己的学生、广西农事试验场的程剑萍合作，进行杂交种的对比试验。特别是在广西，10 月份还可以再播一季玉米，来年的 1 月份收获。这是抗战期间，他在广西做水稻督导员时获得的经验。这实际上就是最早的“北种南育”“异地培育”试验，可惜仅仅做了一季就刮起了米丘林遗传学狂风。

1951 年金秋，吴绍骙站在豫东大地，看着长势喜人的杂交玉米，想起了美国先锋公司创始人华莱士的故事。他以杂交玉米改变美国粮食格局，进而在欧洲推广玉米杂交种，解决战后缺粮问题。吴绍骙多么渴望自己也能如华莱士一样，用杂交玉米服务自己的国家，让人民吃饱吃好，让每个青少年每天有半斤牛奶，每个家庭每周有 5 斤肉。实现这一目标靠什么？说得直白一点，要靠杂交玉米，只有杂交玉米才能带来爆发式增产。

二 艰难求索

形势一派大好。吴绍骙可以说是肩扛重任，踌躇满志。通过对比试验，确认了几个比当地农家种亩产增产 20% ～ 80% 的杂交种（其父本、母本均为美国导师赠送的自交系），在提交给河南省农业厅的报告中，吴绍骙主张第二年在有条件的地区推广玉米杂交种。

1952 年 10 月，农业部举办米丘林农业植物选种及良种繁育讲习班，由苏联专家伊万诺夫主讲“米丘林遗传选种与良种繁育学”。讲习班历时 4 个月，辗转北京、武汉等地。

吴绍骙受邀参加了在北京举办的讲习班。说来也巧，米丘林遗传学派的重要代表李森科的著作《遗传及其变异》的中文译本，吴绍骙是译者之一。吴绍骙在前言称“对李森科院士所持之说，以所知甚少，不敢贸然赞同”。他认为：“我辈应保持科学态度，择善以从，初不必立门户之见，以自行闭塞其智慧之门……”吴绍骙抱着虚怀若谷和兼听则明的治学态度，前来听一听与孟德尔－摩尔根遗传学说不同的米丘林遗传学说。

伊万诺夫的演讲题目是“遗传学的两个对立的方向”，当现场译员翻译出这个题目时，吴绍骙的心里咯噔一下。没想到的是，伊万诺夫报告的火药味越来越重，语调里透露出傲慢，由此带起的火气弄得现场不像是讲习班，而像是批判会。

伊万诺夫火气很大，他竟说："孟德尔－摩尔根学说是帝国主义、资产阶级反动学说的产物，是反动的、唯心的资产阶级遗传学说，是资产阶级用来欺骗工农大众的工具。"

吴绍骙顿觉讲习班的苗头不对。讲台下各地来的学者、科研工作者也窃窃私语、躁动不安。吴绍骙看看坐在不远处的北京农业大学的李竞雄教授，感觉李教授反应激烈，仿佛要拍案而起。再看看站在过道上的青年学生，吴绍骙很担忧，不知这样的报告对他们会产生怎样的影响。

伊万诺夫神色越来越严肃，措辞愈发严厉："中国正在进行的玉米自交系和杂交种的选育，是以资产阶级遗传学理论为基础的，是徒劳无益的工作。种子纯系是有害的，自交系是反伦理的，近亲培育自交系，根本不可能创造出新品种。"

整个讲习班的味道都变了。留美回来的、支持孟德尔－摩尔根学说的专家慢慢变得沉默，而一些留苏回来的学者开始活跃起来。讲习班到最后一天，支持米丘林遗传学派的观点成为主要声音，甚至有了这样的说法："我们正在抗美援朝。我们学术界也要抗美反美，以实际行动支援前线。"

吴绍骙带来了河南－广西自交系杂交种与农家种的对比试验报告和杂交种推广方式的设想，试图和与会专家交流，继而摸索出适合中国良种的推广模式。但在会下与伊万诺夫交流时，伊万诺夫竟然摆出祖师爷的架子，歇斯底里地发飙："你们不是在搞综合种吗？那么就到此为止。把综合种搞好就够了！自交系根本不可能培育出品种来！"

临时给吴绍骙做现场翻译的是一位青年学生，虽面有难色，但还是如实翻译了出来。

吴绍骙道："我们的试验数据证明了自交系间杂交组合增产效果很明显。1951 年，我们在开封、洛阳、南宁等地进行了 91 个杂交组合的对比种植，加权平均产量是 678.25 斤 / 亩。相较于对比种植的'柳州白'等农家种，平均产量均实现了成倍增长。"说着，吴教授拿出试验报告，义正词严道："对比产量就在这里，难道能置事实于不顾？"

伊万诺夫一时哑口无言，继而避开吴绍骙的问题狡辩道："纯系学说是反动的理论，自交是有害的，你为什么非要搞自交系？"

吴绍骙没想到作为一个农学家，伊万诺夫竟对试验数据视而不见，而直接将一种学说定性为反动，这还是科学精神吗？吴绍骙反问道："自交系间的杂交种显然比品种间杂交种增产幅度大，我们为什么要放弃不搞？中国老百姓在养蚕上早就注意到选择优良原种杂交，可以获得优质高产的杂种后代，利用玉米自交系配制杂交种达到增产目的，这二者是相通的。"

伊万诺夫旁顾左右而言他："中国许多农场和研究所还在以培育自交系为主要工作，这充分体现了摩尔根主义在中国还占统治地位。"

伊万诺夫的论调令吴绍骙惊讶不已，讨论不欢而散。吴绍骙向给他做翻译的学生道谢并问道："你是农科院的？"

"我是北京农业大学的，我叫杨再。"

吴绍骙"哦"了一声，闷闷不乐地走了。

吴绍骙没有料到的是，北京讲习班之后，形势急转直下，米丘林遗传学说与孟德尔 – 摩尔根遗传学说之争竟上升到姓"社"姓"资"的路线之争，到底谁会占领高校讲台？答案是米丘林学说。跟他一起从事玉米杂交试验的科研人员都受到了冲击，有的被人借机调离教学岗位，有的被调去别的专业。后来，北京也传来消息，北京农业大学的孟德尔 – 摩尔根遗传学课暂停，李竞雄从教授遗传学改为教授栽培学。

吴绍骙心中升腾的蓬勃之气突然被卡在半道上。他深知“民以食为天”，一穷二白的祖国急需粮食，吃不饱饭一切都是空话。杂交玉米能增产是事实，早在 1946 年，联合国粮农组织便在欧洲推广杂交玉米，以解决战后世界性粮食短缺问题。为什么有人不肯睁眼看世界，甚至说“自交系是唯心的，是资产阶级的”？吃饱肚子难道不比批评玉米棒子更重要？吴绍骙想不通这些问题。

时不我待，吴绍骙告诉自己：不能育种就好好育人吧！

1953 年，在路线之争的高压下，吴绍骙被迫中断自交系的选育工作。他将与广西合作、利用美国自交系配制的 91 个单交种交给洛阳农科所，指导他们将这批单交种的越代种进行隔离繁殖，混合选择，从而培育出一个综合品种，命名为“洛阳混选 1 号”。由于综合品种是一个复杂的遗传平衡群体，虽经多代繁殖，产量仍能保持在一定水平上，因而得到迅速推广。

酒香不怕巷子深，“洛阳混选 1 号”在农民中一传十，十传百，随后推广到豫西广大区域，成为新中国第一个大面积推广的良种，在中原地区持续使用了 10 年。这个成果多少令吴绍骙心感安慰。

三　青岛会议

1956 年是个特殊的年份。这一年，中共中央提出《1956 年到 1967 年全国农业发展纲要（草案）》，农业生产上“纲要”成为各地农村主抓的大事。上“纲要”就要解决水利、土肥和种子问题，于是，大力兴修水利的运动如火如荼。

1956 年，广大农村完成了农业合作化，土地从一家一户的分散种植，转为连片种植，这使农业生产“按计划进行”成为可能。农业合作社也能抽出一定劳动力兴修水利、乡村道路等基础设施。

有了水利设施的改进，有了集体协作的农业生产方式，上“纲要”就需要种子的更新换代了，但是面前却挡着一个米丘林遗传学说的障碍。

1956 年，毛泽东提出“双百”方针。在国家层面，中央决定以重新审视米丘林学说为突破口，解放育种家们的创造力。8 月，由中国科学院牵头，在青岛召开全国遗传学座谈会，会议进行了 15 天，玉米遗传育种学家杨允奎、李竞雄出席会议。

会上，李竞雄据理力争，义正词严地驳斥了将孟德尔 – 摩尔根遗传学视为帝国主义学说的荒谬主张，主张在大学重新开设孟德尔 – 摩尔根遗传学课程，并将以此为理论基础的杂交种培育重新列入国家品种改良计划。青岛会议是对国内米丘林遗传学说大行其道的有力纠偏。会后，李竞雄撰写了《加强玉米自交系间杂交种的选育和研究》一文，系统论述了玉米杂种理论，奠定了中国玉米杂交育种的理论基础。苏州人李竞雄比吴绍骙小 8 岁，有美国康奈尔大学的教育背景。在被迫教授栽培学的几年里，李竞雄和同人们仍坚持“地下的”自交系培育，选育出“农大 3 号”“农大 4 号”“农大 7 号”等双交种。它们比普通农家种增产 30% ～ 50%。青岛会议之后，李竞雄和同人开始将这些双交种在山西、河北等地推广。

在学术环境的非正常阶段，身为河南农学院副院长的吴绍骙把更多的精力转向学校迁址、新教师招募、教学楼实验楼的建设等事情上。他没有参加青岛会议，而是每天都在《人民日报》《光明日报》上跟踪这次会议的报道和专家们的发言。吴绍骙当时就敏锐地意识到，孟德尔－摩尔根遗传学重见天日为时不远了，以此为理论根据的玉米自交系研究、杂交玉米的培育又可以开展了。果然，青岛会议后，教育部发通知，在高等学校的遗传学课程中，孟德尔－摩尔根学说和米丘林学说都应适当介绍。北京农业大学成立了遗传 1 教研室和遗传 2 教研室，分别承担两个遗传学派的教学和科研任务。

青岛会议后，吴绍骙采取了三个举措：第一个是在河南农学院恢复孟德尔－摩尔根遗传学的教学，设置遗传 1 教研室和遗传 2 教研室；第二个是研究如何推动河南省的玉米良种改造；第三个是实施自己的育种计划——培育优良品种，造福人民。

早在 1956 年春，吴绍骙便了解到，苏联人也在进行玉米自交系的研究。他敏锐地意识到国内很快就会恢复对玉米自交系的研究，就让准备留校的毕业生陈伟程和青年教师汪茂华去查看育种材料。十分可惜的是，育种材料没有得到很好保存，都霉烂了。2020 年 8 月，笔者采访 86 岁的陈伟程教授时，他描述当时的情景道："材料木箱上积了一层灰，有的木箱在搬家过程中都摔烂了。种子不能用了，完全没有了。吴先生不得不从头再来。"

四　异地培育

青岛会议再次激起吴绍骙大干一番的雄心，他决定从头培育玉米自交系。

科学家做事一定会有科学家的前瞻性。吴绍骙不仅仅是要培育一些玉米自交系，还要借此做一项日后成为伟大事业开端的试验——他秉承科学精神，坚信和坚守“科学以试验数据说话”的原则，他为这个试验立项，目标如下：（一）利用南方生长季节长的条件来为北方培育自交系，以缩短其培育时间；（二）验证同一材料在南方环境条件下所培育出来的自交系，回种北方后能否用于配制杂交种。他把此项研究命名为“异地培育对玉米自交系的影响及在生产上利用可能性的研究”。这项研究也是对学界质疑“北种南育，回种北方后能否用于配制杂交种”的回应。

陈伟程特别指出：“为进行自交系培育，吴老于 1956 年春在开封的河南农学院试验农场种植了 20 个玉米品种，这是这项科研活动的起始时间。”1956 年 7 月，陈伟程本科毕业留校，做吴绍骙的专职科研助手，暑假他没有回广东老家探亲，而是直接投入这批自交系材料的收获、脱粒、登记等工作。

1956 年 11 月，吴绍骙又亲自选择了 20 个品种的 208 个自交果穗，作为异地培育的研究材料，寄给程剑萍在广西加代选育。因此我们说，异地培育应当从 1956 年春季算起——陈伟程再三确认这个时间点。这种行为，后来被概括为“南繁”！

吴绍骙和助手们将这项科研活动分为两个试验点。其中一个在柳州沙塘镇的广西农事试验场，由程剑萍负责。另一个在河南，由于河南农学院刚迁到郑州，新建的农场还不具备科研条件，当时兼任河南省农业厅副厅长的吴绍骙将异地培育试验点安排在省农事试验场（河南省农业科学院前身）进行。

1957 年 2 月，农业部颁布了《关于进行玉米杂交育种工作的意见》，要求各地大力开展玉米自交系间杂交育种的研究，争取 3 ～ 4 年内选育出适于当地种植的玉米杂交种。这是国家层面对我国杂交玉米育种和生产的指导性文件。吴绍骙一时间百感交集：国家层面终于拨乱反正，回归到通过杂交种提高玉米产量这条科学的道路上来了！自己总算是又先走了一步！

然而，正当回种到郑州的玉米开始抽雄授粉之时，反右派斗争开始了，学校的教学科研工作均陷于停顿状态。

多年以后，陈伟程在接受笔者的采访时说："人算不如天算。幸好此项田间试验安排在受运动影响较小的省农事试验场进行，各项田间管理和田间记载得以正常进行。"他还承担一项工作，就是作为吴绍骙科研团队的联络人，将柳州和郑州试验田的数据加以统计汇总，同时收发、保存南北收获的种子。他把学校唯一的计算机借出来，利用晚上进行计算。困了，就在实验桌上铺上草席睡上一觉。有一次醒来，发现身上全是蚊子咬的疙瘩。这天，陈伟程将统计好的各杂交组合的产量表报送给吴绍骙。过了几天，陈伟程再到吴绍骙办公室时，吴绍骙给了他一份审核过的统计表。在统计表的备注栏里，陈伟程看到一个公式和一个计算结果。

吴绍骙说："这个才是杂交种的平均产量。"

陈伟程向吴绍骙请教："这是怎么算出来的？"

吴绍骙说："数理统计，加权计算出平均产量。"

年轻的陈伟程当时没学过生物统计学，不熟悉这种计算方法。1960年，他考取了北京农业大学蔡旭先生的研究生，后又投入李竞雄门下，才学会用数理统计方法精确地计算每一块试验田的产量。

在采访中，陈伟程向笔者展示了1957年到1959年“河南（开封、郑州）–广西异地培育杂交玉米产量的统计表”。笔者看到了吴绍骙先生在备注栏里写下的数学公式，不禁感慨斯人已去，而见字如面！

吴绍骙带领助手做的这项科研持续了4年，南北穿梭试验收种了6季，有两个收获：第一个收获是，以翔实的数据证明北方育种材料可在南方正常生长，“回种”材料回到北方种植，仍然可以培育自交系，配制杂交种；第二个收获是，培育出了一些具有良好配合力的自交系，并且配制出了几个增产效果明显的杂交种。试验得出了“利用南方自然条件，加速培育自交系是多快好省、值得推广的方法”这一结论。

1959年底，全国作物育种科学工作会议召开。吴绍骙将4年来异地培育玉米自交系的成果在这次会议上初报。异地培育作为一种育种方法正式在业界公开。

随后，署名吴绍骙、苏祯禄、陈伟程、程剑萍等的论文《异地培育对玉米自交系的影响及在生产上利用可能性的研究》，于1960年1月发表在《河南农学院学报》创刊号上。这篇论文正式提出“异地培育”的概念和理论框架。异地培育既是一种育种方法，又是育种家的一种行为。以吴绍骙1956年春开始南北培育玉米自交系为肇始，开创了一项前所未有的育种方式——南繁，也开始了一项延续至今的伟大的南繁事业。

1961年12月20日，中国作物学会在湖南省长沙市召开全国作物育种学术讨论会。吴绍骙在发言中建议在全国范围内进行异地培育，以丰富玉米自交系资源。1962年4月14日，《光明日报》在头版显著位置，对吴绍骙异地培育的理论和实践进行了报道。自此，异地培育这个专有名词和育种方法，从育种业内部传播到全社会，并很快成为加快育种速度的首选方法。

南繁，一个比较标准的解释是：将水稻、玉米、棉花、大豆、瓜菜等作物的育种材料——通常是种子——在当地秋收后，于冬季拿到我国南方亚热带或热带地区进行繁殖和选育，以期做到一年繁育2～3代的育种方法。其作用是加快育种过程，缩短育种年限。南繁的内涵和外延不断扩大，已经从粮食作物的种子南繁，扩大到蔬菜、花卉、树木的南繁，甚至扩大到动物南繁。如今南繁的内容从单纯的农作物选育加代，扩大到繁殖制种、种子鉴定、中试试验、种质资源保存、农作物基础研究等。

五　力推“二杂”

1959—1961年，中国北方遭遇大面积旱灾，南方则水涝成灾，全国农业减产严重。

1960年，干旱导致河南大田的玉米几乎绝收，而吴绍骙和玉米科研组种在河南农学院农场的玉米，因小环境内有机井灌溉，由专人照看，长势良好。而青玉米灌浆后，玉米棒子就开始接二连三地丢失——对于育种家来说，丢失玉米穗就是丢失多年来的科研成果。虽说异地培育的论文已经发表，但自交系的培育、杂交种的选育并没有停止，吴绍骙还誓为河南人民贡献一批玉米良种呢！

吴绍骙派学校玉米科研组的教师和学生轮流去守试验田，即便如此，他还是不放心，在玉米将要成熟的最后十几天，他每天下班都骑车去 4 公里外的农场试验田查看一趟，将有希望的杂交组合做上记号，让学生格外小心看守。有一天，学生和偷玉米的灾民打起来了，有学生被打破了头。吴绍骙闻讯后赶往试验田，看着这些面黄肌瘦的灾民，他心里特别难受。他把保卫科长拉到一边，商量说："玉米灌浆后每天都会有灾民过来，这一拨走后还会来下一拨，我们干脆跟他们合作，给他们一点不能成种的青穗，让他们替我们看玉米地。"

保卫科长想了想，迟疑道："院长啊，谁家都缺粮啊！你把咱院的职工家属组织起来，许诺给他们五斤十斤将来不成种的玉米，谁家都能派出大小伙子给你看苗。"

吴绍骙胸口堵得慌，只好说："给他们掰 10 斤小穗、瘪穗，让他们走吧，打人的事就算了。你来组织青壮劳力看守试验田，这是出成果的一季，只有培育出良种，地里多产点，肚子才能吃饱点。"

吴绍骙骑上自行车离开时，眼里噙着泪。面对城乡粮食短缺的情况，他深感责任重大：国家要粮食，百姓要粮食！

半个月后，有一天吴绍骙下班回家，太太告诉他外面断供了，保姆的口粮得从两人的口粮中挤出来。这样挤，家里每个月还差三四天的粮食。吴绍骙既吃惊又愧疚，原来这一年多来，家里的粮食也不够吃，太太和保姆喝粥，将干饭留给了他和正在长身体的外孙。

“自己是搞农业的，育了一辈子种，结果现在自己的太太都吃不饱。”吴绍骙心里一酸。

明摆着的，杂交玉米可以大幅度增产，可是，谁又听一介书生的呼吁呢？

吴绍骙心生一念：异地培育试验已经成功，在南方，冬季可以再种一季玉米。如果自己有足够的影响力，能够部署南方几个省冬季再种一季玉米，那能多大程度缓解全国性的缺粮问题啊！他决定给农业部副部长杨显东写封信。杨显东是著名的棉花专家、农学家，是吴绍骙在南京金陵大学农科的学长。当年在制订《全国玉米改良计划（草案）》时，他得到过杨副部长的大力支持。吴绍骙在信中谈到，自从 1957 年 2 月农业部颁布了《关于进行玉米杂交育种工作的意见》后，各地的育种家纷纷甩开膀子，争分夺秒抢时间，培育出一批品种间的杂交种，有了一定的种子储备。当前在北方主要旱作粮区推广杂交玉米、杂交高粱，不仅是必要的，而且条件也已成熟，是能做到的。

吴绍骙送出这封信后，心想：粮食问题，匹夫有责。我要尽一个农业科学家的责任！

1962 年春，一年一度的全国两会召开。吴绍骙作为卓越的育种家、农业教育家，应邀列席了全国政协会议。在闭幕晚宴上，吴绍骙被安排坐在周总理的右侧。周总理亲切地询问他的姓名，听到“吴绍骙”这个熟悉的名字，总理当即对吴绍骙说：“请您大办农业，多为祖国培育良种！”

见总理如此关心粮食生产，吴绍骙想这可是难得的机会，于是心口顶上一股劲儿，向总理汇报说：“杂交玉米是目前三大主粮中增产可能性最大的、最有潜力的作物。从 1949 年到现在，全国已经育成 71 个杂交种，玉米的单产从 100 公斤增加到 150 公斤以上。如果在全国旱作产区大力推广玉米杂交种，我们的口粮就能得到一定程度的保证。”

“杂交玉米一般产量是多少？”总理问。

“我自已做的试验，亩产已经达到 300 公斤。”

“国外是什么水平？”

“据资料报道，已经达到亩产 600 公斤。”

周总理看着吴绍骙，意味深长地点点头。

事实上，在列席全国两会期间，吴绍骙一直想找机会向总理汇报。现在，终于把这几句话说了出来。他的心，落回到肚子里了。

六　南繁星火

吴绍骙的异地培育理论和实践像一支火炬，给广大的农业育种家、科技工作者指明了方向，也为中国育种界开创了一套崭新的方法论。1959 年的全国作物育种科学工作会议上，在吴绍骙初报了异地培育玉米自交系后，农业部副部长刘瑞龙指出：“在南方利用生长季节长的有利条件，加速繁殖种子的做法值得重视。”

从此，由吴绍骙肇始的异地培育，很快就发展成一种快速、有效、适用性很广的育种方法，并且被各省同行所效法。

笔者通过查阅大量资料，梳理出南繁早期开创者和早期拓荒者如下：

1956 年春，吴绍骙与广西柳州的程剑萍、河南省农事试验场的陈汉芝合作进行“异地培育玉米自交系”课题研究。1960年1月，吴绍骙等发表《异地培育对玉米自交系的影响及在生产上利用可能性的研究》，架构起南繁理论框架，异地培育便是南繁概念最早的提法。

1958年11月，沈阳农学院的徐天锡派助手杜鋆到广东省仲恺农业学校搞“二杂”研究，第二年5月收获第一批育种材料。他们于1959年冬季分别在湛江、南宁加代育种材料，于1960年冬季又在海口加代，这三年四地的“北种南育”试验都获得成功，不仅获得了南繁经验，同时收获了一批自交系和杂交种。徐天锡课题组总结这三年四地的育种经验，撰写论文《玉米、高粱北种冬季南育问题》于1961年冬在辽宁省农学会年会上宣读，并于1963年由辽宁人民出版社正式出版。这篇论文提出“北种南育”概念，它是南繁的另一个提法。

1958年11月，辽宁省凤城农业科学研究所（今丹东农科院）派人到广东省仲恺农业学校繁殖玉米自交系，获得成功。需要说明的是，培育自交系和繁殖自交系不同，前者是原创，后者是对已有的自交系扩繁。

另一位早期南繁开拓者是中国农业科学院棉花研究所的青年技术员汪若海。他和本单位的工人李振河于1959年10月从河南安阳南下海南东方县抱板乡，进行海岛棉和陆地棉的杂交试验。这是有记载的最早到达海南岛南繁的科技工作者。

河南省玉米育种工作者是异地培育理论最早的实践者和受益者。自吴绍骙之后，出现了一批著名的玉米育种家，如程相文、堵纯信、陈伟程、张庆吉等，他们陆续培育出一大批著名品种，这些品种分布在每一代单交种主打品种中，扛起了中国杂交玉米品种的一片天。河南也成了中国玉米生产大省，为玉米成为中国三大主粮之首作出巨大贡献。

新乡农科所的张庆吉和宋秀岭是最早一批受异地培育理论启发并将之付诸实践的育种家。他们于 1962 年冬季将育种材料带到云南元江县繁殖双交种“新双 1 号”的亲本，用于河南省玉米杂交种的推广。1963 年冬又在广东惠来县培育出单交种“新单 1 号”。“新单 1 号”是我国第一个在生产上直接利用的单交种，它的选育成功与大面积快速推广，带动全国玉米杂交种从双交种转向更高产、种子生产技术更为简约的单交种。我国与美国几乎同步实现这一转变，玉米在我国粮食总量中的比重逐年提高。整个 20 世纪 60 年代到 70 年代中期，玉米都是中国人餐桌上的主粮之一。

1964 年冬，在河南省政府和广东省政府的大力支持下，河南省从各市县农业局、种子站等单位抽调人手，组成几千人的南繁队伍，奔赴广州、湛江，以及海南岛的崖县（今三亚市）、陵水、乐东等地，繁殖“新双 1 号”“新单 1 号”的杂交种和亲本自交系，用地面积达万亩。从 1964 年冬起的两个南繁季是全国第一次大规模的南繁，由此带来良种的大规模推广，“新单 1 号”迅速成为我国第一大玉米推广种。

河南的这一做法也为全国良种推广摸索出一些新方法：以县为单位抽调农技人员南繁良种；大家在南繁基地边干边学杂交授粉等技术；把繁殖的良种带回到本县集中示范种植，吸引更多农村青年、种田能手参与推广杂交种。

在吴绍骙等一大批专家、学者的大力呼吁下，1964 年，农业部在海南岛召开全国“二杂”推广经验交流会。在这次会议上，农业部决定下拨资金，在海南建立国营南红农场，兴修水利，整建南繁宿舍、打谷场，等等。这是中央政府第一次为南繁事业投入专项资金，并开始对南繁实施行政管理。

1965 年、1966 年河南连续两年实现玉米大丰收！自从 1938 年吴绍骙学成归国至今，杂交玉米千好万好，也还是需要一场大范围丰收来证明它的好。这次丰收使吴绍骙的报国壮志得酬！这两年是吴绍骙这一生中最快乐、最振奋的一段时光。

1965 年 2 月，乙巳蛇年春节，恰逢吴绍骙六十大寿。他和太太、女儿、女婿合力做了一桌好菜，把苏祯禄、汪茂华、任和平、陈伟程这些科研助手们请到家里，热闹地喝了顿酒。这天，吴绍骙喝得高兴，对助手们也敞开心扉道："我这半辈子经历过战乱，流离失所，也曾在异国他乡寂寞苦痛，我就认定两条原则，第一，学以致用。往哪些地方用？那就是第二条，用在大多数人身上。'穷则独善其身，达则兼善天下'，这是孟子的话，你们都要记住。再困难再穷也要保有一个学人的操守；富了，发达了，记得兼善天下。"

这顿生日宴进行到晚上 10 点，助手们离开后，吴绍骙对太太说："我这辈子，能教出来两千弟子，能让农民增收亿斤粮，就没有虚度。现在，第一个目标已经实现了，第二个目标我将用剩下的半生来实现。"

吴绍骙没有食言。他主持培育的"豫农 704"在数年内累计推广 3000 万亩以上，以每亩增产 50 斤保守计算，仅仅这一个品种就增产 15 亿斤粮！ 84 岁高龄的他，仍关注"七五"全国玉米育种科研进展，不惜千里迢迢跋涉巴山蜀水间，现场考察新品种试验田。1998 年 3 月去世前，还提出关于扩大杂交优势利用和加强作物种质基因材料研究等问题的新设想。为了中国杂交玉米事业，他真正做到了鞠躬尽瘁。

同是中国玉米育种开拓人之一的李竞雄盛赞吴绍骙的异地培育理论为“世界无双，中国独创！”。

2021年，笔者找到了两份三十多年前，李竞雄先生在吴绍骙关于《异地培育的研究及其在作物育种和种子生产中的应用》科研项目的鉴定书上，亲笔书写的鉴定意见，李竞雄以“同行身份、至诚心情”向吴绍骙先生致敬。

> 当国内外都习惯于一地一物从事作物育种的静态研究时，吴绍骙教授很早就提出了自己的设想，旨在利用南方冬季优越的温光条件，开展北材南育南繁的研究。最后证明对选育玉米自交系是完全可行的。在这个试验研究的启发下，后来育成了许多著名的自交系，为生产杂交种所用。于是风起云涌，使海南、湛江、南宁、元江等地成为北方作物进行冬繁的胜地。并把这种南繁措施逐步推广到高梁、水稻、大豆、春麦、棉花、蔬菜、瓜类等作物中，成为农业科学中的“星火燎原”之势。这是农业科学工作者值得深思的大事。
>
> 我以同行身份、至诚心情肯定它的创造性、先进性、实用性和持久意义。与国外同类事例相比，该研究在性质上也属于领先地位。
>
> ——李竞雄　1988.12

> 三十多年前，吴绍骙教授首先创导异地培育研究，证实了中纬度温带的玉米材料在低纬度亚热带地区冬季条件下能正常生长，育成自交系，它们的形态特征和配合力不受南方

异常条件的影响而发生变化。这一发现不仅批驳了主宰当时的环境决定遗传的外因论错误学说，树立起创新的科学论断，而且还具有重要的实用意义，可以利用冬繁加代，开辟南北穿梭育种，加速育种进程，扩大种子生产数量……从六十年代中期开始，全国所有省市均纷纷效法，并很快扩大到高粱、大豆、水稻、棉花、蔬菜、瓜类等，成为一种自觉的农业措施，因而收到了无法估量的社会性经济效益。

——李竞雄　1989.3

这些文字有功归先贤的君子古风，更有科学家的客观严谨。吴绍骙、李竞雄这两位中国遗传学的开拓者、中国玉米育种科学的奠基人携手共进的 40 多年，也是中国杂交玉米事业正本清源、首开先河的历程。

补记：人生初见

1971 年暑假期间，河南农学院 10 号楼前的红砖甬道上，一个小女孩一个人在玩“跳房子”，她的羊角小辫随着跳跃起起伏伏。小女孩看到一位穿府绸短袖衫的老爷爷，便停下来，等着老爷爷经过。但是，老爷爷停下来，低头研究起“跳房子”来。

“你为什么不把格子多画几个呢？我看了你许久了，反反复复，都是一样的脚法。”

“它就是这样玩的呀，本来就是这么玩的呀！”小女孩朗声说道。

“既然是玩嘛，就玩得高级一点。比如说，跳到最后一格，还可以向两边发展出几格，不是有意思点吗？”

小女孩来劲了，从口袋里拿出半截粉笔，在“房子”的顶端，又发展出几个方格。

“那——应该怎么跳呢？”小女孩见这位老爷爷愿意跟自己说话，有点“人来疯”。

“既然方格是你画的，你可以来规定怎么跳。”

“我规定的不算数，别人不承认的。”

“你只要想出一个又简单又有趣的新方法，别人也会跟着学的。”

小女孩不吭声，自己跳了起来。每一遍都跳得不一样，但她越跳越起劲。

老爷爷颔首：“唔，上道了。你要想出跟别人不一样的玩法，那才叫水平。你是谁家的孩子呀？”

小女孩回答：“杨再的老二。”

“杨再？你爸爸是北京农业大学的？”

“是啊，你怎么知道？”

“你回去跟你爸说，他俄语口语很标准。你住在哪里呢？”

“跟你住一个楼。”

“哦，好。杨再的女儿，怪不得伶牙俐齿。我下个星期再看你有没有新玩法，要动脑筋喔。”

老爷爷慢慢踱走了，他看起来很干净很有智慧。

这个老人就是吴绍骙，当时已被停职，刚刚从下放的河南商丘回到河南农学院本部。小女孩就是笔者。杨再，著名的养马学教授，是笔者的父亲。

世界如此之繁复，世界又如此之小。在我经过大半人生，绕了中国大半圈，碰到这绕不过去的南繁题材，准备老老实实做功课写作时，似乎又回到人生的起点：要写的第一位重要南繁人，居然在人生最初的地方与之有相遇且交谈的机缘。吴绍骙老人家里每天早晨生炉子冒的浓烟、河南农学院、学院农场、每家每天的半斤牛奶、郑州文化路等，都是我熟悉的地标和细节，一时间，我的童年、父母的青春、吴绍骙老人的困顿时刻交织在脑海中，与南繁往事、南繁故人，忽然有了冥冥之中的交集。这是我写作本书的一点“前世今生”——追述是对自己的告慰，记录是对历史的纪念。

玉米何以成为我国三大主粮之首

国家统计局的数据显示，2011年全国粮食总产量为58,849.3万吨。从三大粮食品种看，当年全国玉米产量已超过稻谷产量，首次成为我国第一大粮食作物，并且保持至今。

玉米，何以成为我国三大主粮之首？

一　玉米低产

1963年夏，玉米育种家程相文从河南省中牟农业专科学校毕业并被分配到浚县，他看见当地玉米只有巴掌那么长，穗头还有1/4是空籽。当地农民说，遇到正常年景亩产也就200斤；遇到天旱，亩产只有100多斤。当地人有个说法，“大籽儿干不过小籽儿”，意思是结大籽儿的玉米，亩产还赶不上结小籽儿的小麦。“大籽儿干不过小籽儿”这话，也从玉米育种家兼种业企业家李登海嘴里说出过。李登海出生在山东掖县（今莱州市）后邓村，那个地方北邻渤海，一马平川，又有从海上带来的充足降水，但玉米产量依然干不过小麦，当地人在麦收后宁愿种红薯、花生，也不愿种玉米。造成玉米产量低的原因，除了天旱或者极端年份里的洪涝、病虫害，最重要的原因是当地使用的是农家种。有农谚道：勤施肥不如勤换种，而农民换种子的范围往往不超过七八里。施肥是外因，种子是内因，真正决定产量的是种子质量，而种子的质量，取决于它的基因。

为什么玉米农家种产量不高？盖因种子纯度不高，品质严重退化。在20世纪初开放、维新大背景下，一些近代意义的农事试验场开始建立。一批最早睁开眼睛看世界的人，也开始从日本、美国引进玉米良种，并及时报告了美国人在1908年利用杂交优势配制玉米杂交种的消息。

杂交优势在玉米育种中的应用，是一场世界性的种子革命，它不仅带来玉米大幅度增产，也带动水稻、小麦、高粱等农作物杂交优势的利用，从而带动20世纪以来世界粮食大增产和人口的大幅度增加。中国较早一批走出国门的学子带回了利用杂交优势的理念和技术。1925年，有威斯康星大学、艾奥瓦农工学院教育背景的赵连芳进行玉米自交系的培育，这是中国近代农学家利用玉米杂交优势的开始。1928年，燕京大学选育出第一批玉米自交系，并从国外引进若干自交系，开始配组杂交种。由此可见，我国现代意义上的玉米遗传育种探索，紧随国际上杂交玉米育种的步伐。当然，这些仅限于试验。

20世纪30年代，在美国来华育种家的带动下，中国育种家先后育成一批双交种。1934年，有美国康奈尔大学教育背景的金善宝的论文《近代玉米育种法》发表在当年的《中华农学会报》上，这是我国近代玉米育种从实践上升到理论总结的开始。1936年，杨允奎从美国农业部引进优良玉米品种，先后选育出4个硬粒型双交种，并在生产中少量应用，增产24%～30%。到1936年，我国玉米平均亩产量处于低位，只有97.2公斤。

抗战爆发后，育种家们在大后方继续开展研究工作。老一辈玉米育种家在军阀混战、外敌入侵、社会动荡、机构变迁、经费拮据，以及当时社会普遍重视稻麦棉研究等诸多因素下，凭借爱国之心和责任感，辛勤经营，为新中国玉米品种改良事业奠定了基础。1949 年，我国玉米种植总面积超过亿亩，总产量为千万余吨，但平均亩产仅为 85.8 公斤，比抗战前还有所下降。

新中国成立后，共和国的领导人首先关注的就是粮食生产问题。1950 年春，农业部召开全国玉米工作座谈会，提出短期内以品种间杂交种（而不是以自交系为基础的双交种、单交种）为主要改良方法。

二　改良计划

玉米杂交种根据种子培育的技术含量、所需时间，由低到高分为不同层次：品种间的杂交种、双交种、三交种、单交种。可以说，单交种是玉米杂交种的最高形式，也是最便于生产的杂交种。

1950 年 2 月，农业部制订《全国玉米改良计划（草案）》，吴绍骙、张连桂、刘泰、李竞雄、陈启文等既是主要起草人，又是玉米改良计划最积极的推行者和实践者。他们各自成为当地的“火种”。吴绍骙在河南，李竞雄在河北、山西，刘泰在东三省，陈启文在山东，杨允奎、张连桂在四川，分别承担着农业部指定的 5 大区的玉米杂交种的试验研究。他们边研究边推广，带动全国玉米产区种子的改良——仅凭一两位领头人，就能带动一两个省的杂交玉米推广？这简直是奇迹！但这样的奇迹居然真的发生了！

好事多磨。1952年蔓延全国的遗传学“两个方向的斗争”，影响了中国玉米品种改良的步伐，但一些抱定真理、初心不改的育种家依然悄悄进行着杂交种的培育。李竞雄就以栽培试验为掩护，仍然坚持自交系的选育和杂交种的培育，并成功选育出“农大3号”“农大4号”“农大7号”等双交种。后来，这些双交种在大田种植（当时没有种子国审、省审制度）比普通农家种增产30%～50%。1956年8月，由中国科学院牵头，在青岛召开全国遗传学座谈会，李竞雄先生在会议上为摩尔根遗传学派大声疾呼。

许多专家事后回忆说，为期15天的全国遗传学座谈会令压抑了几年的孟德尔－摩尔根学派的专家们扬眉吐气，在最后一天的晚宴上，与会的专家都喝了不少酒，十分兴奋，学究们也“老夫聊发少年狂”，李竞雄上台发言的第一句话就是：“我是Morganism！”每天追看《人民日报》《光明日报》跟踪报道的吴绍骙也百感交集，心想：终于回到正确的轨道上了！安安稳稳好好干点事情吧！经历过战争的科学家们，需要一个平和的社会氛围，希望多点时间好好干事。

青岛会议后，教育部发通知，在高等学校的遗传学课程中，摩尔根学说和米丘林学说同时开课。

青岛会议之前，吴绍骙就开始了异地培育玉米自交系。李竞雄撰写了《加强玉米自交系间杂交种的选育和研究》一文，系统论述了玉米杂种理论，此文奠定了中国玉米杂交育种的理论基础。青岛会议之后，李竞雄他们将这些年悄悄培育的双交种“农大 3 号”“农大 4 号”“农大 7 号”在河北等地推广。

为贯彻青岛会议精神，农业部在 1957 年 2 月颁布了《关于进行玉米杂交育种工作的意见》，要求各地大力开展玉米自交系间杂交育种的研究，争取 3 ～ 4 年内选育出适于当地种植的玉米杂交种。李竞雄等为真理鼓与呼的举动最终得到了农业部的支持。这是国家层面对我国杂交玉米育种和生产的指令：从品种间的杂交种进化为玉米自交系间的杂交种，当然，首先是双交种。

20 世纪 50 年代，陈启文、刘泰、张庆吉、程剑萍等玉米育种家培育出的一些品种间的杂交种和各地农民选出的农家种“良种王”，共同支撑了整个 20 世纪 50 年代的玉米生产。

1956 年还有一个重要事件，中共中央提出《1956 年到 1967 年全国农业发展纲要（草案）》，它给各个大区划定了粮食产量的最低线，也把主粮具体指定为小麦、水稻、玉米。全国的农业生产向主粮靠拢。也就是说，1956 年起玉米成为我国的三大主粮之一。但是，当时杂交玉米播种面积较小。

三　南繁助推

吴绍骙的异地培育理论和实践为中国的育种家们打开了一条加快良种培育的新路。以玉米为例，一个自交系的培育至少需要 6 个世代，还需要 1 季的杂交，再有 1 季验证其稳定性，也就是说，常规的做法至少需要 8 年时间。而南北穿梭育种，可使育种时间至少缩短一半，甚至更多。

1960 年 2 月，农业部召开全国玉米研究工作会议，提出要多快好省选育新杂交种，用 4 年普及自交系杂交种。这次会议请吴绍骙作报告，他提出异地培育是多快好省的育种方法之一。1961 年 12 月20 日，中国作物学会召开全国作物育种学术讨论会。吴绍骙再次提出进行异地培育以丰富玉米自交系资源的建议。这是国家层面对吴绍骙的异地培育理论和实践的一再确认，并很快成为育种家们和良种扩繁人员广泛运用的良法。

沈阳农学院研究玉米的徐天锡、中棉所研究棉花的汪若海，也早在 20 世纪 50 年代末就分别开始了“北种南育”“陆地棉与海岛棉杂交试验”，加上上文提及的两次会议的助推，异地培育受到全国育种科研单位的重视并用于育种、扩繁。经过岁月洗礼，“异地培育”“北种南育”“北种南繁”等说法，最终提炼成一个名词：南繁。

南繁的出现与杂交玉米的选育和推广有直接关系，当然，也与我国特有的科研、生产模式相关。1959—1961 年我国国民经济出现严重困难。为缓解粮食压力，国家大力推广“二杂”。三年困难时期过后，农业部更是大力推广“二杂”。1963 年 10 月，农业部召开玉米双交种生产现场会。1964 年底，农业部与农垦部联合在海南岛召开杂粮作物生产会议。开会就是总动员，这些会议不仅推动了杂交玉米、杂交高粱在生产上的应用，也因为杂交种大量扩繁的需要，推动了南繁事业第一次大规模发展。1964 年冬的南繁季，海南岛上的南繁人员突然增加到上万人，除了科研人员，一些市县级的良种场也派人南繁“二杂”。这个南繁季，海南南繁用地面积超过 16.5 万亩。河南省浚县农业局 28 岁的技术员程相文，就是乘着这一推广玉米杂交种的强劲春风，带着 4 个分配到手的自交系，一个人千里迢迢来到海南岛，扩播张庆吉培育的双交种“新双 1 号”。1964 年冬、1965 年冬两个南繁季，河南省政府主推在广东省各地（海南岛当时隶属广东省）大规模扩繁“新双 1 号”和“新单 1 号”种子。此举带来两个成果：其一，打破了河南省杂交玉米推广不力的局面；其二，单交种“新单 1 号”因为制种技术简便、增产显著，成为受广大农民欢迎的玉米品种。

大规模的玉米南繁扩种，带来杂交玉米的大规模推广。1965 年，全国杂交玉米的播种面积约占玉米总种植面积的 10%。

杂交种的推广给种子管理带来一个新问题：以前，我国的种子管理实行自繁、自选、自留、自用和辅之以必要调剂的方针，简称“四自一辅”；而随着杂交种的广泛应用，谁来提供杂交种的问题被摆上桌面。1962 年 11 月，中共中央、国务院发布《关于加强种子工作的决定》，要求杂交种子“主要靠专门的良种场繁殖”。这是种子现代生产、管理的雏形。根据此精神，市县级种子站、良种场如雨后春笋般相继成立。最著名的良种场当数海南岛南红良种场（农场），在那里，袁隆平团队发现了野生稻天然雄性不育材料：“野败”。

四　“新单 1 号”

20 世纪 60 年代杂交玉米南繁结出一个大硕果：河南省新乡农科所的张庆吉、宋秀岭等人，通过在河南辉县和云南元江县、广东惠来县之间穿梭育种，于 1963 年 12 月培育出我国第一个玉米高产单交种“新单 1 号”。该单交种与美国第一个单交种几乎同时育成，早于法、意、苏等国，标志着中国杂交玉米育种水平处于世界领先地位，同时带动全国玉米生产由使用双交种走上了使用高产单交种之路，意义重大、影响深远。

一切都不是偶然的。1952 年参加农业部举办的苏联专家讲习班时，西北农学院毕业的张庆吉已经是成熟的玉米育种家，培育出了品种间杂交种“百杂 1 号”“百杂 2 号”。在米丘林、孟德尔两大流派的学术之争演变成政治批判后，以孟德尔 – 摩尔根遗传学为理论基础的玉米自交系培育几乎停止了。在此时局下，吴绍骙、李竞雄等玉米育种界的领头雁，均受到严厉的批评，而张庆吉和同事们，因身处小城，默默无闻，反而得以保全，科研工作没有停滞，仍在一年一季培育自交系。到了 1959 年，顺利选育出优良双交种“新双 1 号”，它是我国当时著名的双交种。

在科研上，张庆吉与吴绍骙的交集颇多，他用吴绍骙培育的“洛阳混选 1 号”作为选育自交系的基础材料，历时多年培育出高产单交种“新单 1 号”。张庆吉及时运用南繁资源，加快了自交系的培育。吴绍骙还推动河南省政府有效地利用南繁理论，以市县为单位，于 1964 年冬和 1965 年冬，在广东省各地展开玉米杂交种扩繁，极大促进了河南省杂交玉米的推广。

“新单 1 号”是我国玉米育种家培育的第一个玉米单交种。该品种从 1965 年示范推广至 1978 年，14 年间在 10 多个省区市迅速推广，创造亩产 608 公斤的纪录。这个产量，在玉米亩产不到 200 公斤的那个时代，可谓石破天惊，做到了“一种撑起半碗粮”。

1966 年 3 月召开的第三次全国作物育种工作会议，制定了玉米育种工作十年规划，指明我国玉米育种方向要从双交种、三交种走向单交种。同时，农业部开始统领种子的培育、生产、使用等。而杂交种的科研活动归中国农科院部署。

同年 9 月，农业部在海南岛召开玉米亲本繁殖会议。这是农业部在第一次大规模南繁“二杂”的基础上，再次就“二杂”南繁召开会议。这次会议决定在崖县、陵水、乐东 3 个县的 21 个公社、6 个国营农场兴建良种繁殖场服务南繁，推动全国南繁工作逐步向海南岛集中。同时渐渐形成了一套针对南繁的管理方法。比如，将土地租给了南繁单位，那么国家会对土地上的农民给予补助。再比如，每年数以千计，甚至数以万计的南繁人员进岛，在当时粮食凭票供给的条件下，他们的口粮问题怎么调配、怎么供应，那就是国家调拨粮食、设立粮站，既保证南繁人员吃粮，也供应当地农民、农工换购“南繁条子粮”。

1960 年出生的作家孔见是海南乐东人，在他小时候，因为生产队的土地被南繁租用，每年就有几个月吃国家供应的“租地粮”。他记得当时生产队会按人口给一张条子，这张条子是广东省农业厅批出来的，相当于有价证券，凭条到粮站领粮食。

杂交玉米的推广刚刚进入正轨，“文革”就开始了，育种工作又被打乱。另外，当时还有一项政策：农业院校要到农村去，农业院校解散归入当地农业研究、行政、生产部门。这使得农业大专院校从城市里迁出去，教师们不得不跟着学校下放农村，身份变得模糊。吴绍骙所在的河南农学院被拆散为几块，分散到商丘、驻马店等地，直接下放到农村生产队。李竞雄所在的北京农业大学则被迁到陕北延安地区。

五 “中单2号”

从“新单1号”开始，我国杂交玉米逐步从双交种进入单交种。自1963年起，不断推出的玉米单交种，带动了6轮玉米种子的改良。第二代单交种的代表“中单2号”，由老将李竞雄贡献。

有理想的人从不因身处逆境而懈怠、放弃，反倒越是逆境越能爆发出巨大的创造力，从而取得卓越的成就。李竞雄就是这样的。

李竞雄因坚持学术立场，在批判“资产阶级的孟德尔－摩尔根遗传学”风潮中已经被“靠边站”一回。青岛会议后，以孟德尔－摩尔根遗传学为理论基础的玉米自交系的培育重新开始，但是李竞雄个人的厄运并没有结束。

1964年5月，李竞雄作为中国玉米专家组成员，赴罗马尼亚、保加利亚等国考察玉米及种子生产。同年8月，农业部从罗马尼亚等国引进95份玉米自交系，交由李竞雄负责扩繁和杂交配组。1965年11月，李竞雄的学生戴景瑞、中国农科院的潘才暹等，来到海南陵水良种场对这批引进的种子进行扩繁，来年春天，收获了一批自交系和杂交种。1966年农业部组织华北各省对这批杂交种和自交系进一步扩繁制种。1967年华北各省在大田里种植这批经过杂交和扩繁的引进种。但天有不测风云，这年华北地区夏季高温多雨，暴发了玉米大斑病，这批来自东欧的种子纷纷染病，减产严重。李竞雄和戴景瑞都受到牵连，54岁的李竞雄再次被打到底层。

直到两年后，在高层的关心下，李竞雄才被安排到北京市农业科技服务队，到山西省昔阳县的大寨大队蹲点做技术服务。

李竞雄，一位顶级遗传学家和育种家就这么被甩到农村去搞农技服务了，但是一颗好种子到哪里都会生根发芽。在山西3年，李竞雄给山西的“二杂”品种培育和推广注入了新的活力，成就了大寨大队的“青石板上创高产”的奇迹，创造了农业领域艰苦奋斗的全国典型，也创造了高产的典型，同时培养了一批优秀的农民科技骨干。在山西，重新工作的李竞雄找到了快乐和信心，始终葆有一个科学家的科学良知和创造力。他收集到很多玉米育种材料，为接下来的研究打下了基础。

1971年，李竞雄接到调令返回北京。这时有华侨捐献了一批国外的玉米亲本材料，其中就有“Mo17”。李竞雄深知时令的重要性，深知一粒好种子对农业生产的意义，于是组织人手到海南岛繁育这批引进的材料。他亲自配组20多个组合，由潘才暹带队先期到海南岛南繁。对一些引进的、关键的种子，育种家们首先想到的就是南繁——把珍贵的育种材料大量扩繁，同时进行杂交配组。这年冬季李竞雄作为中国农业代表团成员访问加拿大，引进了一些“Mo17”，他将这些种子带到海南岛又做了一批杂交配组。第二年春天收获时，与“Mo17”杂交的几个组合都表现良好，其中“Mo17×自330”表现最为优秀。

1972年夏，李竞雄科研组在北京郊区辟出一块地，做包括“Mo17×自330”在内的杂交组合稳定性试验，却因为收获的种子纯度不够而失败。而这时，科研组发现“Mo17”都砸在北京郊区的试验田里。手头没有“Mo17”了，怎么办？不能让几个苗头很好的杂交组合就这么夭折了！情急之下，李竞雄想起中国农林科学院的温室里还种着几棵作为“保种”的“Mo17”自交系。谢天谢地，这可是仅存的几棵了，大家日夜轮流守着这几棵宝贵的玉米，生怕有人对它们“下黑手”。

李竞雄感叹道：“这可是最后的火种啦！”

潘才暹无奈地说道：“老李啊，咱们为什么一定要搞杂交玉米？您为杂交玉米吃的苦还少哇！”

“世界上有一种东西。这个东西能让人少挨饿、不挨饿。不挨饿才能叫有尊严地活着。到处寻食那是动物的行为。人，不应该到处寻食，而是应该通过聪明才智让土地出产更多更好的食物。否则，人何以成为人？何以称作大自然的精灵？”

“可是我们为大家谋福利，为什么被弄得这么狼狈？”

“我也想过这事，可能每个时代都有不正常的事。但是我信奉一点——物竞天择，适者生存。农作物是这样，人也是这样，不能被淘汰。怎么才能不被淘汰？为大多数人做好事。就像这玉米，它能多产粮食，就不会被淘汰掉。”

两人的对话深深印在了潘才暹的脑海。几年后，中国社会发生了巨大变化，李竞雄迅速成为中国玉米科学领域的领头羊，潘才暹时时想起李先生的话，深刻认识了坚持的重要性。

1972 年冬的南繁季，潘才暹再赴海南岛，杂交出了“Mo17×自 330”。1973 年 4 月，海南岛上的玉米成熟，李竞雄邀请多位玉米遗传专家对“Mo17× 自 330”做鉴定。收获的杂交种，一半交予大寨大队，创造了“青石板上创高产”的奇迹；另一半于 1974 年夏在华北多个试点进行对比试种。因其良好的表现，“Mo17× 自 330”于 1975 年被定名为“中单 2 号”——李竞雄在培育出“农大”系列的几个良种之后，被调到中国农林科学院，此后，他培育的良种用“中单”打头，他和同人、后继者创造了一系列“中单”良种。

“中单2号”是第二代单交种的扛鼎之作，在2020年的第28届北京种业大会暨首届中国玉米产业链大会上，“中单2号”被授予“荣誉殿堂”称号。它从1977年用于生产以后，每年都有2000万～3000万亩的种植规模，累计推广4.89亿亩。鉴于对我国植物细胞遗传学、玉米育种学和农业教育的杰出贡献，李竞雄于1980年4月当选为中国科学院生物学部委员。

从1964年冬出现第一个南繁高潮，到1975年全国玉米杂交种种植面积出现爆发式增长，杂交玉米占玉米种植面积的比例从10%增长到55%，占了全国玉米种植面积的半壁江山。吴绍骙、李竞雄、刘泰、陈启文、杨允奎、张连桂等老一辈玉米育种家“以杂交玉米改变中国粮食格局，改变中国人饮食结构”的愿景，终于初现曙光。

六　薪火相传

20世纪80年代，我国玉米杂交种的推广速度惊人，并一举刷新了两个数据：1980年，全国杂交玉米种植面积占玉米总播种面积的68%以上；1987年，单交种的种植面积占杂交种种植面积的65.68%。

新一代育种家也陆续登场！

李竞雄、吴绍骙是中国杂交玉米育种界的一代宗师。戴景瑞、李登海、程相文、许启凤、陈伟程、堵纯信接棒成为第二代玉米育种家。

其中，陈伟程是最早的南繁实践者。他的另一个贡献，是活学活用异地培育理论——既可以冬季到南方南繁，也可以在夏季到气温适宜、灌溉良好的中国西部进行大规模杂交种制种。他于 1988 年首次在甘肃张掖开拓性地进行亲本示范制种，之后连续多年在河西走廊制种。1997 年，陈伟程培育出第 5 代单交种的代表性良种“豫玉 22”，在大规模制种过程中，力推“西繁”，自此拉开全国玉米育种界河西走廊制种的大幕。1996 年河西走廊制种面积为 3 万亩，2000 年制种面积猛增到 10 万亩，2004 年制种面积达到 105 万亩，当年制种 4 亿公斤，占同一年度玉米用种量的半壁江山。现在大家公认我国有一个育种圣地——海南，一个玉米制种集中地——甘肃张掖，一个水稻制种集中地——四川。

河南省农科院的堵纯信研究员于 1997 年培育出的殿堂级玉米杂交种“郑单 958”，20 多年来长推不衰，一直位居杂交种推广面积之首，累计推广 8.68 亿亩。

笔者曾两次采访堵纯信。第一次到郑州采访他，他在电话里大声说，他和夫人正在张掖玉米育种基地授粉，白天一般不接电话，晚上回到住地才有时间回电话。2020 年 12 月，笔者在海南三亚堵纯信的试验基地再次采访他，出乎意料的是，他这块 40 亩的试验田竟然是他用奖金和积蓄长租下来的——这是笔者第一次采访到科研人员自己租地搞科研。

“那咋办呢？我退休了，没有科研项目了，也没有经费了。咱做这个可以不要报酬，但是搞科研总得有块地，没有地，一切想法都是白搭。”84 岁的堵纯信道出了租地的初衷。

“就是为了有块地继续搞科研？有些人可能拿着政府的奖励去享受生活了。”

“育种就是享受生活。”堵纯信笑着说，“你看这样多好，太阳晒得暖暖的，玉米叶子绿油油的，多好看呢。上次你打电话我正在张掖，那里是大漠里的绿洲，冬天又到海南岛，大海蓝天。这不是享受生活吗？”他行动敏捷，思维活跃，很有活力。笔者发现育种家大都身体很好，他们大多身材清瘦，身上有和植物相似的气质。

这时，堵夫人凑过来说：“我跟他说，今年无论如何不能再种地了。把地种上，就要操心半年，操不起了，毕竟 80 多岁了。”

堵纯信笑眯眯地说：“那不中。地还是要种的。”

在昏暗的灯光下，笔者与堵纯信会心一笑。培育出殿堂级良种“郑单 958”的堵纯信，大部分时间在张掖和三亚两头跑，在张掖种了上一季，回郑州休整两个月，年底来到三亚的基地。这块基地在一大片农田中，有一座两层小楼，一条弯弯曲曲的、没有路灯的小路连接外界——事实上，在外人看来，这里完全是农村，而且没有普通村庄的热闹和方便。大多数时间，主要是堵纯信和夫人住，外加一个农工。采访完回程时，车慢慢地在黑暗中挪，除了堵纯信基地的灯光，四野一片漆黑，育种家们的孤单和寂寞显而易见。然而，堵纯信还是乐此不疲，因为“地还是要种的”。

七　“掖单”系列

1986 年 8 月，《种子世界》杂志发表景奉文等人的文章《玉米杂种优势利用在粮食增产中的作用》，据他们估算，1950—1985 年，在影响玉米增产的诸多因素中，杂交优势起的作用，也就是现在说的良种贡献率为 22.14%。

玉米增产，杂交优势的增产效果占不到 1/4，那么总量增加的因素是什么呢？

据国家统计局统计，1980 年全国玉米播种面积 30,131 万亩，杂交玉米占玉米总播种面积的 68% 以上。对比 1949 年，玉米播种面积近当年的 1.6 倍，杂交种播种规模增长了近 70 倍。玉米何以成为我国三大主粮之首？在笔者看来，至少到 20 世纪末，在玉米总产量中，贡献最大的应该是不断增加的玉米播种面积。当然，在不断扩大播种面积的基础上，增加杂交种的播种量也极大地推动了玉米总产量的增加。不管是播种面积的大幅增加，还是杂交种的强力推广，都离不开良种的培育机制——在全国育种界广为应用的、冬季到南方加代南繁以及大规模南繁制种。这一套机制可以笼统地叫集体制，它的丰富性、微妙性和实操性，在一个人的成长上体现得恰到好处，这个人叫李登海。对，就是那位农民育种家李登海！

20 世纪 60 年代末到 70 年代初，国家倡导“把科研拿到人民群众中搞，发挥人民群众的主观能动性”，人民群众搞科研、搞小试验的风气如清风一般吹遍全国。1970 年，21 岁的山东掖县青年农民李登海是群众搞科研活动的积极分子。李登海对笔者介绍说，当时的莱阳农业学校离他们村只有 20 公里，农业专家们经常下来“蹲点”，给他打下了良好的科技基础。他是一个从小就被村里老人夸赞的好青年，在村村成立民兵队、农科队的时候，被任命为两个队的队长，带领村里 20 多个青年骨干搞科学种田。莱阳农校下放蹲点的教师们有时会来到村里接受贫下中农再教育，这倒在客观上在农村中普及了农业科学知识，也为像李登海这样渴望学习新知识、渴望改变家乡面貌的青年指明了方向，开启了新的人生。李登海告诉笔者，当时村里有 20 多个初高中毕业生，因为没有其他出路，憋着一股劲儿，聚集在一起学习。跟其他乡村青年不同的是，他们除了学习政治思想，还学习科学种田技术。他是领头人，常组织大家学习毛泽东的《实践论》和专区农科所下发的栽培实用手册，并向生产队要了一亩多的试验田，按照手册上的要求、步骤做试验。

2021 年 1 月，在海南三亚登海种业的南繁基地里，72 岁的李登海顺口背出毛泽东的《实践论》。

“您背得这么熟？”

“不光是背得熟。在 1970 年那会儿，这就是我们这些农村青年的行动指南。我们哪看过什么书，除了有几本小学、初中课本，什么书也没有。”李登海话题一转，“可是我们知道，知识从书本上来，本事也从书本上学来。我们村正好发了《实践论》和《矛盾论》，我把它们背得滚瓜烂熟。我当时就想啊，我们科学种田怎么搞？就按《实践论》上说的那么搞，先感觉，再总结。再感觉，再总结。”

笔者听了暗暗吃惊。在二十世纪六七十年代，中国多少人学习过、背诵过《实践论》，但又有几个人真正做到知行合一？“先感觉，再总结。再感觉，再总结”，这套《实践论》的方法，让笔者想起“信”和“达”两个字的辩证关系，信达信达，只有“信”，才能“达”。

李登海接着说：“我们在前后左右村收集好种子，用各种栽培方法种了一遍。三成肥收成是怎么样，五成肥收成是怎么样。还有浇水，啥时候浇水为好，是抽穗前浇水还是抽穗后浇水，我们结合种田老把式的经验，结合老师讲授的栽培技术，把各种方法都试了一遍。”

“都试了一遍是什么意思？”笔者追问道。

李登海答道：“比如说，我们有 10 个品种，有 3 套栽培方法，我们就把 10 个品种用 3 套方法都种了一遍。这两分地这样种，那两分地那样种，我们就想摸索出哪种方法更能创高产。我们那时候还不知道种子的重要性，就只在精耕细作上下功夫。那真是精耕细作，把地伺候得像妇女拿篦子篦头发。我就不信创不了高产。再一个就是密度试验。玉米是见光长的，它让我认识到，玉米穗的大小跟受光的多少有很大的关系，但还没有上升到理论层面去思考怎么改变种子的性状。当时做的密度试验对我搞紧凑型杂交玉米有很大帮助。我拿个小学生的作业本记录各种数据，那时候买不起圆珠笔，就用铅笔记。有一年连铅笔都没有，路上拾个铅笔头，就用这个铅笔头儿记了一个夏天。我后来才知道，人家大育种家就是用铅笔记的。哈哈哈哈……”

李登海笑起来颇为气派，他的语气里还是那个时代“有为青年”的风范。当年，他凭着一颗红心、两手力气，想着为全村、全公社的人摸索玉米高产的栽培法。

“我知道，20 世纪 70 年代很多农村人饭都吃不饱，你们怎么还会想到搞科学种田的试验？”在笔者的印象中，科学试验是小小的“上层建筑”，是一种精神需要，只有在吃饱了饭的情况下才会有心思搞科学试验。

李登海立马否定了笔者的这一认识：“我们搞科学种田，就想让村里人有饭吃，让老娘不用为吃食发愁。”

他认真地看看我，接着说：“再说了，哪一代的年轻人都会有理想，我们就不想照着爹妈那一代过那么苦的日子；科学种田、当个农村的好青年就是我们的奔头。人得有奔头是吧？”

“您那时候的榜样是谁？”笔者想起自己的榜样是保尔·柯察金。

“人是脱离不了环境的，我当时的榜样就是郭凤莲。我当民兵队长，搞科学种田，就是想把我们村建成大寨大队那样。”

“在当时，有这想法真的很了不起！”笔者赞叹道。

“我们大队长支持我。我们摸索出的种植法就在生产队大田试验，真的增产哩！亩产量能达到 400 来斤。那时候可不容易哩！我们那里靠海、地薄，往年大田里的玉米亩产量也就 200 ～ 300 斤。我们通过密植栽培，加上水肥，大田里亩产增加了 100 多斤。这可是我们村、我们公社的大事呢！我们在地头上插上红旗，请公社书记来称产量。称了总量，算了平均亩产，敲锣打鼓向公社报喜，向县里报喜！敢教日月换新天嘛！”

“您的母亲是不是感觉很光荣？”

“我老母亲觉得脸上可有光呢！我科学种田有成绩，大队也每年多分给我一斗小麦，多分的这一斗麦子，我老娘都是留到过年才吃。过年吃的那顿饺子，我娘总是说，吃的是登海的‘科学麦子面’。”母亲的幽默达观时时刻刻都在感染着这个好青年。

1972 年，李登海作为农科积极分子被公社派到县种子站学习。烟台市农科所的方正在种子站传授玉米的杂交技术，这是李登海第一次接触杂交玉米。方正带来一份我国农业专家 1970 年赴美国考察农业的考察报告，将其放在讲台上。下课后，李登海好奇地打开这份铅印的材料，里面的数据让他瞠目结舌：美国当年玉米亩产可达1250公斤！这是23岁的李登海无法想象的产量。在掖县，甚至整个烟台地区，玉米的普遍亩产量就是200～300斤，即便他们后邓村的农科队像绣花一样打理试验田，也就是亩产400多斤。1250公斤的亩产，美国人是如何做到的？难道是施了传说中的化肥？李登海在报纸、广播上知道了化肥，但是没有使用过，大家把化肥想象得很神奇。当晚李登海被这“天文数字”的产量折磨得几乎一宿没睡。

待方正又来上课时，李登海迫不及待地把自己的疑问摊了出来。方正介绍说，考察报告里提到，如此高的玉米产量靠的是杂交种，再加上化肥、农药、除草剂和完善的水利设施。杂交种、化肥、除草剂对李登海来说都是新名词。但对杂交种很快就不陌生了，因为方正讲的正是玉米的杂交技术。

“学会了玉米杂交技术，咱们至少就有三样了：充足的水、农药和杂交种。”乐观的李登海看问题从来都是积极的，尽管当时啥也没有，但是他已经找到方向了。

“上完这个培训班，我心里就明确了，今后努力的方向就是搞杂交玉米！”

这个决定看似平常，却从这一天起改变了李登海和他周围几个青年人的命运，甚至改变了中国玉米育种、种植的方向。

李登海开始收集各种自交系，并将收集到的自交系搭配组合，结合他摸索出的栽培技术，将这些自交系、原种又种了一遍，以筛选表现好的用于本村的玉米播种。

笔者对“又种了一遍”充满遐想。这是多大的雄心和壮志，要付出多少汗水与泪水。如果就这么种下去，李登海可以成为一个种田能手、成为一个种粮大户，但是成不了一位育种家。

时代不断创造新的机遇。这个机遇来自莱阳农业学校恢复办学并开始招生，而招收的学生就是各公社、大队选送的优秀青年，学制一年，25 岁的李登海就在其中。这是上天送给勤奋好学的李登海的一个礼物，他抓住这个机会，以超乎常人的毅力勤奋读书，煤油灯点燃蚊帐、被子的事发生过好几次。

好青年、好苗子在哪个时代都招人喜欢。李登海一米八三的大个子，国字脸，天庭饱满，声音洪亮，一身力气，不仅能干而且肯干，更重要的是，他有一种向上的、进取的内驱力，“为有牺牲多壮志，敢教日月换新天”令他心中激情涌动。他的好学苦干，被老师刘恩训看中。当刘恩训了解到李登海有一块种了四五年的试验田，还带着一支坚持科学种田的农科小分队把收集到的自交系、原种都亲手种了一遍后，便将自己保存多年的、来自美国的育种材料——曾培育出“XL80”自交系的 20 多粒原种给了李登海，郑重地说：“这是我保存的引进种子。去年种植时发现抗病性强，对大小叶斑病基本免疫，丰产性状也好。你回去试试，可能有希望。”

李登海欣喜地看着这 20 多粒金灿灿的种子，拍着胸脯道：“您放心吧刘老师，我这就拿回去好好种，看看能不能分离出理想的自交系。”

当时已是 5 月，村里的玉米已经在一个星期前下种了。农时不等人，李登海借了辆自行车，当天下午骑回 20 公里外的后邓村。把种子交给队员，郑重其事地说：“这是金子一样的种子，得像看孩子一样看着它们。我以后每个星期天都回来，咱们一起研究。你们抽空也学习学习，我到学校后才知道，咱们过去做的那些，还没进门槛呢。我争取多学点，进到门槛里。你们也别荒着，我拿回来的资料，大家搁一块儿学。”

李登海的未婚妻看着这个容光焕发、敢想敢干的青年，眸子里都在放光。她是远近几个村公认的美人，健康爽朗，腿长骨硬，就等着跟这个好青年完婚。她喜欢跟李登海一起科学种田，配组玉米良种。青纱帐里绿浪起伏，花絮飞扬，是这对上进、乐观的青年爱情的见证。

一年的进修很快结束。李登海告诉笔者，这一年的学习使他打牢了农学的基础知识，特别是植物遗传学和作物栽培学，让他将之前科学种田的经验，拿到科学的框架下重新思考，开始形成自己的想法，比如种植面积与作物绿叶面积之间的关系。紧凑型玉米的观念并不是一天形成的，而是在一年一年的实践中不断地总结，最后才落实到一个品种上。

刘恩训赠送的引进种子和其他材料培育的自交系，在一年一年分离着。为了加快自交系的分离，李登海和同伴们甚至在村里建了土温室，在用塑料薄膜建起的温室里生火取热，而所谓的生火取热就是不断烧蜀黍秆儿，需要 24 小时不间断地看守。李登海每天在烟火呛人的温室里熬夜，妻子半夜里给他送一罐热乎乎的玉米碴子粥，共同等待着第一个“孩子”的到来。

1978 年夏，第一个自交系“掖 4021”分离成功，与“自 330”杂交，其后代爆发式的表现让看到它的人都赞叹不已。村里种田的老把式都说：“从没有见过这么齐整划一的玉米棒子。从没有见过一亩地里，棵棵玉米都长得这么好，结的穗那么大。”

李登海告诉他们：“这就是杂交种的优势！”

刘恩训再次充当了伯乐，联系县农业局、公社领导来参观这个青年农民的试验成果。县里果断决定，当年冬天，派以李登海为首的后邓农科小分队，去海南扩繁这个后来被命名为“掖单 1 号”的杂交种，来年在掖县推广。时势造英雄，在那个敢想敢干的年代，在那个社会对杂交种有着饥饿需求的年代，几个农村小伙子就这么走上了玉米种子改良的英雄路。

1978 年 10 月，6 个农村青年带着自己配组的杂交种“掖单 1 号”来到海南岛扩繁亲本，顺带还配组成功后来名扬全国的紧凑型杂交种“掖单 2 号”和“掖单 3 号”。它们的母本分别来自李登海团队培育的自交系“掖 107”和“掖 4021”，父本都来自中国农科院培育的自交系“黄早 4”。中国的种子法出台前，各类自交系在育种家中间自行流通，写一封信给育种家，对方就会给你寄来几粒自育的自交系。国外引进的自交系，也常被当作赠品赠给学生或同行。

1979 年秋收之时，是李登海关于青春最灿烂的记忆：这一年，“掖单 1 号”在后邓村大丰收，在掖县西由公社几个试种点里也大获丰收。而“掖单 2 号”和“掖单 3 号”在后邓村的试验田里，分别获得亩产 776.9 公斤和亩产 774.9 公斤的好收成！

县里组织专家来鉴定、称重验收。在验收会上，听到这些数字，李登海一阵狂喜：“过 1500 斤了！我的个天，真的过 1500 斤了！”

后邓村农科小组的伙伴们激动得都跳了起来。李登海压制着内心的狂喜，忙着招待领导、专家喝汽水，但他自己舍不得喝。验收会结束，李登海摇上来一桶井水，一口气喝了小半桶。他回到家，发了好一阵呆后才慢慢认识到，这一惊人的玉米单产是自己带着小伙伴们实现的。

“超过 1500 斤了！娘！”

“两个品种都超过 1500 斤了！娘！”

“看你高兴的，自己都不敢相信哩！”妻子一直是他的助手，这时笑得合不拢嘴。

“我是相信哩，我是坚信自己能培育成功的！我只是没想到，这一天来得这么快。这就是毛主席说的‘世上无难事，只要肯登攀’。外国人能创下亩产 1250 多公斤的高产，咱中国人也能创高产，这才是第一步。”

“能创下高产”和“更高产”是两个台阶，30 岁的李登海越上了第一个台阶。来年，在大规模种植“掖单 2 号”“掖单 3 号”时，他在玉米地头放了一挂 1500 响的鞭炮，说“要好好给这个种子、给这块土地庆贺庆贺”。

“紧凑型杂交玉米”这个称谓，是农学家、遗传学家、栽培学家不断分析总结“掖单 2 号”后叫出来的。他们根据“掖单 2 号”株型紧凑、叶片上冲等特点，赋予它这个带有分类属性的名称。紧凑型杂交玉米，使我国玉米育种发生了根本性的转向——也就是说，“掖单 2 号”以前的玉米良种并未刻意强调株型紧凑，而此后的高产玉米品种要想单产超过 750 公斤，株型都要是紧凑型的。这种株型利于作物接收更多的阳光，适于密植，既能在单株上高产又能在单位面积上多植提高单产。它完成了两个突破：一是种植密度，平展型玉米品种在种植密度超过 4000 株 / 亩时，就有 10% 空秆或倒折，而紧凑型玉米的种植密度可达 5000 ～ 6000 株 / 亩，一株一穗，本身就可增产 20% ～ 40%；二是叶面积指数的突破，或者可以倒过来说，只有达到叶面积指数的突破，才能达到种植密度的突破。简单地说，李登海培育的“掖单 2 号”等紧凑型玉米品种，使我国杂交玉米育种的方向发生了根本性的改变。

1988 年，李登海培育的“掖单 13”紧凑型夏玉米，创造了我国夏玉米最高单产：1008.88 公斤 / 亩。

当时，一个记者采访李登海后与之闲聊，说：“您一定知道美国有一个叫华莱士的农民，利用杂交玉米改变了美国的粮食格局，甚至改变了全世界的人均粮食拥有量。”

李登海没有作声，他想起了那个遥远的夏天看见的讲台上的那份报告，看到美国人种植的春玉米单产已经达到 1250 公斤 / 亩，想起他当年看到这个数字时的震惊。

这位记者接着告诉了他另一个惊人的消息：美国有一个地带适合种玉米，农民赫尔曼 · 沃尔索一直在这里探索玉米高产的极限。1975 年，他的玉米高产田创造了每公顷 21,210 公斤的高产纪录，1985 年再创玉米每公顷 23,220 公斤的高产纪录，折合亩产 1548 公斤，他被誉为世界玉米高产之星。这个纪录，成了各国育种家的目标。

李登海的思绪飘向了远方，他记住了这个数字：亩产 1548 公斤。

李登海从沉思中回过神来，问道：“那个美国人华莱士，最后怎样了？”

记者说：“他在二战期间当过美国副总统。二战后他在欧洲推广玉米杂交种，解决了战后欧洲粮食普遍短缺的问题。”

李登海想了想，又问：“他是怎么做的？”

记者告诉李登海：“通过自己创办的先锋公司，向欧洲做示范种植，再卖种子。先锋公司因此也发了一笔大财。”

李登海若有所思地点点头。这就是榜样，这就是方法。

李登海再次跟上时代的节拍是在 1985 年，他和伙伴们成立了我国第一家民办农业科研机构——莱州市玉米研究所（后改称莱州市农业科学院），并自任所长。

这是李登海的选择，也是顺应时代所为——所谓时势造英雄！

笔者采访李登海时，他很直率地说："别人好歹有个单位，有单位支持育种、支持南繁。我们没有单位，原来支持我们的公社、大队在实行联产承包责任制后，能给我们的支持就相当有限了。当时国家鼓励一部分人先富起来，鼓励创新，在这种情况下，我们自己成立了民办研究所，自己给自己办了个单位。"

李登海的幽默、大度可见一斑。

据笔者观察，20 世纪 80 年代我国在广大农村推行家庭联产承包责任制后，原先靠国家、政府推广良种的形式渐渐被削弱，虽然县一级都有种子站，但是当地用什么种子不再是政府说了算，而是种子站和农户之间的契约关系。像李登海这样的农民育种家，原来良种育出来是给生产队、公社、县里免费使用，现在他们的种子要先卖给种子站，再由种子站卖给农民。而种子怎么才能直接卖给农民？必须成立一个有资质的单位。

1988 年，李登海和伙伴们育成了"掖单 12"和"掖单 13"，在下一年的大田生产中，前者创造了平均亩产 1070.81 公斤的优异成绩，后者更是以平均亩产 1096.29 公斤创造夏玉米最高单产成为新的标杆，也再一次确定了我国玉米育种新的方向。

从"掖单 1 号"到"掖单 13"的研制，整整 10 年时间，李登海越来越坚定紧凑型杂交玉米的育种方向，越来越坚定地走中国玉米高产道路，努力赶超世界先进水平。

1990 年，农业部在李登海的家乡山东莱州市召开全国玉米生产会议，重点推广紧凑型杂交玉米新品种。紧凑型杂交种的高产使其他玉米育种家认识到，要突破高产的瓶颈，株型紧凑是一个必要条件。在这次玉米生产会议上，农业部决定将“推广紧凑型玉米 1 亿亩，增产 200 亿斤粮食”作为“八五”期间的重大国家项目。

1996 年 8 月，国家科委和农业部在山东省烟台市召开全国紧凑型玉米及其配套技术推广会议，再次把推广紧凑型玉米列为“九五”重中之重的“粮食增产综合配套技术”项目。也就是说 1990—2000 年，紧凑型杂交玉米的育种和推广成为国家农业生产计划的一部分，是我国杂交玉米的主要育种和种植方向，各地的玉米育种家培育的新品种都在向紧凑型靠拢。李登海用 20 多年的努力改变了中国玉米育种的格局，他更加坚定地扛起玉米育种家的社会责任——玉米，要在粮食安全上挑重担。

李登海又一次追随时代节拍、敢为天下先的举措是：1998 年成立了全国第一家民营种子企业——莱州市登海种业有限公司（简称登海种业）；公司以他的名字命名，他出任董事长。这一年，李登海 49 岁，他将“开创中国玉米高产道路，赶超世界先进水平”作为公司的发展目标。从 1988 年“掖单 12”“掖单 13”育成到此时，是他从莱州的舞台走上全省、全国的舞台的又一个 10 年。他是全国人大常委会委员，也是农业部多个专家顾问组成员、多个专家委员会委员。有了这些头衔，他广泛参与全国涉农重大问题的研究讨论，但他依然心系种子改良，始终坚持为国家粮食安全出力的人生方向。

而今，李登海依然一年又一年地在海南三亚的登海种业南繁育种基地选育紧凑型杂交玉米新品种。他把公司交给职业经理人打理，把更多的时间用于改良种子。他深知是玉米改变了他的人生，育种成就了他的人生。无论怎么发展，培育良种都是他事业的根。他的这一思路还体现在对儿子职业的选择上，他并不像许多育种家那样，让自己的下一代经营种子公司，他让唯一的儿子专心搞玉米育种，他说："好种子才是核心竞争力，其他的是浮在企业表面的东西。那是不牢靠的。"

笔者听了暗暗吃惊，报纸上常常称他为"农民育种家"，实际上，他已蜕变成农业发展的战略家，是一位对事业和人生有着大格局的企业家。他最大的智慧就在于，纵然公司市值已达 200 亿元，各种光环簇拥，但他仍让唯一的儿子育种，自己也和妻子一起每年都在海南岛上培育新品种。

2002 年，李登海和登海种业在三亚南滨农场拥有了一处永久基地，结束了 20 多年"打游击"的南繁状态，他也得以在自有的试验田里安心培育新品种。他和团队于 2009 年培育出的"登海 661"亩产达 1402.86 公斤，再破自己创下的国内夏玉米的高产纪录。2013 年培育的"登海 618"亩产达 1511.74 公斤，创造了我国春玉米的高产纪录。李登海和伙伴们不断刷新我国玉米高产纪录，在赶超世界玉米高产纪录的道路上奔跑。

2021 年元月，笔者来到登海种业海南育种基地采访正在地里给玉米授粉的李登海，他的妻子则拿着一本大大的笔记本坐在旁边，为他提供每个事件的准确时间、照片资料以及一些事件的细节。穿着"登海种业"帆布工作服的李登海夫妇保持了淳朴的农民底色。李登海一点都不显苍老，头发因常年暴晒而呈玉米须状的焦黄色，声音洪亮，普通话里夹杂着山东方言：“今天早上我还跟年轻人说，好日子都是干出来的；不干，好日子不会自动找上你。看他们搬沙袋，两个人一人捏一个角在地上拖。哎哟，看着我就着急。我说你们看看我是怎么拿的。我过去，一手一袋拿起来就走。”

“你现在还能一手拎一袋？”我惊讶地问。面前这位山东大汉怎么说也 72 岁了。

“好汉不提当年勇。胳膊做过手术，不像当年了。搁 5 年前，我一手抓一袋，俩胳膊还能架平呢。”

“那你刚来海南时，二十七八岁，力气更大吧？”

“那是。我一个人顶两个人干。不可惜力气，睡一觉劲儿又回来了。”

“我觉得毛主席的很多话对你影响很大，还有一些名人格言，你张口就来。”

“那是，我不光是说，还真那么做。你比如说‘为有牺牲多壮志，敢教日月换新天’，我真信这个。还有‘在科学的道路上没有平坦的大道，只有不畏劳苦沿着陡峭山路攀登的人，才有希望达到光辉的顶点’。这是马克思的名言。”

“那你也信奉保尔·柯察金的那句名言？”我笑着说。

李登海立马说：“‘人最宝贵的是生命。生命每个人只有一次。人的一生应当这样度过：当回忆往事的时候，他不会因为虚度年华而悔恨，也不会因为碌碌无为而羞愧；在临死的时候，他能够说：“我的整个生命和全部精力，都已经献给了世界上最壮丽的事业——为人类的解放而斗争。”’这个保尔是为人类的解放事业，我是为中国人的吃饭事业。我们有个共同点：不怕吃苦，不怕失败。”

李登海话题一转，指着外面正在授粉的年轻人：“我跟他们不说这些。时代变了，他们不爱听格言，我就跟他们一起唱歌。唱歌也能激励他们。有首歌曲叫《三百六十五里路》，我一听，就听到心坎上了。”说着，李登海唱了起来：

那年万丈的雄心，
从来没有消失过，
即使时光渐去依然执着，
自从离乡背井已过了多少，
三百六十五日。
三百六十五里路呀，从故乡到异乡，
三百六十五里路呀，从少年到白头。

虽然跟李登海先生相差十几岁，但在他干得正欢的 20 世纪 80 年代末，笔者正好经历着自己的青春。而且能想象到的是，李登海二三十岁的时候，是怎样一个相貌堂堂、吃苦肯干又阳光灿烂的小伙子。他以巨大的热情和敢于探索、不怕吃苦的精神，最终成为他想成为的那个人——成功开创了中国玉米高产道路，而他也成了时代的英雄。

八　极致塑造

国家统计局的统计数据显示，从 2000 年到 2020 年，玉米的播种面积增长了 79%，总产量增加了 1.46 倍。20 年间平均亩产增加了 114.6 公斤，单产增加了 37.4%。《中国南繁 60 年》一书认为，玉米增产的诸多因素中，南繁发挥的效能占 30% ～ 35%。

在近 3 年的采访中，笔者采访到第 5 代代表性单交种“农大 108”的育种人许启凤，第 5 代代表性单交种“豫玉 22”的育种人陈伟程，第 6 代代表性单交种“郑单 958”的培育者堵纯信，第 6 代代表性单交种“浚单 20”的培育者程相文。上述 4 个品种都被第28届北京种业大会暨首届中国玉米产业链大会授予“荣誉殿堂”称号（共 20 个玉米品种入选）。而与李登海密切相关的莱州农科院和登海种业，一共贡献了 6 个“荣誉殿堂”玉米品种。

笔者了解到，“农大 108”的培育用了 20 年，“浚单 20”的培育用了 21 年，而“郑单 958”则是匹“黑马”。当作为母本的自交系“郑 58”和作为父本的自交系“昌 7–2”相遇，它们就如火星撞地球，撞出了个殿堂级的大家伙“郑单 958”。它在现有玉米品种中推广面积最大，2001 年先后通过鲁豫冀三省的省审和国家审定并开始推广，20 多年来持续推广超过 8.68 亿亩，是一个长销的、几乎每年都名列销量排行榜之首的玉米品种。

笔者采访到的年纪最长的一位育种家，是中国农业大学的许启凤教授。他出生于 1929 年 11 月，江苏宜兴人，是李竞雄的研究生，比袁隆平还年长一岁。他不如其他培育过“荣誉殿堂”品种的育种家那么出名，当然，对国家贡献远大于社会知名度的育种家其实还有很多很多。

许启凤触动我的是，他培育“农大 108”用了 20 年。20 年时间，养一个孩子都成人了，一个人怎么会有如此耐心与一个品种相处 20 年？这个品种为什么需要 20 年的雕琢？他怎么做到的？带着这些问题，我在深秋时节敲开了许启凤的家门。

北京已经开始供暖，许启凤的家里温暖静谧，他抱病的妻子坐在沙发上，已经不能说话，但是能听懂我们的谈话，也关心谈话的内容。

“为什么一个品种需要用 20 年时间来培育？”

“我跟其他育种家不太一样的是，他们许多人采用的是广泛试验，除错存良。也就是一年种几百个、上千个组合，挑表现好的。这种方法需要很多土地，需要几乎全部时间在地里，需要下功夫管理田间。我们的主业是教学，土地、育种时间、用工数量以及经费都有限，所以我的做法是，从 20 世纪 80 年代开始就设计目标，明确我想要什么样的种子，就去找有这种特性的材料，然后提取出来，使它稳定。”

“设计目标？”大学里的教授们与其他育种家的理念果然不同。

“就是你想要什么品质的品种，你就去培育那个品种的自交系。两个不同品质的自交系一碰，就有可能出现你想要的综合品质。”

“难道别的育种家不是这样育种的吗？”笔者好奇地问。

“设计育种是一种自觉的育种方式，是最近 20 年才慢慢兴起的。过去因为没有经验，培育一个自交系要花很多时间，而且主要靠海选。”

“您给我讲讲您的‘农大 108’怎么就用了 20 年。”事实上，采访近 3 年还没一个育种家清晰地告诉笔者，一个品种是怎么选出来的。

“1973 年，李竞雄先生已经调到中国农林科学院，正在培育‘中单 2 号’，这是大背景。当时我们学校迁到河北，算是暂时安定下来。我们就又琢磨着搞科研，不干点什么心里没着落。李先生帮助我找到一些自交系、原种，我就重新开始玉米自交系的选育。你别看一粒小小的种子，跟国家政策和国际关系不无关系。那一年，我国从加拿大、南斯拉夫引进种子，其中自交系‘Mo17’表现突出，李先生用它培育出‘中单 2 号’。从南斯拉夫引进的种子里，有个自交系叫作‘02’，有赖氨酸基因。玉米好吃不好吃，赖氨酸含量是重要因素。我用这个种子，通过杂交使它分离，再连续回交提纯，把普通自交系转育成赖氨酸含量丰富的‘02’同型自交系，这用了 6 年时间，由此提升了玉米的口感。”

“第 2 个 6 年是培育另一个自交系？”笔者回道。

“还不是。”许启凤慢慢说道，“第 2 个 6 年是培育早熟的‘02’自交系和晚熟的‘02’自交系。为什么这么做呢？那时候我在新疆推广自己培育的一个小品种，在新疆的经历让我认识到，我国地域广阔，自然条件差异太大了，在中原很好用的种子，到新疆就不一定能达到育种目标。所以我就开始改进‘02’自交系，将它分化成早熟型和晚熟型。”

“在这中间，您还有其他种子培育成功？”笔者听到许启凤带出来“小品种”一说，知道那是完成阶段性育种目标的种子，它有比现有种子优秀的某些特征，比如说高产或耐旱，曾短暂地推广三五年，然后被其他种子取代。事实上，国内 90% 的种子都是这样的种子，它们有快速育成、快速推广的特点。

“当然需要不断推出一些小品种，我们不能用 20 年等一个大品种。有时候，等 20 年也不一定能出大品种。”许启凤解释道。

分化出早熟型和晚熟型“02”自交系之后，许启凤把研究重点放在培育适合不同地域的杂交种上。从 1979 年到 1984 年，他又用了 6 年时间，选育出兼具山东黄县小玉米早熟特性和东北玉米晚熟特性的高赖氨酸二环系。

这是第 2 个 6 年。

然而，赖氨酸含量高的玉米，有籽粒较软、易生虫害的特点，在仓储时易霉烂。为了使玉米籽粒变硬，增强玉米的抗病虫害能力，许启凤又开始第 3 轮自交系的改进。他于 1984 年引进了墨西哥带有优质蛋白基因的杜斯皮诺（Tuxpeno-QPM），先与二环系杂交，再连续自交，经过 6 年时间，选育出第 2 轮二环系“黄 C”。

“自交系‘黄 C’才是‘农大 108’的父本？”在得到许启凤的首肯之后，笔者想了想，探究地问，“也就是说，您共用 18 年为‘农大 108’遴选了一个好女婿。”

许启凤呵呵笑了，应一句：“也可以这么说吧。”

笔者总结道：“第 1 轮想要提高赖氨酸含量，这是为了有营养、好吃。第 2 轮是培育同时适应华北地区早熟和适应东北地区晚熟的自交系。第 3 轮是发现富含赖氨酸会使玉米籽粒变软，易生虫易发霉，于是导入杜斯皮诺。”

许启凤补充道：“后来我们又用两年，将自交系‘178’作母本，自交系‘黄 C’作父本，培育出‘农大 108’，这前前后后加起来共用了 20 年。需要说明的是，这是团队共同做出来的，特别是后期，年轻人做了很多工作。1994—1996 年，我们参加并通过了全国区试，1997 年申请了国家专利。1998 年、1999 年分别通过省审和国审。之后入选农业部‘九五’期间 10 个重点推广品种。”

笔者说：“十分恢宏！你们用 20 年盖了一座大厦。”

许启凤淡然地说道："实际上许多大品种就是这么选育出来的。黑马不常出现。"

笔者说："您分 3 个轮次打造自交系，这就是您说的设计育种？"

许启凤沉思了一下，补充说："这是遗传育种大前提下的设计育种，需要很长时间、很多代数。现在大家所说的设计育种是分子设计育种。它对育种家想要什么品质更明确，也更节省时间，因为是分子导入。"

笔者说："我在一些资料上看到，遗传育种的提升版是分子育种，分子育种的发展方向是分子设计育种。"

许启凤想了想，慢慢地说："这是育种的发展趋势。而且现在已经开始用了，比如说 Bt 抗虫棉。"

于是，笔者问了一个特别外行的问题："如果实验室可以解决，那还要南繁干什么？"

许启凤呵呵笑起来："傻姑娘，不管实验室里设计什么，都要拿到地里种出来验证它。它不在地里表现出来，我们何以说这个种子就有高产特征、抗病特征、高蛋白特征、高赖氨酸特征？都得到地里去种啊！"

笔者跟着许启凤哈哈笑起来。笔者这样的中年妇女，只有在许启凤这样平和、睿智的老科学家眼里，才会被看作"傻姑娘"吧。笔者问："为什么能坚持 3 轮，搞了 20 年，其中还到海南加代？这就像我们写一本书，写了 20 年，好像不可想象。"

"把一件事情做到极致，是不是你们说的艺术？"老爷子轻轻地问。

嘿，可不是嘛！笔者突然意识到，把不同的品质不断附加到一个种子上，最后那个“成”的东西，难道不是一件艺术品吗？像许启凤这样的玉米遗传育种学家，把“农大108”这样的品种培育成了一个艺术品。

许启凤1952年从金陵大学农学院毕业时正赶上抗美援朝，他作为后勤兵跨过鸭绿江，在前线掩体里待过一年多，主要做物资调配工作。1956年9月考取北京农业大学农学系细胞遗传专业研究生，师承李竞雄教授。幸运的是，这一年学校恢复了孟德尔－摩尔根遗传学教学。两个遗传学派纷争的时候，许启凤正在抗美援朝的战场上出生入死，凯旋后他重新进入课堂，在粮食问题上为人民出力。

九　种济天下

2020年秋，我在新疆喀什，在疏勒县一马平川的土地上，望着一望无垠的棉花田感慨：在祖国的最西部，在一个离乌鲁木齐1500公里的村子，疏勒县库木西力克乡库木西力克村，维吾尔族兄弟种的玉米种子、甜瓜种子、棉花种子等皆出自新疆农科院，而这些种子又大都经过海南南繁。人们说海南南繁，种济天下，我在这个边疆村落，在独自带着3个孩子生活的32岁的维吾尔族妇女阿依姆古丽的院子里，看到了经过海南南繁的玉米和棉花。新疆农科院农作物品种资源研究所所长徐麟是我的采访向导。而我的鲁莽表现在，我来之前根本不认识新疆农科院的任何一个人，只是从三亚南繁科学技术研究院讨要到一个电话号码，就飞到了新疆。

由库木西力克村开始，我一站一站向东行进，一路采访一路结识育种家，坐下来认真听他们讲南繁故事。2020 年 11 月初，我从新疆奔赴北京，来到中国农业大学采访戴景瑞。

我走进梧桐泛红、银杏金黄的校园，突然有一点想念父亲，当年，他在这里上学，也在这里工作，但他至少 20 年没有走进这个校园了。

在浓荫蔽日的校园小路拐弯处，是一座颇有年代感的红砖楼，戴景瑞站在 2 楼走廊里等着我，或许是担心我找不到他的办公室。戴景瑞迎我坐在小沙发上，而自己坐在一张钢木折叠椅上，这让我很不安，我要求对换一下座位，但老先生让我安心坐，尽快切入正题，他只给我两个小时。

“我想从您这了解，从 1900 年到现在，玉米发展到底是个什么局面？”我提出了一个“大”问题。

戴景瑞目光锐利，他大概是审视，这么大的题目，这姑娘能写得动吗？然后，他将目光收回到平静状态，毫不拖泥带水地说：“我以一个会议为切入点吧。最近，在北京召开了第 28 届北京种业大会暨首届中国玉米产业链大会，它释放出什么信号呢？就是从育种到种植到产品加工，再到生产周边的辅助、配套项目，现在有一个平台来展开沟通与合作，每一个环节都逐渐纳入产业链中，育种家和企业家不再是单打独斗，而是协作和融合。”

“这是不是可以理解为，玉米生产从种子开始都将是公司行为？”我小心地问。

“除了高精尖创新技术留在大学、研究所，新品种培育、制种，以及下游各生产环节要走产业化的道路。你刚才的问题，100 多年来玉米产业发展到哪一步了，可以这么说，正走在产业化的道路上，正在逐步提高竞争力。”

“我知道国家玉米改良中心就依托中国农业大学，它的角色是什么？”

“高精尖创新技术留在大学和研究所，国家玉米改良中心就承担着高精尖创新技术的科研任务。”

“比如说呢？”

“比如说，新品种的选育与利用，育种资源的改良与创新，基因工程技术的研发与应用、分子标记技术的研发与应用。既着眼于全国，更着眼于未来。这么说有点抽象，打个比方说，我们要考虑未来 10 年、20 年玉米育种的方向，我们要有人才储备、技术储备，甚至育种资源的储备。这个事情，一般的种业公司他们不会做，人才不够、资金投入也没那么到位，这就要由‘国家队’来承担。”

“我第一眼看到‘国家玉米改良中心’几个字，就想到 1950 年吴绍骙、李竞雄他们参与制订的《全国玉米改良计划（草案）》。我能感觉到老一辈育种家那种雄心，那种为国家、为老百姓解决吃饭大事的担当。当年玉米育种专业人才全国还不到 100 人，就能下决心改良全国的玉米。”我说出了我的感动。

“李竞雄先生那一代人有全局意识，是站在主人翁的视角考虑问题。我做他的学生时，他就是一位普通的教授，但是他的雄心就是要改良全国的玉米种子。20 世纪 50 年代，就这么几个人，一个人负责一两个省分片推广，把全国的玉米改良推广开来。我从他身上学到这种胸怀和视野，还有就是他身体力行地去做。他最困难的时候，‘蹲点’山西昔阳县，其间，他就把山西的玉米改良带动起来，他的‘中单 2 号’最早就在大寨大队推广。而重回北京后，他又开始指导全国的玉米良种运动。”

“穷则不忘其本，达则广济天下。”我说。

“你总结得很好，就是这样的。李先生也如此教育我们这些学生。这是宝贵的精神财富，我希望我自己和后面的接班人，当站在这个位置上的时候，要为国家的粮食大局考虑，为农民考虑，要有这个胸怀。”

“国家玉米改良中心是 1998 年成立的？”我问。

“是的。李先生 1997 年去世前一直担任全国玉米育种协作攻关组的组长，战斗到生命的最后一刻。竞雄先生去世后，我就接下了他的担子，一直到现在。”

“这里有很好的传承。”我一边记笔记，一边感慨道。

“我接过竞雄先生的接力棒，跑好玉米育种‘国家队’交给我的这一棒，我跑完再交给下一代。中国玉米产业的发展是从育种开始的，有几条很清晰的传承线：我们中国农业大学、中国农科院一支；吴绍骙先生开辟的河南一支；杨允奎、张连桂起头的四川一支——他们的学生荣廷昭院士已成为西南地区玉米育种领域的一座丰碑。东北的玉米发展可以追溯到 1903 年的奉天试验场，后来沈阳农学院的徐天锡，我们学校老一辈的刘泰教授，还有丹东农科院等都对东北的玉米作出过巨大贡献，而且有清晰的传承脉络。”

“一支火炬照亮了周围的一片天地。”

“你这个比喻很合适。老一辈是火炬，我们跟上；我们自己也要成为火炬，给后辈们照亮道路。春蚕到死丝方尽，我们这么认为，也这么践行。”戴教授目光炯炯地看着我。

我点点头：“我的第二个问题，玉米为什么能成为我国的三大主粮之首？”

戴教授再次目光犀利地看着我，很快很简洁地说：“真正的动因是需求。20世纪90年代之前是吃饭的需求，现在是下游工业生产的需求。实际上，我们现在的玉米总产量还满足不了需求，2020年还有2800万吨的缺口。这么大的缺口，就是我们的动力。回到你的问题，为什么可以成为三大主粮之首？这就要看能力。什么能力呢？育种的能力、机械化的能力，还包括地力水力化肥农药等因素。但是种子是基础，到现在依然是。种子是农业的‘芯片’！”

种子是农业的“芯片”。这句话我已经听了两年多，在这个时候我才真正体会到它的含义。

戴景瑞是遗传育种有力的实践者，也是南繁的先行者。早在1963年，他就开始到广东、继而到海南岛南繁，培育出大批优良杂交种和自交系。在基因工程、分子标记成为新一代育种辅助技术后，他又站在了新技术的浪潮上，在世界上首次用细胞工程技术阐明C型不育性与专化感病性的关系，育成中国第一代转基因抗虫玉米新品种；提出玉米杂种优势与基因沉默有关，并克隆了相关cDNA片段；他和团队还构建了中国第一张玉米分子标记连锁图。可以这么说，戴景瑞跨越了遗传育种和分子育种两大台阶。事实上，中国的农作物育种也正处在“遗传育种为主、分子育种为辅”的阶段。

我问第三个问题：“从遗传育种到‘遗传育种为主，分子育种为辅’，南繁的作用是越来越大还是逐渐减少？”

“海南南繁，其作用不仅仅是育种加代，而是集科研、生产、销售、科技交流、成果转化为一体的服务全国的‘南繁硅谷’。

打个比方说，过去海南南繁是一家超市，现在则是要打造一个综合商业区。海南‘南繁硅谷’还不仅仅是一个综合商业区，而是一个围绕种子的综合产业园。它的功能越齐全，地位就越重要。”

我进而追问：“那南繁对于玉米成为三大主粮之首的作用呢？”

戴景瑞看出我的执着，呵呵笑起来：“没有海南南繁，玉米单交种的出现要晚上 3 年，推广要晚上 5 年。从第一个单交种开始，我们有 6 轮大规模的单交种的更新换代。如果没有海南南繁，50 年（从第一个单交种育出的 1963 年算起）更新 6 轮不太可能。我现在每年都要去好几趟海南，每年都有育种材料放在海南种。把种子种到地里，每一轮新种子能增产 10% 我们就有盼头！”

我接着说：“有一个数据支持您的说法，国家南繁工作领导小组办公室统计，新中国成立以来，有近 2 万个农作物新品种通过南繁获得，占全国审定新品种的 70% 以上。”

戴景瑞满意地笑笑，说：“所以说在南繁基地，我们每一年种下去的都是希望。”

戴景瑞颇为感慨地回忆北京农业大学迁出北京，迁到陕北的往事，我虽然是他的晚辈却也能找到许多话题。我的父亲曾是这所大学的教师，后来跟随自己的导师去了山东，再去了河南，就很难再回归北京了。但他们在二十世纪六七十年代下放农村，再回城等等经历都很相似，我听着戴景瑞的讲述，仿佛重温了自己的童年。

和戴景瑞走在中国农大的校园里，在京师大学堂农科大学校门的复制雕塑旁，此刻银杏树叶金黄，太阳光照在叶子上，仿佛一树的蝴蝶正准备起舞。这一季玉米已经收获，而冬季海南育种就要开始了。戴景瑞说，他第二天就要去海南，把今年的育种材料播种到地里。戴景瑞饱含深情地说："海南是育种家的天堂，怎么赞扬也不为过！"

近 20 年随着良种更新换代的加速，良种对于我国三大主粮总产量提高的贡献率已超过 45%。农业农村部统计，目前我国水稻、小麦两大口粮作物品种完全自给，玉米自主选育品种种植面积占比提高到了九成以上。"十三五"期间，农作物良种覆盖率超过 96%，总体实现"中国粮"用"中国种"，而"中国种"的七成以上与南繁有关。随着海南"种子硅谷"的进一步打造、提升，随着崖州湾种子实验室、国际玉米技术创新与成果转化中心、种业创新实验室等南繁科研平台的建设和使用，我们可以期待，良种覆盖率和良种贡献率还会提高。

我还记得新疆喀什疏勒县库木西力克村维吾尔族妇女阿依姆古丽家晾晒的玉米和棉花，虽相隔万里，但她家的玉米和棉花的种子都与南繁有关呢！

风中玉米见光长

一　一人上岛

对于中国育种界，1964 年是个特别的年份。

这一年，袁隆平在艰难地开展杂交水稻的研究，并在次年写下了中国杂交水稻研究的开山巨作《水稻的雄性不孕性》。这一年，袁隆平的同级校友吴明珠在新疆鄯善县开始杂交西甜瓜的培育。这一年，农业部在海南岛召开全国“二杂”推广经验交流会，全国第一次大规模南繁由此开始，南繁用地从过去的每年几百亩，陡然上升到 1.1 万公顷（摘自《中国南繁 60 年》）。也是从这一年起，农业部开始在海南对南繁工作实施行政管理，开始投入资金，建立南繁基地。还是在这一年，28 岁的河南浚县农业局干部程相文，一个人挑着育种材料和行李，千里迢迢来到海南岛，开始了数十载的南繁生涯。

1963 年，程相文从河南省中牟农业专科学校毕业，被分配到河南省安阳专区浚县。到农业局报到后，先被派去基层抗洪救灾。在村里救灾时，程相文对这里秋作物的境况感到震惊：洪水冲过的坡地，倒伏的玉米只有一人来高，细瘦的秆子上玉米穗只有一个巴掌长；没被水冲的坡地，因为干旱玉米植株更黄瘦，玉米穗子更细小，还没到成熟季节就已经到了它们生命的尾声。程相文问当地队干部，平常年景这玉米能打多少。队干部告诉他，一般年景也就百十斤。程相文扒开玉米穗外的苞叶，见穗梢有1/5没有结籽。他知道，眼下这个状况除了干旱，主要是种子退化造成的。解决种子退化的途径就是杂交，他在学校里学过玉米杂交技术。但是，试验田里的改良种子，怎么落实到农民手中？怎么落实到浚县的大秋作物田里？年轻的程相文心里着急，也深感无能为力——他一个刚刚分配来的学生能干什么呢？

1962年11月，中央《关于加强种子工作的决定》下发后，全国各市县农业局纷纷成立良种场，或者叫原种场、种子站，负责种子管理，也包括扩繁生产用杂交种。此时，全国各地杂交玉米呈星星火燎原之势，浚县为增强原种场的技术实力，将程相文二次分配到县原种场，程相文成为浚县原种场的第一位大学生。

多年后，程相文接受笔者采访时说："原种场好像是犯过错误的人发配的地方，刚开始我很有情绪，但我这人放到哪儿都会好好干，不会胡乱种种地打发时间。我想，别人能培育良种，我也能。我就跟领导申请到各地讨要亲本材料。我那时候资历浅，不认识什么专家、育种家，只能主动上门求助。从1963年10月开始，我就北上去求种子了。"

育种，什么最关键？当然是育种材料，也就是种子，手里一定要掌握足够多的、足够有效的育种材料才能谈育种。对于玉米来说，育种材料包括原种、自交系等——对于双交种和单交种来说，都是"自交系 × 自交系"。

程相文的寻种之路从浚县出发，向河北，向山东，向辽宁，向吉林，一路走访农业院校和科研院所。1964年初夏，带回种子的他在浚县原种场的繁种基地开始进行杂交玉米试验。

一切都不是没有来由的，一切都有迹可循，理想和责任往往有塑造人生的力量。

河南省一向是研究、推广杂交玉米的主要省份，为落实农业部 1957 年发出的“大力开展玉米自交系间杂交育种的研究”的指示，一批双交种、综合种在河南各地的农科所相继培育出来。新乡农科所的张庆吉、宋秀岭等培育出的“新双 1 号”双交种广泛用于生产。1964 年夏，“新双 1 号”的 4 个亲本被分配到了浚县。县里决定，由原种场扩繁“新双 1 号”4 个亲本，再选定几个生产队，给全县各公社做示范——要把杂交玉米推广做得风生水起，浚县一定要跟上全国的步伐。

A、B、C、D 四个自交系，A 与 B 杂交，得（A×B）单交种。C 与 D 杂交，得（C×D）单交种。两种单交种种子相互杂交，得（A×B）×（C×D）双交种。“新双 1 号”就是双交种。从自交系 A、B、C、D 到双交种“新双 1 号”，要种两季。如果只在浚县当地扩繁，到第 3 年“新双 1 号”才能种到农民的大田里。这中间的过程就叫作种子扩繁。种子扩繁和育种的区别是：前者是对已有品种进行扩大繁殖，以用于大田生产；后者是从众多的原始种里培育出自交系。

“这个事，只有程相文能干！”浚县是个农业县，县领导十分重视农业生产。领回种子，就像领回一个粮食增产的“法宝”，但是这个“法宝”可不是谁都会用。于是，大家不约而同想到那个被“撂”到县原种场的、腼腆的小伙子。

那个年代，大学生如此稀缺，把一位大学生搁到原种场是不是有点大材小用？这一直是农业局领导的一块心病。现在把这来之不易的杂交玉米亲本交给程相文，领导心里也释然了。

接到任务后程相文立即进入角色，他提出："夏天在浚县种一季，冬天到海南岛种一季，明年春上就可以在示范田里种了。"

"海南岛，冬天还能种庄稼？"领导表示怀疑。

"这是吴绍骙教授开创的一年种两季的育种方法。我的老师是吴教授的学生，参加过在海南育种的工作。这个，不打诳语。"

"你给我找出实据来，证明海南岛冬天可以种玉米。那可是海南岛，千里迢迢，跟出国一样。咱们得有的放矢。"

"我给你找。这个，不打诳语。"

于是 1964 年冬天，程相文穿着河南农村那种肥裆老棉裤，腰上系条红布带，挑上 50 多斤种子和 50 多斤的行李，从河南太行山区的浚县，一个人南下，转乘 7 次，经过 14 天的长途跋涉，登上了海南岛。

"海南岛，我来了！我就靠你了！"

程相文的南繁目标是"新双 1 号"的制种和 4 个自交系的扩繁（以备第二年制种）。出门前，程相文对种子做了一些伪装，怕人家看出来那是粮食。1964 年，50 斤粮食何其金贵，弄不好会闹出人命的。沿用财宝不能放在一处的古训，他把种子分类装在小布袋里，分扎在毡子、衣服里，裹了好几个疙瘩，分装在两个麻袋里。麻袋里还有两双新鞋，媳妇董桂枝亲手纳的。出发去海南前，程相文从浚县回了一趟郑州古荥老家，跟媳妇说："这次走得久，一走就半年。"又说："桂枝，今年不用做棉鞋了，海南岛那地方热得很，跟咱这夏天差不多。"媳妇说："老样子，两双鞋穿坏，人就该回来了。"

"在车上害怕咱的种子被偷跑了，我把红布带一头拴在麻袋上，一头拴在腰上。半夜里，没撑住睡着了。夜里，布带子动了，把我吓醒了。跳起来一看，满车厢都是人，过道上躺的都是人。赶快看两个麻袋，还好没事。原来，邻座的一个小闺女看见红布带子好奇，扒拉扒拉，可把我吓得够呛。要是种子丢了，那可涉及全县杂交玉米的推广工作，当然也涉及一个年轻人的前途。”2020年元月，84 岁的程相文笑呵呵地对笔者说。

当年，程相文担着这一事关全县杂交玉米前途的挑子，走在崖县县城（今三亚）街头。当地人穿着短褂、半截裤，说着完全听不懂的话。但街上也有不少像他这样风尘仆仆的外地人，操着南腔北调，见面就问：“你哪里的？”

然后问：“你是种玉米还是高粱？”

程相文喜欢这个炎热的、明亮的、到处都是绿色的地方，也在不经意间赶上全国第一波南繁热潮。他将自己的事业和人生，纳入一股洪流中。

他认认真真地处理眼前的事。南繁有三个要素：种子、南方的土地、南繁人。程相文已经具备了两个要素，就差一块冬季积温适合种玉米的土地了。在海南岛，北纬 20° 穿越海岛北部，从理论上说，全岛都适合冬季南繁，但中部山区因为海拔高，冬季积温不够，并不适宜冬季南繁。事实上，前人已经蹚出一条南繁路了。早在 1960 年，沈阳农学院的徐天锡课题组已经在海南海口附近试验种植过玉米、高粱。1960 年后，海南岛上的南繁逐步向崖县、陵水、乐东集中，程相文跟随前人蹚出的南繁路，一路来到崖县。

他走在炽热的阳光下，发现经过的人都低头看他，有人龇着牙笑，走过一条街程相文才弄明白，大家是在笑他的大裆老棉裤。热带地区的人们没见过老棉裤，就像程相文没见过椰子树一样。

他赶紧找个地方换了条单裤，再走到街上，人精神多了。

你能想象伟大的南繁工作是从这些琐碎之处开始的吗？先到崖县粮站交出粮食证明，以获得当地的粮食关系；再到崖县良种场接洽，然后把你分配到某个生产队，凭借介绍信和粮食关系到生产队办理“落户”。租下土地，自己的活自己干，当然，村子也可以在忙不过来时，派人搭把手。程相文就这样来到崖县罗蓬大队，这是个依山傍河的黎族村寨，自然风光优美。

程相文操着一口郑州话，当时能听懂普通话的当地人并不多。他先找到生产队队长谈租地，能够租给程相文的土地都是零星的，互不相连。

多年后，程相文回忆说：“地，并不是荒地，但离能种庄稼还有点距离。要收拾地，还要自己盖房子住，这差不多花了一个月时间。但我赶在 12 月初下种，没有耽误南繁的农时。”

“什么是南繁的农时？它有一定规律吗？”笔者问。

“那是有规律的。海南的气温有一个由高到低再到高的过程。刚到时不知道，下种早了，结果在最冷的时候玉米抽穗了，果实就不好。后来摸索出 12 月份下种，最冷的 1 月份在苗期，2 月中下旬天气回暖，玉米抽穗，这就是南繁的农时。但是，如果 12 月不下种，拖到 1 月下种，3 月初就收不上种子，南繁就失败了。因为 6 月初，河南就该大田下种了。所以，我们南繁制种，必须在 3 月底把种子收上来，运回河南，路上还要耽搁 20 天呢。”

“您第一次来海南南繁时，两眼一抹黑，心里紧张吗？”

“紧张。生怕完不成任务。而且说话互相又听不懂，干啥都慢。”

“但是，您已经来了，租上地了，第一步已经完成了。”

“是啊。有了地心里就踏实了一半。南繁南繁，你得有地才能南繁。”程相文说起土地，脸上浮现一种感恩的、敬慕的神情。

二 刀耕火种

程相文终于在罗蓬大队租得 4 块共 8 亩南繁土地，接下来就可以撒开膀子犁地、种玉米了吗？答案是否定的，他首先面临的是吃和住的问题。程相文住在村民小夏家里，夏老爹让出一张离地不到一尺的木床。令程相文没想到的是，当天晚上，蚊子、老鼠差不多能把这个从中原来的小伙子“抬起来”。半夜里，还能听到“仙鹤”叫——原来，候鸟也已经来到南方。

第二天，小夏的父亲借给程相文一把砍柴刀，差不多同龄的小夏带他上山砍柴。砍下的柴要用于搭房子、拼床板、生火。事实上，程相文花了一个星期才砍够搭茅草屋所需的木材。对热带雨林毫无认识的程相文，面对铺天盖地的由大树、灌木、藤蔓组成的立体植物库，感觉就像“老虎吃天，无从下口”，原来想象中的美丽的热带雨林，现在看起来有种迷宫般的吞噬感。

作为一个平原上长大的北方青年，哪里会砍柴？哪里会走草木丛生的山路？程相文甚至连砍柴刀都不会用。

他还记得：“那个小山丘看着不高，草密得就像森林，野棉花都像树一样，树上开的花从来没见过。树上还挂着蛇，草里有逮不完的老鼠。”

到罗蓬大队的第 8 天，程相文终于把房子扎好了。没有床，夜里就躺在从浚县带来的毡子上，看星星。因为蚊子太多，程相文一夜没睡。刚搭好的窝棚太湿，程相文住了两天睡得骨头疼。小夏的父亲叫他把地烧一烧，把棚子熏一熏，但程相文急着整地没顾得上。结果种子还没下到地里，狂风先把棚子刮翻了，那场雨是夜里下的，程相文行李都没拿，抱着种子跑回村里，跑到小夏家。怕打扰人家休息，他就在雨棚下坐了一晚上。第二天，夏老爹起得早，赶忙把蹲在雨棚下的程相文拉到屋里，还给他煮了一碗草药汤。

“海南的老百姓很多人识草药，早年我喝过不少他们熬的草药汤子。”想起这些，程相文充满感激之情。

“我又搭了一个棚子。有了经验，就先烧地，熏树枝，再住进去。这次住进去，觉得舒服多了。我后来认识到，烧一烧，是把湿气、霉菌、寄生虫赶跑。我在海南，跟老乡们学了很多野外生活知识，也学了一些生活技巧，就是住再长时间也不烦气。很多人在海南待不下去，一个原因是没学会热带的生活技巧，不会跟当地老百姓打交道。”程相文的确是笔者采访的南繁育种家中最接海南地气的。

整地、耙地的工作量不小，但程相文嘴笨，不会求人，活都是自己干。务实勤恳的程相文，不文艺也不多愁善感，但在上学时爱看《鲁滨孙漂流记》。有一天，他躺在木棍子铺排的床上，觉得自己和鲁滨孙有点像。但又一转念，觉得自己比他幸运，虽然和村民们语言不通，但是总能听见大家说话，能看见大家红红火火地生活，这样就不觉得孤单了。

“有几天空闲了，我就给家里写信。到镇子上的邮局时，听见几个四川人在说话，你猜我的第一反应是啥：他们说啥我能听懂！这可把我激动得眼泪都在眼里打转转。”由此可见，离家千里的南繁人多么孤寂。但是程相文并没有沉溺在这种伤感中，他想得更多的是如何完成任务："那可是全县的杂交玉米推广任务啊！""也是到了崖县，看到成群结队的来自全国各地的同行，真切感受到国家对'二杂'推广多么重视，自己的任务多么紧迫。"回忆往事，程相文心心念念的还是任务。

笔者道："反而是在海南，育种家们才有更多的交流。"

程相文说："是哩。如果没有来海南，我不可能成今天这个样。海南锻炼人，不过我刚来那一年，就是想着怎么把任务完成，怎么把双交种制出来。我从浚县带来一本油印的讲玉米制种实用技术的小册子，看得都能背下来了。"

玉米在地里终于长出了 3 尺高的苗。罗蓬大队爱管闲事的村民，突然提出想看看程相文种的玉米。在此之前，这里老老少少几代人没人见过玉米长在地里的样子。村里过去有下南洋的带回过玉米棒子，大家尝了尝认为不好吃，也没人拿它当粮食种。"大米这么好吃，为什么要种玉米？"在一年可产三季稻的海南岛，这种逻辑很讲得通。但是，外地人居然愿意用全国粮票和 1 亩地 20 块钱的价格来换地种玉米，使得村里人很想去见识见识玉米在地里的样子。于是有一天，村里的男女老少都到程相文的地里看玉米。那天阳光出奇地好，暖暖地照在玉米叶子上，一片玉米苗光艳得像一大群少女。村里的男女老少每个人脸上都挂着笑，在老人的带领下，村里人看到了蓬勃生长的玉米，他们接纳了这位外地来的后生。真像过节一样，大家唱起了山歌：

久久不见久久见，
久久相见才有味。

程相文不知道唱的是什么，更不知道这是情歌，他只觉得好听。小伙子们脸红脖子粗地你吼两句，他吼两句，姑娘们则唱得悠扬动听，玉米地里回荡着歌声、笑声。年轻的程相文也笑着，他觉得村里的人不把他当外人了。

三　永痛妞妞

从理论上来说，生产队只需租地给程相文，无须投入劳力，农具和耕牛的使用也应是有偿的。但是，人心都是肉长的，看到小伙子有困难，生产队也会帮一把。

过年了！南繁一个重要特点就是“跨春节”，许多南繁人深刻的记忆就是在海南过春节——它可真不是什么美妙的回忆，对于许多南繁人，甚至是创伤性的：抛家别亲、离家千里，还有难耐的寂寞和“没得吃”的困扰。对多数南繁子弟而言，一到冬天就没有爸爸了，每到过年爸爸都会缺席。一位南繁子弟告诉笔者，他们家已经习惯了给爸爸摆一副碗筷的春节。等爸爸老了，不再南繁了，妈妈却去世了，过年又开始给妈妈摆一副碗筷。

第一次南繁的程相文迎来了在岛上的第一个春节——之后，从 1965 年到 2021 年，56 年间，有 54 个春节是在岛上度过的。在海南岛过年已经成为习惯，而这种习惯养成于一场接一场的情感磨难。

1965 年春节快到了，程相文分别写好了给父母、妻儿和兄弟的家信，为了省钱，他把它们装在一个厚实的信封里，用航空邮寄的方式寄回去，希望年三十前，能送到家人的手上。平时空荡荡的乡下邮电所这时竟然熙熙攘攘，汇钱的柜台前居然排起了长队。除了寄信，程相文还要寄点钱给家里，他是全家经济上和精神上的支柱。邮电所里还有一个长途电话机，他听见新疆来的南繁人在跟孩子说："要听妈妈的话，帮妈妈干点活儿。作业也要好好写，化雪的时候不要打雪仗……"程相文听得鼻子发酸。农村老家哪有什么电话，他连在电话这头抹泪的机会都没有。千言万语，千头万绪，他只能写在信中。他快步走出邮电所，生怕那个新疆人哭起来惹得自己掉眼泪。

程相文在镇子上找了一大圈也没有找到有饺子的饭店，只得在粮店买了 2 斤挂面、3 斤面粉。在海南岛，能否买到白面纯靠运气。现在一想到有面粉包顿饺子，他又开心起来，鼻子里都是麦子的醇香。

还没有到年三十，程相文就开始给玉米杂交授粉。因为这是做种子用，纯度要求高，所以几乎穗果（雌体）还没有探头就要授粉，然后套上袋子，以防其他杂粉侵入。而玉米几乎同时抽穗，就像一个浪头打来一堆小彩球，程相文慌不迭地去抓，还没到过年就忙了起来，他每天早上 8 点就到地里了，日落前收工——授粉必须要有太阳照着。

与此同时，村子里在杀猪吃开年饭了。生产队长让小夏请程相文去"吃新年"，但玉米正在太阳下扬花，程相文没有跟小夏走，而是留在地里赶紧授粉。

晚上，小夏给程相文端来一碗漂着厚厚猪油的汤。这碗浓汤在 1965 年可是好东西，程相文把它当油用，每天加水煮开，舀出一碗，剩下的煮面条——这么细水长流着吃。吃了一个星期有油水的面条，程相文认为就算是过年了。

正月初八，大部分玉米都授了粉，雌穗都套了袋子，雄穗也套了袋子，只不过还需预留它们几天。还有些玉米没有抽穗，等雌穗全部授粉，它们便完成了历史使命，会被“去雄”。一连几天，程相文都是一个人在地里忙，一发现露头的玉米穗就及时授粉。

当天下午，一封来自老家的电报令程相文手脚发凉。那年头，不是天大的事一般不会发电报，他拆电报的手开始哆嗦：“妞病重，速回。”

妞妞是程相文的大闺女。

妞妞是什么病？电报里没说。电报是大年初一打的，过了一周才到自己手里。如果现在回去，还有一些玉米没有授粉怎么办？程相文又安慰自己：就是回去也帮不上忙，还是等玉米全部授了粉再回去吧。不过另一个更响亮的声音在心里质问他：是玉米重要还是孩子重要？程相文无力做这样的选择。但是如果授粉不够，40 多天后收不上足够量的种子，完不成任务怎么办？他在地里偷偷哭了，抹干眼泪后决定：再等两天，再有两天好太阳让玉米抽穗，他好好授粉，快快授粉，授完粉就回家！就两天！他还是忍不住哭了。就两天！两天后它们就是不抽穗，他也得回家！程相文下了决心，用衣袖抹抹脸，继续寻找刚抽穗的小玉米。

程相文没日没夜地在地头苦战了两天后，把地里的事托付给小夏，背上老棉袄和老棉裤，就踏上了北归路。他在心里不停地祈祷女儿不要出什么事。辗转跋涉 10 天后回到家里时，女儿已经被诊断为脊髓灰质炎，因耽误了最佳治疗时间，落下了下肢终身残疾。在县医院，程相文抱着病重的女儿，和愁苦的妻子失声痛哭。

“我回去晚了呀！”多年后提起这件往事，程相文痛心不已。

等妞妞一出院，牵挂着地里玉米的程相文就赶回了海南。玉米要成熟了，他下了这么大的力，代价这么大，杂交种可不能废了。他回到罗蓬大队，没放行李就先去地里看。3 月的海南岛太阳金灿灿的，玉米棒子出奇地大，一个个支棱着，像个小棒槌。程相文看着这玉米忍不住又哭了，为了这些种子，他和他的家庭，特别是他的妞妞付出了多大代价呀！

从这天起，程相文白天、晚上都守在地里，他怕海南的“游荡牛”踩，怕老鼠吃，怕野猪拱，当然也怕尝新鲜的村民随手掰。夜间为了防蚊子，他往身上、头上套个麻袋睡在田埂上，每每听到响动，就操起铁锹赶过去。

种子就这么收回来了。队里派了 6 个青年帮程相文把种子运到崖县县城，作为回报，程相文将不能用作种子的玉米免费送给生产队。这些世世代代吃大米的黎族人，餐桌上开始有玉米做的食物了。

1965 年秋，在浚县杂交玉米示范田里，程相文扩繁的“新双 1 号”，亩产达到 500 ～ 600 斤，让浚县上上下下欢欣鼓舞，也让对女儿心怀愧疚的程相文心有所慰。回到浚县后，他没有声张女儿耽误治病这件事。当县政府决定，将派程相文再次赴海南岛南繁扩种时，他沉默许久，但还是接受了任务。

四　黎妹救命

1965 年冬，河南省政府决定在南方大规模扩繁杂交玉米，这一年河南省的南繁用地多达数万亩。

这一年，程相文又一个人挑着种子和行李到了罗蓬大队，还是住在小夏家。村里人实在不忍心让这个老实的小伙子一个人住在村外，而且他去年搭的那个棚子和灶台，已经被台风摧残得差不多了。程相文在小夏家腾出的小草屋里，重新砌了灶台，搭了木板床。这次，程相文不但要扩繁“新单1号”，还想尝试自己配制杂交种——俗话说，不想当将军的士兵不是好士兵，不想培育自己品种的育种人，就不是真正的南繁人。刚分配到原种场的1963年深秋，程相文一路北上到东三省，上门求玉米良种，差点冻死在马路边，多亏一位卡车司机搭救才算捡回一条命。那次北上求种虽然经历风险，但还是找到了一些好种子。程相文经历过一次南繁，也想尝试配制杂交种。他想好了，就用“浚单”冠名——是啊，他不配双交种而直奔单交种！既然张庆吉、宋秀岭已经培育出单交种，他又何必去简就繁呢？

又一年的南繁生活就这么开始了。依然是租8亩地，但扩繁的“新单1号”是单交种，比去年的双交种扩繁要简单许多。程相文设置了隔离区，种上自己收集的良种和自交系，并在田边地角种上西红柿、茄子和辣椒等这些北方的夏季蔬菜。在罗蓬大队，他没看见有人种植这些蔬菜。他心想，既然这里冬季能种玉米，那么也应该能种反季节蔬菜——早在二十世纪六七十年代，南繁人就开始种反季节瓜菜，悄悄丰富着海岛人的餐桌。

1966年的春节将近，程相文等着玉米扬花抽穗。然而，玉米好像出了问题，一天一天黄萎下去。这是怎么回事呢？经过一番分析，原来是缺肥。到哪去弄肥呢？程相文去了一趟崖县县城，来回60里路全凭两只脚走。找到农资公司，满心希望去买化肥，但回答就一个字：“冇！”到崖县原种站去问，人家告诉他，南繁的人一下子来了这么多，哪有那么多化肥卖?

买不到化肥，只有找农家肥这一条路了。

在当时的海南，农民没有积肥的传统，该到哪找人畜肥呢?程相文去找生产队队长求援，队长想了半天，猛然想起有个海军医院，医院里有个旱厕。

程相文坐在村口的木棉树下，犹豫了半天。一个内向的、爱干净的青年张口向别人要东西已经很难了，而要的是大粪，实在是张不了口。再说马上就要春节了，自己有家不能回，还要到处找大粪，想想也是怪心酸的。但是，眼看着玉米枯黄将死，必须想办法解决，顺利完成今年的南繁任务。于是，程相文硬着头皮去海军医院，找到负责后勤的同志，笨拙地介绍自己。还没等他介绍完，对方说："你不是本地人。哪儿的？"

"我是河南的……"

"我也是河南的。你们这一呼啦一呼啦地来这么多人，干啥呢？"

"南繁的。"

"南繁是啥？"

"种杂交种。"

"种它干啥？"

"当种子。"

"为啥不在河南种？"

"杂交种缺，一个县就分十几斤。我要利用这里冬天气温高，把这十几斤杂交种种出几百斤来。"

"有点明白了。不过你可真中，到部队来找大粪。你也是运气好，正好碰到我。"

“就是说嘛。”程相文笨拙地应道。

“这样吧，快过年了，也该起粪了，你要起粪就起吧。但是开饭时间不能起，早操训练时间不能起，放电影的时间不能起。看你是老乡呢。”

“就是！老乡照顾老乡。解放军爱护老百姓。”程相文终于想出一句妥帖的话。后来才知道，这位老乡是后勤科长，再往后他们成了朋友。对方看程相文一眼，说：“找家伙去挑吧。可没人帮你啊。”

海军医院离试验田 6 里地，程相文担一对木桶，一个来回就 12 里，一天三四趟地跑。第一天他准备不足，没带干粮，担到半途，饿得腿软，他不得不放下担子，到路边的人家讨个椰子或者芭蕉。村民听不懂程相文的河南话，但也大致知道眼前这个青年是又饿又渴。一位 50 多岁的大姐，放下正在照看的孙子，将一把砍刀别在后腰上，双手双脚并用，迅速爬到 10 多米高的椰子树顶。她从腰间取出砍刀，三下五除二，三五个成串的椰子掉下来。这位大姐从树上下来，挥起砍刀砍开一个椰子，将椰子水倒入陶罐。快要渴昏的程相文接过陶罐，将椰子水一饮而尽。他心里升起感激，临走时从口袋里掏出一毛钱，放在大姐家的石桌上。善良的大姐见状又抓了几个芭蕉塞给程相文，程相文心头一热。

程相文担大粪担了 3 天，每天在村子里进进出出，村民议论纷纷：“这人不要命了。”“玉米是他的命啵？那么拼命？”一向悠闲、自足的当地人，很难理解这个拼命的外乡人，但也不禁多了几分敬重和关心。

3 天的高强度劳动令程相文两腿打晃。第 4 天的午后，太阳把他晒得头昏眼花，他安慰自己，快到小年了，可以好好睡一觉，好好休整一下。他想连地里的玉米都需要“吃饭”，自己也应该抽时间去买点面粉和挂面。是啊，挂面，今年春节除了挂面，还能不能吃上饺子？去年过年他就没吃上饺子。去年春节，他的妞妞落下终身残疾，后来他再上海南岛，收完种子再回去时，千里迢迢给女儿背了 10 个椰青，虽然到家后椰青几乎都干了，但是他总算是让女儿看到了海南岛的椰子……这时，他有点儿走神，有点儿恍惚，天气怎么这么热，太阳怎么这么毒，他使劲挤了挤眼睛，将两只木桶甩进粪池。

许是他太过用力，许是他体力不支，木桶一甩出去，他整个人也一头栽了下去——黏稠的大粪水瞬间淹没了程相文的头顶。这是怎样地狱般的瞬间啊，黑暗、恶臭、窒息，以及因无法呼吸带来的对死亡的恐惧。恐惧让他一激灵，顿时清醒了过来。求生的本能让他往上冲，忍着恶臭往粪池边缘游，想攀上粪池的边沿，从地狱般的粪水里爬出去。但是，粪池太深了，程相文跳了几次，都无法够到边沿，而冲天的臭气几乎令他窒息。他本能地大喊：“救命啊！救命啊！有人没有？来人啊！”

正是部队午休时间，操场上空无一人。天气炎热，蚊蝇嗡嗡，对死亡的恐惧塞满了程相文的内心。他喘不过来气了，仿佛到了死亡的临界点。不！我要活着，我还有父母，还有妻儿，我的生活才刚刚开始，不能就这么完蛋了！想到这些，程相文拼足力气大叫：“来人呐！救命！”

这座旱厕坐落在医院院墙的一边，院墙外是一条乡村土路，土路外是海南乡间密密匝匝、灌木丛生的撂荒地。而此时，有一群姑娘正好从院墙外经过，她们隐隐听到了呼救声。

海南姑娘既羞涩又大胆，一个叫符亚莲的姑娘爬上围墙，看见一个人在粪池里扑腾、呼救，而且人好像有气无力，命悬一线了。她奋不顾身一纵身子，翻过墙头。另外 5 个姑娘也相继跳进院子。

符亚莲跑向粪池，她边安慰程相文边想办法找工具，然后从院子角落里的芭蕉树上掰下一根芭蕉叶，将根部的一头递给在粪池里沉浮的程相文。此刻，其他 5 个姑娘也奔到粪池边，看到快被恶臭熏昏过去的程相文，既同情又着急，纷纷施以援手。

体力不支的程相文看见了伸过来的芭蕉叶，他几乎是拼着最后一把力气，借着姑娘们的拉拽，艰难地爬上粪池边沿儿；而就快要爬上地面时，脚底一滑，人又坠了下去。这时，机敏的符亚莲一把抓住程相文黏糊糊的衣服，把这个小伙子重新拽上地面。程相文爬上地面，随后一翻，仰面朝天，躺在地上大口喘气。人每天都在不知不觉中呼吸空气，可此时，他第一次感觉，新鲜空气像水一样流进他的肺叶，竟然像天一样，是蓝色的，也有点儿像芭蕉叶，是绿色的。

姑娘们拖来部队洗地、浇菜的胶皮管子，对着程相文一阵猛滋，冲洗这个小伙子身上的污秽。滋着滋着，她们就嘻嘻哈哈笑了起来。海南姑娘单纯又快乐，看着这个臭烘烘的窘迫的小伙子，就用半生不熟的普通话问开了："你为什么这么爱你的玉米？你对它比对你自已都好。"

缓了好久，程相文才回过神。他站起来，朝着姑娘们憨憨地笑着。姑娘们又七嘴八舌问道："你们种的玉米怎么吃呀？""你们那里吃米饭吗？你们吃小麦粉，还种玉米干什么？玉米粉不好吃。""你们那里粮食不够吃吗？""你们家到北京还有多远？你去过北京吗？”

程相文腼腆地应着，用水冲冲扁担，又捞上一担大粪，担上了肩。

“你不要命了！这样了还担？玉米有那么重要吗？”救他的符亚莲心疼地看着程相文说。程相文没法跟她们说杂交种对他们县、对他个人到底有多重要，只好说：“要不，你们去参观我的玉米地吧。”

姑娘们实际上也希望接近这位外地来的小伙子。他干干净净，每天穿得整整齐齐干活，沉默寡言地在村边走来走去。他身上有股中原人特有的气质，这种气质让她们好奇。于是她们高兴地答应了。

6 个姑娘结伴跟在程相文身旁，一遍一遍唱着《学习雷锋好榜样》，可以说是声势浩大地回到村里。

姑娘们参观了程相文的试验田，她们多少领会了玉米对于程相文、对于遥远的浚县有多大意义。充满同情心的姑娘们决定向生产队提出帮助程相文的请求，也就是说，她们帮助程相文担肥，生产队给她们算工分。生产队队长同意了这个提议。于是第二天清晨，符亚莲便带着 5 个姑娘在村口的木棉树下，拄着扁担，身边放着桶，一个个笑盈盈地等着程相文。看到程相文出现，活泼的符亚莲大胆地向前一步说：“队长派我们来支援你。”

另一个说：“帮你担粪，把玉米浇一遍。”

虽然程相文已经收到队长的通知，但眼前这一幕，还是让他感动得说不出话。他担着粪桶抢先走在前面，不让姑娘们看见自己感动得想哭的样子。2021 年 1 月，笔者在三亚采访程相文时，他说：“我这辈子遇到的都是好人。”

听了这么多故事，笔者不由自主脱口而出：“那是因为您是好人。”

程相文依然谦逊地说：“还是我遇到的好人多。”

好人小程带着姑娘们，又挑了 10 多天大粪，前后加起来近半个月，将 8 亩地近 2 万株玉米浇了一遍。玉米终于返青了，这让程相文心安了。

程相文在姑娘们的歌声和嘻嘻哈哈的笑声中，干活也轻松了许多。在姑娘们的一再邀请下，他也唱了一首歌：“我们都是来自五湖四海，为了一个共同的革命目标，走到一起来了……”

大家也一起畅想未来：“小程，你说农业机械化是什么样子？”

“农业机械化嘛，犁地不是牛犁了，是拖拉机，播种是播种机，收割是收割机，脱粒是脱粒机，稻谷不用晒了，是用烘干机烘干。反正是一按电钮，机器帮咱们干了。”

“那多好啊！”符亚莲向往地说。

“除了国家倡导的农业机械化，我还有一个愿望，就是实现农业用种良种化。我现在做的，就是让我们浚县玉米生产良种化。哎，我跟你们说，我去年制的种回到县里种，亩产有 500 多斤。我现在着急的是，我一个人只能制种 8 亩，如果更多的人来扩繁杂交种，我们浚县就能成为产粮大县。”

姑娘们对未来的展望则五花八门，比程相文的绚烂得多。比如有的希望春节有一件新衣裳，有的想有一双胶底帆布鞋，符亚莲则想到了北京天安门，她说她最大的愿望就是到北京去，去看看天安门。这个愿望把大家镇住了，沉默了一会儿，符亚莲问程相文：“你去过天安门没有？”

程相文老实地回答：“去过一次呢。”

“天安门啥样？”

“你们去看看就知道了。”

姑娘们梦想着一件不可能的事，海南岛与北京隔着万水千山，而她们这些农村姑娘大概是一辈子出不了海岛了。但是，青春是用来梦想的。北京、天安门，就成为她们共同的梦想。

“小程，将来你带我们去北京看看吧。”

“好。等我有条件了，一定兑现。”

姑娘们嘻嘻哈哈笑着，知道当不了真。

这次担粪前后历时近半个月，程相文给最后一排玉米浇完粪，已经是除夕的中午了。他把自己里里外外洗了个干干净净，然后倒在床上睡觉。这一睡，睡过了除夕夜，睡过了大年初一，直到大年初二早晨，小夏的老爹见他还不醒，就端着一碗米汤来看程相文，见他睡得快瘫了似的，心疼地说：“这个小程，把自己累脱形了。”转而对儿子说：“看看人家，都是年轻人，你不向人家学习？！”

40 多年后的 2007 年，已经是全国著名玉米育种家、鹤壁市农科院院长的程相文，看着自己培育的玉米绿油油的、齐刷刷的，像一群朝气蓬勃的姑娘，便想起罗蓬大队的那 6 位救命恩人，想起当年的承诺。他已经 71 岁了，那些姑娘们恐怕也是白发苍苍了，现在有条件了，可以帮助当年的救命恩人实现愿望了。在冬季南繁的空暇，程相文去田独镇罗蓬村找过那 6 位黎族姑娘。因为村庄变化太大，原先的小村已经变成城郊，住房也从原来的茅草屋变成了砖混小楼，走了一圈下来，竟然一个也没有打听到。这让程相文有些失落，也责怪自己应该更早一些来报恩。

来年南繁季，程相文又经过多方寻访，终于找到她们，遗憾的是有两位已经去世。当年鲜花般的姑娘，现在已经是华发老妪，当年的好人小程也已经是名满业界的老程。久别重逢，大家先是笑，然后就哭了起来，然后又是笑。程相文想起自己 40 多年的南繁育种路，也是一阵眼泪一阵欢笑。在当年集合去担粪的木棉树下，程相文摆上几张小凳子，跟老姐妹们唠家常。

“还在搞玉米？”

“还在搞玉米。这辈子恐怕只能搞玉米了。”

“家里还好？”

“老伴头些年走了，儿女们都成家了。”

“你还记得我们把你从粪池里拉出来的事不？”

“你们是我的救命恩人，我是专门来感谢的。没有你们当年的搭救，哪有我的今天？我也是来兑现当年的承诺的，你们选一个时间，我带你们去北京，去看天安门。”

当年的姑娘们再一次喜极而泣，这么重承诺的人已不多见。而这个外乡人，居然能在 40 多年后来兑现承诺，实在太令人感动了。大家都说，程大哥太有良心了。

2010 年 4 月，程相文安排当年的救命恩人去北京参观旅游，他派助手专程陪同。已经 65 岁的符亚莲站在天安门广场，想起了当年的梦想，想起了自己的青春岁月，不禁潸然泪下。

五　北上寻种

杂交玉米爆发式的高产，让上至国家领导人，下至县里的干部，直至种田的农民都认识到了它的优越性。于是，每年到海南岛扩繁杂交种，成为程相文的常规工作。有想法的青年和没有想法的青年的区别就在于，有想法的青年不满足于仅仅扩繁别人的品种，有个念头在程相文心头产生：我要培育自己的品种！这个想法，早在 1963 年他被二次分配到县农业局原种场时就产生了！

要想培育自己的品种，就需要有足够多的自交系种子和优质原种。而在二十世纪六七十年代，大多优良自交系材料来自国外，浚县没有这样的资源，程相文左思右想：怎么获取散布在全国各育种家手里的育种材料呢？当时还没有知识产权保护意识，种子资源都大家共享。国家在大力推广“二杂”以解决粮食的严重不足，各育种单位、各市县农业局等把品种扩繁和自行培育品种当作每年都要抓的农业生产大事。各级农业科技人员都“在路上”：要么在寻求种子资源的路上，要么在南繁的路上。

一般来说，如果育种人在农业科研单位有一定的人脉资源，寻求育种材料最方便的方法就是写信讨要，但程相文用这种办法寻求育种材料收效甚微——一个名不见经传的、刚刚毕业的后生，靠写信是很难要来育种材料的。

程相文心中提着一股劲儿，决定北上进京，再辗转东北，去收集育种材料。

这是 1963 年，程相文还没开始海南南繁，但是他已经踏上了寻求育种材料的路。临行前，程相文跟邻居借了一个蒸馍锅，按 15 天路程，一天 5 个馍计算，他蒸了 75 个馍，晾干后装进一个面口袋里。他一头挑着一袋馍，另一头挑着几件衣服，衣服里卷着一本玉米制种实用手册，还装着一双妻子做的布鞋，便北上寻种子去了。

程相文从浚县出发，先去了北京，站在天安门广场，他头是蒙蒙的。他一个农村娃，居然来到了北京，居然在天安门广场坐了半天，感受着这个北京的中心、中国的中心。他觉得，站在这个“中心”来想问题，的确不一样。比如说，站在这个“中心”的人，就要考虑全国人民的吃饭问题。年轻的程相文猛然理解了为什么要在全国推广杂交玉米。他在学校时听老师说，在美国，杂交玉米亩产能达 1000 多公斤。而他们浚县，玉米亩产仅 100 多斤。这个差距，就是育种家大显身手的空间——有这么大的增长空间，这个事可以搞一辈子呢！

告别北京，程相文继续往北行。他是个嘴笨的、内向的青年，并不太会跟陌生人打交道，每到一个农业科研单位，逢人就叫老师，辗转好几个人，辗转好几天才能找到手里有好种子的人。见到人家，他自己还紧张，一紧张还有点小结巴，但他诚恳的样子总是能打动人。当时育种界流行着资源共享的风气，只要手头有种子，只要对方手持介绍信，一般都能淘到一些良种，如果自交系是自行培育的，付钱还可以多买一点。而所谓付钱，也就是给人家两三块钱，人家给几粒种子。程相文每到一地，淘到了种子，就去当地供销社买几条小毛巾，用他从浚县带出来的针线缝个小布袋，有时候小毛巾中间还要用针线缝出几个小格，以便装不同的品种，再把收集到的种子寄回单位。

程相文独自一人北行，也自得其乐。大学毕业前，他从没有出过远门，他把艰苦旅行看作是一个年轻人看世界的必要途径。

但是，越往北越冷。程相文带出来的一袋馍快吃完了。关键是衣服太单薄了，正值 10 月底 11 月初，东北开始飘雪了。

吉林省农业科学院是在 1913 年公主岭农事试验场的基础上发展起来的，是我国最早的玉米良种引进、改良试验场，早在新中国成立初期，就有一支自己的“二杂”培育队伍，并成功培育出一批双交种和一批自交系，为我国东北玉米的增产提供了良种。

到了公主岭，程相文觉得身上的衣服单薄得就跟没穿似的，挡不住风。他把介绍信拿出来递给工作人员。

“你从哪儿来的？”接待他的工作人员有点好奇地打量他道。

“河南来的。”

“你们那里还穿单布衫吗？我们现在都穿小棉袄了。你这打扮看着可太冻人了啊。”

“我没出过远门，不知道东北已经这么冷了。我出来一趟可不容易，无论如何得收集到好材料才能回去。就……忍一忍吧。年轻人，冻一冻没啥。”

对方看着他，让他过两天再来。

天色已晚，得找个地方落脚，最要紧的是得填饱肚子，带来的馍又干又硬，他得找一碗热水，就着吃下去。走了两站路才找到一家国营饭店，程相文坐了半天也没人招呼他。于是，他走到传菜的小窗户前，朝里面的大师傅喊一声：“师傅，面汤要钱不？”

里面的大师傅瞅了他一眼，问：“你有介绍信不？”

“有。”程相文拿出介绍信。里面的大师傅又瞟了一眼，拿起一个大碗，向里面舀了两勺煮面条的白汤，推给程相文。

程相文向大师傅招招手，笑着说：“两碗，两碗中不？”

大师傅又拿来一个碗搁在小窗口，向里面舀了两勺热汤。程相文欢喜地向对方道谢，然后端着两碗白汤，找一张空桌坐下。他从面口袋里掏出两个馍，揪去上面的霉点儿，泡在热汤里。两碗热汤加两个馍下肚后，他觉得暖和多了。

这天晚上，他去一家国营旅社的大通铺挤了一晚上，大通铺里住的大都是采购员、销售员。程相文是个心思单纯的人，他枕着自己的干馍，睡得很沉。

过了两天，他又找到吉林省农科院办公室，前两天见过他的人惊讶地说："你还没走啊？像你这样下功夫的人可不多见啊。"程相文动情地说："我们那里太干旱了，我想培育一个抗干旱的品种，东北的品种抗旱性能好，我就是想要几个抗旱性能好的原种或者自交系。"

程相文的老实和执着打动了工作人员，他打开一间会议室，让程相文进去等着。程相文在那间会议室等了一整天，等得人家都把他忘了，等得他饿了两顿饭。他也老实，也不出门问一问，也不出门走动走动，不出门也是因为太冷，他身上只有两件夹衣，而外面已经飘起了小雪。

晚上，单位下班锁门前才有人看见他，这才没把他锁在办公楼里。程相文再次一无所获地走出农科院，疲惫地走在公主岭的街头。11 月初的公主岭已经飘雪了。他饿过了劲儿反而没觉得饿，只是感觉天怎么会这么冷，为什么自己在打哆嗦，为什么街灯越来越飘忽，为什么自己什么也听不见了……

程相文一头栽倒在街头，失去了知觉。也不知过了多长时间，一个路过的卡车司机见有人倒在路边，下车一看，是个干干净净的青年，鼻孔还有热气，忙将他背上车，就近送到人民医院急救室。

待程相文醒来，“活雷锋”东北司机已经走了。医生告诉他，他是营养不良外加寒冷，如果不是被卡车司机及时发现，他有可能冻死在街头。

“冻死街头”几个字让程相文吓出了一身冷汗，更加剧烈地哆嗦起来。

“下雪天你穿两件单布衫还往外面跑，不要命了？”

程相文也是后怕，但看着打点滴的手臂，心想：这可都是钱啊！这一打，自己买种子的钱就没有了。

医生说：“你得住院啊。”

“我可不能住院。我吃顿热乎饭，睡一觉就好了。”

“你真是拼命啊，来干啥呢？”

“找玉米种子。”

“找那干啥呢？”

“配好种子。”

医生想了想说：“这差事不错。千里寻种啊。”

程相文自己想想，也觉得这差事不错，千里寻种，造福浚县人民——这是多美好、多有意义的事啊！

一瓶葡萄糖输完，程相文请求医生别再输液了。他走出医院，雪已经覆盖大地，城市银装素裹。他想起了毛主席的《沁园春·雪》：

北国风光，
千里冰封，
万里雪飘。
…………

他自觉没有这么大的胸怀，没有这么大的气势，但是，他崇敬有这种大情怀的人，自己也要练就这样的情怀。同时，他打心底感激那位素不相识的司机，心想不管怎么说，还是好人多。为了这样的好人，自己也得为社会、为大家做点什么。这个素昧平生之人的救命之恩，鞭策了程相文一生：在任何情况下都要做个好人，有利于他人、有利于社会。

晚上 9 点以后，公主岭的街头就没什么人了，也没有饭铺卖饭了，即便他想好好吃一顿也没地方吃。他靠着一瓶葡萄糖水，又熬了一夜。第二天，他又穿着两件夹衣，希望做最后一次努力。许是他前一天受的罪得到了回报，许是他的真诚打动了人家，那位工作人员打开抽屉，给了他十几种自交系和原种。

“小伙子，我看你是个实在人。你育了良种也是为你们县多打粮食。我也是个育种人，自己留了一点材料，给你匀一点，育出好种子，给我来个信儿。”

程相文再次被感动了，他给人家鞠了个躬，相互留了地址。到 1965 年，也就是掉进粪池那个南繁季，程相文将收集的各种自交系和原种进行杂交培育，得到了两个特别出色的品种，他分别命名为“浚单 1 号”和“浚单 2 号”。

为找育种材料，差点冻死在公主岭街头的故事，他十几年后才给家人讲，听得妻子眼泪汪汪。

“为了育种，你都不要命哩！”妻子半是心疼半是责怪地数落。

“我可要命哩，”程相文乐呵呵地说，“有了命，才能好好育种，才能好好跟你们过日子哩！”

六 天灾失收

程相文是想成为将军的士兵，他北上北京、河北及东三省收集了一些原种、自交系，在1965年冬到海南南繁时，就一边扩繁县里布置的杂交种，一边自己配组杂交种。事实上，遗传育种是个小概率事件。遗传育种是在大基数的杂交试验中，依靠经验一代一代筛选，最后选出优于前一代的种子。它也是一个不断攀高的过程，新一代种子要比上一代种子更高产、更耐干旱、更抗病等等。

当然，在20世纪60年代中期，农家种还是主流。杂交种对比的参数就是农家种，只要优胜于亩产不到200斤的农家种，杂交种就会受到农民欢迎。程相文第一次杂交配组就育成了“浚单1号”和“浚单2号”，他接下来要培育的杂交种，都要优于这两个品种。在县里的支持下，“浚单2号”在本县得到示范推广，这让程相文获得了极大的成就感：“我培育的种子切切实实给农民增收了。”南下南繁，从一开始是必须完成的任务，变成给人以责任、荣誉和乐趣的事业。

不过这都是几年后的事了。

1966年10月，程相文又是一个人挑着育种材料和行李到海南南繁了。这个南繁季，他根据河南省农业厅的统一部署，转到海南陵水长坡村。这里离大海直线距离只有两三公里。

这一次，他不仅扩繁省农业厅部署的“新单1号”，还要验证“浚单1号”“浚单2号”的稳定性。

1967年3月，玉米已经接近成熟，程相文每天在玉米地里观察和记录，也发现了一些诡异的自然现象。他看见田地里、田埂上、沟渠里，甚至机耕道上，都有蛇在爬行，甚至爬到玉米秆上了。而村边的槟榔树、小叶榕、木麻黄树，不经意地一瞅，就能发现某根树枝上挂着蛇。在路上疯狂窜逃的还有老鼠、野猫和一些叫不出名的小动物，在房前屋后也能看到它们搬动粮食或者搬运幼崽。回到村里又听说，成群的螃蟹死在沙滩上，而更奇特的是，当地人口中的跳跳鱼居然成百上千地爬到了树枝上，一切都仿佛预示着，海里有什么灾难即将来临。

“要来海啸了”，村子里传开了这个消息。因为离海近，人们很惧怕海啸。几年前的 1960 年 5 月，村民看见海水退潮，露出平时从来没看见过的海底，吸附在海底的各种贝类暴露出来，在海边的人，不顾老人的劝阻去“赶海”，而仅仅十几分钟之后，海水突然涨涌，像并排的推土机推着土黄色的水向岸边涌来，向岸边的红树林、防风草、木麻黄、野菠萝荆棘丛涌来，接着灌满了海边的白沙地，并向村庄扑来。事后人们才得知，那是太平洋对面的智利发生了海底地震，地震引发海啸，从太平洋那头把海潮推到了这片海滩。

3 月刮起了台风，这仿佛就是不祥的征兆。

村里有经验的壮年人跑回来说，海水正在向后退去，好像是被什么吸回去了，退后了十几米——海边的谚语说：水退一尺，浪高一丈。海南岛东部东寨港附近 72 个村庄沉入海底，虽然是明朝万历年间发生的事件，但是在海边居民口中，它似乎就发生在不久前。傍海而居的人自然养成了强烈的灾难意识，有时候就得“听风就是雨”，3 月份就刮台风、下暴雨，怎么说都是不祥之兆。生产队队长敲响了锣：“海啸要来了！海啸要来了！”

程相文收拾起育种笔记，用一块油布包好，跟随村民往西北面的长坡岭跑。这时，他见到房东阿婆冒着雨往回跑，一问才知道，阿婆的孙女还在家里睡着。

“他阿叔啊，你帮我回去救一下我孙女吧！”

程相文二话没说就往回跑，阿婆在后面喊：“你的包我给你拿着啊！”程相文头也不回地往回跑，在他的左右是村里的猪啊，牛啊，鸡鸭鹅啊，它们也随着人群往山上逃。

“看来真要海啸了。”身上的背包太重要了，程相文可不敢交给别人，包里都是他的育种笔记和育种心得。他这一生，除了人，就俩宝贝：一个是多年积攒下来的育种笔记；另一个就是种子及各种杂交组合——现在，种子在地里，正在灌浆，即将成熟。

程相文跑回房东家，抱起里屋熟睡的孩子，随手扯过一条被单搭在孩子头上就往外跑。在院子里，他看见房东的牛拴在木桩上，便随手解开了牛绳，让牛独自逃生。原来，这是村里为了支持程相文育种，才把牛拴住不让牛去乱啃玉米苗。现在解开缰绳，就是打开一条生路。程相文抱着孩子对牛说：“逃命去吧！”然后又说：“俺们都上山了，你跟着俺们一起上山吧。”

陆陆续续地，全村人都上了山。雨越下越大，全村人又冷又饿，他们既担心海啸真的来了吞没家园，又抱怨走得急，连一点吃的都没带，还要忍受大雨对人无休无止的折磨。海水的咸味越来越重，他们不知道几公里之外到底有没有发生海啸，他们只看到动物们依旧向山上逃窜。

恐惧啊，谁也不敢下山！

饥饿啊，民以食为天！

在山上躲到第 3 天，比海啸更让人畏惧的是饥饿！生产队队长找到程相文，跟他商量，再没东西吃，可能会饿死人。青壮年们下山找吃的，而最容易找到的，就是程相文种在上山路两旁的玉米。说到这里生产队队长停了下来，一脸期待地看着程相文。说到下山救人，程相文眼都不眨，肯定往前冲。但说到用他的育种材料果腹，他迟疑了。这可不是普通的杂交玉米，而是培育自交系的育种材料，他为收集它们，在公主岭差点被冻死。今年这趟南繁，从湛江坐轮渡到海口，海船在琼州海峡出故障，逐渐下沉，不会水的程相文以为自己的大限要到了，还是紧紧抱住它们。当时想的是，只要人在，种子就在，不到最后一刻，自己不会撒手。当然，最后是一船人被赶过来的军舰救了，他也得以保全种子。现在，如同命根子般的种子就种在地里，已经灌浆，快成熟了，如果就这么被人吃了，实在让人心疼。程相文感到太为难了，他披着一块油布，抱着育种笔记，同样也是饥肠辘辘。他看着焦急的生产队队长，看着饿得奄奄一息的村民，不禁反问自己为什么育种。育种不就是为了提高产量吗？而提高产量不就是为了让人吃饱肚子吗？眼前的人们已经 3 天没吃饭了，需要试验田里的青玉米救命——人命关天，他程相文怎么能不出手相救？

程相文毅然决然说："下去掰吧。"他吞咽了口唾沫，忍不住又叮嘱一句："尽量找小的掰，大的可能是好种子。"

饥饿难耐的青壮年们冲下山去。

多年以后，程相文对笔者说："那一年算是白干了，一些重要的种子资源也丢失了。但我不后悔。咱们育种是干啥？就是要让老百姓吃饱吃好。那一年，一村人饿得前胸贴后背，地里就是救命的玉米棒子，我不能说那是我的科研成果就不救命了。啥有命重要？！"

海啸最终没有到来，但这一季的育种材料多数算是报废了。好在程相文的主要任务是扩繁杂交种，育种属于“业余爱好”，他只能把育种的希望寄托在下一年。当然，他还需要广交育种家，寻求育种材料。

程相文对笔者说：“那年冬天的一茬废了，我赶紧拜访在海南南繁的其他育种家，我发现，在海南找其他省的育种人比去他们单位找省事多了，不花啥钱，人家也热情，大家惺惺相惜，都愿意给咱们一点种子，还交上了朋友。”

“我后来也琢磨出来，”程相文接着说，“人的成长跟种子一样，不要怕有挫折、有困难，挫折、困难你克服了，你就进步了。关键是，你自己不能把自己淘汰掉。”

假海啸事件后，回到村里的阿婆将猪圈里没有逃跑的大肥猪牵出来杀了——这是她家最值钱的东西。她要报答程相文救孙女之恩和以青玉米救全村人之情。程相文感动不已，他感受到做好人的力量，他再一次认识到，“好”是可以传递能量的。

七　种如其人

时间来到 20 世纪 70 年代，“大力发展农业生产”的号召响彻云霄，各地纷纷成立农业科研队伍，浚县也借着这股东风，于 1974 年成立了浚县农科所。在成立之初，县农科所只有程相文一个人。

这是那个时代的特色：一个人的农科所！

农科所从县原种场划出一块试验地，盖了一间土坯麦草房，程相文不仅住在这里，还在这里办公。程相文的工资由县农业局发，每年县财政拨款 2.5 万元育种经费。这个拨款额度一直延续了 30 年。一个光杆司令连找一个保存公章的人都找不到，于是程相文就把公章锁在抽屉里，给自己约法三章：不能私用；不能借给别人用；该盖的时候才盖，不能盖的坚决不盖。

虽然是单兵作战，但程相文手里有好种子和育种技术，也就是有“经”。有一本好“经”就会有烟火气，就会有热气腾腾的生活。很快，农科所来了两位知青，又来了转业军人、待业青年，以及大学毕业生。浚县农科所也发展成浚县农科院，2009 年，继续扩大升格成鹤壁市农科院。原来只有程相文有事业单位编制，但在程相文的坚持和努力下，2009 年农科院全员纳入国家事业单位编制。一个老实巴交的人以持续的努力，最后创造了一个奇迹。而过程，如同修行与悟道。幸运的是，程相文始终有玉米育种陪伴。

程相文慢慢悟到了育种的“雕塑”性：你想要什么样的品种，你就将种子的这种品质调出来，固定下来，形成具有这种特性的自交系。这种认识，对于程相文来说也是慢慢形成的。他是一边配组玉米，一边琢磨育种的窍门，慢慢摸索出自己的育种经验——每个育种家都有一套自己的经验，更神奇的是，不同的育种家培育出来的品种的株型和品性大都很像育种家自己。

“这跟写文章的文如其人相仿，育种家培育的品种跟他本人是很相似的。”这句话是笔者从戴景瑞院士那里听到的。

在鹤壁市农科院三亚南繁基地的试验田里，笔者看到了程相文培育的著名品种“浚单 20”。只见这个品种的玉米植株清秀，叶片紧凑向上冲，玉米穗子黄澄澄的、敦敦实实的，显出实在的模样。即便是全国著名的玉米品种，它也是一种低调、拙朴的样子，这跟程相文的气质很像。

浚县作为河南省的一个农业大县，玉米产量的提高就意味着全县粮食总产量的提高。程相文从青春到白发，50 多年制种育种初心不改，培育了“浚单 18”“浚单 20”等 14 个国审、省审品种，助推浚县粮食产量逐年提高，他本人也成为远近闻名、广受尊敬的国家级“最美科技工作者”。

八　苦中有乐

转眼就到了 1975 年冬的海南南繁季，这已是程相文搞杂交玉米的第 12 个年头了。因为有了每年 2.5 万元的财政拨款，程相文便带着两个下乡知识青年一起南下南繁。路上需要 10 多天，他有的是时间给两个青年上育种课，当然也会跟俩青年做必要的交代：“咱们搞南繁的，不仅要育种，还要育人，走到哪儿要把好风气带到哪儿。”

知青小李说：“程所长，您具体说说怎么带好风气。”

程相文：“咱到哪儿，人必须干净。住的地方，放农具的仓库，自己的衣服、鞋子都必须干净。一个人的精神面貌首先要从讲卫生开始。咱到海南岛，既是农民又不是农民，就是当农民也要让自己有个精气神。咱立个规矩，不把自己弄干净不能吃饭。”

“中！”

“咱不能吃老百姓的饭，一顿都不能吃！人家要是送过来，咱吃了，记得一定要还。”

“中！谁家粮食都不多。”

两个知青对即将到来的海岛育种生活充满幻想。1975 年冬的这一季南繁，袁隆平正在海南崖县大规模扩繁水稻杂交种，李竞雄课题组正在海南陵水配制“中单 2 号”杂交种，戴景瑞也在海南岛培育“农大”系列玉米杂交种。

这一年，程相文在崖县水南村一队找到了一块更适合的土地。后来，程相文在这个村住了 18 年，渐渐地带动村民建起了旱厕，种起了冬季瓜菜。

“程所长啊，你们那里还有什么我们这里没有的，教我一点嘛。”房东小裴读过初中，愿意学习新东西。程相文很欢迎当地青年来串门。

程相文说：“我们那里炒菜、做面条都会放一点葱。我看咱们这儿都不种葱，所以我从河南带了点葱籽儿、菜籽儿过来，给你一点儿，我咋种，你咋种，你要是吃着中，我明年多带点。”

1975 年，小裴开始跟着程相文学种葱，过了几年又开始学种茄子。他茄子种得好，很多人跟着学，他就建议村里也种茄子、豆角。到了 1978 年，土地分给了农民，小裴联合自己的兄弟，除了留几亩地种水稻，剩余的田地全部用来种茄子。于是，港商就来他们村收茄子了。到 1980 年冬季，水南村的土地，要么是南繁用地种水稻、玉米，要么就是种茄子、西红柿。前者的收获由各省的南繁人拿走了，后者则被港商拿走了，换来的都是钞票。

程相文团队的南繁生活很清苦。临近春节，玉米预备着扬花吐絮，知青小李说：“我都快不知道面条是什么味儿了。”知青小王说：“我都快不知道我跟水牛有啥不一样的了。”程相文听了呵呵笑，说：“玉米一扬花，咱就没时间了。趁这几天闲，你们去县城耍一耍，看看大海，看看鹿回头。你们要是有口福，三亚旅社往西头走，有个人民饭店，那里有卖面条的，你们一人吃一碗。”

两个知青捎上程相文写的家信，去了县城。程相文自从1964年第一次到海南岛南繁开始，这十来年，只在家过过一个春节。父母年龄越来越大，妻儿还在农村跟父母一起生活，3个儿女逐渐长大成人，自己尽到的责任太少，只能写一封信聊表关心。

信中，程相文写道：“父亲母亲大人亲启。今年又不能陪二老过年，相文这里给父亲大人母亲大人鞠躬了。”

他给妻子另写了一页书信，言称：“我的工作就是这样。我好好工作，省下钱都寄给你和孩子们。妞妞今年秋季要上高中了，闺女要上学就让她上，学习没什么坏处。咱们已经对不住这孩子了，就让她多上几年学，多在家养养。老二、老三也管得紧点，学知识才有前途。今年的鞋穿着正合适，你那么忙就少做两双，我整天下地穿鞋费，买着穿也中。”

两个知青去城里耍，基地突然安静下来，他一个人的南繁已经十来年了，现在有俩青年在身旁，日子是好过多了。他用粗糙的手搓一把脸，琢磨着换一点白面来过年。此时的北方，城里人总是用白面换大米，而在海南岛的南繁人，则是想办法弄点面粉来包饺子。

“年下了，一年到头总得吃一顿饺子吧。”他在心里这么对自己说，“他俩跟着我干，过年连饺子都吃不上，说不过去哩。”

这个海岛上，外地人最多的地方，一个是部队里，一个是南繁地带，另外还有一支时隐时现的地质打井队。地质人和南繁人很相像，比如说虽然人看上去城不城、乡不乡的，但他们都是技术人员。地质人和南繁人都常年在外，跟大自然打交道比跟人打交道多，所以他们的生活显得有点冷清，有点孤单。这天，程相文用一袋大米和半篮子自己种的辣椒，跟地质打井队换了一袋面粉。

两个知青回来，跟程相文说道：“您不知县城有多少湖南人、江苏人、福建人，他们都是搞杂交稻的，拖拉机在街上跑，东风牌大卡车也在街上跑，热闹得很。”

“我遇到一个湖南桂东县的，他跟我吹牛，说他们湖南的南繁队员是坐着本省的大卡车过海来南繁的。还说了，这些大卡车是省里专门配给他们来海南南繁的，杂交稻种收上来，就用这些卡车拉回湖南。”小李说。

“我遇到一个新疆来的，我心想，新疆来的应该是玉米育种的吧？上前一问，嘿，人家居然也是搞杂交水稻的。杂交水稻看着势头很猛啊。”小王说。

“听你们这么说，我也得抽空去看看呐。这几年，杂交水稻那边的消息可不少，1973 年就宣布三系配套成功了。现在这么大规模地搞，看来是开始制种了。”程相文认真说道。

这几年每年南繁，程相文都能听到杂交水稻研究的各种信息，来海南搞杂交水稻的人越来越多，他们开展的是全国各省区市杂交水稻的大协作。1975 年冬这个南繁季，10 万人的南繁队伍分布在海南岛南部，其中一大半是搞杂交水稻的。程相文深知杂交玉米能带来高产，现在杂交水稻研究成功也预示着水稻即将大幅度增产，国家粮食总产量有望在几年内上一个新台阶。一想到自己并不是孤军奋战，程相文心头感到莫大的安慰。

大年三十，程相文派知青小李、小王去县城买肉买韭菜，他本也想去趟县城看看杂交水稻热火朝天的繁育工作。无奈，他的地里已经有雌穗准备露头，他不能耽误授粉，就放年轻人进城了。

程相文又去地里了。这几年，他每年都会做 200 多个玉米组合，希望从中发现好苗子。他有一个心愿：培育一个高产、抗病、抗倒伏的优良品种。这样的品种必须来自一个好的自交系，于是他就从优选自交系开始——谁说好品种一定是大专家、大教授培育出来的？袁隆平也是在一个偏僻农校，可是人家培育了杂交水稻，那可是从无到有的发明创造。由此可见，事情是由人干的，不敢想不敢干那就什么也干不成。他已经是玉米育种的行家里手了，他必须有自己的自交系，有自己的大品种！

2 月的海南岛南部经常是 30 摄氏度的高温。玉米们正英姿勃发，扬花吐絮，准备着开花结果！

“你们这些玉米闺女玉米小子呵，你们就给我好好长着吧。我可是抛家舍亲侍候你们，你们可是要给我长得出息点。”程相文对着玉米说话，“天大地大，现在就咱们兄弟在一起了。旁人在我不说，就剩咱们兄弟我就给你们说说，咱们这两年努力的目标就是培育抗黄萎病的自交系。我这人运气好啊，在浚县推广杂交玉米都十来年了，还没碰上黄萎病大暴发。但是，没暴发不等于不用防范。1975 年 8 月，河南信阳、驻马店等地发生洪灾，灾后又遭遇黄萎病大暴发。水淹过的地区绝收，没有被淹的也大幅度减产。农民苦哇，种了几个月，来一场洪灾全没了，一场黄萎病暴发又是损失惨重。育种人也苦哇，一年又一年南北穿梭育种就是想培育出一个好品种，但是种子光高产不抗病，这可不中。高产和抗病是一个好品种的必要条件——就是那句话，要让农民种下就能收上来玉米，而且收得越多越好。这是硬道理。”

程相文这么说着说着，太阳就偏西了。他走出玉米地时，夕阳的余晖洒在大地上，如此温暖。他想到生活在老家的父母妻子儿女，他们正在包饺子吧？每逢佳节倍思亲，此时他多么想念屋外飘着雪花的家乡，想念大粗碗盛着的连汤带水的饺子。吃完饺子后喝完碗里那几口又咸又酸的汤，那个通透感，才像是过年。

“爹呀，妈呀，儿子在这儿，给你们鞠躬了。”

“媳妇儿呀，家就交给你了。这些年，让你受苦受难了。”

小李、小王好不容易去趟县城，天擦黑了才回来。他们带回来 3 斤猪肉，这猪肉让他们拎在手上在县城里逛了大半天，在 30 摄氏度的高温下是个什么状况可想而知。“没事，卖肉的给肉撒了两把盐。”俩小伙子自信地说。程相文把面和好，晚上没事，点着煤油灯，3 个人一起剁馅包饺子，说着闲话。

在海南岛，包好的饺子可不能放在外面，一是没有天然冰库，二是飞禽走兽蟑螂蚂蚁什么都可能来偷袭，那么放在哪里呢？只能是分散放在各个有盖子的容器里，最后一部分装在篮子里，吊在房梁上。睡觉前，小李还说：“老鼠不会顺着绳子爬下来吧？”

大年三十就这么过去了。1976 年的大年初一，按照河南的习惯，开门第一件事是放鞭炮，煮饺子。一大早，小李、小王就开始劈柴生火。大年初一的炉膛烧得特别旺，程相文下厨，炒了几个菜，然后下饺子。一大锅水烧开了，已经开始漏汤的饺子下进锅里，煮了一滚，有饺子破皮儿了，锅里浮着一层白花花的碎末。

“程老师，这是啥？”

正准备醋的程相文走过去看看，说：“你们买的肉太肥了，这是肥肉末。”

3 个人面面相觑，各种眼神传来递去。

“包饺子的时候，没觉得肉太肥呀，是萝卜？”小王小心翼翼地说。

“哎呀！你们呀！快倒了，倒了！”程相文一拍脑袋，“天太热，肉长蛆了！”

后来两个知青根据国家政策陆续回城，每年跟程相文在海南过年的，换成了大女儿程新建，也就是妞妞。因为浚县农科所当时没有编制，招不到有学历的人，一时间，程相文手头缺人。这一年，18 岁的程新建高中毕业，她给父亲写信——多年来，她一直代母亲给父亲写信，她熟悉玉米育种就像熟悉自己的另一门功课，她在信上说：“爹，我这种身体情况考大学也没指望，可我爱学习，我就跟你学育种吧。”

程相文默默地流下眼泪。这个身有残疾的大女儿永远是他愧对的孩子，1977 年已经恢复高考了，但是残疾青年就是考试通过了，体检也过不了。这个爱学习的孩子的前程变得很窄很窄。他也该想想 3 个孩子的前途问题了。他写信把程新建叫到浚县县城，这个 18 岁的姑娘则把自己从夏到冬的换洗衣服都带来了。她是不打算走了。

“闺女啊，学育种可不容易。干这一行的女子不多，你可想好了？”

“爹，我想学花木兰横刀立马，可我这身体不允许。学育种，还能为社会作贡献。”

一年中，程相文半年在海南岛，另外半年在浚县，回老家也就是每年两次探亲。妻儿一直在老家跟父母同住。这一年，随着大女儿高中毕业，儿女的前途问题摆在面前。他还是第一次听到女儿说她希望自己是花木兰，他第一次认识到自己的女儿如此有志气。

这一年，18 岁的程新建跟随父亲学育种。程相文南下的扁担上，不仅挑着种子，还挑着自己闺女的前途和未来。

程新建这个有志气的女孩跟随父亲南下南繁，来来往往，从浚县到海南，从海南到浚县，候鸟一样飞了 30 多年，一直飞到 50 岁退休，一直飞到当了祖母。

九　共同进退

浚县农科所成立后，县里每年都会下达制种任务，因此，程相文每年南繁主要是扩繁杂交种，同时进行杂交种的培育。国家形势逐步趋于稳定，越来越重视农业生产，他也有奔头。但是，2.5 万元的财政拨款要养活逐渐壮大的队伍，还得支付南繁的差旅费、土地租金等，他得为农科所的发展考虑，比如说他总得再盖一间房子，哪怕是草房，等南繁回去才有地方住。

程相文自己也没想到，早在 1974 年，他们这一个所长加两个知青的农科所，已经开始自负盈亏。当时并没有赚钱的项目，只能做到收支平衡。

1977 年冬这一南繁季，程相文他们将引进的玉米自交系“获白”和“旅 9-4”相撞，获得一个亩产 400 ～ 500 公斤的良种：“浚单 5 号”。“浚单 5 号”1980 年获得河南省科学技术进步奖三等奖后，从浚县推广到周边的市县，经过 10 年的推广，风行豫北各市县。

程相文和浚县农科所的社会贡献已经溢出浚县，开始在更大范围内扩展。

随着家庭联产承包责任制的推行，土地经营方式、生产方式发生变更，种子的使用从政府推广转变成农民自主选择，从单一品种变为多种经营，玉米杂交种再也不是当地政府统一收购，而是政府在市场中起指导作用。程相文和浚县农科所看到了这一变化，艰难地适应着。程相文他们已经在海南岛看到了港商收购茄子、西红柿的场景，看到房东老裴卖一次冬季蔬菜就能挣六七百块钱的市场前景。他们知道，种子商品化迫在眉睫。而且，他们这个县级农科所的特殊情况是，调进来的每一个职工都要自己赚钱养活自己，所以将种子商品化势在必行。经县政府批准，浚县种子公司于 1981 年成立。程相文他们，大约是中国最早的一批将玉米杂交种商品化的育种家。

程相文对笔者说："这是形势所迫。我们的很多举措是当时的情况逼出来的。县财政部门就给我 2.5 万元的拨款，我得养活职工，所以我们必须一边育种，一边卖种子，直接面对农民。实际上我当时还觉得很丢脸呢。育种种地可以，卖种子实在是要下很大的决心。好在当时'浚单 5 号'增产效果很明显，口碑很好。种子不愁卖。"

浚县农科所从 1974 年程相文一个人起家，到 2009 年升格、更名为鹤壁市农业科学院时，已有职工 143 人，但市里原计划只将所长、副所长等 6 人划为由财政拨款的事业单位职工，但鹤壁市农科院及其前身浚县农科所 30 多年为浚县、为中国玉米育种所作的贡献有目共睹，全国也找不到几家像这样有作为、有实力的县级科研单位，老实的程相文第一次跟领导“叫板”：“要么全员划入事业编制，要么一个也不入，连我也不入。”

程相文对笔者说：“我不想在一个单位里分事业职工、非事业职工，把一个团结的团队分成三六九等。我就跟领导说，要么全部入，要么都不入，连我也不入。最后，市里依我了。现有职工全部入编。入编就是保障，我得让跟我干的人老了后有保障。”

2009 年，程相文 73 周岁。一位 73 岁的老人仍坚持与团队同进退，其人格魅力可见一斑！

1990 年，“浚单 5 号”作为主打品种已经在浚县及周边市县推广了近 10 年，依托县农科所的种子公司也运行了八九年，浚县农民经过 25 年杂交玉米的反复“洗礼”，已经接受了杂交种。现在，即使是一家一户个体耕种，也以种植杂交种为首选。程相文和浚县农科所也将自己培育的良种，变成使农民富裕，也使自身发展的金种子。1990 年，农科所以自有资金盖起了办公楼和家属楼，一次性解决了全体在职职工的住房问题。

程相文说：“我会唱的歌不多，但《东方红》我会唱。‘他为人民谋幸福’这句歌词我记得特别清楚。我觉得一个人这一辈子中还是不中，一个标准，就是能不能为人民谋幸福。我育种、制种是为农民谋好处，但是我也得为单位、为职工谋幸福。咱不能光给远处的人谋幸福而不管身边的人，跟着我一起干的伙计们，他们也得有幸福感、获得感。我们所 1978 年盖过几排砖瓦平房，跟住麦草土坯房相比已经算进步了。到 1990 年，我们就开始盖办公楼和家属楼，”程相文充满感情地说了一句：“我得让职工过上好日子。”

十　商海洗礼

1990 年，老伴儿董桂枝带着尚未出嫁的三闺女来到浚县，一家人终于生活在了一起。这时，已经 53 岁的董桂枝算了算，她和老程结婚 32 年了，但在一起生活的日子还不到一年。程相文深感愧疚，他这一辈子对得起全县农民，对得起单位职工，对得起跟他合作的同人，唯独对不起妻子和父母，孩子们将来还可以补偿，而妻子的青春在无尽的等待和劳作中已经一去不复返。

又要准备海南南繁制种了，程相文被请到分管农业的郭副县长办公室。郭副县长一番嘘寒问暖，程相文看出领导有话要说，还没等他铺垫完就直截了当地说："县长，有啥事你就直说吧。"

"老程啊，那咱们就长话短说，今年的农业工作三级会议上，乡长们和村支书们都反映，咱这土地常年种'浚单'系列，怕是得换换种子，就跟人一样，肉再好，光吃肉人也会瘦。人家地多的地方可以休耕轮作，咱这地方人均三分田，只能换种子了。"

程相文愣了一会儿，用力地点点头。

"中。"他就这一个字。

"你……就不说点啥？"郭副县长踌躇了好几天才找程相文说出县政府的决定，没想到老程就一个"中"。

"说啥？不用说。只要能多打粮，用谁的种子都中。"

"老程啊，你这胸怀我是一次比一次佩服啊。"

最后，程相文与郭副县长商定，县农科所完成 35 万斤种子任务，其中 70% 扩繁新品种"新黄单 851"，30% 是"浚单 5 号"。

一个育种家缩小自有品种的制种规模、扩繁别人的品种，不仅是荣誉问题，也是经济问题。程相文不是不心疼，而是两相比较，明白孰重孰轻：农民希望换新品种看看有没有新的增产希望，领导干部们也希望多几个品种带来产量增加，至少多几种选择就是产量的保证。他和他的品种，在这个大目标、大利益下都是小事情，他说服了自己，也要说服自己的伙伴们：既要接受扩繁别人的品种，也要大家垫资制种。

“35 万斤种子，我们至少需要 1000 亩地。”回到单位，程相文立马召开中层以上会议，和助手们商讨对策。

办公室的同志算了笔账：1000 亩地的租金、买亲本的开销、还有人工费、差旅费，至少需要资金 150 万。

“单位刚盖了办公楼，咱们账上没有这么多钱。”会计说。

经费吃紧，程相文想出了两个好办法节约成本：一是向种子公司和种粮大户预售种子，获取一部分定金；二是改租地为与本地农民合作，向农民提供亲本，提供技术指导，让农民制种，之后再由县农科所回收。

最后一个棘手的问题是筹措出门费，程相文决定发动职工，每人集资两万元，能筹措到 100 万，尽快出发南繁。

程相文回到家，像往常一样，一边洗洗抹抹把一天的灰尘洗干净，一边琢磨着怎么跟老伴儿开口。他对坐在一旁的老伴儿说：“跟你商量个事儿……”

老伴儿说：“还商量啥，你说，我给你准备就是了。”

程相文有些惊讶：“你知道我叫你准备啥？”

老伴儿说：“咋不知道？你的事就是育种，你这么着急忙慌的，不是马上要到海南育种，就是为育种筹钱。”说着，老伴儿脸上露出落寞的神情。

程相文知道老伴儿这是有些抱怨，便逗趣地说："咋就叫你都猜中了呢？"

妻子笑笑，收拾饭桌，洗碗去了。再出来时，老伴儿拿出多年积攒的给小女儿办嫁妆的 5 万元，说了一句："你可不能把闺女出嫁的钱打水漂了。"程相文觉得这句话就是嘱托，他无论如何也要把事情办好：一头是待字闺中的女儿把办嫁妆的钱，另一头是浚县一季夏粮的收成，是老百姓的饭碗和生计，他哪一头都不能辜负。

程相文看着小女儿："闺女呀，不管咋着，到你的婚期，我跟你妈一定把你风风光光地嫁出去。"

单位职工集资出乎意料地踊跃，这些职工都是程相文一个一个招进单位的，最早的 20 世纪 70 年代末就跟着他干，这几十年就干一件事：育种，扩繁种子，从来没有搞砸过。那么眼下这件事，与其说他们相信这个 49 人的县级农科所能前所未有地扩繁 35 万斤良种，不如说，他们相信他们的程所长。职工集资居然集到了 110 多万元。程相文立马带上钱，南下海南找地。那时找地可不容易，更别说整村成片租用了，房东黄生忠帮了他们不少忙。

话说，好人积攒起来的信用，有时候就能当钱使。程相文他们学习其他单位的南繁经验，给出"给亲本、给技术、收种子"的经营策略，把土地上的农民（农工）变成商品种子的生产者。这个方法在今天不足为奇，而在 1990 年，算是一种创新。

种子播到地里，程相文又回到浚县，找长期合作的种子经销公司，预售"新黄单 851"等新品种。种子经销公司先交 30% 的定金，预售的范围甚至扩大到鹤壁市的一些种子公司。不出意料，他们信任老程，信任浚县农科所。程相文手里拿着这些种子公司开出的现金支票，诚惶诚恐，心想，自己何德何能让人家如此信赖自己？自己除了更加小心、更加负责地扩繁这批良种，实在无以回报这份信任。

1000 亩的“新黄单 851”壮壮实实地长在海南南部的土地上，程相文看着一望无际的一米多高的玉米，心里那个畅快呀！神奇的是，育种家们经过几十年的努力，把玉米种在了海南岛南部；更神奇的是，海岛上的居民在育种家南繁之前，根本就没见过玉米。

1000 亩玉米分种在 6 个村。程相文一改一住下就不挪窝的习惯，轮流在每个点上都住上几天，逐个解决问题。当然，他还没有间断自交系的培育，两个后来大名鼎鼎的自交系“浚 9058”和“浚 92-8”此时已经有优质自交系的好苗头。

而在这忙忙碌碌中，程相文忽视了一个人，一个叫强子的壮硕油滑的黑皮肤的年轻人。他自称是河南老乡，同时是河南省某协会海南办事处的干事。强子经常在水南村的基地出入，打牌、喝酒，有时候还会带基地的年轻人去镇上玩上一圈。程相文也心疼这些年轻人，常年守在乡下的玉米地里实在辛苦。但是他也发现，基地的卫生条件没有过去好了；房东老黄也提醒程相文要注意这个强子，别把风气带坏了。程相文想这种批评人的事，最好是抓个“现行”再做警告。

一天，强子又来基地纠集大家打麻将，程相文看到牌桌上的现金，便对强子下了逐客令。强子笑嘻嘻地说：“程所长，不看僧面看佛面，我是你老同学老强的侄子，咱们来谈谈合作吧。”

“怎么合作？”程相文想起几年前在郑州火车站，巧遇中学同学老强，老强正是某协会的负责人之一。在火车站匆匆一见，对方就再三讲到合作。

强子亮出底牌：“你这些种子我都看了，你收上来给我，由我们协会冠名出售，肯定能卖个好价钱。”

程相文不动声色。他觉得事情不会这么简单：如果是正常合作，这个强子会第一时间找自己，而不是跟助手厮混。他说：“然后呢？”

强子拉着老程到屋外，别有用心地说：“我叔叔说，你们‘浚单’系列就交给我们经营。我们的分销商遍布全省各市县，还能卖到外省去。这是多好的机会啊！”

程相文听出了端倪，他说：“我今年的种子都有下家了，要合作也要等到明年。等这一季南繁结束了，咱们好好谈谈。”

“可这一季……”强子急了，“卖出去就是钱啊！”

程相文冷冷道：“我们也知道卖出去就是钱，但是今年的种子跟你没关系吧。你以后不要再来了，我们育种基地禁止赌博。”

强子悻悻地走了。但他在暗地里搞了不少手脚，程相文当时并不知道。

“新黄单 851”是河南玉米育种界跑出的黑马，上市两年名声大噪。这 1000 亩种子，是一笔不小的财富。强子如此这般暗地里的操作，不过是想挣快钱。

种子即将成熟，程相文和手下做好回收种子的准备。回收种子需要现金，他们的资金就是职工集资款。他说：“上点心吧，伙计们，咱们把身家都押上了，不能有一点闪失啊！一是把种子收上来，二是把好种子收上来。质量！质量！说一百遍都不为多！”

几个村同时收种子，程相文很紧张，既要保证种子质量，又要妥善保管种子，要让收上来的种子不淋雨、通风透气。此外，他们的资金还是不够，不得不先打白条。而另一头，强子准备了几箱子现金，大钞小钞提前准备好，派人分头去浚县农科所定点的村子抢种子了。

虽然签订了供销合同，虽然在制种过程中投入了亲本和大量人力，但因为不是现金交易，还是被强子抢走了不少种子。程相文立马转换支付方式，让各组人员带上现金收种子。程相文他们良好的信誉和好人缘再次派上了用场，镇里和村里干部都出面，最终说服各种植基地村委会支持程相文和浚县农科所。

尽管保住了大部分种子，但是程相文还是被深深伤害了，或许从前那种互帮互学、交流种质资源的风气一去不复返了。今天这般明目张胆地抢种子，今后还不知道会干出什么勾当呢！

如同“人民战争”般的收获、脱粒、打包装袋结束后，又是一车一车的种子渡海，然后装上火车车皮，程相文站在站台上看着一个个车厢关上厢门，贴上封条，他长长地吐出一口气，只想美美地睡一觉，脑子里绷着的那根弦已经没有弹性了。

程相文从海南回到浚县的家里便发了一次烧，闺女程新建说：“我爸这是心里紧的，非得生场病才能把心里窝的火呕出来。”发了两天烧，程相文在第三天下午突然睁大眼睛说：“种子该到了！”就一骨碌坐了起来。

老伴儿端了一碗绿豆小米粥来到床前，说：“两天没进汤水了，先吃点粮食，再说你的种子。”程相文端起粥吸溜儿，喝了一大口，不由得赞叹道：“真美！这粥，真美！”老伴儿去盛第二碗时，程相文说：“你不知道，我在海南，就想喝你这一口绿豆小米儿粥。还有捞面条，你明个儿给我擀点面，我不稀罕肉，切个黄瓜丝儿，摊个蛋皮儿切成丝儿，放点酱油、醋，那吃着，就是中！”老伴儿说：“中嘛！”

一个星期后的一天，电话铃响了，副所长张守林在电话那头急急忙忙说：“所长，咱的种子在火车站被扣了，某协会查封了这批种子，说这是假种子。”

“这是谁造的谣？！你在那儿等着，我马上过去！”

程相文直奔鹤壁火车站。种子都是他亲眼看着装上车、贴上封条的，问题可能出在哪儿呢？

驱车 25 公里到了鹤壁火车站，令程相文没想到的是，在车站的车辆编组站围了大约百十号人，人们拉着白布、白纸横幅，上面写着“拒绝假种子”“坑害农民的黑心种子滚回老家去”“卖假种子可耻”等标语，一群既不像农民，也不像经销商的人，见程相文沿着铁路过来，居然异口同声喊起了口号。

程相文沉默不语，拨开人群走到车皮旁，看见一个个车厢铁门上贴着省某协会的封条。正看着，市工商部门接到举报，也前来查封。

“你们凭什么说我们的种子是假种子？”程相文有些激动，他这个人说他啥都行，就是不能说他的种子是假的。

“老程啊，不是我为难你。我们接到举报，对种子这样的‘三农’物资，只要有人举报，就必须先查封、后调查。”程相文在当地颇为有名，很多人认识他。

“这批种子都是我亲自送上车、看着铁路部门贴上封条的。现在铁路部门的封条打开了，某协会在没有做鉴定的情况下凭什么贴封条，这程序对吗？”

正说着，只见一个青年跳上车皮，一手拉着车厢把手，一手扬着一把打印纸，大声喊：“看看吧，这就是浚县农科所在海南制种的现场！这些照片上都是他们的工作人员，照片上还有日期，是我们协会派人监察时拍下的。生产假种子、生产坏种子，欺诈农民，居心何在！”这个喊叫鼓动的人正是强子。而随着他的鼓动，那些拉横幅、举标语的，再次喊起口号。

这时，强子又拿出一份文件当场宣布：我们协会根据群众举报查封这批假种子，任何单位和个人不得撕封条。

曾被强子拉拢去玉米地照相的小张和小王，愤怒地指责强子是故意拉人下水，给人下套，双方剑拔弩张，开始动手了。

“都给我住手！农科所的人，都退到站台上去！”程相文这辈子都没有这么大声吼过。这一吼，止住了双方的争斗。

工商部门还是查封了这批种子。天已经黑了，程相文他们只能暂且打道回府，连夜开会想办法。35 万斤的种子，第一，它们来自高温的海南岛，闷在闷罐子车厢有可能发霉；第二，从种子经销商到农民手中，需要足够的时间给人家运营，否则，宣传不够则销路不畅，县里当年杂交玉米播种计划就会落空；第三，职工集资要还，而且这批种子还是别人的品种“新黄单 851”，万万不可出错。

程相文疲惫地回到家。天还没亮，电话铃声大作，程相文深吸一口气，从床上披衣起身。他不会怠慢这些电话，尽管他已料想这是讨伐的电话。他认真地跟人解释，每一个电话来他都跟人解释，他认为每一个预付定金的人都是债权人，债权人有知情权，当初他们那么信任他，交预付金给他，他不能伤害这种信任。

他一边解释，一边通知所里中层以上干部，认真对待各方询问。

当程相文来到办公楼，种子公司的蒯总就一把将一堆照片、字体粗大的传单摔在桌上，要一个说法。程相文拿起这些照片仔细看，既有本单位几个青年职工赤膊打麻将的场面，又有几个青年职工在一片长得稀稀拉拉、瘦高秆长的玉米地里的情景。这些照片传单和火车站强子扔的如出一辙。

“这几张打牌的照片我认了，是我的职工，是我没管好。”程相文说。

他身边的小张说：“这照片里的人就是我，是强子设套拍下的，他逼我们拿出种子跟他一起经营，我们没同意，他就使出阴招诋毁我们。”

蒯总疑虑地看着小张，又看看手上的传单。

“这张照片上的是我。”小王说，“我们背后的玉米地不是我们的制种地。内行人一看就知道，制种田因为种子是一样的，所以长得一般高；试验田的玉米，因为世代数不同才这样高的高、矮的矮。那个别有用心的家伙让我在别人的试验田照相，这是什么意思？明眼人一看就知道。”

蒯总又看看这些照片，脸色温和下来说：“我信任你老程，把定金早早就给你了。你也得给我一个保证。你们得给我种子不是假种子的证据。”

蒯总正说着，一些中小种子公司、用种大户得到消息也找上门来，他们以本小、亏不起为由，直接要求退合同、退定金。

“老伙计们，”程相文的嗓子已经哑了，“我老程和你们打交道不是一天两天了，这次出这样的事情是我管理职工不严，但是种子不是假的，我以人格担保请专家来证明……”

这时蒯总说："老所长啊，你请几个外省专家给咱鉴定一下，一个星期中不中？"

程相文应道："中！就一个星期！"

那一头，"假种子"的传言惊动了县委、县政府。35 万斤种子扣在火车站，事关全县夏粮生产、全县百姓今冬明春的吃饭问题，是上交国家粮库的粮食安全问题。县委、县政府立即成立调查协调小组，组长郭副县长立即打电话让程相文到县政府开会。

程相文刚进县政府会议室，郭副县长、农业局局长等劈头就问："老程啊，咋弄出来一个假种子案？"

"县长啊，我老程一辈子不弄那弄虚作假的事。1000 多亩南繁地是我看着租下的，原种是经过验收的。在海南，总共 6 个村 6 块地，每一块地我一个月跑两三遍，3 个月下来，每条地垄我都走过了。玉米是农户种的，但是我们的技术员就扎在村里，至少两天到地里看一圈。就是横杠里来了这么个小青年，打着某协会的名义想让我们把种子给他经销。我没答应，结果就弄了这一出。"

"哦？"郭副县长说，"看来是目的没达到，现在来搞破坏了。"

"不过他们协会开了 3 包，确实种子不咋地呀！"农业局长提醒道。

"种子从装汽车，到过海，再到湛江装上车皮，全程都是我们的人盯着的，打上封条的。到了鹤壁火车站，我们的封条被撕了，贴上了协会的封条。他们开包的种子是不是我们的种子都不好说呢。"程相文继续说，"证明种子的真假很简单：第一，保护现场，不让种子被调包；第二，请玉米专家来做鉴定，请培育'新黄单 851'的育种家来鉴定，我们能自证清白！"

"对头！就这么办。"郭副县长有力地一挥手，转身对秘书说：

“请公安局李局长来，布置干警 24 小时守住车皮。通知县工商局，没有县政府的红头文件，谁也不能开封车厢。”他又转身对程相文说：“省里找 5 个，北京找 5 个，请 10 个专家来鉴定。”从省里下来的郭副县长人头熟、行动快，边等着专家到位，边指挥各种子公司准备收货。

程相文就在县委招待所住下了。等待。

在农科所和家属院，种子公司经理和种植大户聚集在一起讨说法，见不着程所长，他们闹得更凶，要求退款的呼声一浪高过一浪。外来人的煽动让集资的职工也慌了神儿，一些家属也嚷嚷着这是半辈子的积蓄，也要求退集资款。这些人聚集到老程家的门口，大声议论、无端指责，把董桂枝和程新建扰得不胜其烦。董桂枝大半生住在乡下，新近单位盖了家属楼，才从程庄村来到浚县县城，哪受过这样的冲击。她跟程新建说，“别开门。”

但是程新建说：“我爸堂堂正正，地里种的玉米我都去看过。我相信我爸，怕他们干什么。不开门，好像咱们做了亏心事，我就把门打开，看他们能怎样。”程新建虽身有残疾，但性子刚烈、刻苦好学，现在已经是父亲育种的好帮手，她勇敢地把家门打开，那些吵闹着要退集资款的人涌了进来。程新建正色地对他们说：“我爸从一个人的农科所，发展到几十人。这几十年的为人你们不知道吗？种子假不假不是他们信口说的，种子就在那儿，打开验收了，就真相大白了。等真相大白了你们再说话行不行？”

有了这句话，集资户们放下心来。

3 天后，浚县县政府所请的 10 位专家到齐，他们打开车厢，随机抽取 200 份样本，一致认定随机抽取的 200 份样本正是“新黄单 851”玉米品种。当天晚上，郭副县长拿着专家鉴定结果来到县招待所，把鉴定报告亲手交给程相文时，54 岁的程相文一时哽咽：“我个人受啥委屈都行，但是，说我的种子是假的，我就是接受不了！”

“都过去了。”郭副县长紧紧握着这位育种半辈子的老汉的手，自己的眼睛也蒙上了泪花。

“浚县农科所这块牌子不能脏！我们生产的种子要对得起全县的农民，这一点我们啥时候都不会忘。”程相文深吸了一口气，把这些天的委屈咽了下去。

程相文回到家里，几天来坐在他家客厅里的人已经散去，老伴儿精疲力竭地侧歪在木床上，程新建在打扫卫生。

程相文叫上程新建，说：“来，咱跟你妈正式交代一声。”程新建放下扫把，凑到父母身边。老伴儿拉一把程相文让他坐下。程相文哑着嗓子说：“事情解决了，咱的种子没问题，正正宗宗的‘新黄单 851’！你的男人，”他对着董桂枝说，“你的爹，”又转头对着程新建说，“不会干那些弄虚作假的事。现在不会，以后也不会。你们对我放一百个心。”

“咋不放心哩？”董桂枝说，“不用你说，我就放心。”

多少天来，疲惫不堪的程相文第一次咧开厚嘴唇笑了。

程相文和浚县农科所最终也没有追究强子和他背后的人的破坏行为。当全所上下回头反思这件事时，程相文语重心长地说：“强子的问题是想不劳而获，‘截和’别人的利益，这就是小偷和骗子。没有达到就采取这么下作的手段，他打开的是咱们的同志意志薄弱、贪图享受的缺口。咱的应对措施就是：看清社会上一些人的嘴脸，不上当。打铁还需自身硬，别占别人便宜，别吃不是自己挣下的东西。守住自己的本分，坏人也就无机可乘。”

2021 年 1 月，程相文对笔者说：“这件事我后来再也没对别人说过。你写书，我就给你说说。我只想说明，我们也是经过商品大潮洗礼的。我们育种的都知道，对那些不好的苗子，只要把它淘汰掉，不选它就是了，没必要半途就把它砍了。它自己结个小穗就结个小穗，我浇地施肥时也会有它一份。对农作物是这样，对人也是这样。那个强子，不过是棵先天基因不良、后天生长环境也不好的小穗，由他去吧。我不会去打他这一棒子。所以，强子这个名也是化名。”

笔者听到了从植物里生发的一种哲学，这哲学很有东方意韵。

十一 情深似海

1998 年，在三亚崖州的南繁基地，浚县农科所培育的自交系“浚 9058”和自交系“浚 92-8”相撞，和合出一个殿堂级良种——“浚单 20”！“浚单 20”2003 年通过国家审定，开始在黄淮地区推广，且经久不衰，成为黄淮地区第二大玉米品种。2021 年，“浚单 20”被中国种子协会评为“十大玉米单交种”，进入中国玉米单交种“荣誉殿堂”行列。

2012 年，“玉米单交种浚单 20 选育及配套技术研究与应用”项目获国家科学技术进步奖一等奖。程相文作为第一育种人，在北京受到时任国家主席胡锦涛、国务院总理温家宝的接见，温总理亲自为程相文颁奖。这一年，程相文 76 岁！

2004 年冬又一个南繁季，程相文这次南繁带来了卧床 10 年的老伴董桂枝。老伴儿已经不会说话了，但她眼睛里流露出的感情他都懂。想着这几十年，这个健壮的女子养大了 3 个孩子，送走了自己的父母和公婆，刚从农村搬到县城跟程相文团聚，没两三年又中风病倒，一生的日子就这么快过完了，程相文觉得自己实在是亏欠她的。眼看着在一起的时日不多，他决定只要妻子还能坐得住轮椅，他就把她带在身边。

“桂枝，今年我和新建带你去海南。”

妻子眼睛动了动，流露出欣喜的神色。但搬动一个完全没有自理能力的人上下飞机、长途跋涉实在是一个艰难的活儿。程相文抬轮椅的手臂都在颤抖，妻子眼里满是心疼。

“我欠你的多，你不用觉得受不住……”程相文说不下去。在一旁的程新建见父亲的手臂在颤抖，就从后面一把托住轮椅：“爸，你丢手，我顶住。”

董桂枝的轮椅两边，一边是正值壮年的儿子程新立，一边是丈夫、女儿，她深吸一口海南岛上温湿的空气，目光里闪过一抹欣慰。椰子树婆娑，鹭鸶鸟盘桓，稻穗正在泛黄，68 岁第一次踏上海南岛的董桂枝仔细打量这片热带土地：这地方把自己的男人一拴拴了 40 年！

“哪——哪——哪——”程相文在房东老黄的砖瓦房子里挥榔头钉木板，老黄听到声响，过来看看。

“老程，你的手是不会休息吧？这么早，做什么呢？”老黄走进房间，看见程相文正往木床外侧钉木条，他一眼就看出，这是为董桂枝的床加个护栏。

“你可真细心啊。”老黄回头看了看坐在门外波罗蜜树荫下的董桂枝，对程相文说，“让孩子们回来装嘛！”

“孩子们都忙，他们去查一查墒，取些土化验一下。现在育种对土的质量要求高了。”

董桂枝听到他们说话，转过头看他们。程相文见状，笑呵呵地对董桂枝说：“老伴儿啊，我现在给你把床加个护栏。说来你都不信，我刚到海南岛的时候他们不兴睡带腿的床，我就自己做了一张带腿的床，后来村里人都跟我学。老黄也跟我学，把家里的床都装上了腿。你说是不是？”

董桂枝眼睛转向老黄，眼里带着笑意。

“我们黎族人自古睡矮床，你们来了我们也学会了睡高床，我们也是接受新事物嘛！”

“是啊，40 年啦！海南南繁为咱们国家育种事业作出了很大贡献，育种人也给海南岛带来了变化。”

“是啊！你刚来时住茅草房，现在都是混凝土楼房了。你刚来的时候我们睡矮床，现在我们都用红木家具了，倒是你们还睡木板床。”

“我们也准备建自己的南繁基地。基地建好了，我请你到我们基地住住。”

“你也教我们给玉米授粉呢。最主要的是，教会我们种冬季瓜菜，种了茄子豆角西红柿，我们才致富了呀。”

两天后程相文又做了一个洗澡凳，董桂枝一直坐在轮椅上看，看着看着眼睛里就潮湿了。这几十年，程相文在海南岛除了育种，又学会了那么多手艺，还在单位管理着很多人，更为国家玉米良种事业作出了突出贡献，跟着这样的男人，骄傲呢。

“桂枝啊，”看见老伴儿看着自己，程相文停下手里的活儿，说，“我这辈子，为公家的事操心多，为你操心得少哇。对不住你啊！”

董桂枝老泪纵横。几十年来为这个家的奉献、10 年的病痛，等来了老程的一句话！有了这句话，她这一生都无悔了！她哭出了声！

程新建晚上来给董桂枝洗澡，对董桂枝说：“你看我爸多上心，做好了，还亲自上去坐坐，看看稳不稳。”

董桂枝看着女儿，指指自己的心。

2004—2006 年，连续 3 年冬季，程相文都带着妻子到海南育种，这 3 年间又一个大品种“浚单 28”培育成功。“浚单 28”是一个高抗病、高品质的品种，实现了杂交玉米从单纯高产向高产、高抗、高品质的进步。

董桂枝看着丈夫建功立业，她为丈夫骄傲，为自己这一辈子嫁给了这样一位为社会作出大贡献的男人而骄傲。

有天，在浚县的家里，董桂枝用眼睛示意大女儿为她取下大立柜上面的一口箱子。

取下箱子打开一看，里面有一些几十年前的铁皮文具盒、塑料三角尺、几本小学生作业本，程新建一翻，都是自己和弟弟妹妹的作业本。没有上过学的董桂枝这几十年学会了看报纸，还学会了五位数的加减乘除，董桂枝自学识字为的是能看懂程相文的来信。1995 年董桂枝中风后，哪儿也去不了的她在家里看报已经没有障碍了。

有一天董桂枝对程新建说：“你把你们看剩的报纸拿回来给

我看看。”

程新建当时笑着说：“剩报纸有啥好看的？”

董桂枝说：“剩报纸也就剩一两个月，要是不看，那人就不知道要落后多少年了。”程新建突然意识到，母亲是不想让自己跟丈夫、跟孩子们拉开距离。

程新建看着作业本，眼里噙满了泪。

董桂枝示意她再找找，于是，程新建翻到了一个鞋盒子，打开一看，是一双手工做的棉鞋。程新建看着这双至少有 40 年的“新鞋”，手一按，鞋面就塌下去了。

“妈，这双鞋恐怕有三四十年了，给我爸做的？”说着，程新建回头看看一直在听她们说话的程相文。

董桂枝用眼睛示意：“是的。”

“哎哟，哪一年做的？ 1970 年？”

董桂枝的表情是否定的。

“那是 1964 年？我爸第一次去海南岛的那年？”

董桂枝枯槁的眼里有了笑意。程相文哽咽了。1964 年冬，程相文第一次到海南岛南繁，那是个紧急任务，他挑上种子，带了两双董桂枝纳的新布鞋就南下了。他告诉董桂枝，海南岛没有冬天，不需要棉鞋，当时她没说什么。而没想到的是，她已经做好了棉鞋。董桂枝把这双棉鞋留了下来。后来，除了 1967 年没有南下育种，其余 40 多年，程相文年年到海南岛南繁，这双棉鞋就一直保存在这个柳木箱子里！这个箱子是董桂枝 1959 年出嫁时的嫁妆！

这天晚些时候，程相文来到妻子的轮椅前，蹲下，让妻子能看到他的眼睛。

“桂枝啊，要不是你当年支持我上学，哪有今天的一切啊！”

老两口相对而视，老泪纵横！

程相文对笔者说，他这辈子能有这些成绩的基础是进了学校，学习了专业知识，学会了怎么做人。第一个让他上学的是他父亲，在解放区实行扫盲运动时，父亲毅然决定让13岁的程相文进入小学上学。本该是上初中的年龄去上小学，实在要克服很大的心理障碍，但是程相文保证：“我能把学上完！”

1959年，程相文高中毕业。因为全国粮食短缺，一些高校不招生，另一些高校把在校学生“遣散”回家。河南是重灾区，人心惶惶，程相文提前中学毕业了。家里为了安顿这个老大不小的、突然没了前途的学子，便让他成了亲。成亲后的程相文一边在生产队劳动，一边自修。他对新婚媳妇儿说：“明年要是大学开考，我还是去考试吧？”

当时，已经怀有身孕的董桂枝说：“上学好呢！我不拖累你。”

程相文说：“我要是考上了，你以后可以进城住，不用挑水了。”

新婚的董桂枝笑靥如花：“我等着呢。”

这一等，从20岁等到53岁。董桂枝53岁才进城，过上了不用自己挑水、不用自己种地的生活。而她，已经喜欢种地了。她喜欢在海南的试验田陪老伴儿。那里都是玉米，远处还有水稻，有水牛，她每年都盼着到海南，到“身边就是玉米地”的南繁基地。

然而她只来过3次。2007年春季南繁结束，她由丈夫和儿女们带着离开海南，到了夏季，就永远离开了她的老程和孩子们。

程相文对笔者说：“这辈子，她没向我要过一样东西。我这辈子对得住国家，对得住单位，就是对不住她！”说着，嘴拙的老先生抽泣起来，眼神里有善良之人特有的那种温暖。

十二　老骥伏枥

由于我国养殖业的发展、工业油脂加工业的拉动、粮食深加工规模的扩大以及人们膳食结构的调整，玉米的需求量逐年提高，进而拉动我国玉米总产量在 2011 年首次超过稻谷，第一次成为我国第一大粮食作物，并且一直保持至今。而这些，与几代玉米育种专家艰苦卓绝的工作分不开，与 6 轮玉米单交种的更新换代分不开，与海南南繁这块土地、与南繁不断创造的种子奇迹分不开。

据最新统计，良种对粮食增产的贡献率已超过 45%，而经过国审、省审的农作物品种，70% 以上与南繁有关。目前，我国水稻、小麦、大豆、油菜、棉花等农作物生产用种均为自主选育品种，玉米自主选育品种占比为 91%。

玉米还有 9% 的种子来自非自主选育品种，这让 70 多岁的程相文依然忧心忡忡。2011 年 1 月 22 日，时任国务院总理温家宝在鹤壁考察时，程相文就握着总理的手，除了汇报“浚单 20”在黄淮地区、在全国推广的成绩外，他还有一句更为迫切的话，想向总理汇报。他说：“现在中国与外国在种子领域的竞争很激烈，我很着急。我还要向您提一个建议，要建立黄淮海地区玉米育种创新基地，培育和推广更多的优质玉米种子。”拳拳之心，溢于言表。

2022 年，86 岁的程相文老先生在接受采访时说：“种业要有竞争力，关键要有好品种。眼下，玉米育种方向正由原来的注重高产向产量、抗性、品质并重转变，越来越多的年轻人投身种业。种业人肩负着中央的嘱托和农民的期盼，不管遇到多大困难，都要坚持把民族种业搞上去。要弘扬老一辈科技工作者的精神，不断培育领先品种，让试验田里的一个个新品种变为农民手里丰收的粮食。”

“不管遇到多大困难，都要坚持把民族种业搞上去。”这就是卓越的育种家程相文的心声，他用一生践行了自己的誓言。

那天阳光正好，天蓝如洗，木瓜正在成熟，柠檬正在成熟，远处的玉米有的一米多高，有的两米多高，有的正在抽穗，而门前的半亩地，玉米苗才刚刚拱土。从这刚刚拱土的玉米苗可以清晰地看出，每棵苗都横在一条线上，竖在一条线上，每一垄下都埋着滴灌水管。这使得程相文那句“把地种好”有了看得见的证据。我在三亚、陵水、乐东各南繁基地采访了 3 个年头，把地种得像在大地上绣“十字绣”的，除了湖南杂交水稻研究中心三亚南繁基地，就是鹤壁市农科院三亚南繁基地了。

程相文有着智者的沉静，也依然保有性格里的谦逊和内向。他依然说着一口河南话，说话的方式依然是他一贯的作风：谦逊，以及由衷表达着感激。

说到刚获得的 2020 年“最美科技工作者”（国家级），程相文感到压力很大。“我何德何能让国家这么抬举？受不起呀！”说着他哽咽起来，“我就是个种地的，只不过把地种得好一些。”

笔者再次动容。一位作出如此大贡献的老科技工作者还在反思自己“何德何能”受如此嘉奖，我们这些小知识分子平时流露出的傲慢实在是令人羞愧。

采访程相文的几天，他一直没有提温家宝总理对他的“浚单20”的褒奖：“种子是农作物的生命，大批种子技术必须掌握在我们自己手中。我这次来，第一，老程忘不掉；第二，‘浚单’忘不掉。河南的小麦生产对全国贡献最大，我看河南的玉米生产将来对全国贡献也会最大！”也一直没提原农业部部长韩长赋多次来海南三亚看望他和其他农业科学家的事。有一天，韩部长还专程到程相文的育种基地看望他，感谢他继续为中国种子事业作出贡献。这些明显带有荣誉光环的事迹程老先生都没有提，他总是感谢别人，感谢他在中牟农业专科学校的老师，感谢在公主岭的大街上救助他性命的司机，感谢房东老夏、老裴、老黄，感谢他的助手和同事，感谢他逝去的老伴儿，感谢他的儿女们对他的理解和支持，感谢现在的生活伴侣王老师。

2021年春节，“最美科技工作者”程相文先生作为嘉宾，亮相央视春晚。这位大半辈子的春节都离家舍亲、在异乡的工作岗位上度过的科技老汉，在这一年的春节，在这个中国人最重要的节日里，再一次离开亲人，到北京，跟全国人民一起过年，同时接受全国人民的致敬和祝福！

笔者看着电视机里的程相文，在心里深深祝福他健康长寿。第二天程相文就飞回三亚，回到亲人身边，回到海南的青纱帐里，和玉米一起，向光而生！

第二章 艳阳青碧水稻田

袁隆平　中国工程院院士
杂交水稻之父

杂交水稻已经遍植大江南北，
但很少有人注意，
几乎所有的水稻优良品种都是从海南繁育出来的。
是海南培育了我，
也培育了中国的杂交水稻。

一 “鹤稻”启示

1961年，31岁的袁隆平还没有娶妻，他在黔阳专区农学院（后改为安江农业学校）已经工作了8年。恰逢三年困难时期，学校因为缺粮而将学生遣散回家。这种事情不仅仅发生在黔阳专区农学院，当时许多工厂、学校、商店都遣散人员回乡，以减轻城市缺粮的压力。学校的200多名教职工因为有口粮供应没被遣返，其他没有编制的工勤人员，比如说食堂的师傅和试验田里的农工，都只能被迫返乡。30多岁的袁隆平感受到无粮的威胁，这感觉在他8岁那年，母亲带着全家躲避日寇，从汉口颠沛流离逃往重庆时也有过。他也有另外的危机感，比如，学校如果被撤销了，自己怎么办？但他生性乐观，这种危机感在脑子里想想就很快过去了。不过他的生活还是发生了一些变化，比如，因为总是处于半饥饿状态，他喜欢的游泳便不再坚持；小提琴呢，依他的理解，琴声应该在欢快的日子拉响，而校园里没有了生龙活虎的学生，小提琴拉得也了无情趣。教师们忙着找点能吃的填肚子，袁隆平也会跟同事们上山挖一些含淀粉的根充饥。这情形实在令人沮丧。

袁隆平毕竟是个天性自由又乐观的人，也是一个爱琢磨的人。后来成为老搭档的罗孝和说：“他脑子一刻也不能停。”既然不上课，时间这么多，年轻的袁隆平就琢磨着总得干点什么——事实上，他一直认为不干出点什么便是枉费人生。他是教遗传学的，学校开的遗传学课程教授的是米丘林的环境遗传学。这一学说从 1952 年开始，就成为中国遗传学界“唯一的遗传学说”，并变异为许多“奇迹般”的对农作物的改造，“无性杂交”就是其中非常诱人的一种，因为按此逻辑可以创造新品种。是啊，新品种！从来没有过的品种被你创造出来，多么诱人！多么激发人的想象力和创造力！这很符合新中国蓬勃向上的社会氛围。饿肚子的时候，人们就想着怎么让农作物增产，恨不得杨树、柳树上都能长出可以充饥的果实——那么粗壮的一棵大树，假如结满了红薯、土豆、苹果，很多人不就可以填饱肚子了吗？这当然是童话般的想象。

袁隆平是西南农学院本科毕业生，他没有跟风去搞那些没有科学依据的东西。他做了一系列的嫁接试验，比如用月光花嫁接红薯——想要利用月光花光合作用强的特点增强红薯的光合作用，增加淀粉合成量，从而提高红薯产量。他做的试验第一年确实收获了超大红薯，地上也结了种子。但是第二年他将嫁接产生的新品种种子播种后，却被打回了原形——长出的还是月光花，地下也没有长红薯。许诺的新品种呢？没有出现！根据米丘林的环境遗传学，袁隆平还搞过番茄嫁接土豆、西瓜嫁接南瓜等试验，结果呢？西瓜嫁接南瓜结出的四不像，可真不像什么新品种。袁隆平和科研小组的学生一起尝了这个四不像的瓜，它既不甜也不香，西瓜和南瓜的优点都不沾，它根本不能算什么“新品种”——试验失败！是啊，年轻人都是在失败中成长的，袁隆平就是从失败的试验中开始了怀疑：影响作物遗传本性的是基因，而不是无性杂交、环境引诱、风土纯化等米丘林学说鼓吹的那些外在因素。1961 年，袁隆平已连续 3 年遭受试验失败，他仰望天空，在心里问了十万个为什么。

从 1953 年大学毕业到安江农校做教师开始，袁隆平用了差不多 8 年时间，通过自己的试验否定了米丘林学说。他当然不敢声张，只是在行动上继续一个青年科技工作者的探索。连续几年失败的实践让他认识到，科学必须搞试验，靠实践说话。这个道理，袁隆平用了 8 年重新认识。如果没有这 8 年“认真地开始，滑稽地结束”的试验，他怎么能重新确认决定作物品质的是基因？说通俗一点，基因就是种子里包含的遗传信息。这个观点很快也在农民那里得到验证。一天，他被派到农村搞社调，在村里看见几个农民担着稻谷从山上下来，他打听得知，原来农民是去山上换稻种的，他颇为书生气地问：“何以担这么远去换种子？”农民答：“山上的种子好些，产得多一些。”然后他们说了一句让袁隆平记了几十年的话：“施肥不如勤换种。”袁隆平如梦初醒，什么“环境决定论”，世世代代的庄稼人早已总结出了农作物高产的秘密——勤换种。让他暗自难为情的是，自己学的是农艺学，教的是遗传学，倒要由农民告诉自己这个浅显的常识：决定农作物产量和品质的是种子！他后来反省，如果自己早点到农民中间转转，或许早就听到这句话了，就不用花费 8 年时间去做什么番茄嫁接土豆等劳而无功的试验了。

这件事让袁隆平意识到，一个农业科技工作者除了闷在试验田里搞科研，还要到农村去，才能真正了解农民到底需要什么。

让袁隆平深为触动的，还有一次农村社调。当时，国家鼓励机关事业单位的干部到农村社调，一个村子里除了他们学校的教师，还住着省里、市里的社调干部。在安排生产时，省里的社调干部说了算，他们重点讲水稻生产，讲水稻种植技术，散会时才顺带交代一声：“别忘了红薯该育苗了。”袁隆平突然意识到，在这里，红薯只是农业生产的一个“搭头”，那么搞红薯研究能有什么出息呢？于是他从研究红薯转向研究小麦，在学校的试验田搞小麦的密植试验。可是有一天，在黔江专区的一次农业科技会议上，他偶然看到一份全国小麦会议的内部交流资料。该资料显示，湖南的小麦产量在全国产麦区位于倒数第一。既然气候条件决定了湖南 90% 的粮食产量来自水稻，那么研究小麦究竟有多大意义呢？

社调经历和同行交流，拓宽了袁隆平的视野，他从一个闷头搞试验的“书呆子”逐步转变成一个用心关注农民想要什么，社会想要什么，甚至是国家想要什么的实干型科学家。

这时的中国还没有杂交水稻这一概念，世界上或许有研究杂交水稻的，但是国内没有相关介绍。不过当时杂交玉米的研究和推广正方兴未艾，不断传来玉米杂交种大幅度增产的消息，通过种子杂交而提高粮食产量，在玉米和高粱那里已经得到了验证。只不过，水稻是自花授粉作物，遗传学界已经得出结论，自花授粉作物不具备杂种优势利用的条件——先不管这些！

既然湖南的主粮是水稻，就没有理由不在水稻上攻坚；既然在各种试验中蹉跎了七八年，就没有理由不多尝试一下；既然学校停课、教学停摆，缺粮问题是当下国家、民族最大的困境，那就没有理由不迎难而上。注意，这时袁隆平还没想到水稻这种自花授粉的作物也可以杂交，他只是在农家种里选种。袁隆平起初的想法很简单，既然已经明白决定粮食产量的是种子，他就去周边的大田里选出多种大稻穗。他的计划是，将选中的大穗子再种一季，如果它们的下一代依然表现优良，就说明其基因（而不是土壤、阳光、灌溉等外在因素）好，就可以考虑留作稻种。许多传统育种家就是这样选良种的。接下来的日子，除了饿肚子继续搞社调，袁隆平就在学校试验田侍弄那些稻子，在稻子抽穗时节，每天在试验田里转悠。1961 年 7 月的一天，在学校的试验田里，他发现了一株鹤立鸡群的稻子，稻穗有 8 寸长，整株有 13 个穗子。他拣出一穗，数了数谷粒，竟有 230 粒！打眼望过去，稻穗向下，叶向上飞扬，如鹤展翅，袁隆平便在心里给它取名“鹤稻”。他粗略一算，这种稻子收上来，亩产可以上千斤。而当时湖南最好的稻田，亩产也就五六百斤。袁隆平如获至宝，在稻秆上做了记号，一日看三回，如同去看一位心仪的姑娘。秋收时，这株“鹤稻”收了近 3000 粒种子！初战告捷！

1962 年，袁隆平向学校要了一块大点儿的试验田，将这株“鹤稻”育了秧，种了 1200 株。他的逻辑是，如果这 1200 株“鹤稻”再种一季仍能整体表现优良、整齐，它就是一个优良的农家种。“鹤稻”刚插进试验田时，齐刷刷的像小女孩儿的小抓辫儿，袁隆平同样是一日看三回，望子成龙般地期盼着。可是这 1200 株秧苗，长着长着就高的高、矮的矮，而且生长期越往后越明显，像是癞痢头。这是怎么回事？是肥料不均匀还是水田泥质有差别？但是下秧前耕地、施肥条件都差不多，表现出的差异为什么如此之大？！袁隆平日日在田边走，夜夜望星空。一季水稻的生长期至少 120 天，到了水稻抽穗的时候，差异性已经确凿无疑。袁隆平泄了气。看来，想通过“鹤稻”选一个高产农家种的愿望落空了。

但这究竟是为什么呢？好好的稻种，为什么到第二代就不行了呢？

但是，即便是一次失败的试验，试验数据还是要记录的。

“鹤稻”即将成熟时，袁隆平找出一本20世纪60年代常见的那种32开的“工作手册”，在笔记本上预先打好“井”字格，他对1200株“鹤稻”早已烂熟于心，37株×33株（约），它们就像操场上的兵，他要去点兵。安江在一个小盆地内，天亮得稍晚，好不容易等到天亮，袁隆平出了单身宿舍，跑步来到试验田，一株一株数稻禾，然后用只剩1/3的铅笔头在试验记录本上做记录。太阳很快就出来了，汗水湿透了衣服。数稻子差不多花了两个小时，食堂开饭的铃声打过第二遍时，袁隆平终于夹着试验记录本跑向食堂。学校规定第二次铃后10分钟，食堂就关门了。

袁隆平买了一个馒头、一碗粥，还有两分钱一份的酸豆角，蹲在食堂的地上边吃边计算。计算结果显示，高株和矮株的比例是3∶1——他为这个计算结果暗自吃惊。这意味着什么？

他在学校是教授遗传学的，教米丘林遗传学，但私下里他也了解了孟德尔–摩尔根遗传学。孟德尔–摩尔根遗传学一个重要的遗传规律就是分离规律，当杂交种到第二代、第三代时会出现分离。而杂交种二代的性状分离比一般是3∶1。试验田里的1200株“鹤稻”的高矮比例正好是3∶1，这说明什么？难道这株“鹤稻”是一株天然杂交稻？因为它是天然杂交稻，所以它去年长得鹤立鸡群；而今年，这1200株是它的第二代，所以它们发生了“性状分离”，是这样吗？

教科书上说，水稻是自花授粉作物，也就是说它不到处传粉。但是，眼前“鹤稻”这个现象又说明什么呢？袁隆平连一个可以讨论的人都没有。

袁隆平为想不明白这大自然的异类“鹤稻”而苦恼。

他走出学校，学校地处沅江边，周边是上好的农田。他边走边琢磨着“鹤稻”，到大田里看看有没有类似“鹤稻”的稻禾。稻田里有田鸡、小鱼和田螺，这些小鲜是江南寻常人家餐桌上的小菜。袁隆平一直记得母亲烧的镇江家乡菜，春天里必吃爆炒螺蛳，夏天是乡下人卖的稻田鱼。毕业将近 10 年，他居然没有回去看过母亲。按照传统，出门工作的儿子回家见双亲，大多是要带着媳妇回去。而初恋女友的离去，令袁隆平心头堵了两三年，那种隐隐的痛自会随时间消失，但是带着媳妇拜见母亲的机缘看来还得往后拖。

大田里的水稻接近成熟了，叶秆低压，沉甸甸的，好似怀孕的新妇，但依然有零星几株黑油油的禾苗往上蹿，不见抽穗。这又是为什么呢？

“这几株稻禾光长秆子，不抽穗，是为么子？”遇到老农，袁隆平便上前攀谈起来。自从上次听了“施肥不如勤换种”那句话后，袁隆平便学会跟农民讨教农业知识。

“它们呐，大田稻子收了，就把它们剩在田地里，犁田时把它们犁了。”

“它们为么子长这么高，还不抽穗？”

“它们呐，是‘公禾’。”

“这是为么子？”袁隆平锲而不舍追问。

“我这块田，籼粳稻混作。这个‘公禾’，就长在籼稻和粳稻之间，‘混’了。‘混了’就不结穗子。”

袁隆平暗自吃惊，他把田埂上拾到的田螺给了老农，算作获得教益的报答。离开老农，他脑子里飞快地琢磨：难道这些“公禾”是籼稻、粳稻天然杂交的产物？这是不是说明自花授粉的水稻也存在天然杂交？是这样吗？

有谁研究过水稻天然杂交现象吗？有这方面的论文吗？有这方面的资料吗？身处湘西大山深处将近 10 年，袁隆平能接触到的科技资料极其有限，他太需要查看资料，向人讨教，与人讨论，得到支持和鼓励了。

二　反驳经典

1962 年的暑假，袁隆平跳上进京的火车。在西南农学院上学时，他听说过中国农科院的鲍文奎教授，鲍文奎教授是美国加州理工学院毕业的遗传学博士。袁隆平有很多想不通的问题，为此专程北上讨教。

火车行进在河南地界，他注意到中途小站上来一些衣衫褴褛的人，到供应午餐时，他们买了饭，刮到自带的碗里，甚至是报纸里，然后在下一个小站下车。邻座告诉他，因为火车上的米饭是平价细粮，这些人买了饭再走几十里路回去，可能家里的孩子或老人都在等这盒饭。袁隆平听得背后发凉。粮食！粮食！老百姓要粮食！国家要粮食！而偌大的国土，肥沃的农田，一亩地才能产三四百斤粮食，北方更差，一些丘陵地带玉米亩产只有一百多斤。而如此低产的原因之一就是种子退化。

车过安阳的时候，他听到车上有人议论林县红旗渠的事：林县太行山深处的人们，为改变吃水困难、灌溉无水的局面，动员老百姓遇山凿洞，硬是在太行山的山腰上开凿了一条石头渠。从 1960 年开工到现在，听说已经凿了数十公里。袁隆平喜欢听这些改天换地的消息，听得振奋时肩胛骨会习惯性耸起。“有了水，还要有好种子。”袁隆平在心里想，“杂交玉米、杂交高粱为缓解饥荒作出了大贡献，水稻也要作出自己的贡献。”袁隆平捏了捏自己的书包，里面有4个干馒头。他渴望北京某个图书馆里的书、杂志；渴望着某一页理论、某一段论述；渴望某一条别人的经验能给他启发。

素不相识的鲍文奎教授是爱才的，他对袁隆平几乎异想天开的想法——水稻这种自花授粉的作物可能存在天然杂交的现象，我们能不能利用它的杂种优势——给予理解。他赞同年轻人对科学的探索：“有这个想法，你先去做试验嘛。让试验数据证明它是对还是不对。”他还说了一句被袁隆平引为终身准则的话：“实事求是才是做学问的态度。”这句话让年轻的袁隆平每每遇到压力，特别是遇到学术压力时，都能坚持选择用试验结果说话，而不是跟着所谓权威人云亦云。

鲍文奎教授将袁隆平带进了中国农科院的图书馆。中国农科院是顶级的农业科研单位，有国内外最新最前沿的学术杂志。袁隆平大学学的是俄语，英文启蒙来自母亲，这时都派上了用场。他阅读和抄写了数十万字的经典遗传学理论著作以及最新的科研成果。这一次，袁隆平没有在杂志上看到有关杂交水稻的报道。而到了第二年，也就是1963年，杂交水稻才由美国人亨利·比切尔在印度尼西亚首次培育成功。袁隆平整日泡在图书馆，直到身上的钱只够买一张回程车票方告撤退。鲍文奎教授请他在家里吃了一顿饭并给他提上一网兜食堂里买的馒头，嘱咐袁隆平有什么想法可来信切磋。

经典遗传学有个论断：自花授粉作物，自交不会使其旺势消灭，异交一般不表现杂种优势。因此，遗传育种学界对水稻这一严格自花授粉作物，普遍否定其具有杂种优势。这是前人所做的“科学”结论，然而前人的结论难道不能打破吗？不打破，科学怎么进步？从北京回学校，袁隆平心中充盈着打碎和重建的雄心，他恨不得现在就大干一场。然而，水稻只能一季一季地种，无法超越季节，虽然有温室一说，但是学校没有温室，最重要的是，他还不知道从哪里开始研究为好。袁隆平打算在这一季到下一季之间，先把从中国农科院带回的资料啃完。

水稻到底能不能杂交，水稻杂种到底有没有优势，那要做了试验看看结果再说。临走时鲍文奎教授一再交代的，也是袁隆平自己这 10 年来不断用试验验证的。他相信试验，相信“实事求是”，种子和土地不会说谎。

1963 年春夏时节，袁隆平在学校的试验田里开始做水稻人工杂交试验——他要先看看研究杂交水稻值不值得。两年前因没有粮食而被遣散的学生也重新回到学校。后来的育种家郭名奇就是这时返校的。他继续当班上的劳动委员，帮助袁隆平在试验田里种水稻，也在袁隆平的课堂上听到三系法杂交玉米的育种原理。50 多年后，我在湖南杂交水稻研究中心采访 81 岁的郭名奇时，他说：“那时候，三系法就深入到我的心中。杂交玉米都搞成了，三系法杂交水稻也一定能搞成。”不知道袁隆平在课堂上怎么灌的“迷魂汤”，三系法和杂交水稻，这两个名词虽然在当时看来毫无关系，但郭名奇却坚信一定能搞成，“因为袁老师相信能搞成”。

事实上，用三系法搞杂交水稻还是几年后的事。袁隆平第一步先要验证的是，水稻经人工杂交后是否有杂种优势。1963 年这一季，袁隆平带着几个学生做了一些人工杂交组合，然后静待阳光雨露滋润稻禾。

除了上课，袁隆平每天都下田观察人工杂交稻组合与自然授粉的稻禾在生长发育过程中是否有不同。

秋收时节，袁隆平将人工杂交稻与常规稻做了对比，的确有一些组合在株高和穗粒数等性状上表现出优势。这说明水稻杂交后是有优势的！既然它有增产的优势，人类就可以利用它造福自身。这是后来被尊称为“杂交水稻之父”的青年向权威发起的第二个挑战——自花授粉作物同样有杂种优势！鲍文奎教授那句“实事求是才是做学问的态度”的价值在于，勉励袁隆平通过试验颠覆了所谓“权威理论”，那句“自花授粉作物没有杂种优势”的论断悄然翻篇！这给了袁隆平极大信心。

袁隆平当时没意识到，此次试验结果和接下来的试验，竟会推翻经典遗传学的一个著名论断，使基础理论研究的边界向外扩展。

三　开山巨作

袁隆平独自在黑暗中摸索到 1964 年，他已从试验中明确了杂交水稻有优势，并由此决定搞杂交水稻研究。一般媒体都认为，1964 年是袁隆平开始研究杂交水稻的年份。而笔者认为，袁隆平开始研究杂交水稻的时间应为 1961 年，发现“鹤稻”后，袁隆平就开始了杂交水稻研究的前期探索。

1964 年 2 月 22 日，袁隆平与邓则结成连理，新婚使他意气风发。邓则曾是袁隆平的学生，小袁隆平 8 岁，在黔阳县两路口公社农技站工作。食堂的米饭渐渐从“双蒸饭”回到正常蒸饭，可以吃饱了。袁隆平又恢复游泳了，夏天，与邓则一起去沅江“游野泳”时，袁隆平总是带一把小剪刀，以防河底的物什钩住邓则。他把当初用第一个月的工资买的小提琴，送给了一个叫李俊杰的学生，他如此喜爱那些聪明的、能从沉重生活中稍稍抽离的学生，实际上他自己也是这样的人。只不过，他现在有责任了。比如，他研究杂交水稻不仅仅是喜欢钻研、喜欢沉浸在近乎孩童游戏般的科学试验中了，他至少要让自己和邓则的孩子不再过饿到出现幻觉的那种日子，也不愿再看到为了一口吃的，人们跌破道德底线的行径。他深切地体会到，尊严的基本保障是有饭吃。他至少得让自己和家人有饭吃，而科研一旦成功，就不仅仅是自家有饭吃，也可以让更多人碗里的饭装得多一些。

当然，他现在的视野还仅限于湘西，最多到湖南省。虽然他明白杂交水稻一旦成功将惠及全国产稻区，但在当时八字还没一撇，他可不敢想他的力量能超出湖南省。是的，这时候的袁隆平只想搞一个别人还没搞过的东西。报纸上说，河南新乡农科所的“新单 1 号”由河南省政府在本省大规模推广，山西也搞出了“二矮型”育种模式。湖南省是产稻大省，他研究水稻正当其时。而常规稻的高产研究已经有广东的丁颖这样的前辈，他要搞，就要去钻研别人谁也没搞过的杂交水稻。至于将来是怎样的，英国人汉弗莱·戴维发明弧光灯时想过未来世界被电灯照亮的远景吗？

决定了，决定搞杂交水稻啦！但是怎么搞呢？谁也不知道！

从北京回来的这半年，袁隆平读书、学习、看资料，到底解决了什么问题？据他后来在自传中的描述，他在北京看的国外资料显示，美国人研究三系法杂交高粱是从研究雄性不育性开始的。

水稻是自花授粉作物，也就是当水稻扬花时，稻壳的顶部开口，雄性花药吐出后进入稻壳中的雌花蕊，两三个小时后稻壳自动闭合，授粉完毕。袁隆平做的人工杂交则是在稻壳自然张开这个时段，人工去掉雄花，将其他稻种的雄花人工授粉于张开的小稻壳里。一个科研人员一天最多也就能人工杂交授粉一百粒，一个扬花季一个人能做的人工授粉最多也就一千多粒。如此巨大的工作量被前辈专家定性为：水稻即便可以人工杂交，在生产上也无意义。

但是，聪明的人类提出了三系法。20 世纪 20 年代，美国人琼斯从理论上提出可以利用水稻的雄性不育，用三系配套法来实现水稻的杂种优势利用。在中国农科院如饥似渴地学习和抄写有关资料时，袁隆平读到美国人培育杂交玉米、杂交高粱是从研究天然雄性不育株开始的。袁隆平决定借鉴这一经验，去大田寻找水稻天然雄性不育株。

1964 年的夏天是难得的愉快、平静的夏天，亲爱的邓则健康而开朗、温柔而腼腆。学校复课了，校园里又恢复热火朝天的气氛。收音机里又开始提“促生产”，播送的歌曲里有农业“八字宪法”这样的歌词。袁隆平带着学生杨运春、尹华奇、潘立生在扬花的稻田里一穗一穗地检查，试图找到天然雄性不育的稻禾。这年，郭名奇毕业分配到桂东县了。学校停办那两年，郭名奇不知道还能不能回校当学生，便在老家结婚了。当然，他还会在不远的将来再次遇到袁隆平老师。

这一季没什么经验，袁隆平他们找了整个水稻扬花季，直到 7 月 5 日，才在学校试验稻田中找到一株天然雄性不育株。经人工授粉，它结出了数百粒第一代雄性不育株种子。

第二年水稻扬花季，袁隆平带着学生，有时还带着周末来团聚的邓则，在学校周围种植“洞庭早籼”“南特号”“早粳 4 号”“胜利籼”等品种的稻田里，一株一株“过筛子”般寻找败育株。头顶骄阳似火，身上就一壶水和两个馒头。邓则来了，会给大家的水壶里加一点盐，而在邓则上班的日子，这点盐都没人放。有一天，袁隆平因为中暑昏倒在稻田边，缓过神来，喝点水，又继续在大田里翻找。他们没有胶鞋，打着赤脚。一直到 20 世纪 90 年代，袁隆平还是打赤脚下田。水稻扬花就十几天，这十几天他们翻找了 14,000 多株稻禾，总共找到了 5 株天然不育株。袁隆平把它们带泥挖回来种在学校分给他的试验田里，做人工杂交，观察其后代保持不育性的状况。去年的那 1 株，已经是第二代了。

1964—1965 年，经过连续两年春播与翻秋，6 株天然不育株中共有 4 株繁殖了 1 ～ 2 代。袁隆平得到了一系列试验数据，于 1965 年 10 月完成了中国杂交水稻的开山巨作——《水稻的雄性不孕性》。《科学通报》杂志于 1966 年 2 月 28 日发表了这篇论文。这篇论文用试验数据否定了经典遗传学关于“自花授粉作物没有杂交优势”的论断，提出培育水稻三系（不育系、保持系、恢复系），以三系配套的方法来培育杂交水稻的设想和思路。这篇论文对雄性不育系在水稻杂交中所起的关键性作用做了重要论述，成为袁隆平为杂交水稻研究提前绘制的一张施工图。它是袁隆平杂交水稻研究的第一个重要节点，也为中国杂交水稻研究提供了方法论。

为了实现三系配套，袁隆平后来进一步设计了分三步走的具体行动方案：

第一步，寻找天然的雄性不育株。他认为雄性不育系的原始亲本是一株自然突变的雄性不育株，因为杂交高粱的研究也是从天然的雄性不育株开始的。他由此推断，水稻也可能存在天然的雄性不育株，这一步是培育不育系的基础。

第二步，筛选和培育保持系。他认为必须寻找和培育出一种和雄性不育系杂交后，其后代能永远保持雄性不育的性状的水稻，以解决雄性不育系传宗接代的问题。

第三步，筛选和培育恢复系。他认为还要寻找和培育一种和雄性不育系杂交，杂种第一代能恢复雄性育性，能自交结实的水稻。只要它们的优势强，就可以将它们用于大田生产。

这就是袁隆平设想的三系法杂交水稻。

后来，袁隆平进一步设想和设计了三系法杂交水稻生产程序：寻找和培育出符合生产要求的“三系”以后，利用“三系”进行循环杂交，就能完成不育系繁殖、杂交稻制种和大田生产应用这样一整套三系法杂交水稻体系。

这一套杂交水稻研究路线和方法以及生产程序是在实践中逐步完善的，而《水稻的雄性不孕性》在当时便已引起国家科委的重视。国家科委九局局长赵石英将这篇论文提交上报国家科委主任聂荣臻。随后，聂荣臻召开会议决定支持袁隆平的这项研究。1966 年 5 月，国家科委九局向湖南省科委和安江农校发函，责成这两个单位支持袁隆平的研究。这是一个关键转折点。如果这篇文章的发表向后推两三个月（这有极大的可能），那么袁隆平的个人命运，杂交水稻的命运，还是不是今天这个模样，真不好说。袁隆平本人在特定年代没有受到太大的冲击，能继续搞科研，杂交水稻的研究在全国科研院所集体荒废的情况下，还能蹒跚前进，除了袁隆平的个人执着，与这篇论文的发表，与国家科委九局的重视，与赵石英局长的关注密不可分。可以说，国家科委九局的来文是“尚方宝剑”，总能在关键时刻挡住疾风暴雨。

四 蹉跎岁月

袁隆平第二年才知道这把“尚方宝剑”的存在，起因是 1966 年 6 月开始的“文革”产生了各种“造反派”。当权的“造反派”准备将他定为批判对象，袁隆平也做好了批判会后去牛棚的思想准备，甚至家里已经准备好住牛棚的衣服了。邓则说：“大不了你跟我一起回农村。”

话说“造反派”那头要贴袁隆平的大字报，但说来说去不过是两条。一是篡改农业的“八字宪法”。袁隆平在“土、肥、水、种、密、保、管、工”后，随口说了一句“还应加个‘时’，不误农时”，却被别有用心的人扣上帽子。二是拉拢学生走“白专道路”。这一条是指袁隆平带领学生做的那些科学小试验，包括漫山遍野去找天然雄性不育株。“造反派”们感觉罪证不太够，欲查一查档案看看袁隆平还有什么历史问题，却翻出了国家科委的信函。这么个偏远地区的教师，档案里竟然放着国家科委的信函，内容是责成学校支持袁隆平的研究。“造反派”们思来想去没敢造次。就这样，袁隆平化险为夷。

接着，城头变幻大王旗。另一拨人当权后，责成袁隆平起草水稻雄性不育系选育计划，并于 1967 年 4 月呈报省科委与黔阳专区科委。6 月，由袁隆平、李必湖、尹华奇组成的水稻雄性不育科研小组正式成立。两个当年毕业的“社来社去”（从公社来、到公社去）学生李必湖和尹华奇成为袁隆平的科研助手，跟着袁隆平，开始了他们不平凡的人生。

自此，袁隆平的杂交水稻研究从个人试验，变成学校和专区科委的科研项目，并在省科委“挂号”，还有了两个助手，有了每年400元的经费，其中包括两位助手的生活费。杂交水稻的研究之路裹挟在时代的疾风暴雨中，给袁隆平的洗礼才刚刚开始。

在那个特定的时代，谁又能偏安一隅？试验盆钵被砸毁，试验水稻被人一夜全部拔光，经费被停拨，科研小组随时可能被解散，似乎所有磨难都让袁隆平一一历练了一番。漫长的孤寂，试验接二连三失败，培养了袁隆平超强的忍耐力，而天性中的乐观和积极，又让他自动屏蔽了许多负面情绪。经过长期的磨炼，袁隆平修炼出了一套生存小法则，法则之一就是一头扎在科研里，并不是两耳不闻窗外事，而是用科研抵挡窗外的杂音。袁隆平比其他知识分子处境稍好一点的就是，因为有“尚方宝剑”，在如此恶劣的环境中，每天尚能有半天时间搞科研，也能有机会去省城跟湖南农学院（今湖南农业大学）的专家们交流。

紧接着，大学也停课闹革命了，没人有心思搞科研。1967年，袁隆平去湖南农学院向裴新澍等前辈请教。1964年，裴新澍率先提出“相对遗传力理论”的两个基本公式，概述了杂交亲本与子代的遗传关系，在国内外引起普遍重视。据育种家罗孝和介绍，裴新澍等人对这个时候还有人搞科研，从偏远的湘西大山里跑来请教，都倍加赞赏。但是对袁隆平的水稻雄性不育系研究，评价是“异想天开”，他们认为水稻不育系是搞不成的，即使搞成了也生产不出杂交种。当时，年轻的罗孝和在一旁听得饶有兴致，他师从李竞雄教授，刚从北京农业大学进修回来，任孟德尔－摩尔根遗传学的助教。袁隆平说的“不育系”“恢复系”“保持系”，让罗孝和倍感亲切。31 岁的罗孝和正处在自己事业的选择期，对袁隆平的“异想天开”颇感兴趣。据罗孝和回忆，他在袁隆平离开他们教研室之后，还追出去和袁隆平聊了一会儿。

“他搞的这个跟我在北京农业大学进修时学的有关系，我跟李竞雄教授学的是杂交玉米。在湖南，玉米没啥搞头，袁老师搞的这个，我觉得有搞头。”2020 年 8 月，笔者采访 83 岁的罗孝和时，他回忆起自己当年的选择。当然，和袁老师共同研究杂交水稻的机缘，还得在几年后。

得不到前辈专家的肯定和帮助，袁隆平只能自己摸索。他回到学校，通过瓦盆种植、东躲西藏秘密保存雄性不育材料，继续新一个世代的转育。到了 1967 年秋季，总算得到几个不同品种、不同世代、1000 粒不到的种子。

南方的冬季是难熬的。空气湿度大，没有取暖设备，也没有取暖的燃料，烧饭还是用柴。袁隆平平时住在农校，邓则则带着两岁的大儿子五一（乳名）住在公社农技站，她正怀着老二，同住的还有母亲和娘家的侄子。袁隆平只在周日回家，帮助邓则做一些体力活儿，比如去集市上买两担柴，买一只鸡，一大家人热热闹闹吃顿饭。邓则在袁隆平最危险时，毫不犹豫地站在自己男人一边，护着比自己年长 8 岁的丈夫，这让袁隆平充满感激。

后来，袁隆平从报纸上得知，我国玉米、高粱育种家，一到冬天就去南方育种。1964 年，农业部在海南岛召开过全国“二杂”推广经验交流会。此后，北方旱作大省都派农技人员到海南岛育种繁种“二杂”。通过南繁南育，加快了育种速度；通过南繁扩种，河南省的杂交玉米一年推广几千万亩。这消息让袁隆平对海南岛、海南南繁育种充满了想象，但经费有限，也只能望洋兴叹。

1968年夏播开始，袁隆平将上年收获的种子进行育秧，出苗后，将700多株不育材料秧苗插在学校中古盘7号田里。袁隆平又满怀希望等待这一年的收获。5月18日是个星期六，袁隆平早早下班骑自行车回家。邓则刚生下二儿子，袁隆平回家洗了一盆尿布。尿布白天晒不干，晚上还要放在竹烘笼上烤，家里弥漫着婴儿特有的酸甜味儿。

当天晚上下了一场暴雨，袁隆平担心试验田里刚栽下不久的秧苗，第二天一大早就赶回学校，直接来到试验田。让他无法相信的是，中古盘7号田里的秧苗被人拔得一根不剩。

袁隆平怅然道：“简直是天打五雷轰的感觉，昨天离开时还是一畦绿油油的秧苗，现在是空的了，一根不剩！秧苗也不知被丢在哪里了，我们派人四周找，没有找到。我们向学校‘军管会’（当时的校领导部门）报了案，学校也派人找，找了两天还是没找到。”

这700多株不育材料是自1964年找到第1株不育株开始，多个不育株、几个世代转育的成果，如果它们丢了，那么之前几年的工作就算白做了。袁隆平欲哭无泪！

那几天，除了吃饭、睡觉，袁隆平就在周围的田垄、深沟边巡查。如果这批材料丢了，手里连不育株都没有了，他就得重新寻找天然不育株。事发后第4天，几个学生跑来向他汇报，学校角落的一口废井里好像有秧苗。袁隆平闻讯就跑了起来，他体质好，一跑起来，十八九岁的学生都跑不过他。到废井口往下一看，就像父母看到走丢的孩子一样，袁隆平第一眼就认出这是自己的秧苗。已经 4 天了，沉在水里的已经沤烂，漂在上面的兴许还能救活。他想都没想，这个痴子，直接跳进井里！

他水性好，是游泳健将，但这是一口废井，没有多少水，这一跳非常危险，很容易摔断骨头或被沼气窒息。落到井底后，袁隆平仰脸一看，井口上趴着十几个口中叫着“袁老师”的学生，还隐隐听到有女学生在哭。

“快放下个篮子，把秧苗拉上去。”他捡了几十棵浮在水面上的秧苗，装进放下来的篮子里，自己拉紧井绳，十几个学生一起把他从井里拉出来。

出了井口，袁隆平第一时间查看秧苗还有多少有救。他喊道：“尹华奇、李必湖，快去把它们种在钵子里，注意遮荫。”

学校“军管会”后来派人拉来抽水机抽水、淘井，因泡在水里时间太长，大部分秧苗没能救活。救出来的那一篮子秧苗最后只活了 5 棵，袁隆平科研小组的试验只得在这劫后余生的、珍贵的 5 棵苗上继续。

“毁苗案”最后成了无头案，至今也没有人站出来承认或忏悔。

五　师徒南下

5 棵救活的不育材料，当年秋天收获了几百粒种子。太珍贵了！从 1964 年到 1968 年，4 年的心血都在这几百粒种子里，再不能出现什么闪失了。袁隆平决定去海南加代育种。出乎意料地，他们科研小组的申请，学校居然批准了。

1968 年 10 月，为加快雄性不育系的研究，袁隆平师徒三人背着背包，背包上架着一张卷起来的凉席，一路风尘仆仆南下海南岛。此时的海南岛上，杂交玉米和杂交高粱的育种和制种如火如荼。到湛江站的时候，火车上的旅客一半都是南繁人。从湛江到海口的客轮上，也一大半是南繁人。从海口到陵水、崖县的长途汽车上，除了一两个当地乘客，剩下的都是南繁人。看到这情形，袁隆平喃喃自语："我们应该去年冬天就来。"两个学生第一次出远门，自然是兴奋不已。他们第一次南繁的试验田在海南陵水，因为湖南省农科院有团队在这里培育常规稻，他们想搭个伴。

秧苗刚插到田里没几天，便遇上台风。一般 11 月海南都没有台风了，那一年却给袁隆平来了个下马威。因为是第一次到海南南繁，还没有对付台风的经验，袁隆平带着两个助手从大风开始刮起时就守在稻田旁。经历过台风的人都知道，台风雨是下一阵停一阵。一阵雨后，师徒三人以为没事了，谁知过一会儿又是一阵暴雨。袁隆平站在稻田里，看着稻田水位慢慢上涨，沟渠里也是水，排水成了问题。而真正的大暴雨在他们精疲力竭时才到来。他们从没有见过这种铺天盖地的雨，仿佛一条河的水从天空中往下倒，树被刮倒了，房顶被掀翻了，水牛也被刮得团团转，跌入池塘才停止打转。

"牛都被刮起来了，稻禾子会被刮走的。你们快回去把门板卸下来！"

"袁老师，风太大，你一个人在田里……牛都刮走了。"

"稻禾子更是会被刮走。"

"我们说的是你。"

"快去，快去。"

在疾风大雨的时候，袁隆平心里只想着秧苗，他冲着助手大喊："卸两个门板拿过来。"他还没喊完，风把雨水灌进他的嘴里，他被呛得吐了一口水。见两个助手跑回村，自己还真怕被大风刮到水田里，便背对着风来的方向坐在田埂上。他很快发现眼前已是一片汪洋，分不清是稻田、沟渠还是田埂，积水没过了秧苗。两个助手卸下门板抬着跑回来，师徒三人冒着大雨，像在水里摸鱼一样，将秧苗一株一株连泥薅出来，用门板抬回住处。

台风过去了，但是水排不出去，秧苗放在宿舍前的波罗蜜树下怕沤烂，袁隆平又是一夜没睡，一直给秧苗翻身。但是，秧苗挤在一起，里面的温度会逐渐升高。"禾苗子，禾苗子，怎么是好？给你们扇扇扇子？要是有井水就好了，井水浇上去总要凉快一些。"天刚亮，袁隆平就去看稻田，积水泄下去一些，但还没有降回秧苗需要的高度，他们就开始排水。而堆在门板上的秧苗，太阳一照就会沤烂，不能等大水自行泄去，必须人工强排，整个大田只有这师徒三人在忙活。

台风过后，空气湿热，衣服就像一张湿牛皮裹在身上，师徒三人干脆脱掉衣服，光脚下田。常年打赤脚下田，损害了袁隆平身上两个部位：一个是胃，一个是腰。后来，袁隆平站着没事就喜欢双手叉腰，这个下意识的动作是为了减轻腰部负担。中午时分，他们终于把秧苗插回大田里。回场部时，老场工见到他们打赤膊就好言相劝："在海南，再热也得穿件衣服下田，不然皮都晒脱了。"他们果然晒脱了皮，后脊背上就像烧伤一样，先是发红，然后是整块皮脱落。几乎整个南繁季，袁隆平他们都在与晒后发炎的皮肤、蚊虫叮咬后的溃疡、蚂蟥攻击后留下的炎症反复较量，磨炼着忍耐力。

艰辛而快乐的第一次南繁生活很快结束。袁隆平后来说："在当时，海南南繁除了能育种加代，也使我们离开政治旋涡来到宽松的环境搞科研，在那里，当地人给予我们意想不到的尊重。”

而回去就是陷入旋涡。

六 再起狂澜

根据当时一些特别的指示，“农业院校要办到农村去，到广阔天地里去办”。1969 年 6 月，学校的教职工们被分散下放，下沉到公社、生产大队。从海南南繁回来的袁隆平被下放到最偏远的溆浦县低庄煤矿。李必湖和尹华奇因为是“社来社去”的留校学员，生活补贴来自科研经费，反而可以留在学校继续不育系的培育。

离开试验田，反倒给袁隆平时间和空间重新审视自己的研究。马上 40 岁了，这令他莫名恐慌。常说“四十不惑”，自己为什么还有这么多困惑？对自身处境的困惑就不必说了，大家都这样，整个学校拆散了，大伙儿下放到各个村镇；他被下放到最偏远地区，似乎就是不让他搞科研，春播的秧苗已经种在试验田里了，这时候把他派到 100 多公里远的溆浦县，怎么搞科研呢？唉，还是想想科研吧——连续几年多代的培育，为什么 C 系统、D 系统的不育性在子代中的保持一直徘徊在较低水平？是思路问题还是方法问题？

用试验结果说话！用试验结果说话！袁隆平又想起鲍文奎教授的教诲。

那么，这几年的试验结果是什么呢？

籼稻不育型种质与常规籼稻杂交，效果不好；

粳稻不育型种质与常规粳稻杂交，效果不好；

籼稻不育型种质与常规粳稻杂交，效果明显好一点。

这说明什么呢？前两种会不会是因为亲缘关系太近而导致后代保持不育性差呢？第三种突破了近缘关系，它的表现就好一点，这是不是说明应该在远缘品种中寻找雄性不育株？甚至更进一步，用亲缘关系更远的野生稻进行杂交，它的后代会有怎样的不育性保持效果呢？

有了这想法，袁隆平急于回到试验田，急于开始下一轮的南繁。但是，他却被困在溆浦。

这边的袁隆平跃跃欲试，而安江农校那边，科研小组却面临解散的危机。

有时候，打击年轻人科研积极性的不是别人，反而是所谓的专家。由于这项研究是省里备案的科研项目，到了水稻收获季，省里便派专家来调研进度。袁隆平被下放到溆浦，试验田由李必湖、尹华奇打理，旨在转育不育性的C系统、D系统长在大田里，稻禾郁郁葱葱，抽穗零零落落，可育的和不育的混杂在一起。前来调研的专家调侃道："这是什么不育系？ 1000斤禾，800斤草，还有200斤也不是不育系。"专家们由不得两个年轻人申辩，狠狠教训了他们一通："自花授粉作物没有杂种优势，你们还是别费力气了。"

随后，"袁隆平打着搞科研的旗号骗取国家科研经费""两个学员赖在城里吃闲饭"的闲话在学校四起。省农科院的专家们也建议撤销安江农校的水稻雄性不育科研项目。校方接受省里的建议，撤销了科研项目，停拨已经涨到每年1000元的科研经费。

李必湖、尹华奇两个“社来社去”的农村青年面临卷铺盖回家的境地，而当时的袁隆平远在溆浦无力回天。

青年的朝气和倔强在任何年代都会在高压下喷薄而出。面临回乡务农的“险境”，李必湖和尹华奇决定放手一搏。他们十分清楚这是国家科委九局和省科委支持的项目，袁隆平平时言传身教、敢于向权威挑战的精神，早已在两个青年身上潜移默化，他们分别写信给国家科委九局和省科委，洋洋洒洒五千言，历陈这几年研究取得的进展。信发出去还不放心，又发电报给在国家科委工作的同学和省科委，提醒有这封信，然后就是在焦虑中等待。

“那真的像热锅上的蚂蚁，袁老师又不在，我们等着消息，又怕捅了娄子，一直盼望着袁老师赶快回来。当时我25岁，李必湖比我还小两岁。”75岁的尹华奇回忆说。说起当年的自己，他像是在说别人一样，神情里充满了赞赏——谁又不赞赏自己的青春呢！

农业的事向来是国家大事，两位青年的来信辗转到了国家科委九局局长赵石英的手里，一个中专学校的科研项目，却有可能改变中国粮食总体面貌。这个科研项目，再次得到国家科委和省科委的支持：项目恢复，袁隆平从溆浦低庄煤矿回到学校。

七　震中救种

科研进程不变，袁隆平初心不改。

在溆浦的两个月，袁隆平琢磨着一件事，就是在C系统、D

系统之外寻找野生稻，将之与栽培稻杂交后，观察获得不育的效果——试验嘛，就是要实际检验，做做看嘛。

1969 年深秋，湖南省组织各市县农业局去海南南繁，主要任务是繁制常规稻良种，其次是一些杂交玉米、杂交高粱的制种。这个 200 人的队伍里，就有被分配到桂东县的郭名奇，他为本县制种早稻。袁隆平的三人小组不在这个队伍里。他们于 1969 年 12 月去了云南，目的之一是寻找野生稻——当然，首先要把手里的材料种到地里。他们在元江县农技站租了块水田，也在站里一间空置的平房住下。12 月 29 日，他们把手里“多灾多难”的不育材料下水浸种。

“袁老师，你选这个日子浸种预示着好兆头咧。咱们的种子，要在 20 世纪 70 年代的第一天露出新芽。”李必湖说。

“9 月这一季，我们转育的不育系后代的不育率已经达到 70%。我希望这一季下来，能达到 85% ～ 90%。不育率达不到 100%，则说明我们还没有为不育材料找到真正的保持系。”

“袁老师，我听这里农技站的人说，一到过年，村子里的青年唱歌跳舞热闹得很。”

“我们先把种子种上，种上了就下村子去寻野生稻种。如果赶上人家唱歌跳舞，就看看啰。”

浸种需要两天，接下来是催芽。作为材料的种子跟大田用种不一样的是，每一个品种就几十粒，用小纱布袋装着。浸种时也是装在布袋里浸，催芽时不仅要保持湿润，还要晾在阴凉通风的地方。袁隆平他们早就摸索出一个办法：种子袋上都有个环形抽拉绳，一个个布袋就穿在一根总绳上，总绳挂在房子里的阴凉处。于是乎，从 1 月 1 日开始，袁隆平他们租住的小平房里挂了好几根这样的绳子。种子布袋像一个个铃铛，在风中摇摇晃晃，煞是好看。

1 月 5 日凌晨，一阵剧烈的晃动把袁隆平摇醒，他立即意识到：地震了！。

“必湖、华奇，快醒醒，地震了！”

三个人抓起衣服就往外跑。一时间，大地摇晃，蛇鼠乱窜。袁隆平刚跑出门又折回去，被尹华奇一把拦住。

“袁老师，袁老师，你不要命了！房子要塌了！”

“种子！”

“震完了再去拿！”

“震完房子就塌了！”

“袁老师，房子塌了也能找到种子！”

三个人冷静下来，跑到房子边的操场上。

这是著名的“通海大地震”，震级 7.8 级，他们南繁的元江县离震中只有 90 公里。

大震之后又有几次余震。农技站的职工、家属也都站在操场上，有的光着脚，有的只穿条短裤，孩子们吓得哇哇大哭。一夜无眠。天微微亮时，袁隆平他们凑近房子，只见房子已经震歪，门楣已经压折了，摇摇欲坠。

“不行，这房子很快就要塌了，我去把种子拿出来。”

“袁老师，干脆等它塌完了再去拿。”

“种子已经开始露头了，埋在废墟里就是找到恐怕也废了。我去拿。”

“我去吧。”

“我好歹已经有两个孩子了，你们生了儿子后再跟我争。”

多年后，助手尹华奇说：“当时袁老师从小平房抱起种子出来，就像从炮火中抢救出一个婴儿。”

小平房塌了。好在师徒三人救出了种子和大部分个人物品。农技站的老书记专门来看望他们，说：“这里是危险区，每天都有余震，站里也没有多余的房子给你们住，你们应该离开了。”

袁隆平笑着对老书记说：“我们的种子已经催芽了呀，走不了哟。”

在接下来的数九寒冬里，师徒三人用油毛毡、塑料布搭建了个地震棚，在水泥地面上铺上稻草，稻草上垫草席，以大地当床，住了三个多月，但袁隆平依然是乐观的。秧苗插到田里后，元月的一天，袁隆平召集大家分析不育率低的原因。

“已经 6 年了，加上翻秋、南繁，八九代了。袁老师，我们是不是走进死胡同了？”

“袁老师，我觉得我们不能吊死在一棵树上，应该寻找新的雄性不育材料。”

“现有的 C 系统、D 系统还保留着，但是我们应该走远缘杂交之路，即生态远缘、血缘远缘、系统发育远缘，也就是野生稻。”袁隆平说，“我去一趟广州，看看华南农学院的专家们能不能对我们有所帮助。”

1970 年春节，袁隆平只身去了华南农学院，拜见了生态实验室多位水稻专家。虽然最想见到的丁颖教授已经仙逝，但袁隆平还是收获了生态实验室专家赠予的普通野生稻、疣粒野生稻和药用野生稻的种子。

李必湖回忆说：“那时我们对野生稻很陌生，不知道做短光照处理，所以这批材料一直停留在营养生长阶段，不抽穗开花。这批野生稻材料最终报废了。”

住在元江县农技站的操场上，为了抵御漫长冬夜的寒冷和排遣离家在外的寂寞，师徒三人聚在一起打扑克。袁隆平过去是不打牌的，认为太浪费时间。但是在湿冷的高原，他们围在一起打牌跟围在一起吃云南的“地锅煮”相似，是一种抱团取暖的方式。在这个游戏里，爱琢磨的袁隆平从中得到一些启发：干一件事，不就是一群人围在一起“打牌”吗？过去他基本上是单打独斗，而此时他发现了“合伙”“合作”的重要性。就这样，打牌的“爱好”被惜时如金的袁隆平保留下来。当他发现助手们工作有些懈怠、有情绪或想家时，就会跟他们打一圈扑克，唠一唠心里话，这很有助于减压。这也让他突然悟到，所谓的思想工作就是从别人的角度想问题，帮助别人解决困难。虽然大多数时候，只能从语言上安慰对方。

元江的育种试验在 4 月结束。试验结果却发现了新问题：这一季，C 系统的不育率从上一季的 70% 下降到 60%。不升反降，到底是为什么？

这一季的野生稻材料报废了，也没有寻找到不育材料的保持系，研究看似走进了死胡同。

八　常德会议

1970 年 6 月召开的湖南省第二次“农业学大赛”科技经验交流大会，后被育种家们亲切地称作“常德会议”。

那是一个 6000 人参加的大会。各地、市布置一块展区，陈列自己的农业科技小发明、小创造或者高产稳产的粮食作物。袁隆平代表黔阳地区参会，带着一块展板和一株种在瓦盆里的雄性不育稻禾，置于黔阳地区展区的突出位置。袁隆平没想到，这次常德会议，对他个人和杂交水稻研究而言，是一次改变命运的会议。

会议期间，时任湖南省委主要领导的华国锋同志来到黔阳地区展区，听取了黔阳地区科委同志关于杂交水稻前景和当前科研进度的汇报。闭幕式那天，会场上人山人海，袁隆平和自己的几个学生站在人群中。

2021 年，81 岁的郭名奇对会议场面还记忆犹新，他回忆说："当时，我就站在袁老师后面，当华国锋同志在主席台上向台下喊'安江农校的袁隆平老师来了没有？'时，袁老师可能没听清，我在后面拍了一把袁老师的肩膀，他才猛醒过来，跑到主席台边。"

郭名奇告诉笔者，主持会议的华国锋同志请袁隆平上台，但袁隆平当时毕竟只是一个中专教师，他没有上去，只是在主席台下介绍了水稻雄性不育系的研究进展，实事求是地说研究遇到很多困难，科研目前停滞不前。也真诚表示，他们的工作离领导和同志们的期望还相差很远。

令郭名奇没想到的是，华国锋同志当场表示"杂交水稻如果研究成功，不仅对湖南意义重大，对全国，甚至对全世界意义都很重大"。这句话郭名奇铭记至今。

时隔几十年，郭名奇带着湖南口音复述这句话时，说得铿锵有力。他的神情表明他深信这句话，不是现在才深信，而是 50

年前就深信。他深信袁隆平讲的三系法一定能把杂交水稻搞成功，这次常德会议上，他也深信杂交水稻“不仅对湖南意义重大，对全国，甚至对全世界意义都很重大”。他说：“我听杂交水稻这么有搞头，回去就向县里申请，报名参加全省研究协作组。”郭名奇说起当年作出的这个决定，至今还一脸欣慰。

当时的袁隆平流泪了。他在自传中也说到自己“既欣慰又不安”。一个自发研究杂交水稻10年的青年教师，除了鲍文奎先生，除了妻子邓则，除了李必湖、尹华奇、郭名奇、罗孝和等为数不多的追随者相信他之外，几乎没听到过什么肯定、鼓励的话。此时近距离听到重要领导的肯定，他心情复杂、百感交集。袁隆平在自传中说到当时用了一个“决心”和一个“决定”表态：“我决心重新调整研究方案，我决定去海南岛，在野生稻里寻找雄性不育株。”

常德会议之后，省里果然对杂交水稻研究给予大力支持。1970年秋，成立湖南省水稻雄性不育研究协作组。

常德会议标志着杂交水稻研究从一个地区级科研项目，上升为全省协作项目。“不仅对湖南意义重大，对全国，甚至对全世界意义都很重大”，这句铿锵有力的话常常在袁隆平耳边回响。在此之前，袁隆平研究杂交水稻主要是工作激情使然，最多想一想，一旦成功，黔阳地区的粮食产量能提高多少，假如在湖南推广开来，湖南的稻米产量能提高多少。而现在，这项研究被赋予全国意义，甚至还有世界意义，他静下心一想，惊出一身冷汗。到目前为止，美国人仅在试验层面宣布杂交水稻研究成功并没有在生产上应用。假如杂交水稻在中国取得成功并应用于生产，当然具有世界意义。只是——眼前的局面是，“万里长征”虽然已经行进了 9 年，但是已有雄性不育材料的子代不育率始终徘徊在 60% ～ 70%，研究陷入了僵局。

袁隆平总是想起毛主席的一句话：你们青年人朝气蓬勃，正在兴旺时期，好像早晨八九点钟的太阳……虽然已经 40 岁了，袁隆平依然以为自己是个青年，浑身有的是干劲儿。那年他去北京，在火车上听到林县红旗渠的故事，如今，红旗渠已经通渠了，太行山深处的人喝上了漳河水，土地也得到浇灌。收音机里唱着：“劈开太行山，漳河穿山来。林县人民多壮志……”袁隆平暗自想，林县人用 10 年在石头山上修了一条渠，杂交水稻的研究也快 10 年了，应该有点响动了。

九　发现“野败”

常德会议让袁隆平打开了一个思路：要把水稻雄性不育系的材料，拿到群众中去搞。这虽然听上去有点人海战术的味道，但也事实上开启了杂交水稻全国合作攻关之路。我国在原子弹、人造卫星等高精尖的大项目上都开展全国一盘棋的集中、联合的科学攻关，杂交水稻研究自然也要走全国大协作攻关之路。当然，最初是湖南省内多个科研单位的协作。

湖南省水稻雄性不育研究协作组成立后，首先引进了贺家山原种场的周坤炉。

1970 年秋，又一个南繁季到来。湖南省再次组织各市县农业局、种子站到海南岛开展常规稻制种，水稻雄性不育系研究项目也纳入官方的管理范畴。此时，协作组成员包括袁隆平、李必湖、尹华奇、周坤炉。

2020 年 8 月，在湖南杂交水稻研究中心，在笔者的一再追问下，周坤炉说：“我当时在贺家山原种场工作。1970 年秋南繁，我们还要完成本单位的繁种任务，我把秧苗插上后，领导派我来搞雄性不育系研究，我就背着行李来到袁老师他们在南红农场的基地。袁老师把材料分给我们，我们各搞各的。”

郭名奇也有相似的回忆：“那时省里有个南繁指挥部，我们叫它省南繁总队。因为我会开手扶拖拉机，我就一边给我们县繁种，一边给总队当拖拉机手。又过了一年，袁老师给我材料，我就在我们县的地里做杂交。”

先期的协作似乎各有分工、各自为战。1970 年秋的这次南繁，袁隆平决心放手一搏。他们师徒三人到了崖县之后先去了趟鹿回头。袁隆平讲了鹿回头的故事，两位年轻的助手认为这是一个凄美的爱情故事，袁隆平却说：“这故事喻示我们也像梅花鹿一样，跑到天涯海角，无路可走了，只能是背水一战。我们既是师生，也是患难与共的战友。”这次南繁，袁隆平的目标除了进行广泛的测交，筛选保持系之外，就是寻找野生稻。

他们在崖县国营南红农场租了半亩地。南红农场是农业部于 1966 年拨款建立的良种繁育场，旨在为全国各南繁单位提供土地资源和一定的农业生产资料以及农工。下了秧之后，袁隆平带着攒了多年的研究资料，带着在栽培稻中寻找的雄性不育材料，以及研究中产生的疑惑，去北京向中国科学院遗传研究所和中国农林科学院的专家，特别是鲍文奎教授请教。临行前，袁隆平交代助手多向农场职工了解野生稻的分布情况，在野生稻开花时去寻找野生稻。

在北京，鲍文奎再次接待了袁隆平，带着袁隆平进入中国农林科学院资料室。袁隆平在外文报刊上看到了一条重要的研究动态：1968年，日本琉球大学教授新城长友实现了粳稻的三系配套，由于杂交组合优势不明显，没有投入生产使用，没有成为实用技术。

袁隆平又查阅了前几年的报刊，没有发现籼型水稻实现三系配套的报道。他感到时间紧迫，想尽快实现籼型水稻三系配套，抢在世界的前列把它变成一项实用技术。

与此同时，一个奇迹正在海南岛上发生。

1970年11月23日上午10点半左右，南红农场技术员冯克珊应邀赶着牛车来到袁隆平科研小组的住地，带李必湖去找野生稻。赶了约3里路，他们来到一铁路桥边的一片水塘，一些看似杂草的“草”正在开花。冯克珊说：“这就是野生稻。”两人站在水塘边仔细观察了一会儿，李必湖发现约20米远处，有1株野生稻明显不一样，别的稻穗开的花是鲜黄色的，它的花是白色的。他们往水里扔了一阵石头，赶走水蛇和蚂蟥后，下到水塘，走近那株野生稻。李必湖定睛一看，很像之前观察到的雄性不育颖花，可能是雄性不育野生稻！ 3个穗之间有一点距离，李必湖顺着茎秆向下摸，发现它们长在一个稻蔸上，只是不同的分蘖！

他们小心翼翼地挖起这株野生稻的稻蔸，搬运回试验地栽在空地上。

之后，李必湖摘取几朵未开放的小花，带回住地用显微镜检查花粉的育性情况。他将野生稻花药放在玻片上，加上碘化钾溶液，在显微镜下一观察，有花粉，全是败育的，证明这株野生稻是花粉败育型不育株。

兴许是搬动过程中根部受了伤，这蔸野生稻第二天没有开花，第三天虽然开始开花，但不集中。不过只要一有花开，李必湖就给它做杂交，当时整个试验地仅有一个籼稻品种“广矮3784”在开花，其他的品种花期已过。李必湖连续4天共给65朵小花做了杂交。后因起风、鸟害、落粒等因素，仅收获5粒种子。

似乎一点儿也不惊险，也没有戏剧性，后来流传的“当即电告袁隆平”，以及“袁隆平为一株野生稻匆忙赶回来”的说法，都是记述者们为了文章好看而加进去的戏剧化的描写。

袁隆平完成在北京的工作后回到海南岛，李必湖向他报告：“袁老师，我找到了一蔸雄性败育的野生稻。”

“在哪里？”

“在试验田里。”

“做了花粉镜检没有？”

“做了，花粉全部败育。”

“你带我去看看。”

住地到试验田还有段距离，一路上，袁隆平兴致勃勃地讲他在北京的收获，说日本专家完成了粳稻型三系配套，然后坚定地说：“咱们搞籼稻型。”

到了试验田，看到了野生稻不育株，袁隆平连声说：“高级！高级！高级！”他采了小花，带回住地后亲自做了复检，证实花粉全部败育，并将这株野生稻定名为“野败”，即雄性不育野生稻。

这是一株幸运的野生稻，否则，在海南岛炎热的田野，生生死死，谁又会发现和利用它？而现在它是“野败型”杂交水稻三系配套的基础。“野败”的发现使杂交水稻研究获得突破性进展。

关于“野败”在杂交水稻研究中的作用，1972 年，袁隆平在《利用“野败”选育水稻不育系的进展》一文中指出：“用以前的材料和方法，采用筛选法和人工制造法，是很难获得保持系的，至少我们感到前景渺茫。唯‘野败’表现与其他不育材料不同，真是异军突起，别开生面，给试验带来了很大的起色。”

美国学者唐·帕尔伯格在他的著作《走向丰衣足食的世界》中谈到袁隆平的杂交水稻时，专门论述了发现“野败”的意义。他写道：

> 在海南岛能找到这种原始材料，发现其杂交价值就更为稀罕了。“野败”植株通过杂交能把可育的雌蕊和败育的雄蕊遗传给后代的可能性微乎其微，由此产生的雄性不育的可能性对一个恢复基因作出响应的可能性同样是很微小的。所有上述事件同时出现的概率，用统计学的术语来说，明显是小概率事件。小概率事件就是偶然事件。可是这种奇迹居然发生了。
>
> 在阅读农业科学史时，人们一定对偶然事件的巨大作用留下了深刻的印象。
>
> …………
>
> 这些发明创造的一个共同特点是，当事人不仅是亲眼见到了这些事物，而且从内心领悟并很快抓住了这些事物的本质。这就是科学工作的本质。机会成就了有心人。

唐·帕尔伯格进一步指出，“袁隆平为中国争取到了宝贵时间”，“引导我们走向一个营养充足的世界”。

关于“野败”，袁隆平先生谈道：“冯克珊是当地技术员，认识野生稻，也知道野生稻分布在哪里。李必湖有这方面的专业知识。当时全国研究水稻雄性不育性时间比较长的，只有李必湖、尹华奇和我，所以宝贵的材料只要到我们手里，就能一眼识破，别人即使身在宝山，也不见得识宝。这就是李必湖发现‘野败’的必然性。”

十　分享“野败”

“野败”被发现和命名后，最开始也只是作为雄性不育材料的一种，做完杂交便保留在试验田里，由李必湖负责。作为外行，笔者不明白为什么李必湖找到“野败”后要等着它开花给它做杂交。袁隆平的学生，杂交水稻国家重点实验室主任邓启云博士曾向笔者解释：“我们研究水稻雄花不育，所期望的是，这个不育是能遗传的，不是获得性的。怎么判断呢？就是要做杂交。若后代再有雄花不育出现，就是遗传的；若再没有雄花不育出现，就是获得性的。化学杀雄出现的雄花不育就是获得性的。”

因“野败”种子要休眠不能播种，李必湖和周坤炉就采用茎节扦插的办法，把原“野败”稻蔸分成 46 株，栽种在试验田的空地里，后来长成三大片。

1971 年 3 月，全国遗传育种经验交流会在崖县鹿回头召开。会议号召南方产稻区各省区市水稻科研队伍，参与杂交水稻科研，加快杂交水稻的研究进程。会后，来自江西、湖南、湖北、广东、广西等地的水稻研究人员50多人，陆陆续续前来，或讨教或交流育种材料，以往清静的南红农场一时间人来人往。这可谓是一段天堂试验田般的、有点儿共产主义意味的大协作。一群怀着改天换地雄心的年轻人，在海南岛的暖阳下，在碧绿的田野里，进行终将被历史证明其伟大的劳作。江西萍乡农科所的颜龙安、江西赣州农科所的伍仁山便在其中，扬花时节他们干脆住下来，边学习水稻杂交技术，边实际操作。晚上，袁隆平就支起小黑板，给跟班学习的青年上课，同时传授自己研究杂交水稻10年来的经验教训。

颜龙安在结束袁隆平试验田C系统、D系统的杂交授粉跟班学习后，征得李必湖同意，要走了一株“野败”稻蔸分苗后的植株，种在萍乡农科所的南繁试验田中。当这株分苗株“野败”开花时，颜龙安做了包括“珍汕97”和“二九矮4号”在内的品种与“野败”的杂交，并将收获的种子带回江西萍乡。

剩下的分苗株“野败”，李必湖和周坤炉做了与“6044”“广矮3784”等12个品种的杂交。因为这批“野败”分苗株的杂交苗整体上晚于其他材料，于是，“野败 F_1”的故事就来了。

2020年8月，笔者在湖南杂交水稻研究中心采访罗孝和先生，罗先生明确表示：“‘野败’的原始植株分成3份，由李必湖和周坤炉、颜龙安、伍仁山保存和传递。”

据李必湖回忆，早熟的“野败 F_1”（因品种不一样，成熟有早有晚）种子，原准备安排在湖南省贺家山原种场进行又一个世代的繁育，他都把种子浸下去了，学校这时来电报，问谁安排他到贺家山的，这是无组织、无纪律的表现。一个25岁的青年敢咋样呢？赶快晾干种子，送进恒温箱，即刻赶回安江农校。后来，据说是一个农民技术员进入种子储藏室，误将恒温箱的温度调至67摄氏度，种子全部被烧死了。

海南岛上应该还有一批晚熟的“野败 F_1”，周坤炉收获了一批回到贺家山。还有一小部分没有成熟，周坤炉留下助手陈千喜收完最后的种子。

1971年4月，湖南省杂交水稻研究协作组成立，由湖南省农科院（当时名为湖南省农学院北院）牵头，袁隆平调入省农科院工作，李必湖和尹华奇则继续代表安江农校在杂交水稻研究协作组工作。袁隆平站在了更大的舞台上，以技术负责人的身份，引领湖南省杂交水稻的研究。

1971年春夏，湖南组还在C系统、D系统之间徘徊。课题组依然寄希望于通过广泛测交找到C系统、D系统的保持系。罗孝和在这一年加入协作组，用袁隆平分给他的C系统材料，在试验田里开始自己的研究。

罗孝和对笔者回忆道：“袁老师研究的杂交水稻除了跟我在北京农业大学学习的东西一致、能引起我的兴趣之外，还因为新，这个‘新’字吸引我。他说的杂交水稻是从来没有过的东西，搞出来就是开天辟地。1971年，省里号召搞杂交水稻研究协作攻关，我就参与进去了。”

再说说“野败”及其子代在1971年春夏的境遇。

李必湖带回的“野败 F_1”在恒温室里被烧死了。周坤炉带回一部分“野败 F_1”种在贺家山原种场，因为没有做短日照处理，光长苗，不抽穗，等于报废了。伍仁山带到赣州农科所培植的，也是抽穗了的，但因后代植株太高而误遭淘汰。颜龙安带回萍乡农科所的“野败 F_1”，继续种植时出现了好苗头，其子代出现育性分离，完全不育株率达到 40% 左右。

我请教罗孝和个中缘由时，他分析说：“‘野败’来自热带地区，其纬度低一些，属短日照植物。江西萍乡、赣州相对于湖南贺家山而言，纬度低一些，夏季光照时间相对短一些，所以‘野败 F_1’能正常抽穗；而湖南贺家山纬度高一些，因夏季光照时间相对较长而未能抽穗。”1971 年夏，“野败 F_1”在江西萍乡出现好苗头的消息，由伍仁山带给袁隆平。袁隆平决定将当年的试验重点，从 C 系统、D 系统研究转移到“野败”资源的利用上。袁隆平在自传里谈道：“得到‘野败’的时候，并不能预见到它是一个突破口，只认为这是一个很好的资源。第二年才发现这个家伙是好东西：雄性不育，且能够保持下去。”

既然已经发现希望所在，那么迎难而上势在必行。但是，“野败”及其子代在哪里？

采访罗孝和先生时，罗先生称：“1971 年夏天，袁老师明确主攻方向是‘野败’时，发现手头没有含‘野败’基因的种子了。这可怎么好？我们当时真的吓出一身冷汗。”

难道“野败”仅存在于颜龙安获得的一株稻禾中？难道在研究进入快速道之际，丢失了最有希望的“野败”？

苍天保佑湖南、保佑袁隆平绝境逢生。

大家纷纷回忆还有谁存有“野败 F_1”种子。原来最后一批“野败”再生蔸的“野败 F_1”种子，由周坤炉的助手陈千喜带回湖南，又于 1971 年冬，再次带往海南。因周坤炉回湖南过春节，陈千喜就把这批种子交给了罗孝和。周坤炉春节后回到海南崖县，在罗孝和的试验田中取回了一定数量的“野败 F_1”苗子，种在自己搭起的塑料薄膜棚中，以使其提早抽穗。袁隆平的“二九南 1 号”不育系、周坤炉的“V20”不育系，都源于周坤炉塑料薄膜棚中的“野败 F_1”苗子。而福建“V41”不育系则源于罗孝和保存的“野败 F_1”苗子，于 1972 年春，由福建的杨聚宝引入。周坤炉、罗孝和、陈千喜对保存和发展“野败”起了特殊作用。

十一　你追我赶

1971 年 4 月，江西萍乡农科所颜龙安团队用 7 个品种与“野败”杂交，收获 200 多粒种子，其中“野败”与早籼“珍汕 97”和“二九矮 4 号”杂交，在崖县收获了 48 粒种子。回到萍乡后马上播种，200 多粒种子带着希望播下田，但是整整一周毫无动静。“坏了！这很有可能是种子烂了！”颜龙安心慌了，一夜难眠。第 8 天一早，他和助手李汝广冲进试验田，怀着忐忑不安的心情从泥里扒出一粒，捏了捏，还是硬的！这说明种子是好的。他们赶快一粒一粒小心翼翼地把其余种子全部挖出来。

颜龙安院士讲这个故事时，是在 2019 年 12 月。

“问题出在哪儿呢？”笔者问。

“实际上我们当时不知道问题出在哪里。我们向当地老农请教，学到了用牛粪堆催芽的办法，就是把种子插在牛粪堆里，我们尝试了，结果不行。我们只能试试最笨的方法，把种子一粒粒用棉絮擦洗干净，用湿润的药棉裹紧，再用塑料袋包好，7 个组合分成 7 包，放在我们的贴身内衣口袋里，希望能用体温助力稻种发芽。”

颜龙安和李汝广都揣着种子，睡觉也带着，每天小心翼翼打开看看，然后又喷点水，包上，再装进衣兜里。7 天 7 夜之后，它们齐刷刷地出芽了。因为这是第二代，子代有分离，不育率在 40% 左右。“我一看有希望，就做了回交。回交就可以提纯。”颜龙安对此记忆犹新。

颜龙安还回忆道：“还有一个关键的技术，我们做了短日照处理，把材料种在瓦盆里，开花前搬进搬出。”

1971 年秋，颜龙安团队带着“野败”的子代到海南南繁，已经比其他任何一个团队多了一个世代。而到了 1972 年冬，颜龙安带领团队育成了首批“野败型”不育系（“二九矮 4 号 A”“珍汕 97A”）及其保持系（“二九矮 4 号 B”“珍汕 97B”）。1973 年冬，他们选育出强优势组合“汕优 2 号”，并在当年开始向全国提供不育系种子。

1971 年秋，国家科委决定将杂交水稻研究列入国家重点项目。国家科委、农林部决定，由中国农林科学院牵头，成立全国杂交水稻研究协作组，协调各省杂交水稻研究。杂交水稻研究全国大协作，给海南岛带来了颜龙安（1971 年 2 月上岛）、朱英国（1971 年 11 月上岛）、谢华安（1972 年 12 月上岛）、杨振玉（1971 年 11 月上岛），前三位后来以卓越的成就当选为中国科学院院士或中国工程院院士，最后一位是我国北方杂交粳稻奠基人和学科带头人。

除了“野败型”三系研究外，“野败”的发现和利用也启发了其他育种家。各地农业研究单位纷纷在野生稻资源里开辟野生稻天然不育系的培育，红芒野生稻、藤桥野生稻、羊栏野生稻等来自海南的野生稻，它们的天然雄性不育株成为不同育种家研究的不育材料。将它们与栽培稻杂交，育成一批“野栽型”不育系，其中武汉大学朱英国团队培育的“红莲型”不育系最为著名，它与袁隆平的“野败型”、日本新城长友的“包台型”，被国际公认为三大细胞质雄性不育类型。当然，朱英国的“红莲型”杂交水稻的三系配套，要比“野败型”的三系配套晚上几年。

1971 年秋的南繁季又开始了，这是罗孝和的第一次南繁。罗孝和除了做研究，还兼湖南协作组伙食会计。罗孝和对笔者说：“单位通知我去海南南繁，要做的第一件事就是先去买一头大肥猪，杀猪取肉，自己腌腊肉。那时候，猪是统购统销的，不随便卖，要有门道才能买到。那天，我让我们食堂的师傅杀猪、腌腊肉，这成了那个匮乏年代里的一个小节日，许多同事和家属都来出谋划策或出力，热闹得很。除了腌腊肉，还腌咸菜、辣椒酱。去南繁一趟，相当于一次出征。”袁隆平在自传里也记述到这个情节：“我们背起一床棉絮，上面横一卷草席；再提个桶，桶里面放种子，就这样赶车赶船下海南。”

由周坤炉、陈千喜保存的一份含有“野败”基因的不育材料转到了罗孝和手中，他在自己的一块试验田里播下，并着手研究研究 C 系统。

“野败”在萍乡农科所表现良好的消息不胫而走，前来听袁隆平讲课和讨要不育材料的人络绎不绝。秧苗插到田里后，空闲时间多了一点，袁隆平便把农场场部变成了学习和交流的课堂。在“野败”材料的利用上，袁隆平和湖南组采取了开放、共享的态度。

袁隆平敲着黑板说：“‘野败’不育株除不育性外，其他性状基本上与普通野生稻相同，在生产上没有直接利用的价值，必须精心转育，把‘野败’的不育基因转入栽培稻，进而培育出生产上所需要的不育系、保持系和恢复系，从而实现三系配套。”

这就是“指路”，然后分享不育材料，就是“把灯给你点上”。

有些前来交流的育种家，在水稻界已经相当有名气。有时候赶上饭点，就留下来大家一起吃饭，吃完了继续聊，赶在天黑前才走。

“袁老师，那两个人吃饭的账记在哪儿？”罗孝和管账，一笔都不马虎。

“记到我头上。”袁隆平心不在焉地说，他还在想刚才讨论的问题。

“看你穷得都抽生丝喇叭烟了，你能贴多少？让他们交钱吧。”

“那不行！我去他们那儿，他们也留我吃饭哩。”

“工资贴完了，你那 3 个儿子怎么养？”

“穷家富路，穷家富路。”袁隆平敷衍过去了。他不敢细想邓则带着三个孩子还有岳母和侄子是怎么过日子的。他从刚开始搞杂交水稻试验就贴钱买试验瓦盆，1966 年后，瓦盆被打碎了又买、买了又打碎，还自费上北京请教，他的工资能挤出来贴补家用的不多。这几年搞南繁，不仅一年到头回不了家，工资也大都贴在为人结几顿饭钱，跑来跑去的车费，请伙伴们吃菠萝这样的花销上。但邓则从不说什么，那个女子崇拜他呢！虽然他是她的丈夫，还是 3 个儿子的父亲，但最初的那一份崇拜一直在。

早饭时间，大家都蹲在厨房门前吃早饭，时不时会听到罗孝和喊那么一声：“袁老师，今天又减少了二两！”

他的湖南口音说出来特别幽默，往往引来哄堂大笑。这是说什么呢？原来，海南天太热，腊肉被晒得滴油，有损耗，罗孝和不想让大家误会他偷吃腊肉，就时不时称一称，喊上一嗓子。

“要不然咱们今天吃一点点吧？化掉了不如吃掉。”有人建议道。

“今天是么子日子？没有什么可庆祝的，还是过年吃吧。”袁隆平发话了。

“今天有事情庆祝呢。”周坤炉说。

“说说什么事情。”袁隆平也想有个庆祝的由头。不管怎么说，肥肉被太阳烤化掉，不如吃了。

“我那棚子里的‘野败’，今天像是要开花了。”

“噢——今天开花？”袁隆平盯着周坤炉道。

“恐怕是哩。”

“那得庆贺一下。今天中午切点腊肉，一人两片。赶快吃早饭，吃完去田里看看。”这个南繁季，袁隆平每天早上一睁眼，各方喜讯就会传来。

“周坤炉，你就是聪明，你加个温棚，‘野败 F_1’就先开花了。我那田里的‘野败 F_1’还要个几天呢。”罗孝和嚷嚷道，大家嘻嘻哈哈乐呵一番。

1971 年冬，袁隆平和周坤炉在用塑料薄膜搭起的温棚里，做了“野败 F_1”与“二九南 1 号”等品种的杂交。

做杂交一般是上午 9 点到下午 2 点这个时间段，过了这个时间点，就只能等着水稻花明天开了再做了。做完杂交，袁隆平对比自己小 7 岁的罗孝和说：“你这个‘乐呵呵’！周坤炉的苗子是从你的田里移植的。要说这一移植，他的苗子开花要晚上几天，可他会想办法，搭个棚子，结果比你的早开花。你呀，真是个死脑筋。”罗孝和爱笑，为人随和，同事们给他取个外号叫“乐呵呵”。

袁隆平邀请罗孝和去游泳："走哇，'乐呵呵'，弯了一天的腰，去河里伸展伸展。"

"袁老师，我们来比赛。"罗孝和当时并不知道袁隆平的游泳水平，仗着年轻几岁敢挑战。

"走哇，都去河里洗澡。"袁隆平招呼大家，然后对罗孝和说，"比赛可以，你先游，我来追你。"

"那不行，我们要公平竞争。"罗孝和有点自负，他对自己曾是湖南农学院横渡浏阳河第 6 名的游泳水平很有把握。

"噢，那就公平竞争吧。走，一起下水。"

一阵劈波斩浪游到斜对岸，41 岁的袁隆平赢了 34 岁的罗孝和十几米。

"我可是武汉市中学生游泳比赛冠军。"袁隆平看着游过来的罗孝和，开心地说。虽然差了十几米的实力，但是罗孝和的游泳水平绝不是菜鸟级别。

"你好好想想你那个'野败'材料怎么利用，能不能另辟蹊径。"

这次游泳和谈话后，罗孝和更是铆足了劲儿在"野败"材料上做杂交。

为了抢时间，抢世代数，湖南组从 1972 年开始进行一年三季的"野败"与栽培稻的转育：春夏在湖南，初秋在广西，元旦左右到海南岛。袁隆平带领湖南组，与全国大协作各地团队展开你追我赶的科研比赛。袁隆平更没有时间回家了，父亲去世，邓则一人回去办完后事，将婆母接来一起住。邓则要照顾两位老人，拉扯 3 个半大儿子。

为了抢时间，1972 年 9 月周坤炉去广西农学院试验田培育"野败型”保持系时，在湖南提前把种子浸湿，然后平摊在一块纱布上，连布带种子卷起来，绑在腰上。袁隆平暂留在长沙筹备召开杂交水稻“一大”，让周坤炉先去。送周坤炉上火车的时候，袁隆平看着周坤炉鼓鼓囊囊的腰，便问：“你这是干么子，腰里？”

“种已经浸湿了，一到南宁就能育秧了。这就节省了三四天！不是赶在元旦前加一代吗，收了种，过了元旦好去海南岛再加一代。”

“好个周坤炉，你也是拼命啦！”袁隆平有些激动，拍了一下周坤炉的肩膀，“我开完会就去。我自掏腰包也给你带腊肉去。今年冬天，让罗孝和买头 200 斤的猪腌腊肉。”

这一年，28 岁的周坤炉搭上袁隆平的这辆战车，成为袁隆平最直接的助手：共同培育保持系。袁隆平没和他一起南下，是留下来筹备第一届全国杂交水稻科研协作会议，这是搞杂交水稻的同人们津津乐道的一次大会，这是以杂交水稻之名召开的第一次全国大会。第一届大会在长沙召开，让郭名奇感到湖南站在了全国杂交水稻研究的中心——多年以后，就在湖南农科院试验田旁边，真的建立起国家杂交水稻工程技术研究中心！

在长沙召开的第一届全国杂交水稻科研协作会议上，江西颜龙安团队通报，1972 年冬他们团队率先育成了保持系“二九矮 4 号 A”“二九矮 4 号 B”和“珍汕 97A”“珍汕 97B”。

1973 年 3 月，湖南利用“二九南 1 号”“V20”获得不育系和保持系，福建用“V41”，广西用“广选 3 号”等，都育出了不育系和保持系。至此，我国第一批“野败”细胞质雄性不育系和相应的保持系宣告育成。它意味着杂交水稻三系配套已经攻克了最坚固的堡垒，研究的重心开始转向“野败”恢复系的培育。

十二　三系配套

第一届全国杂交水稻科研协作会议进一步推进了全国性的科研大协作。当时有 19 个省区市的农业科研院所、农业院校参与杂交水稻全国攻坚。在此次会议上，袁隆平在总结杂交水稻研究进展时提出，当年全国杂交水稻科研协作的目标是寻找“野败”的恢复系。袁隆平根据日本琉球大学新城长友教授三系配套的经验，将瞄准低纬度的热带水稻品种寻找“野败”恢复系这一思路，在会议上作了交流。会后，真正意义上的全国大协作局面打开，萍乡农科所的“二九矮 4 号”和“珍汕 97”不育系和保持系，在许多省的协作单位中流通。

1972 年夏，袁隆平派罗孝和、路遥等去江西萍乡农科所了解水稻不育系的研究进展——育种这件事，只要找对了育种材料，用对了方法，水稻的呈现是一季一个样，每一季都会有变化和进步。“野败”在萍乡明摆着是早了一季，派罗孝和、路遥等人去参观，就可以提前看到自己的“野败”在下一季的表现。多年后，罗孝和写文章回忆说：“我们看到，近两亩地几乎全是成对的‘珍汕 97’与‘二九矮 4 号’的不育系和保持系。”罗孝和、路遥等人回到长沙向袁隆平汇报。经过深思，袁隆平决定在继续培育、提纯“二九南 1 号 A”（不育系）和“二九南 1 号 B”（保持系）的同时，将工作重点转移到寻找“野败”恢复系上。当时的湖南省农科院副院长陈洪新也认识到，这不仅仅是杂交水稻科研工作，也是两个省的竞争，更是杂交水稻最终诞生在哪个省的问题，是荣誉和骄傲归属谁的问题。湖南协作组成员也清楚地认识到这个事实。在此之前，协作一直比较松散，此时，大家才开始了紧紧抱团。省农科院也加大人力投入，加派黎垣庆、张健给袁隆平当助手。

1972 年夏秋，袁隆平派黎垣庆到全国各地收集种质资源。借鉴新城长友寻找恢复系的经验，袁隆平交代要重点寻找与“野败”发现地气候条件相似的品种，也就是低纬度地区的热带水稻品种，特别是东南亚的一些品种，比如国际水稻研究所（IRRI）的一些共享品种。黎垣庆是广东人，他很快就在广东征集到了“IR24”及其姐妹系“IR661”等几个来自 IRRI 的品种。这些来自热带地区的品种后来证明具有强恢复性。

当时，在全国大协作的气氛下，相互引进材料也是惯常行为。据罗孝和说，他在参观萍乡农科所的试验田时，就引进了“珍汕 97B”。福建育种家杨聚宝经袁隆平同意，也从罗孝和的试验田里搬走“野败 × 广矮 3784”（F_1）的稻蔸，杨聚宝据此育成了在福建推广面积最大的不育系“V41A”。

那真是一次热情洋溢的协同战、酣畅淋漓的攻坚战。政治运动的阴霾被育种家们甩到了脑后。在海南岛温润、颇具异域风情又淳朴的环境中，袁隆平的思想前所未有地活跃，内心也十分舒展。他本来就是一个乐观的人，而他的杂交水稻事业到这时候，已经是每一年都有突破，甚至每三四个月就会有新变化，再加上全国 19 个省区市研究水稻的单位的上千位同行在与他协同作战，这些都让袁隆平干劲倍增，下定决心带领湖南协作组摘取王冠。

话说周坤炉腰缠湿种袋南下广西，提纯“二九南 1 号 A”和“V20A”。同时，受袁隆平的委托，郭名奇也南下广西提纯“二九南 1 号 A”。1973 年元旦前后，两人在广西收了种子，又前往海南岛再提纯一代“二九南 1 号 A”，并于 1973 年 3 月获得不育率

100% 的“二九南 1 号 A”，自此宣布湖南组“二九南 1 号”不育系、保持系培育成功。

时间就像齿轮，每一节都咬合得紧紧的。每一季都要咬住，每一季都会有不同的呈现。

江西协作组那边，自 1972 年冬，经过 5 代回交，获得了“珍汕 97”不育系和配套的保持系后，萍乡市农科所的颜龙安团队就积极寻找恢复系。他们用来自不同纬度的 593 个品种与“珍汕 97A”测交，发现了“野败”恢复品种的地理分布规律。1973 年 8 月实现了三系配套，配套组合是“珍汕 97A×7101”和“珍汕 97A×7039”。1973 年冬，萍乡农科所培育出强优组合“汕优 2 号”，这一品种成为三系籼型杂交水稻第一代代表性品种之一。

湖南协作组这边，黎垣庆收集到“IR24”等之后，就于 1973 年春在湖南省农科院的试验田里用“IR24”与“二九南 1 号 A”测交。该年夏，袁隆平在长沙发现了“IR24”的强恢复性！“南优 2 号”（“二九南 1 号 A×IR24”）显示出杂种优势。袁隆平邀请罗孝和去试验田查看，罗孝和看到一行 10 株，确实鹤立鸡群！而要证明一个品种好，株行太少不行。本着科学的精神，袁隆平没有声张，而是派黎垣庆到广西农学院再种一季。

1973 年夏，黎垣庆引种“IR24”及其姐妹系“IR661”等，与广西农学院的张先程合作，在广西农学院的试验田里做了多个组合，其中就有“二九南 1 号 A×IR24”。1973 年秋稻成熟时，再次验证了“IR24”有较强的恢复性，复证了“南优 2 号”的杂种优势。

自此，湖南协作组和广西协作组张先程团队都实现了三系配套。

1973 年 10 月，第二届全国杂交水稻科研协作会议在苏州召开。在会议上，袁隆平发表论文《利用“野败”选育“三系”的进展》，宣告我国“野败型”籼型杂交水稻三系配套成功。

2020 年 8 月，袁隆平接受笔者的采访时这样总结道：“到了 1973 年下半年和 1974 年上半年，因为全国十几个协作单位共同攻关恢复系，到那个时间点，找到强恢复品种势在必得，好几个省手里都有强恢复材料‘IR24’，基本上已经到了水到渠成的态势。籼型杂交水稻三系配套成功是全国大协作的成果，否则还要晚上几年。全国大协作的优点在于，各省区市都有自己配组出来的优良品种，这对杂交水稻很快在主要产稻省份铺开起到重要作用。我们为什么要研究杂交水稻？就是要解决吃饭问题。杂交水稻迅速铺开，大家的米袋子就能装得满一点，获益的是农民，是老百姓。”

袁隆平对于老百姓米袋子的认识是逐渐形成的。当年，年轻的袁隆平还是个透着书呆子气的科技工作者。他心里只有科研，只想尽快把“野败型”籼型杂交水稻三系配套成功，争个世界第一。

第二届全国杂交水稻科研协作会议之后，杂交水稻第一批强组合陆续问世。湖南组的“南优 2 号”、江西组的“汕优 2 号”、福建组的“威优 6 号”脱颖而出，成为我国第一代杂交水稻的代表性品种。

十三　攻关制种

袁隆平既打破常规，又遵循科研规律，具有敏捷的思维和特立独行的工作方式，这使他时不时作出天才之举。在宣布“野败型”籼型杂交水稻三系配套成功后，湖南组决定加快制种，但因“IR24”生育期长，黎垣庆在海南未能收获对应测交的父本“IR24”。袁隆平四处求援，最终在湖南同行刘进明那里找到了一包不足一斤的稻种，正是“IR24”。而这点非直接测交的“IR24”，其恢复性可靠吗？袁隆平不纠结这个，“种下去再说”。他把这些非直接测交的“IR24”父本交给罗孝和，后者于 1974 年春在海南崖县荔枝沟老火车站附近的东岸四队率先制种“南优 2 号”一亩，这便是载入史册的首个杂交水稻品种。

1973—1974 年的南繁季，袁隆平既轻松又紧张。轻松的是，三系已经配套，万里征途迈出一小步；紧张的是，优势关与制种关能否突破，大家都没有底，日本人新城长友三系配套虽早，但就是因为未突破制种关而未投产应用。为了尽早看出这一斤“IR24”能否不负众望，袁隆平团队空前地团结。在荔枝沟东岸四队，这一批“IR24”还真争气，经过浸种、催芽，嫩黄色的奶芽呼之欲出。“二九南 1 号 A”为母本，“IR24”为父本，袁隆平吸取罗孝和培育“南广占 × 日本占”时，不同生育期父母本按 1:1 行比种植导致母本生长不良的教训，大胆按 8:1 的行比布局。

望着稻田，袁隆平清楚地知道自己想要什么。袁隆平前所未有地安静，从 1961 年起念搞杂交水稻，到 1974 年的早春，已经 14 个年头，杂交水稻研究成果即将凝结成一粒粒种子，最后以种子的形式造福大家。荔枝沟与大海的直线距离只有 5 公里，时常能闻到海水的咸腥味，但除了 3 年前在鹿回头上眺望过大海，心思都在水稻上的袁隆平却无缘去看一眼。这一天，他突然想去海边看看。

于是，湖南协作组的几个晒得黢黑的精瘦的年轻人和袁隆平一起，带上一锅辣子拌米饭和水，坐在拖拉机上，突突突地一路唱着歌进了城，然后穿过被晒得昏昏欲睡的小城，来到大海边。

“袁老师爱玩。”许多年后罗孝和这么说自己的老搭档，神情还沉浸在对当年的袁隆平的回忆中。那时的袁隆平，40 岁多一点，身上还有点羞涩之气和才子之气。83 岁的罗孝和说起那时候的袁隆平，饱含敬意与温情。

在海边放松了半天，袁隆平想明白了两件事。

海南与菲律宾隔海相望，国际水稻研究所就在菲律宾马尼拉。这家机构的种子全球免费共享，一个机构将自己收集的种子和技术全球共享，表达着友好和善意，其共同创造美好生活的理念令人着迷。如果有一天，自己培育的或国家培育的杂交稻也能被这个机构接收，成为人类共享的种子，是多么美好的一件事。

海的更远处是印度，印度“圣雄”甘地很了不起。记得上大学时，有次在图书馆看到一张甘地的照片，骨瘦如柴的他，赤脚走在民众中，这张照片深深震撼了袁隆平。他那时就想，一位富家子弟为什么甘愿像苦行僧般为他人造福，这是怎样的胸怀、怎样的格局！甘地的选择在青年袁隆平心里埋下了一颗种子。他 44 岁了，除了研究杂交水稻，也应该好好想想生命的意义。南亚次大陆上那位赤脚行走在赤贫民众中的“圣雄”，正是他的榜样。

“南优 2 号”首次制种，亩产仅仅 10.5 公斤。这个产量太低了！袁隆平团队收起有些浮躁的心情，总结经验教训，开始第二季制种试验。他们这 10.5 公斤种子最早在湖南、广西多个试验田进行栽培试验。1974 年秋，每个试验田都传来好消息，“南优 2 号”杂交水稻的高产得到了证明！袁隆平得出结论：“南优 2 号”

比当地优良品种增产约 20%，是我国当之无愧的第一个籼型杂交水稻品种！

2018 年，在 20 世纪 70 年代初一同参与全国杂交水稻研究协作的湖南组老伙计们纷纷写文章，相互通信，回忆往事，梳理“野败”的保持系、恢复系的来龙去脉时，罗孝和提出：最先发现“野败”的是李必湖和冯克珊；最先发现保持系的是颜龙安；最先发现恢复系的是黎垣庆、张先程；最先制种一亩以上杂交水稻组合“南优 2 号”的是袁隆平、罗孝和、刘进明。

2019 年春节，袁隆平让家人去给刘进明拜年，带上自己亲笔题写的贺年词和一万元红包。袁隆平的人情味可见一斑。罗孝和将红包的照片发给笔者看，只见袁隆平在红包上亲笔题写：“贺二〇一九年新年！”

十四　强力推广

杂交水稻在多地试种带来了高产，随之迎来了艰巨的推广任务，也迎来了一位推广杂交水稻的重量级人物——当时身兼湖南省农业厅副厅长、湖南省农科院副院长两职的陈洪新。陈洪新和袁隆平这对推广杂交水稻的黄金搭档，第一次见面是在 1974 年 10 月。

经过 3 年的全国杂交水稻科研协作，袁隆平获得了全省一盘棋、全国一盘棋的视野和胸怀，他不再是因为获得一个科研成果、参加一次省级表彰会就沾沾自喜的袁隆平了。此时的他想得最多的是：全国有 4.6 亿亩水田，如果一半种上杂交稻，每亩保守增产 50 斤，每年就可以增产 115 亿斤粮食，那能多养活多少人？而自己的妻儿、老母亲、老岳母还在吃配给供应的 20% 的粗粮，3 个儿子陆续进入“饕餮小兽”的年龄，粮食不够吃啊！

所幸的是，杂交水稻研制成功了，接下来的任务是将杂交水稻在各地大推广。而靠省农科院、靠袁隆平一己之力是无法全省推广的。杂交稻种的推广需要大量的不育系种子和杂交水稻种子，省农科院无力租借大量的土地，无力支付大量制种需要的费用，更别说调动全省力量种植杂交水稻。那个年代，虽然大家普遍饿肚子，但是并没有多少人敢于改变现状。到 1974 年 10 月为止，不管是制种试验还是栽培试验，袁隆平团队的试验依然停留在几亩地的规模。

已经 13 年了，从 31 岁到 44 岁，袁隆平把一生最好的年华都奉献给了杂交水稻，不能再停留在试验田或者小范围试种，既然它是个造福百姓的“福种”，何不光明正大展示它的优越？协作组牵头单位湖南省农科院的领导及袁隆平决定向上要政策。搞杂交水稻以来，每到做不下去的时候，总有人援手：身边是家人的支持，周围是李必湖、尹华奇、周坤炉、郭名奇、罗孝和这些科技人员的援手，上面是省农科院、省科委，乃至国家科委的关怀。当然，最重要的是时任湖南省委主要领导的华国锋同志总在关键时刻过问和支持他的科研工作，在最困难的时候作出指示：“将水稻雄性不育系的材料，拿到群众中去搞。各有关地市和部门都应该大力支持。”这才有了雄性不育系研究全省大协作。到了重点寻找“野败”保持系、恢复系的阶段，华国锋同志再次过问杂交水稻的研究进展，促成了 1972 年之后真正意义上的全国协作攻关。

敢于打破常规的袁隆平向省农业厅汇报。刚刚恢复工作不久的省农业厅副厅长陈洪新，已经看到杂交稻亩产过千斤的事实。曾担任过郴州地委书记的他对农业生产、对农村的现状十分清楚，心里也憋着一股劲，急于开展工作，把“丢失的时间”抢回来。在听了袁隆平的“杂交水稻科研成果不是摆在阳台上的鲜花，要变成实实在在的田里的丰收”汇报后，他和袁隆平、李东山、陈一吾等多次商量，达成两个共识：其一，湖南是杂交水稻研究牵头省份之一，在推广上也应该全国带头；其二，最核心的问题是尽快获得足够的不育系种子，用不育系和恢复系配制杂交种，有了杂交种才能推广种植。于是，他们兵分两路：袁隆平科研团队尽快将 177 公斤不育种子扩繁，并配制杂交种；陈洪新则动员各市县农业部门参与杂交种的配制，用于本市县的推广。湖南省农科院开办杂交水稻技术培训班，各市县派人来学习，为杂交水稻的推广做人员上、技术上的准备。

1974 年 10 月底，袁隆平科研团队到了海南，他们要用 177 公斤不育系种子来繁育足够量的不育系种子，以备下一阶段配制“南优 2 号”“威优 6 号”等杂交种，同时进一步改良制种技术。在前两季的基础上，他们对制种有了新的认识。他们认识到，影响制种产量的主要因素不是花粉量不足、花期不遇，而主要在于籼稻不育系（“二九南 1 号 A”“V20A”等）存在包穗现象，即稻穗不能正常抽出，不同程度包藏在剑叶下面的叶鞘中，花粉无法均匀地散布在母本的柱头上。怎么解决这个问题呢？罗孝和根据 1972 年在制种“三超杂种”时获得的经验，在恰当时间喷洒“920”，使不育系的稻穗正常抽出。接着，陈一吾、李东山、郭名奇、张先程、周学明等又在栽培上做了一系列的研究，使杂交水稻研究形成一整套严谨的技术体系。如此边制种边改进技术，湖南省农科院在南繁基地的制种试验，使大面积单产提高到每亩79斤。袁隆平总结制种和试种栽培经验，撰写《杂交水稻制种与高产的关键技术》，于1977年发表在《遗传与育种》杂志上。这篇论文为杂交水稻在全国推广提供了制种和栽培的经验，为杂交水稻在全国推广做了技术上的准备。

“海南，海南，没有海南这块土地，到哪儿去找冬天扩种的地方，把177公斤不育系种子扩繁出11万公斤？”2020年8月，育种家郭名奇感叹道，“我当时代表的是桂东县，从1974年10月底开始，我在海南岛制种三季，袁老师他们制种四季。中间还有个插曲，我很光荣地参与其中。”

陈洪新十分清楚，将177公斤扩繁一季，省农科院加上推广积极性高的桂东县可以承担，但是，如果在全省推广，各市县都参与南繁扩繁、制种，仅仅靠省农业厅和省农科院是推不动的，而省里这几年变化很大，像他这样重新回到工作岗位的人，很多事情“搞不通”。但是，受过战火洗礼的他深知“人生短暂，难得碰上一件值得为之奋斗的事，既然碰上了，那就为它奋斗吧”。

憋着一股劲儿的“老革命”陈洪新决定进京。1975年10月，他带上陈一吾向农林部汇报，争取支持。在那个特殊时期，大家都谨小慎微，他们没有争取到向部长当面汇报的机会，也没有见到国务院的领导，只好打道回府。而农时不等人，袁隆平那一边，第一季小规模配制的杂交种就要成熟。如果错过了冬季大规模制种，杂交水稻至少要闲置一年。杂交水稻一旦推广，全省一年就能增产2000万～3000万斤粮食，这事关湖南人民是一天能吃上两餐干饭、一餐稀饭，还是一天只能吃三餐稀饭。两个月后，陈洪新决定再次进京。

这次由郭名奇陪同。多年以后，郭名奇接受笔者采访时，一脸激动地回忆当时的情景。1975 年 12 月，陈洪新和郭名奇进京，但是依然不顺利。虽然此时农林部已经成立了国家南繁指挥部，但这个机构指导的是全国南繁工作而不是杂交水稻的冬季制种。他们想见到华国锋副总理，但是一位地方的副厅级干部想要见到国务院副总理何其之难。他们在农林部旁边的招待所等了好几天，也得不到回音。他们准备打道回府，但又实在不甘心，便思忖着给华国锋同志写封信。陈洪新曾任湖南省委农村工作部副部长，是华国锋的同事，他给华国锋写了满满 4 页纸的信，重点介绍了杂交水稻研究的成功和推广时遇到的困难。对杂交水稻的高产优势，陈洪新更是详细做了汇报。12 月 20 日，他们将信封上写明“华国锋同志亲收”的信，投进招待所附近的绿皮邮筒里。

等待令人焦虑，郭名奇说，陈洪新和他每天在招待所坐着，不说话，也不敢离开招待所，怕突然有消息来。郭名奇说，他们毕竟是一年四季在田里的人，还是担心自己见到领导时，衣着或言语出什么差错，于是每天早上起床先把自己收拾得利利落落。熬到第三天，农林部办公厅的电话来了，让他们做好准备，10 点钟去汇报。郭名奇一生都忘不了 1975 年 12 月 23 日这个上午，陈洪新带着他来到中南海小报告厅，会见他们的有时任副总理的华国锋、分管农业的副总理陈永贵、农林部部长沙风等等。郭名奇感觉自己迎来了人生最辉煌的时刻。陈洪新做了全面的汇报，郭名奇补充汇报了自己一蔸稻禾收一斤半稻谷的事。这么高产的种子怎么只停留在试验田阶段？要种到大田里去！说到急切处，陈洪新几乎大声呼吁：制种需要大量的土地以及土地置换所需的粮食。需要大量人力，需要钱，需要领导的支持，关键是领导的支持！

像是做梦一样，汇报完后郭名奇跟着陈洪新坐火车回到长沙。振奋人心的消息很快传到长沙！1976年初，农林部在广州召开南方13省区市杂交水稻推广会，决定在南方大面积推广杂交水稻。除了本省的杂交水稻制种，湖南省还要负责向部分省区市提供制种的三系种源。1975年冬，中央拨款150万元支持杂交水稻推广，其中120万元给湖南作为调出种子的补偿，30万元给广东购买15辆解放牌汽车，装备一个南繁车队运输种子。湖南省政府配套调拨100万斤粮食，作为南繁人用粮以及当地农民出租土地的粮食补贴。湖南省组织8000人的制种大军，浩浩荡荡、无比"豪横"地奔赴海南岛！这个南繁季，湖南杂交稻累计制种土地达3.3万亩。陈洪新、郭名奇这一趟进京汇报，不仅拉开了湖南省杂交水稻推广的序幕，也拉开了南方13个省区市的杂交水稻推广的序幕。

1976年初，湖南省政府发出通知，要求全省各地成立杂交水稻推广领导小组，组织队伍参加当年的海南制种和本地的大田推广，任命陈洪新和袁隆平分别为湖南省杂交水稻推广总指挥和总技术负责人。接到省政府通知的陈洪新立即打电报给正在海南岛制种的袁隆平，要求制种亩产达到60斤，全省制种面积要扩大到万亩以上。

接到电报，袁隆平一个人在稻田里哭了！为杂交水稻他哭过两次，一次是常德会议，华国锋在大会上说："杂交水稻如果研究成功，不仅对湖南意义重大，对全国，甚至对全世界意义都很重大！"而这一次，意味着杂交水稻从试验田走向大田，意味着他和团队耗时 15 年的科研成果，即将造福人类。

8000 人的制种大军，累计 3.3 万亩的制种面积，从 1975 年 10 月到 1976 年 3 月，共 4 轮，制不育系种子 11 万公斤，配制杂交种 20.07 万公斤。

大水山峰高又高，
层层梯田持山腰。
种子撒在云雾里，
银河两岸种杂交。

这是湖南省桂东县农民写的关于杂交水稻的诗歌。当时农民写诗歌的热潮遍及全国，在田间地头，村村开展赛诗会。与赛诗会相比肩的，是杂交水稻的干部样板田、民兵备战田、妇女半边天田、青年有志田、老农传经田、学生学农田等，大家都在进行高产种植比赛。

有袁隆平与郭名奇之间延续多年的师生关系和协作关系的支撑，桂东县的杂交水稻推广在全省名列前茅。郭名奇在 1963 年听袁隆平在课堂上讲三系法时，就坚信袁隆平一定能通过三系法搞成杂交水稻。十几年过去，杂交水稻真的搞成了！在扭转乾坤的常德会议上，郭名奇看着袁隆平介绍雄性不育株的研究进展时，就感到一个伟大的事业近在眼前。经过十几年艰苦卓绝的努力，当这一切终于变成事实时，作为亲历者的他仍然感慨时光荏苒！

1976 年，杂交水稻在全国推广，当年推广 208 万亩，其中湖南省推广了 128 万亩，占全国推广面积的 61.5%。1977 年全国推广 3150 万亩，到 1991 年，全国杂交水稻种植面积达到 2.64 亿亩，占水稻播种总面积 4.6 亿亩的 57.4%。在世界良种推广史上，中国创造了杂交水稻推广的奇迹。

到了 1978 年，我国粮食总产量首次突破 3 亿吨，粮食人均占有量达 318.74 公斤。1993 年，粮食总产量达到 4.56 亿吨，粮食人均占有量达 387.37 公斤。这一年，我国开放粮食流通和销售，结束了在我国延续 40 多年的定量供应粮食的政策。这主要得益于杂交水稻和杂交玉米的大规模推广。

作家韩少功先生认为，杂交水稻的研制成功和推广，不仅从根本上解决了我国粮食短缺的问题，也为 1978 年之后国家改革开放奠定了基础。只有粮食问题、温饱问题解决了，才能不断释放农村劳动力进城，国家现代化进程必须建立在“手中有粮”的基础上。

十五　“三驾马车”

南繁更多为海南当地人所熟知是在 1975 年。我随机采访过多位有点年纪的海南人，不论是城里人，还是乡下人，他们都知道南繁，知道育种队。在他们年轻时或者小时候，都见过从外地来的南繁人。他们告诉我，在二十世纪六七十年代，来到海南岛的“客”，除了上山下乡的知识青年就是南繁人，而下乡知青与南繁人的差别比较明显。海南籍作家孔见少年时与南繁人有连续几年的接触，他认为二者除了年龄差别之外，南繁人的眼神是有目标的，满含着希望。

海南前两次大规模的南繁是为了推广杂交玉米和杂交高粱。到了 1975 年冬，在海口、崖县、陵水、乐东，甚至琼州海峡对岸的湛江，肩挑背扛，带着大包小包、大桶小桶成群结队的都是南繁人。这一次，除了“二杂”南繁人，新来的一支大军就是南繁杂交水稻的。他们制种杂交稻的品种不仅包括袁隆平培育的“南优 2 号”，还有颜龙安的“矮优”“汕优”杂交稻，周坤炉的“威优”杂交稻，等等。

颜龙安在 1972 年冬培育出“野败”不育系“二九矮 4 号 A”和“珍汕 97A”，于 1973 年开始，向全国提供不育系种子，并于 1973 年冬，选育出强优势组合“汕优 2 号”。“汕优 2 号”是第一代水稻杂交种的代表性品种，在第一代水稻杂交种推广的 10 年里，推广面积在全国名列前茅。据官方统计，1982—2003 年，以“珍汕 97A”不育系配组的杂交稻累计推广种植 18.744 亿亩，占全国杂交稻种植总面积的 47.59%。“珍汕 97A”是我国应用时间最长、选配组合最多、推广面积最大、适应性最广的不育系。

三系配套成功以后，颜龙安继续杂交水稻的研究、培育和推广。因其卓越的成就，2007 年颜龙安当选为中国工程院院士。

1972 年，谢华安是位 30 多岁的青年科技人员，担任福建三明地区南繁领导小组组长，长驻海南崖县崖城公社城西大队四队。谢华安从同在海南南繁的江西宜春农科所邬孝忠处，引进“二九矮 4 号 A”和“二九矮 4 号 B”开始研究。这对于年轻的谢华安来说，更多的是一个学习和摸索的过程。

1975 年冬，响应农林部在南方 13 个省区市大力推广杂交水稻的号召，以谢华安为组长的三明地区制种队来到海南岛。他们利用湖南省提供的“南优 2 号”三系材料制种。但“二九南”不育系在秧苗期间就发生稻瘟病，而且都是急性病斑，病情严重，制种产量不高。他当时就暗暗思忖：不抗稻瘟病的杂交稻不具备应用的前景。

第一代杂交水稻品种的恢复系，都来自国际水稻研究所的“IR24”。他想，应该培育我国自己的强恢复系，而且这个恢复系应该具有抗稻瘟病、恢复力强、谷粒大等特点，可用于育成抗病优势强的新一代杂交稻。

1976 年，谢华安正在收集具有抗稻瘟病和大籽粒特点的两个品种。在接受笔者采访时，谢华安详细介绍说：“我收集到的国际水稻研究所的‘IR30’是当时抗稻瘟病最好的品种，也能抗白叶枯病。另外，我从我省王德师同志处也收集到圭亚那华侨捐献的‘圭 630’，这个品种有恢复力强、籽粒大的特点。当然，做杂交组合不可能就做一组，我做了许多组合，其中有‘IR30× 圭 630’，在这些杂交组合 F_1 中，如何选择就是一个人所有知识储备、经验储备的体现了。我在选择中始终坚持以抗稻瘟病和大籽粒作为标准，抗稻瘟病是首选。于是，包括‘IR30× 圭 630’在内的几个组合被选中，继续做 F_2。”F_2 群体在海南种了一丘，足足有 5000 株。当季经过认真细心的挑选，谢华安选中了 36 株 F_2 单株，然后将选中的单株拿到三明地区稻瘟病重病区进行多年、多代、多点的种植与稻瘟病鉴定。他还与三明地区农科所的植保室合作，建立旱病圃的同时开展接菌鉴定，直至完成稻瘟病抗谱分析，并在这一过程中创新性地建立了“抗稻瘟病育种程序”。

谢华安将选中的 36 株 F_2 单株分别与自己培育的最差的不育系材料测交。谢华安跟笔者解释说：“这就像跟人打交道。你能跟最不好打交道的人相处得很好，跟好相处的人也一定能相处得很好。同样道理，我们担着秧苗到稻瘟病最严重的地方种，做试验，能不能抗病就很明显了。”

那时候，三明地区农科所在一个小山村里，谢华安和同事育了秧，挑着秧苗到稻瘟病多发地去种。有时候还要挑着秧苗坐长途车去不同的县乡种，此为“多点”。

这么一代一代选，谢华安始终坚持抗稻瘟病是首选条件。到了1981年，他最终选定“E6”株系，将它定名为“明恢63”，再用“明恢63”与“珍汕97A”配组育成杂交水稻新品种“汕优63”。1981年冬在全国会议上，他将“汕优63”试种的试验报告当面交给袁隆平，袁隆平看后称赞说“很好！”，并鼓励他参加第二年的全国区试。对袁隆平的肯定和支持，谢华安至今常怀感激之情。由于“汕优63”将“四性”综合在较高的水平上，即丰产性好、抗瘟性强、米质优和适应性广，在两年晚稻区试和两年中稻区试中，平均增产16%，其中两年中稻区试亩产接近600公斤，表现出很强的杂种优势。“汕优63”1984年通过品种审定，1986年就成为我国种植面积最大的水稻品种，达到3840多万亩。当年正巧袁隆平来到福建，一见面就对谢华安说：“祝贺你！你的‘汕优63’已经是全国种植面积最大的水稻品种了！”

时值20世纪80年代中期，第一代杂交稻因不抗稻瘟病而陷入低谷，已经打开的杂交水稻推广之路乌云密布。“汕优63”的育成和推广，挽救了新兴的杂交水稻的命运。据农业部统计，“汕优63”从1986年到2001年，连续16年是中国种植面积最大的水稻品种，累计种植面积10亿亩，其中1990年种植面积达1.02亿亩，占全国杂交水稻种植面积的44%。“汕优63”于1988年荣获国家科学技术进步奖一等奖。

在“明恢63”育成后，从1986年至2014年，全国使用“明恢63”作为恢复系所育成的杂交稻品种有34个通过审定。据不完全统计，相关品种累计推广12.66亿亩。国内专家评价“明恢63”是我国杂交水稻品种配制中贡献最大、应用最广、经济效益最明显的恢复系，促成了我国杂交水稻的更新换代，对继续保持我国杂交水稻在世界上的领先地位发挥了重大作用。

培育出“明恢63”后，谢华安继续杂交水稻的研究、培育和推广。因其卓越的成就，2007年，谢华安当选为中国科学院院士。

袁隆平院士、颜龙安院士、谢华安院士被人们誉为中国杂交水稻的“三驾马车”，而海南岛是他们奋蹄同行的福地。

十六　稻行天下

袁隆平对中国杂交水稻的发展有一个总体的规划和设想。

1986年10月，世界首届杂交水稻国际学术讨论会在长沙召开，袁隆平在会上作了“杂交水稻研究与发展现状”的专题学术报告，提出了杂交水稻从选育方法上分为三系法、两系法和一系法三个战略发展阶段。今后杂交水稻的发展方向，就是从三系法到两系法，最后到一系法，即育种程序由繁至简，由品种间到亚种间再到远缘杂种优势利用，使优势利用朝着越来越强的方向发展。

根据这一战略规划，从1987年开始，中国杂交水稻进入两系法研究，1995年研究获得成功。以袁隆平、石明松、邓华凤、卢兴桂、邹江石、罗孝和等为主要完成人的“两系法杂交水稻技术研究与应用”，获得 2013 年度国家科学技术进步奖特等奖。

根据这一战略规划，1996 年袁隆平又提出了旨在提高光合作用效率的超高产杂交水稻形态模式和选育技术路线，进行旨在“满足 21 世纪所有中国人的粮食需求”的中国超级杂交水稻的科研和推广。第一期 700 公斤/亩、第二期 800 公斤/亩、第三期 900 公斤/亩、第四期 1000 公斤/亩的目标，分别于 2000 年、2004 年、2012 年、2014 年实现。2021 年 11 月 3 日，袁隆平杂交水稻创新团队带头人邓启云研究员在第四届世界顶尖科学家论坛的农业科技分论坛上，发布了团队的最新研究成果：耐热超级稻新品种。这个耐热超级稻的新品种名称为“吨两优 900”，是在第四期超级稻品种“Y 两优 900”基础上，导入了非洲稻的耐热基因而育成的，因此它不仅高产，而且还非常稳产，稻米品质也非常好。新品种选出，科技正在助力中国超级杂交稻再攀高峰。

中国杂交水稻技术和杂交稻种自 1980 年首次走出国门后，40 多年来，在包括美国在内的产稻国、产稻区逐年推广，享誉全球。杂交水稻技术被誉为中国的“第五大发明”，杂交水稻被西方专家称为“东方魔稻”，它不仅解决了中国人吃饭难的问题，也为世界粮食供给作出杰出贡献。

1982 年秋，袁隆平在菲律宾参加国际水稻研究所一年一度的学术会议。国际水稻研究所所长斯瓦米纳森在宣布大会开始之后，走下宣讲台，热情邀请袁隆平上台。这时，主席台的背景打出袁隆平的头像，头像下方有一行黑体字：

Yuan Longping, the Father of Hybrid Rice.

（袁隆平，杂交水稻之父。）

斯瓦米纳森当场宣布：“在这里，我十分荣幸地向你们郑重介绍我伟大的朋友，杰出的中国科学家，国际水稻研究所的特约客座研究员——袁隆平先生！我们把袁隆平先生称为‘杂交水稻之父’，他是当之无愧的。他的成就不仅是中国的骄傲，也是世界的骄傲，他的成就给世界带来了福音……”

斯瓦米纳森的声音在袁隆平耳畔渐渐远了，“杂交水稻之父”的称谓让他既意外又欣慰，事实上他用了很长时间才慢慢体会出这个称谓的价值。他记得三年前的 1979 年 4 月，他应邀参加在马尼拉举行的杂交水稻国际学术会议，这是他第一次出国，第一次站在国际学术会议的讲台宣读他的论文《中国杂交水稻育种》，把中国研究杂交水稻的成果向全世界发布。或许那一次会议，那一次论文的宣读对他来说更振奋人心，更让他百感交集。从 1961 年开始，将近 20 年，他和同人协作攻关，终于使一项关乎人类吃饭问题的伟大发明诞生在中国这个古老的农业大国，极大缓解了困扰中国人千百年的吃饭问题。

说到嘉奖，袁隆平更看重的是 1981 年 6 月国家颁发给“全国籼型杂交水稻科研协作组”的特等发明奖。这项发明是解决中国人吃饭问题的关键性技术。这时的袁隆平，已经站在国家层面考虑如何推广杂交水稻来解决中国人的吃饭问题了。1996 年 10 月，“’96 何梁何利基金学术报告会”上，他做了《从杂交稻育种领域看粮食增产潜力，中国有能力解决吃饭问题》的学术报告，这种格局和胸襟，标志着袁隆平从农业科学家蜕变成了心系天下的仁者。

2019 年 9 月 29 日，在中华人民共和国成立 70 周年前夕，党和国家以最高规格向 8 位英雄模范颁授共和国勋章，袁隆平是其中之一。给袁隆平的颁奖词是这样写的：

袁隆平，杂交水稻研究的开创者，50 多年来致力于杂交水稻技术的研究、应用与推广，为我国粮食安全、农业科学发展和世界粮食供给作出巨大贡献。

2020 年 8 月，我在长沙的湖南杂交水稻研究中心采访了袁隆平先生和他的同事及助手。那是一次美好、难忘的经历。我每天骑着共享单车，迎着清风，经过老树婆娑、道路弯曲、留存着二十世纪六七十年代的风貌的柏油小道。那是城市中已经很少见的一条路，小道两边是水稻试验田。当时，水稻接近成熟，空气中弥漫着稻香，让人想到过去的美好时光。我把这条小道叫作“袁隆平小道”，我也希望有关部门将来把它命名为“袁隆平小道”。采访从 8 月中旬持续到 9 月初，其间，百折不挠的我终于申请到了面对面采访袁隆平。头天晚上，我网购了一大束鲜花，为了保鲜，一晚上还起来喷了两次水。第二天，我将鲜花放在单车的前筐里，骑行在初秋的“袁隆平小道”上，我的喜悦是由衷的，我要去见共和国的英雄了！

2021 年 2 月的南繁季，我不知道，这是袁先生在海南的最后时光，也是他伟大一生的最后时光。我来到湖南杂交水稻研究中心海南育种基地，希望再次见到袁先生，听说他每天下午都会下楼到水稻田边走走。我不奢望他能记得我，他接受的采访太多了。在这个椰子树特别高，新旧楼房参差不齐，水泥空地上还有几排水稻育种盆的院子里，我徘徊了近一个小时。袁先生身边的工作人员看出我的意图，过了一会儿，袁先生从那栋颇有年代感的小楼二层南边的房间走了出来，他向下望着我。

“袁老师，您还记得我吗？我是海南的作家，写南繁采访过您。”我在楼下喊着说。

“写南繁好哇。把南繁好好写写。”袁先生说话一字一顿，有力而清晰。然后他又补充一句：“你是海南的！海南的，要把南繁好好写写。”

“我努力，袁老师。”

我在楼下目送他又走回房间。他每年冬季都会来海南，过去是一个人南繁，现在是带上邓则一起。

我以为我有机会把这本关于南繁的书寄去一本献给袁先生。令人悲伤的是，3 个月后，他永远地离开了他的水稻，离开了水稻田，离开了亲爱的邓则和南繁。听到这消息时，我正在陕北采访，难过的我对同行者说，无论下多大力气，我都得把这本关于南繁的书写好！

补充这最后一段故事时，笔者刚去三亚采访完“海南双季稻亩产 3000 斤新品种筛选及配套技术研究与示范”测产——这是袁隆平生前的项目。在三亚崖州区坝头示范点，2021 年的双季稻亩产 3173.72 斤，达到目标。2022 年双季稻早稻亩产达到 1820.0 斤。早稻已经打下这么好的基础，双季稻应该有望突破 3000 斤。

我在稻浪滚滚的稻田里，见到了谢华安院士、陈温福院士、邓华凤研究员以及更年轻的“七〇后”杂交水稻专家袁定阳、唐文帮，“八〇后”杂交水稻专家吴俊、李建武。

白浪茫茫，平沙浩浩，沧海桑田由往复，南繁人生命长青！

袁隆平先生的事业后继有人！

第三章

春草生发瓜透红

吴明珠

中国工程院院士
园艺学专家

我愿意为西甜瓜事业奉献毕生精力，
用行动诠释只争朝夕，甘于吃苦，不惧失败，勇于创新，
让生命在追赶太阳中延伸的南繁精神。

一　青春舞曲

对于中国南繁事业来说，1973 年是个值得特别铭记的年份。这一年，以袁隆平为总技术负责人的全国水稻雄性不育系协作攻关组，完成了中国籼型杂交水稻的三系配套。这一年，新疆吐鲁番县农技站的吴明珠带着两名助手，千里迢迢来到海南岛南繁西瓜、甜瓜（简称西甜瓜）新品种。他们的到来，开启了久负盛名的新疆西甜瓜“南下东进”征程。

袁隆平和吴明珠都是璀璨的农业科学巨星；他们同岁，都出生于 1930 年。令人想不到的是他们毕业于同一所大学——西南农学院，而且吴明珠的丈夫杨其祐还是袁隆平同寝室睡上下铺的兄弟。吴明珠求学于园艺系，袁隆平和杨其祐在农艺系。他们是新中国成立后的第一批大学生。

两人恐怕怎么也不会预见到，毕业 20 年后，他们会在南繁这片热土上并肩战斗，并以自己的拼搏、奋斗和聪明才智，在各自的领域建功立业。

2017 年，87 岁的吴明珠院士亲自给《中国南繁 60 年》一书撰文，介绍自己在海南南繁的工作和成绩。她的笔触还是像她的为人一样，朴实、简明。

为了祖国的哈密瓜事业，我把南繁基地当作平台，年复一年往返于实验室和田间，40 多年，从未间断。辛勤的工作结出了丰硕的果实，由我主持选育的 40 多个西甜瓜品种，均经过了南繁的洗礼。1996年，甜瓜品种“皇后”推广面积占新疆主要商品瓜种植面积的80%，实现了新疆甜瓜品种的第一次更新。

近几年，我带领科研团队又培育出一批适应东部和南部大棚栽培的改良型哈密瓜新品种，如“黄皮9818”“金凤凰”“绿宝石”“雪里红”等，深受海南广大农民的喜爱，许多当地瓜农因此致富，一批甜瓜、西瓜致富村镇得以涌现。同时，我们所选育的西甜瓜亲本材料，均无偿提供给全国瓜界的同行，这些亲本组配选育出的西甜瓜新品种类型多样、品质优异。

我愿意为西甜瓜事业奉献毕生精力，用行动诠释只争朝夕，甘于吃苦，不惧失败，勇于创新，让生命在追赶太阳中延伸的南繁精神。

时间回到1952年暑假，从重庆北碚的西南农学院走出四队青年学生。他们像军人一样打着背包，背包两边塞着鞋，上面架着草席。其中三队向西行进，另一队向东进发，他们要去上为期30～50天的生产实践课。向西的队伍里走着一位剪男式短发的女生。她八字刘海，后脑勺见青，风一吹，短发几乎直立，飒爽英姿令人瞩目。她另一个出众的地方是穿着一条男式西装短裤，两条结实的腿已经晒成橄榄色。旁边的一支队伍走过，队伍里七八个男生一起回头，看这个“假小子”。许是经常被男生注目，“假小子”边走边热情地伸出手，落落大方地说：“农艺系的同学，认识一下吧！”

“谁不知道你呀，吴明珠！我叫杨其祐。”

杨其祐旁边一个皮肤黝黑的男生礼貌地转过头来说：“我叫袁隆平。”

吴明珠笑了，露出两颗小虎牙，说：“我知道你，袁隆平。报名抗美援朝志愿军空军飞行员并顺利通过各项测试，因前方战事好转被退回，对吧？”

“我也知道你，杨其祐。农艺系的大才子，会拉二胡，歌也唱得好。”吴明珠对杨其祐说。

吴明珠和杨其祐没想到的是，下一个学年，他们将成为学生工作搭档。当然更想不到的是，未来的岁月里还会有更深厚的缘分。

“我也会拉小提琴。”袁隆平调皮地插一句，眼睛却看着吴明珠身旁的康同学。

吴明珠与杨其祐、袁隆平握了握手。这时，三支队伍就分开了——吴明珠的园艺组队伍向南，杨其祐、袁隆平的粮食组队伍向北。

分手时，他们向对方扬起手喊道：“好好干呐！校园再见！”

吴明珠所在的园艺组将徒步 100 公里，到江津园艺场实习。即将到来的浪漫徒步和野营，让 22 岁的吴明珠兴奋不已。出发前，她特地又把头发剪短了一寸。

“我要把时间用在更有意义的事情上。”吴明珠在日记中写道。

这天傍晚，园艺组“安营扎寨”在沙坪坝的一所小学里。大多数同学已经累得瘫倒在教室的长条凳上；有的男同学干脆躺在课桌上，不一会儿就打起呼噜。吴明珠则带领 4 个男同学起灶煮饭，并嘱咐烧两锅饭。

“为啥烧两锅？”一个男生问。

“烧一锅稀的，晚上吃；烧一锅干的，拌上萝卜干，明天分给大家带着路上吃，我们明天下午才能到园艺场。”吴明珠像这个大家庭里的大姐，照顾着大家。

“咱们晚上吃稀米粥？这走了一天了，饿坏了。”一个男生说。

吴明珠说：“米就这么多，而且我们没有柴。借人家学校的柴火能借多少？这点柴烧完稀饭再把干饭焖上，一膛火就够了。粥里放上盐也解决了没有菜的问题。”

“这一套是你家里教的？”一个家境好的男生，免不得有优越感。

吴明珠说：“经过几十年战乱，不懂节省粮食就难以存活下去。”这句话一下子把对方堵了回去。另外几个帮厨的男生看吴明珠的眼神里充满了崇拜。

晚餐后，吃饱了又来劲的学生跳起了集体舞。吴明珠监督完洗锅刷盆后也参加了同学们的集体舞，伴奏用的是王洛宾的《青春舞曲》。

第二天，同学们还在酣睡，吴明珠已早早起床为大家烧开水了。

半个月后，在江津园艺场，园艺组播种的大白菜、萝卜开始露头。有一天中午，吴明珠从苹果园作业回来，看到蔬菜试验田有一位体态优雅的女人。她戴着草帽，一头黑发如瀑布一般泻下。令人难以置信的是，这位柔和、优雅的女人竟然是和菜地打交道的，还是他们学校的老师。

接下来的半个多月，吴明珠每天都能看到这位老师在试验田里观察。早上太阳刚出来时观察一次，傍晚太阳落山前又观察一次。她观察的对象不限于学生们种植的大白菜、萝卜，还包括已经结果的辣椒、茄子，以及当时还十分稀少的西红柿。她工作的样子极其专注，就像一个新手妈妈端详自己的婴孩。这位女教师叫刘佩瑛，时年 31 岁，美国密歇根州立大学硕士毕业，专攻蔬菜园艺。1952 年全国院系调整，刘佩瑛刚从四川大学转入西南农学院。

吴明珠每天出工、收工都会看看刘佩瑛。她先是被刘佩瑛的优雅所吸引，再就是她的穿着打扮，然后是她面对菜地里的作物的那份专注。更吸引吴明珠的是她的专业和自律：她每天都在同一时间去试验田，每次做记录前都看一下手表——那应该是在记录观察时间；她每次出门都是着装整洁，一丝不苟，没有因为下菜地、干农活而不修边幅。有一天，刘佩瑛叫住吴明珠说："我看过一本很好的书，叫《钢铁是怎样炼成的》，是苏联作家写的。你想不想看看？"

"想看，刘老师。"

"我认为，每个青年都要解决自己的一生是为自己还是为他人的这个大问题。我觉得这本书很好。"

于是，吴明珠就读了后来塑造她人生观、价值观的书——《钢铁是怎样炼成的》。作者尼古拉·奥斯特洛夫斯基这样说道：

> 人最宝贵的是生命。生命每个人只有一次。人的一生应当这样度过：当回忆往事的时候，他不会因为虚度年华而悔恨，也不会因为碌碌无为而羞愧。在临死的时候，他能够说："我的整个生命和全部精力，都已经献给了世界上最壮丽的事业——为人类的解放而斗争。"

读完这本书后，吴明珠在日记中写道："人生最美好的是当生命将停止的时候，你所创造出来的一切依然能继续为人民服务。"这本书为吴明珠指引了人生方向。

在西南农学院的校园里，在嘉陵江畔，留下了这对师生漫步聊天的身影。刘佩瑛给吴明珠讲述她在美国看的英文版的《居里夫人自传》。在讲到皮埃尔·居里向玛丽求婚的时候，她告诉吴明珠，当时玛丽是有些犹豫的。听到这里，吴明珠困惑地问："为什么？他们这么志同道合，为什么还犹豫？"

刘佩瑛说："因为她担心没有办法回到自己的祖国波兰，为自己的国家作贡献。"

"后来呢？"

"后来，玛丽当然嫁给了皮埃尔。两人在战火中的巴黎创建了实验室，共同发现了放射性元素镭。"

吴明珠调皮地说："我觉得，找爱人就要像皮埃尔和玛丽这样，找志同道合的。"

"你知道吗，在美国和欧洲国家，科学家一有发明创造，就会申请专利。诺贝尔就是合成了炸药，申请了专利，后来成为富翁。他去世前立下遗嘱，将他的财富捐献出来，设立诺贝尔奖。"

刘佩瑛又对吴明珠说："但发现镭以后，居里夫人没有因此申请专利。"

"为什么？"吴明珠睁大眼睛。

刘佩瑛说："她认为没有人应该用镭致富，它是属于全人类的。"吴明珠看着刘佩瑛，一颗立志造福社会的种子已经埋在了心里。

二　西进援疆

1953 年春末，校园里的珙桐花开了，雪白的花像一群自由的鸽子，仿佛随时都会冲向天空。

西南农学院校园里到处弥漫着毕业的气息。

未来的农业科学家袁隆平，带着西南地区运动会川东赛区游泳冠军的好体魄，和同年级几位游泳高手到北温泉去试水。这次，园艺系那位身材高挑、眼神清澈的康同学也去了。自从在暑期拉练的路上见过一面，袁隆平就开始设法接近康同学，人家进合唱队他也进合唱队，人家下课打开水他也忙着去打开水。如此心仪了两年，这次春泳，他下定决心向康同学表白。比赛时，袁隆平的好体魄和游泳技术引来康同学的掌声。然而，袁隆平最终没有把想说的话说出来。

此时，在校学生会办公室里，吴明珠甩着长长了的头发，跟杨其祐正聊得热烈："杨其祐，祝贺你考上了北京农业大学小麦遗传育种学家蔡旭先生的研究生，太了不起了！我要向你学习！"

他们一个负责校宣传工作，另一个是校学生会主席，因此经常见面，也一起排过节目、出过板报、组织过运动会，日久生情，彼此倾慕。就在这一年年初，两人作为第一批党员，并排站在党旗下宣誓。那一刻，热血沸腾的吴明珠仿佛听到了杨其祐的心跳，感觉到他迸发的激情正向自己涌来，她觉得自己和杨其祐的心紧紧连在了一起。在走下主席台时，她看见杨其祐目光灼灼，深情地看着自己。她蓦然感到自己找到了一生中最重要的两件事：事业、爱情。

但是，确认过眼神之后，杨其祐并没有对吴明珠说什么。因为当时研究生考试还没出结果，他的去向不明朗。而说过的话，表过的意，都是要负责的。因此，杨其祐始终憋着一句话。这天，杨其祐一接到北京农业大学的录取通知书，便连忙到校学生会等吴明珠，他要把这消息第一时间告诉她。

“毕业后你是怎么打算的？我听说校党委向天培书记找你谈话，希望你留校。”

“学校找我谈过，但我不想留校。我是学农的，但是我对农村、农民和农业生产了解得太少了。我现在都是纸上谈兵，所以我想到基层去，到生产生活的第一线去。我就是这么跟向书记说的。”

吴明珠已经在大力推广普通话运动中学会了普通话，说话嘎嘣脆。只要跟吴明珠说话，杨其祐就会被姑娘的热情所感染，甚至无条件地认同、接受她的想法。

“如果不留校，你具体想去哪儿呢？”他实在想知道，姑娘未来的打算里有没有自己的位置。

“往届分配到新疆的师兄师姐来信了，新疆需要有知识有文化的建设人才，那里是瓜果之乡，是中亚瓜果进入我国的必经之地，蕴藏着丰富的瓜果资源。我是学园艺的，应该到最适合的地方，才能发挥最大的作用。我这个想法对吗？”

杨其祐有些失落，但一心想着干大事的吴明珠并未觉察。当听到杨其祐说他在北京会帮忙找一些资料，提供力所能及的帮助时，她就笑了起来。

“杨其祐——”窗外传来一个同学的叫声，“开饭喽——”

杨其祐笑着对吴明珠说：“是袁隆平。他喜欢你们班的康同学，不知道今天表白没有。”

“还说别人呐，有人还不是一样，不敢表白。”说这话时，吴明珠的脸红得像 5 月的樱桃。

“嗯……你头发长长了就别剪了。”杨其祐吭哧半天就说了这一句。

吴明珠笑着说：“走，吃饭去！”

关于毕业分配，吴明珠也征求了刘佩瑛的意见。那天，她正好去还刘佩瑛推荐给她的苏联小说《青年近卫军》。

“这本书看得我哭了两回。”直爽的吴明珠说。

“有什么感想？”刘佩瑛穿着一身列宁装，优雅依然。

“看着小说我就想，大敌当前，那些少年誓死抗敌，现在我们国家一穷二白，需要青年去建设，我们不能退缩！”

刘佩瑛看着她，轻轻地说：“还有一本小说叫《牛虻》，我特别想看。《钢铁是怎样炼成的》里面提到过这本书，保尔·柯察金的钢铁意志便来自《牛虻》。”刘老师特别爱给吴明珠推荐这种正能量充沛的革命小说。

吴明珠看着这位比自己大 9 岁的女性，感觉到她身上透出一股书香气和浩然正气。这时的吴明珠已经和刘佩瑛亦师亦友，无话不谈了。刘佩瑛给吴明珠上蔬菜栽培学和蔬菜育种学两门课，课余有时候还会和她分享阅读的经历。比如她在美国读过一本叫作《飘》的英文小说，一个叫郝思嘉的美国南方姑娘为了自己的土地，为了自己的庄园，为了活下去，顽强地奋斗。

吴明珠问：“刘老师，你当初为什么选择回国？听说国外的科研条件很好，更有利于个人作出成绩。”

刘佩瑛对这个自己非常欣赏的女生说：“记得第一次见面时咱俩就讨论过，人的一生是为自己活还是为他人、为更多的人活，这是每个青年都必须思考的问题。我出国是为了学习更多的知识武装自己的头脑，那么，头脑武装后为谁服务，怎么服务，是另一个重大问题。”

刘佩瑛拉了拉吴明珠皱了的衣领，接着说：“回国前，我想了很长时间，祖国的农业科技力量这么薄弱，我们这些掌握了现代科学知识的人岂能坐视不管，只想着过自己的小日子？既然知识武装了我的头脑，我就不能白白浪费了这得之不易的知识。我一拿到硕士学位就回国了。在回国的飞机上，当机长宣布飞机进入中国领空时，我激动得流下了眼泪。这个饱经战火终于迎来和平的国度，我回来为之奋斗了！只有在自己国家的土地上奋斗才是值得的。”

吴明珠看着这位美丽且有着高尚的理想情怀的老师，心想：刘老师在她的人生选择和职业选择中作出了她的选择，现在，该自己选择了。

“我想毕业后去新疆。”吴明珠对刘佩瑛说。

刘佩瑛愣了一下，她欣赏这个女生果敢的精气神儿，当然，她的欣赏里夹杂着爱惜。而她的学生还怕老师不理解，更坚定地说：“我知道新疆会比较苦，但是那里有很多工作可做，我想在一张白纸上画最新最美的图画。”

刘佩瑛笑了：“明珠，翅膀硬了就飞吧！”

1953 年夏，3 个有志青年完成毕业典礼，各奔前程：杨其祐师从北京农业大学蔡旭教授，研究小麦遗传育种；袁隆平被分配到湖南省农业厅，而后被二次分配到安江农校，当了一名农业中专教员；吴明珠则被分配到隶属西南局的西南农林局。相互倾慕的吴明珠和杨其祐在毕业后确定了恋爱关系，然后开始了那个年代常见的异地书信恋爱。这一年，袁隆平受米丘林由一名苹果工人成长为世界著名农学家的励志故事激励，有志于做农业科学家，开始做自己的科学小实验。

1954 年 12 月，西南局撤销，西南农林局被拆分，吴明珠被选送到中共中央农村工作部。到了北京，热恋中的情侣终于可以面对面、手牵手了。杨其祐吹拉弹唱样样会，他对着吴明珠唱道：“在那遥远的地方，有位好姑娘……”原来一头短发的吴明珠此时已经梳起了两个小辫子，她开始穿裙子。但是，机关工作不是吴明珠想要的，她渴望沸腾的生活，渴望用自己的聪明才智改善祖国薄弱的农业科技；而在机关里，她觉得有劲使不上。

1955 年 10 月 1 日，新疆维吾尔自治区成立，急需人才，自治区领导专程进京要求增派干部，听到消息的吴明珠兴奋极了：“这是大好的时机！现在的新青年要把这一派大好河山建设好，让果树成林，稻麦飘香，在壮阔的大地上，画上最美的图画！”在中共中央农村工作部工作了半年的吴明珠去找上级领导，半讲理半软磨硬泡：“我是学园艺的。新疆是瓜果之乡，有着丰富的瓜果资源，我只有在那里才能更好地发挥自己的作用。别人都在火热的生产第一线挥泪洒汗，我却坐在办公室里接电话做报表，有劲儿使不出。我想亲手种瓜，亲手改良一批果树，我想在戈壁滩上种出苹果、种出梨。”

吴明珠最终说服了领导。这件事，她没有跟家里商量，甚至没有跟杨其祐商量。当申请获批后，她兴高采烈地跑去告诉杨其祐：“我要去新疆了！我要在大漠戈壁上扬鞭策马啦！我要发挥自己的专长啦！我能学有所用为祖国的伟大建设作出自己的贡献了！你为我高兴吗？”杨其祐看着她热情洋溢的脸，他知道她对新疆生活充满了憧憬。她的兴奋感染着他，他说：“你的辫子都能编两股了。”

吴明珠的笑脸更灿烂了，她大大咧咧地说：“辫子是为你留的。”接着又说：“咱们俩比赛，谁先作出成绩，对方就跟随那个最先作出成绩的。比吗？”

这个英姿飒爽的姑娘就是能量源，他一个七尺男儿怎甘心落后？杨其祐笑着，把脸扬起：“当然比啦！”

杨其祐也有自己的职业理想，也有过犹豫，但他不能不让心爱的人展翅高飞。两天后，杨其祐把戴着大红花的吴明珠送上了西去的大卡车。

吴明珠的心已经飞向将要奔赴的大漠荒野。她对杨其祐说：“嘿，高兴起来吧，迎接新工作、新生活吧！不要犹豫，不要彷徨，大好的青春等待我们奋斗，我在边疆等你！”吴明珠咧开嘴笑的样子真像一朵完全盛开的太阳花。

“你先去吧，我毕业后就去找你。记得不要把辫子剪了。”杨其祐看着吴明珠，眼睛有些潮湿。

三　戈壁玫瑰

1955 年深秋，8 辆载着赴疆青年的大卡车从北京出发，一路西行经过兰州、西宁，沿古官道，行进了 15 天，于 11 月初进入乌鲁木齐。

天气越来越冷，目之所及越来越荒凉。吴明珠看到了“大漠孤烟直”，想到了“古来征战几人回”，她也下定决心“不破楼兰终不还”。途中，吴明珠想办法化解大家低落的情绪：“咱们来玩个游戏吧，大家都说说，自己为什么报名来新疆。我提议的我先说……”

黄昏来临，气温骤降。青年们将棉被裹在身上，有的还包住了脑袋，阵阵笑声从车厢里传出。有的说，家里姊妹多，养不起这么多人，房子不够住，爸妈说他是男的，扔出去建功立业吧。有的说，他是地质专业毕业的，要为祖国寻宝藏，做祖国建设的排头兵。有的说，他想摆脱家庭，走自己的路。吴明珠觉得，这队人就像保尔·柯察金和他的战友，正走向冰天雪地的铁路工地，也正走向艰苦、火热的生产第一线。

12 月，梳着一对小辫子的吴明珠到乌鲁木齐地委报到，接着，她被分配到地委农工部。农工部部长是一位转业军人，“带兵”的方式有自己的风格。吴明珠跟部长要求希望尽快接触实际工作，但部长要的是“有文化、懂技术的左膀右臂”：“你给我当业务秘书。给你一个月时间，把三个任务攻克喽！哪三个任务呢？学骑马、吃羊肉、说维吾尔语。”

“学骑马和说维吾尔语是为了工作，吃羊肉是为什么？我从小在长江边长大，不吃羊肉。”

“不吃羊肉你会……”部长本来想说“会饿死”，但面对这位北京来的女大学生，他还是把后面的话咽了下去，“为什么要吃羊肉呢？冬天，除了馕就是羊肉，这里可没有什么菜。对了，我们这批干部里有蔬菜专家，好好研究研究在新疆能种什么菜。说回羊肉，你必须学会吃。要不然，你在新疆可待不下去。另外，不会骑马，你就只能待在乌鲁木齐哪儿也去不了。还有维吾尔语，你要想开展工作必须学会维吾尔语。”

吴明珠从部长的语气里听出某种严峻性，她认真地说：“我保证用一个月学会骑马、吃羊肉，说 100 句维吾尔语。”

“呵呵呵，”部长笑着说，“我们部队出来的就喜欢爽快的人。通讯员艾山可以帮助你完成这个任务。对了，再给你个任务，帮助艾山学汉语，用一年时间，帮助他通读一遍中学历史课本和地理课本。”

“保证完成任务！”

“嗯。再给你个小小的忠告：有对象了，就快快结婚。”

离开部长办公室，吴明珠瞪大眼睛，还是想不明白，自言自语：“为什么？”

这天，通讯员艾山把吴明珠带到地委大院后面的马厩，里面有 6 匹矫健的伊犁马。它们看见艾山就扬起前蹄，咴咴地叫起来。来新疆之前，吴明珠无数次想象策马扬鞭的景象，却怎么也没想到，机关单位里居然养着马，她的第一个任务就是学骑马，这让她充满好奇。

她对维吾尔族青年艾山说：“我准备一个星期学会骑马，你觉得我能做到吗？”

艾山看着她，笑而不语。

“你说维吾尔语，我跟着你学；我说汉语，你跟着我学。争取一个星期两个人各学 100 句，第二个星期记住这 100 句，再增加 50 句，就这么推进，你看怎样？过了元旦节，咱们争取下乡。”

“你先要跨上马背！”艾山用维吾尔语说。他的意思是先要跨上马背，才能驰骋千里。几年以后，吴明珠才明白这优美的语言里蕴含的哲理。

吴明珠是有运动天赋的，传说中骑马摔跤的事故在她这里从没发生过。艾山牵着马带她在地委后院才遛两圈，吴明珠就问：

“到哪儿能让马跑起来？”

艾山说着倒装句的汉语：“你跟它住 7 天，它就能跑起来，不摔你跤。”

吴明珠睁大眼睛看着艾山，然后说：“好！今晚就住！”

北京来的女大学生要搬到马厩里住，消息很快在地委机关流传开了，大家都对能吃苦、放得下架子的吴明珠刮目相看。这事被同寝室的魏姐拦住了：“时间长着呢，不用着急，慢慢地都能学会。只要你有一颗善心，马就会知道，就不会对着你尥蹶子。”

“我要尽快学会！”吴明珠还是一股学生腔。

“要想让马温驯，只要你心疼它、爱护它，它就会知道。这和跟人打交道是一样的，不用着急。”

“好吧。”吴明珠看着长自己一岁的魏姐——这位 1954 年从湖南进疆的女干部，边疆经验显然要比吴明珠丰富得多。

但是，吴明珠在吃羊肉上遭遇了滑铁卢。她忍着不适把一碗羊肉米饭咽下肚，结果把自己“闷”得头晕，刚走出机关食堂就都吐了出来。机关里每星期只吃一次羊肉米饭，这在当地可是上好的美食。此后，每次吃羊肉米饭，吴明珠就把一小纸包盐拌在米饭里，三口两口吞下。

魏姐惊异地问她：“小吴，你克服了？”

吴明珠直着眼睛说：“先别跟我说话。我一说话，我怕会吐出来。”

吴明珠围着机关大院走了 10 圈，总算是把米饭压下去了。魏姐教她吃完羊肉米饭在嘴里含一片干茶叶，吴明珠试了试，果然管用。

吴明珠用一个月学会了骑马和 300 句维吾尔语，而吃羊肉，则是等到 3 年后生了儿子杨夏，她的胃才“翻”过来。

1956 年，吴明珠过了一个“民族大团结”的春节。她学会了简单的维吾尔族舞蹈，参加了机关团委组织的 3 场集体舞会。这年春节，魏姐等来了在和田工作的未婚夫，完成了婚礼。

吴明珠写信给杨其祐，告诉他：她学会了骑马，学会了 300 句维吾尔语，还学会了跳新疆舞。下次见面时她要跳给他看。这里都是年轻人，有学生，还有参加过淮海战役的老兵。在汉族人里，很少看见老人，连中年人都很少。她感到自己到了一个“崭新”的人群中。这些人，将是一个新城市的建设者、新边疆的建设者，她为自己是其中的一员而感到自豪！多好啊！青春和奉献，艰苦和浪漫！她太喜欢新疆了。这里的人们淳朴善良，这里的羊肉肥瓜果甜，这里的姑娘裙子鲜艳，这里的小伙儿能歌善舞。祖国建设在召唤，英雄辈出的时代在召唤，她要为建设新疆发挥聪明才智，要把青春献给边疆人民。

吴明珠把这些感受也写信告诉刘佩瑛，对方回信说，既然已经到了理想的广阔天地，那就尽情地展翅飞翔吧。刘佩瑛随信还寄来了一本刚出版的《牛虻》。

吴明珠利用周末一口气读完了《牛虻》。牛虻忍受痛苦的能力深深地震撼了她，牛虻说：“我一定要走自己的路，追随我所见到的光明。”这句话坚定了她的信心。何处青山不埋骨？吴明珠坚定地要做祖国忠诚的骨头。

春节过后，吴明珠就要求下乡，接触实际工作，虽然她是部长的业务秘书，但还是老想着自己来新疆的初衷——为祖国甜的事业作贡献。如果不能在瓜果专业上有所作为，自己来新疆的意义就不是那么大。但是，怎么找到自己的专业所长和新疆实际工作的结合点呢？刘佩瑛当年在试验田里的工作启发了她：只有到农村，到农业生产一线，才能找到这个结合点。

当然，到了新疆吴明珠才知道，新疆太大了，人烟稀少。村与村之间，动辄百十里路。出了乌鲁木齐，到任何地方都需要骑马。农工部有辆老式吉普，下乡才会派车；另外，每次下乡还需要会说维吾尔语或哈萨克语的干部一同前往。她知道，下乡需要机会，她只有时刻准备着。每天早晨，从集体宿舍出来，吴明珠都会带上一个出差的小包，包里装的无非就是牙刷、毛巾、梳子、一套换洗衣服和一包卫生纸。春节过后，下乡的机会终于等到了，农工部部长要到下辖的吐鲁番县、鄯善县调研农户越冬生产生活状况。吴明珠在下乡的第一天就敏锐地觉察到，即使到了2月，吐鲁番农户的家里还储存着哈密瓜。这种能越冬的哈密瓜到底是什么品种？到了鄯善县，她才认识到“吐鲁番的葡萄鄯善的瓜”“围着火炉吃西瓜”绝非虚言。她发现，这里的哈密瓜（属于甜瓜）在同一个村里就有不同的品种，几十里以外的另一个村，又有别的品种。而且叫同一个名字的甜瓜，相隔几十里果味差别很大。

这是为什么？

吴明珠想起在学校时，刘佩瑛老师曾告诉过她，新疆是瓜果之乡，一些中亚瓜果如西瓜、甜瓜、葡萄，均经由新疆进入西宁，再东进兰州、西安，最后进入中原。这条通道就是“丝绸之路”，开辟自汉代，在唐朝达到鼎盛。吐鲁番县、鄯善县甜瓜资源如此丰富，难道自己到了丝绸之路上？回到乌鲁木齐后，吴明珠请教民族宗教部门的老同志，印证了她的判断：鄯善县就是《后汉书》中的鄯善国，自汉代就与中原通商，东连中原，西接和田，北通敦煌，是丝绸之路上的要塞。唐僧玄奘取经路过的火焰山就在县城西侧 70 公里处。吴明珠意识到，鄯善县是中亚瓜果进入我国的一个通道和集散地。

冰消雪融的 3 月是出不了城的，吴明珠便在城内查阅所能找到的有关新疆、有关鄯善县西甜瓜的资料。从历史资料中她得出一个判断：由于吐鲁番盆地坎儿井技术先进，地面以下水系发达而完整，吐鲁番盆地才成为瓜果之乡。处在吐鲁番盆地东侧的鄯善县也正是由于发达的地下水系才成为沙漠绿洲。有了绿洲才有人群聚集，才有车马经过，才有商贾云集，才能成为伟大的丝绸之路上的一个重镇。

“我应该去鄯善。”吴明珠在心里对自己说。

杨其祐还没有来信。面对一望无垠的白雪，吴明珠壮怀激烈。祖国如此之大，要干的事情如此之多，接不到恋人的信，难道还不工作了吗？

春小麦播种时节，吴明珠又跟随农工部部长到鄯善县调研。深入的田野走访让她意识到，鄯善县是一个瓜种资源的宝库，但是品种杂、产量低，如果不及时进行改良选育，会面临品种退化甚至灭绝的风险。摸清当地瓜种资源，建立基本档案，无疑是育种研究的第一步，而这个工作过去没人做。这个工作只能由具备专业知识的人来做。现在这份工作就摆在她面前，吴明珠想：“舍我其谁？”

回到乌鲁木齐，吴明珠第一时间向农工部部长汇报说：“新中国成立以来，农业、畜牧业、林果业都在摸清家底、普查种质资源，经过这几次下乡，我想搞一次西甜瓜种质资源调查，摸清种质资源的家底。”

隔行如隔山，种质资源的重要性，军人出身的部长并不一定知晓。

“搞清它有什么用呢？”

“瓜好不好吃，关键在种子。”

“唔，有道理。孩子长得好不好看要看爹妈的模样。”

“瓜是 6 月熟还是 8 月熟，还是看种子。”

“即使你不调查，农民也知道是 6 月熟还是 8 月熟。你调查它有什么用呢？”

“6 月熟的瓜可能不甜，我通过杂交授粉，可以让 6 月熟的瓜跟 8 月熟的瓜一样甜。但前提是，得先弄清什么品种有什么特性。”

“这么说就明了了。支持！有学问就是不一样！”

吴明珠给杨其祐写信，告诉他自己来到了一个瓜种宝库的大门前，她要把这扇大门撬开！怎么撬开这扇大门？她想到了两种方法，第一，普查瓜种资源，建立种质档案；第二，向瓜农学习，把学到的技术应用到实践中。

吴明珠又给刘佩瑛写信，告诉她春节后在鄯善县吃到了一种非常香甜的哈密瓜，并且这种瓜特别耐贮存，能保存到来年 2 月。但是，这种瓜的种子非常少，只在个别农家有，一般供自家人食用。她不知道鄯善、吐鲁番还有多少这样的瓜种，她想把它开发出来，让更多人吃到这种瓜。

刘佩瑛在回信中建议她做一次种质资源调查，因为育种的基础是拥有一定量的原种，掌握的原种越多，培育新品种的自由度就越大。

当时国内米丘林遗传学说大行其道，在美国的大学里接受过孟德尔－摩尔根遗传学理论教育的刘佩瑛，从侧面给吴明珠指明了努力的方向。

星期天，在空荡荡的机关大院里，吴明珠终于收到杨其祐的来信。3 个月以来第一次收到他的信，吴明珠悲喜交加。她先是把信攥在手里，最后还是打开了。看着看着吴明珠忍不住哭了两声，然后又笑起来。“臭老杨！”吴明珠对着信撒娇，“你就是个臭老杨！”

杨其祐从专业角度进一步说明建立种质资源档案的重要性，说这是现代农业的基础，而且是新疆瓜果园艺业“开天辟地”的大事，将为新疆瓜果留下一份宝贵的种质档案。

杨其祐毕竟是研究生，学术眼界高，站在历史的角度看吐鲁番、鄯善散落在各处的瓜种资源。这就像高人给你指明了宝藏的方向，你只要努力去挖就是了。吴明珠连忙给杨其祐写信，她觉得自己在业务眼光上、思想深度上已经落后于他，她要迎头赶上。她已经 26 岁，再也不能耽误时间了。她想申请到鄯善县，希望得到他的支持。

一个月以后，杨其祐的信到了。他鼓励吴明珠，天高任鸟飞，翅膀有多硬就往多高处飞。

经过再三申请，吴明珠终于从乌鲁木齐地委再一次下沉到鄯善县农业技术推广站（简称“农技站”，是地区农工部的下属单位）。20 世纪 60 年代，鄯善县、吐鲁番县、托克逊县为自治区直辖县，简称“三县”。1970 年，鄯善县归入哈密地区。1975 年，鄯善县则归入吐鲁番地区。边疆小县一个农技站，来了一位梳两条大辫子的女大学生。也就是说，吴明珠 1956 年 8 月做的这个决定，事实上是“人往低处走”，从北京中央机关一路下沉到县级农技站，成为最基层的科技人员。

四　绿洲寻瓜

1956年的农技站在鄯善县是一个“崭新”的单位。单位里基本都是年轻人，1个大学生，6个中专生，还有5名职工都是高小文化程度，在20世纪50年代的边疆，这是专业技术人员较为密集的单位。农技站有个大院子，有块60亩的耕地，还有个小水塘，水塘边种着几棵钻天杨和两棵有些年头的柳树。到了夏天，柳条婆娑，麻雀蹦跳。农技站有三排红砖瓦房，一排办公用，另两排住职工。因为是单身姑娘，吴明珠就被安排在办公室靠边的一间。吴明珠来落户时已经下过两场雪，职工老王和他媳妇给吴明珠垒了一个带烟囱的大火炉。老王媳妇看着吴明珠说：“太瘦了，你得多吃点羊肉！你得去县城买双翻毛皮靴，不然脚冻伤了就啥也干不成了。对了，还有新疆的冬天也不比东边儿，在这得穿皮大氅、戴皮帽，不兴为了好看穿得太薄。”老王两口子是河南人。

吴明珠笑着露出一对小虎牙：“王婶儿，等有空了，你陪我上街买双翻毛皮靴。”

三个星期后，吴明珠给老站长提交了一份工作计划：用三年时间，每年蹲点一个县的一个村，深入学习甜瓜、西瓜、葡萄的种植技术。再用三年时间，每年一个县，收集吐鲁番盆地三个县的西甜瓜种质资源。老站长看了这份工作计划，感叹说：“这女子不简单。”年终总结时，老站长让吴明珠把这份工作计划宣读给全体职工。老站长说："干工作就跟打仗一样，你要明确要攻下哪座山头，目标定了，就去实施。小吴同志的这个计划书给我提了个醒，要有目标、有计划。棉花组、西甜瓜组、葡萄组，每个组制订一个三年计划。到 1959 年底，咱们看看哪个组的计划实现得好。小吴同志就归到西甜瓜组了，但是她的工作按她的计划走。咱们县级农技站兴许也能飞出一只鹰！"

1956 年 11 月到 1957 年 3 月是漫长的冬季和雪融季。这段缺少取暖木材、无蔬菜且难以开展工作的日子，使吴明珠有更充裕的时间扑到书桌上，学习杨其祐和刘佩瑛给她寄来的《西瓜栽培管理技术》和《葡萄栽培管理技术》。在这些资料里，还有杨其祐抄写的苏联农学家潘加诺的甜瓜分类法，整整 35 页，是杨其祐一字一句为她抄写的。因为怕寄丢，杨其祐是用复写纸抄的。他在信上说，如果她收不到，一个月以后，他就把复写的那份再寄过来。恋人的这般良苦用心让吴明珠幸福得在屋子里直蹦，她觉得美好的、志同道合的爱情就是这样的。吴明珠写信告诉杨其祐，不下雪的时候她就去城关镇的农村走访，向维吾尔族兄弟要种子。虽然她的三年计划不包括今年，但是她已经提前实施自己的计划了。

一场暴风雪即将来临，老站长通知大家谁也不能出门。吴明珠把自己关在房间里，把收集的种子逐一做文字说明，并且按照现场画的瓜叶、果实，把它们画在卡片上。画完，她拿起来，左看看，右看看，自己哈哈笑起来，说："不像，不像。这画画的本事还得好好练练。"

第二天上午，吴明珠看窗户不透光，以为外面还在下雪。她想打开门出去看看，结果门打不开了。为防大雪封门，新疆的屋门都是朝里开的。由于天气太冷，吴明珠住的房子的门冻在门框上，怎么也打不开。

“来人呐！有人没有？李志超！张哲！老王！王婶儿！”

可是，她的声音根本传不出去。她在房子里转了几圈，看到了大铁炉子上的铁皮烟囱，于是她用煤铲子用力敲击它。

“啷啷啷——”敲了一个小时也无人应，看来外面根本听不到响声。吴明珠放弃了敲烟囱，看看屋里有多少吃食，她只找到了半块馕。她想，半块馕也能撑两天，等雪停了，单位的男女老少会救她出去。

吴明珠披着被子，开始给刘佩瑛写信，她说自己在新疆已经吃了两年的瓜，感觉品种退化、串种的现象还是比较普遍。她最近读了苏联人梅列尼柯夫等人著的《达尔文主义概论》，这虽是一本小册子，但让她明白了一些道理，她不能在这大漠荒原中自生自灭，所谓适者生存，她得成为强者。她正准备读苏联人凯勒尔的《达尔文进化论与苏联植物栽培》。她感觉，每读一本书就能激发起到广阔天地实践的冲动。

吴明珠被困在房子里三天，是老站长清早起来一一查看各家的烟囱是否冒烟时发现的——南征北战那十年，老站长每天一睁眼就查看自己属下的“伤亡情况”。和平年代他就查看各家炊烟——“只要烟囱冒着烟儿，就差不到哪儿去”。看到吴明珠的烟囱不冒烟儿，老站长叫上老王和老王媳妇，还有李志超，蹚着雪，向吴明珠的小房子“游来”。

“吴技术员，吴技术员，你在屋里不？”窗外传来老站长等人的喊声，有人在用木棍捅窗户框。

“在呀！”吴明珠高声答应着，然后就笑起来。

“听见声儿了！听见声儿了！”老王媳妇直喊，“你刚才是哭呢还是笑呢？”

“哎哟！别管哭还是笑，先把门扒开。”老王马上抡起木铲子铲雪，一旁的李志超也操起大木铲。

从老站长嘱咐大家不要出门到现在，大雪已经下了两天两夜。实际上大雪已经把家家大门都堵了，只不过后面两排住着十几户人家，房子里的热气让雪堆得没这么高。

接着，技术员张哲带来单位的其他职工，有人拿着木铲子，有人拿着铁锨，在吴明珠的门口展开一场小会战。吴明珠隐隐约约听到他们议论：“吴技术员门口的雪咋比咱门口厚呢？”有人说：“这一排就她一户，还靠着边，咱那一排家家烧火，人又出来进去的，雪就没那么厚。”在屋里的吴明珠感动了，她后来写信告诉杨其祐，如果没有单位同事帮她铲雪，她可能冻死在小屋里了。

这场“铲雪救人”的尾声是张哲提着一铁壶开水，站在李志超推过来的架子车上，从门沿儿往下浇，一壶不够，老王媳妇又从家里提来一壶。最后是李志超和张哲推着架子车，从 10 米开外助跑，借着惯性，猛地撞击，才把被冰雪冻住的大门撞开了。

吴明珠和冲进来的李志超、张哲相视而望，接着哈哈大笑。老王和老王媳妇冲进来，嗓门震天响：“你这闺女，咋都不知道害怕呢？还笑！”

“你们那么好，来救我，我怕什么？”吴明珠露出一口白牙，笑着看着王婶儿。

“你就像阿依斯汗可可齐一样珍贵。”一位维吾尔族干部看着太阳下雪地里爽朗的吴明珠，小声地感叹道。

“听到没有，”老王媳妇说，“我们维吾尔族兄弟说，漂亮闺女，你就像阿依斯汗可可齐。”

这是吴明珠第一次听到阿依斯汗可可齐。

阿依斯汗可可齐是什么？

是一种哈密瓜。

但那是一种怎样的哈密瓜，吴明珠向站里的老同志打听，大家说“人们都这么说，但是亲眼见过的人不多”。人们称赞可爱的姑娘，都会说“你真是阿依斯汗可可齐！”。有一天吴明珠到县政府办事，便留在县政府机关食堂吃饭，食堂的大师傅说：“阿依斯汗可可齐？你去问问沙山的摩沙老爹，他吹牛说他吃过阿依斯汗可可齐。”

雪化了，地硬了，吴明珠叫上西甜瓜组的技术员李志超去拜访摩沙老爹。摩沙老爹一家用歌舞和葡萄干、杏干迎接两位汉族干部。摩沙老爹高兴地说：“报纸上说库尔班大叔要骑着毛驴去见毛主席，这件事我们都知道，真是太好了。”吴明珠和李志超咧开嘴笑了起来。摩沙老爹豪迈地说：“库尔班打了100斤的馕路上吃，那是不够的。于田太偏了，从于田到鄯善，他那100斤馕就要吃掉大半。他要是跟我说说，我兴许会送他100斤馕。带上200斤馕，说不定能走到北京。”吴明珠和李志超笑得更灿烂了。

“老爹，吴技术员就是从北京来的。”李志超的维吾尔语已经能跟老乡交流了。

“北京？”摩沙老爹看着吴明珠，眼睛变得像孩子一样，充满了惊喜，“你从北京来？走了几个月？”

“我坐大卡车来，和100多个干部一起坐卡车，走了15天。”

摩沙老爹想了想说："毛驴和汽车没办法比。库尔班骑毛驴去北京是太慢了。我要去北京，就坐汽车去。"摩沙老爹继续说："于田的杏子干还可以，但不如我们鄯善的葡萄和哈密瓜。我要去见毛主席就带我们的哈密瓜，就带阿依斯汗可可齐。"

"喔——"吴明珠和李志超同时叫起来，"阿依斯汗可可齐！你有吗？"

"我现在没有。如果我去北京见毛主席，就是走遍天山南北，也要找到阿依斯汗可可齐，亲手种出来，送到北京，送给毛主席。"

"那你见过阿依斯汗可可齐吗？"吴明珠问。

"不仅见过，还亲口尝过。那个酥甜，世界上再没有那么好吃的东西了。"摩沙老爹神往地说。

"到底有多好吃？"李志超问。

"你知道我们这里怎么称赞可爱的姑娘吗？夸她'你就像阿依斯汗可可齐……'"摩沙老爹还沉浸在对神奇的哈密瓜的回味中，没发现吴明珠的脸颊蓦地红了。

摩沙老爹告诉两位年轻的汉族干部，传说阿依斯汗可可齐只在一户老巴依家种。老巴依以自己爱妻的名字阿依斯汗命名它，并放言：种子和妻子一样宝贵，谁也别想打种子的主意！摩沙老爹吃的那口阿依斯汗可可齐是种子被收走后的果肉，是巴依家招待贵客时才拿出来的。

"迪坎尔乡的巴依？我们去找就是了。"李志超说。

"你们要去？那要走 3 天。"摩沙老爹认真地说，"要去，也要到瓜熟的时候去才能找到种子。"

吴明珠和李志超相视而笑，认为这个建议非常内行。随即，他们加入摩沙老爹一家二十几口人的载歌载舞中。

“你跳得像燕子一样活泼！”这是摩沙老爹对吴明珠舞姿的赞美。

这次拜访后，吴明珠按照自己的工作计划，就在沙山脚下蹲点，跟摩沙老爹学习种瓜。

新疆的哈密瓜 6 至 10 月都有成熟的。但根据摩沙老爹的回忆，阿依斯汗可可齐应该是在 8 月成熟的。于是 8 月的一天，吴明珠从宿舍里舀出 6 斤面粉交给老王媳妇（冬季雪灾之后，吴明珠开始在宿舍里储备一些粮食），李志超也端出半盆面粉交给老王媳妇。老王媳妇接过面盆还“吆喝”一声：“真会过日子，一半白面一半黄面。6 个馕是吧？要我说呀，你们得多备一个馕，万一 6 天回不来呢？”吴明珠说：“王婶儿，那你就做小点儿，做成 7 个。我们省着吃。”

馕做好了，吴明珠和李志超就出发。他们沿着火焰山的东沿儿，准备一个村一个村找过去，最后到火焰山北边的迪坎尔乡，寻找传说中的阿依斯汗可可齐。

“听我的，带上一包盐，一人带一包，”老王说，“馕也是各自拿各自的，万一走丢了都有吃食。记住喽，任何时候，水不能丢，吃食不能丢。”

老站长出来打招呼：“可惜站上的马要生马驹子了。这一趟出门跟炕石头饼一样。你们赶早路赶晚路，太阳正中树下歇。不要逞能。听到了吗？”

“记住了。大家就放心吧。”吴明珠回答。

这是吴明珠和李志超那年第二次下乡收集种子，之前的一次主要是收集早熟瓜种。李志超沉默寡言，比吴明珠早三年分到新疆工作，问李志超为什么到新疆工作，李志超只说："何处青山不埋骨？！"一年前，吴明珠给刘佩瑛写信时也说过同样的话，但她说这句话时充满豪迈之气，意在战天斗地，而只比她大两岁的李志超说出的是另一番滋味。老站长说，每一个到新疆的人都有一肚子故事。吴明珠不想琢磨人，她的心思都在瓜上。

"李志超，我想了想，咱们收集的种子得弄个苗圃种一种，以便真正摸清每个品种的脾性。"

"那是。应该种。"

"我发现一个现象，同样叫小青皮的甜瓜每个村种出来的口味都不一样。你发现没有？"

"我就没有吃过完全一样口味的瓜。"

"我想啊，我们得了解清楚，到底是串种了还是底肥、浇水不够。"

"那你的意思呢？"

"咱们建个苗圃，把收集回来的种子都种一遍。比如说，我收到了 5 份小青皮的种子，咱们把它们都种一遍，看看它们的生长规律。"

"你想怎么种呢？"

"跟站长申请两亩地，建一个瓜种苗圃，你来管理，如何？"

"我们还是应该先跟摩沙老爹学会了种瓜再建苗圃也不迟。万一我们不会种，种毁了怎么办？"

吴明珠听后若有所思，她想起当年去江津实习时，刘德禄老师给他们上的第一堂课就是：装锄头把子和挖地。刘老师说："学农的人要自己挖地，要自己装锄头把子，要学会种各种农作物。你只有亲手种一遍，甚至种三遍，你才能知道这种农作物的脾性。"

吴明珠回复道："对，不能操之过急。先完成 3 年收集种子、蹲点学种瓜的计划。"

8 月里，吐鲁番盆地白天骄阳似火。8 点半太阳出来，沙子吸饱了太阳的高温，大约 10 点就开始释放热量，走在沙丘上，人仿佛被地面的热气抬起来，飘在地上。走到 12 点，吴明珠感觉天上的热、地面的热，开始吸走身体的水分，人出的汗只在皮肤表面停留一分钟，就被蒸发了。

走着走着，吴明珠突发奇想，说："李志超，我现在知道为什么阿拉伯人要戴围巾、穿长袍子啦。"

走得筋疲力尽的李志超笑了起来，说："小吴，你还有力气想这些？我只想找个村子，找个树荫，歇一会儿。"

吴明珠却认真地说："这 50 摄氏度的气温，瓜怎么受得了？人都要穿个长袍，瓜也应该穿个长袍，打个伞。李志超，咱们种瓜时要把这一点记住，做个试验，看看打伞的瓜和不打伞的瓜有什么区别。"

李志超扑哧又笑了："你脑子里想的都是瓜。"见吴明珠还是闷着头向前走，李志超只好跟着她，提醒道："到了村里，想办法买块布包住头。你这么晒着，你未婚夫见了要心疼了。"吴明珠笑了笑，依然走在前面。

1956 年 8 月在青岛召开的全国遗传学座谈会之后，孟德尔－摩尔根遗传学和米丘林遗传学两个遗传学派展开了大讨论，各农业院校借势恢复了孟德尔－摩尔根遗传学的教学和科研工作。研究生毕业的杨其祐被导师留在北京农业大学恢复孟德尔－摩尔根遗传学教研室。杨其祐将此事写信告诉吴明珠。吴明珠则回信说，他如果不来新疆也不要紧，她爱上了戈壁滩上的太阳，爱上了鄯善的瓜。在大戈壁上骑着骏马，有说不出的激动。即使他不来新疆，她也不会回去。

是赌气吗？不是！她认为杨其祐留在北京也是应该的。国家培养一个研究生太不容易，一个童年、青少年时代经历过战争与生活艰辛的人，能读到研究生更不容易，杨其祐理应在最合适的地方发挥更大的作用。

那么，他们的爱情呢？

一想到自己和杨其祐之间的感情，吴明珠心里就一阵酸楚。她忘不了他们拉练去上生产实践课时在三岔路口分别时的笑脸。她也忘不了在重庆嘉陵江畔两人对未来的憧憬："我们一定要从每一条支流汇入祖国建设的主流，汇入历史的主流，不白白在人世间走一遭。"她更忘不了在西行新疆的大卡车边，杨其祐说："你先去，我毕业后去新疆找你。"但就算是杨其祐不来新疆她也能理解，他一个研究小麦遗传育种的研究生到新疆没有用武之地，她不能强求杨其祐为了自己放弃业务专长；而让她放弃钟爱的西甜瓜事业，她也不情愿。那封信后，杨其祐每次来信都会寄一些资料，但并没有说明他是否来新疆。吴明珠在回信中讲自己的新疆生活，比如说春天到来，草原上铺着一层野花，像盖着一条绿底粉花被，她真想裁下来一块，做条大花裙。

前面的瓜地令吴明珠眼前一亮，她对李志超说："咱们一块地一块地看，把所有不同品种都收集上。"

李志超说："那边有个看瓜的老乡，我去问问。"

"我看见一个大瓜！"吴明珠兴冲冲地跑过去，并朝着李志超说，"问问这是什么品种。"

李志超去向瓜农打听了。吴明珠则蹲下来，数瓜秧上的叶子。

在 20 世纪 50 年代，维吾尔族妇女很少在外抛头露面，汉族女干部也多集中在城市里，像吴明珠这样不戴围巾的姑娘在乡下跑，本身就很稀奇。这也是她每次下乡都要和男同事搭档的原因。吴明珠把瓜藤、瓜叶和果实都画了下来，边画边在脑海里比较着另一个相似的瓜种。

吴明珠想把那个最大的瓜买下来，老农强调说他要用这个瓜留种，吴明珠和李志超便哈哈大笑："看来英雄所见略同！"最后，吴明珠把西瓜买下，他们和老农就在地头把西瓜切开吃了，把种子一分为二，各留一半。告别时，老农向他们挥手告别："明年瓜熟了再来！"

阿依斯汗可可齐是吴明珠和李志超这次外出收种的第 5 天，在火焰山北麓，穿过几十公里的戈壁滩，在迪坎尔的一处绿洲——坎儿孜库勒村找到的。老巴依将其视为自家的宝贝，精心地种植，小心地留种，以确保它的神秘性和稀缺性——这和家里有良种马一样，坚持有控制地配种和生产，想方设法保持其纯种性。

虽然这位巴依上了年纪，但是他在"知识产权"问题上一点不含糊。他望着两位汉族年轻人，以听不懂他们说什么为由拒绝提供种子。吴明珠想找村主任沟通一下，有人告诉他们，老巴依就是村里的头人，村里人都听从他的。天快黑了，种子还没求到，吴明珠决定在村外待一晚上，第二天再想办法。

村里并不适宜夜宿，吴明珠与李志超向老乡借了两张毡子，决定露宿在来时路上见到的一处废弃的砖窑里。他们带了 6 天的干粮，这已经出来 5 天了，回程还要走 3 天。

"咱们的口粮到哪里搞？"李志超都急了。

“没事儿，一定能搞到。”吴明珠安慰道。

“你为啥都不知道愁？”李志超深深地叹了口气。

“愁没用。问题来了解决问题。”说着，吴明珠取出自己的馕，掰一块给李志超，“我吃得少，你先吃这个，明天再想办法。”

嚼着干硬的馕，两个青年靠在热烘烘的风化岩上。

从顶部坍塌的废窑望出去，吴明珠看到细细的月牙和青色的天幕。

李志超说：“有跳蚤。”

吴明珠则美美地赞叹：“不到新疆，怎么能看到这么深邃的夜空？”

吴明珠一觉睡到拂晓，她从破窑顶看着天空在蓝和红的变幻中慢慢明亮。她想，生命也是这样，不断地融合变成新的状态——比如说现在，她一个大城市来的女大学生，在边疆夜宿废窑，为的是寻求珍稀瓜种。她现在还没有看到这个瓜种的意义，但是自己的生命状态正在更新。她要把感想写信告诉杨其祐，告诉他生命状态应该在社会实践中不断刷新。

吴明珠见躺在窑洞口的李志超睡得正酣，就没有叫醒他，自己走出窑洞，在村子周围的瓜地里查看。地里没有人，地里的瓜正在成熟。许是吴明珠对乡亲的尊重和锲而不舍的劲头得到认同，当她和李志超再次来到巴依家，巴依的脸色和善多了。

他们被请入后院，后院里有考究的回廊，有葡萄藤架长廊，围墙四周则是一溜儿梨树，中间是一片瓜地。吴明珠见到一位眼睛大大、眼神热烈的妇人，一大蓬卷曲的头发先编了个松松的麻花辫，然后绾成一个发髻，用一个镶红宝石的发卡固定在后脑勺上。这位美丽的妇人就是阿依斯汗。吴明珠打开自己画着瓜秧、瓜叶、果实的草图本子，跟巴依说着自己的工作，这位传说中的美人看了吴明珠好一会儿，接着端来一个其貌不扬的瓜，巴依说：“阿依斯汗可可齐！阿依斯汗可可齐！”

吴明珠明白，这是老巴依愿意将阿依斯汗可可齐的种子贡献出来。

美丽的阿依斯汗把那个其貌不扬的瓜切成 8 瓣，递给两位汉族干部。吴明珠咬了一口，那种特殊的香甜，让她陶醉了。

“吃得我的眼睛都‘亮’了！”吴明珠对美丽的阿依斯汗赞美她的瓜。

“但愿公家人能种出像蜜一样甜的瓜！”老巴依祝福两个年轻人。

“传说中的美人果然美！传说中的阿依斯汗可可齐果然香甜！”在回鄯善县的路上，李志超赞叹道。

吴明珠还在回味阿依斯汗可可齐的香甜：“那个瓜，第一口，吃得我都‘嘹亮’（武汉方言）了。”

李志超说：“我到新疆 5 年，第一次吃到这么好的瓜。你知道我第一次吃哈密瓜时是怎么想的吗？我当时想，如果我来新疆是迫不得已，但是有这口瓜吃，有那口羊肉吃，就什么都不亏了！”

吴明珠看着李志超，笑道：“这么大的天地，有甜瓜，有羊肉，有歌舞，有美丽的阿依斯汗，咱们不亏！”

走着走着，吴明珠自己就笑起来，对李志超说：“这个瓜，要能送给毛主席吃，就太好了！”

李志超突然站定，对吴明珠说：“这样的想法跟库尔班大叔很相像啊。”

念念不忘，必有回响。15 年后的 1972 年初，外交部礼宾司为了招待访华的尼克松总统，到新疆找哈密瓜，任务就落在吴明珠这里。这时，阿依斯汗可可齐已经被吴明珠、李志超、张哲等鄯善县农技站的科研人员通过亲本提纯，取名为“红心脆”。北京来人是在 2 月份找到吴明珠的，这时她已经是吐鲁番县农技站书记兼站长，她带上两个工作人员跑遍了新疆“三县”，找到 20 个“红心脆”。来人中有一位持重的中年人，临走时对吴明珠说：“回头我们会给自治区农委和您打电话的。”

一个月后，吴明珠接到北京来的长途电话，对方说他是外交部礼宾司的工作人员，2 月份曾带人去吐鲁番买哈密瓜。

“你们培育的哈密瓜在接待外宾时很受欢迎。贵宾吃了一口便大为惊叹，直问这是什么瓜。”

“毛主席吃了吗？”

“主席当然吃了。主席还开玩笑地问贵宾：‘我们的哈密瓜味道怎么样啊？不比美国的差吧？’”

“主席是这样说的啊？”

“不仅贵宾本人，他的随行人员也对‘红心脆’赞不绝口。”

“您说的贵宾是哪国贵宾？您刚才说不比美国的差，是尼克松总统？”

“……总统先生喜欢哈密瓜的消息被外国记者报道出去了，吴站长，你们今年要多种一些‘红心脆’啦！”

1972 年春末夏初，吴明珠和吐鲁番县农技站第一次收到中国进出口商品交易会（简称“广交会”）转来的哈密瓜订购合同。也就是从这一年起，非常超前地，吴明珠和吐鲁番县农技站根据订货合同，第一次扶持、指导农民种植“外贸瓜”，吐鲁番县、鄯善县开始出现为外贸订单种瓜的专业户。

五　大漠伉俪

吴明珠和李志超寻找的阿依斯汗可可齐有多重要？

阿依斯汗可可齐到了吴明珠手里，经过多代隔离提纯后，产出良果，被取名为“红心脆”。阿依斯汗可可齐虽然基因优良，但因为只种在老巴依家的后院，也因串种而有所退化。吴明珠则在杨其祐的指导下，对阿依斯汗可可齐的种子进行多代自交提纯，经过至少 3 代后，其成品瓜又表现出它应有的口味特征。

据抽样调查统计，现有的商品哈密瓜 70% 与“红心脆”存在亲缘关系。也就是说，作为新疆现代西甜瓜产业的开拓者，吴明珠以“红心脆”为亲本与其他品种杂交，培育出一系列优质哈密瓜品种。这些品种从 20 世纪 60 年代开始，逐渐占据全国哈密瓜市场，直至 70% 左右的份额。吴明珠和科研伙伴们不仅保住了哈密瓜这个地方产品，后来通过海南南繁，还使哈密瓜从新疆走出来，培育出适应海南高温、多雨、高湿气候的哈密瓜品种，再从海南走向全国。哈密瓜，这种从前只在新疆生产的、稀缺的甜瓜，现在能在多个省份种植，分早、中、晚熟品种，递次送进全国瓜果市场，端上全国人民的餐桌。

而 1957 年 9 月的吴明珠还不能预见到三四十年后的情形，她正经受着某种蜕变：9 天的暴晒晒伤了她的脸颊、脖子，使她成了一个棕色的人儿。回到县农技站后脸开始脱皮，几天下来，婴儿肥也随之消去了，圆苹果脸瘦成了瓜子脸。后来鄯善县城有个说法："干啥像啥，你看吴明珠，研究哈密瓜时间长了，脸蛋子都像哈密瓜那样俊秀。"此时的吴明珠，干练、沉稳，原先的那种学生气基本脱掉了。

这趟下乡，吴明珠收获了十几份西甜瓜种子。从 1957 年到 1959 年，吴明珠和她的科研伙伴张哲、李志超、廖可璜等人，走遍鄯善县、吐鲁番县、托克逊县的 300 多个自然村，一块地一块地调查收集，共筛选出 101 份农家种。吴明珠和伙伴们自发地靠两条腿，靠自己的工资收种买瓜，做了一件载入新疆西甜瓜史册的大事：新疆第一次西甜瓜种质资源调查。之后，他们又用两年时间，复种、鉴别、鉴定，从 101 份农家种中整理出 44 个地方品种和 1 份野生甜瓜资源。这项基础性工作，是吴明珠之后 60 年育瓜生涯的基础，也是新疆西甜瓜"南下东进"的基础。

经过 9 天的徒步和暴晒，吴明珠好像生了一场病。王婶儿每天端一碗自己熬的藿香正气汤给吴明珠喝下，偷偷对她说："姑娘家，不兴这么累自己。你还得为生养孩子留着力气呢。"吴明珠笑着的时候，想着杨其祐已经几个月没有来信了。

这天，吴明珠正在跟老站长汇报收集阿依斯汗可可齐的情况，并准备去库木塔格沙漠西沿儿的鲁克沁镇达朗坎乡的 8 个自然村收集瓜种。

老站长看着吴明珠，心疼道："你晒成这样，现在不能再跑出去晒了。你会黑的……我可见过我的兵晒成什么样子。他们是小伙子也就算了，你一个姑娘家，可不能这么晒。"

吴明珠说："我着急呀，就恨我这伤。今年的瓜季快完了，我们不仅要收种子，还想看看它们长在地里是啥样。"

老站长安慰道："伤好了再出去也不迟……"

正说着，老王带着一个人推开了老站长办公室的门，吴明珠扭头一看，眼睛都亮了，“哇”地叫出声：“杨其祐！你怎么来了？！”

吴明珠喊着，张开手臂，跑向站在门口的杨其祐。

吴明珠跑过去，瞅着两年多没见的杨其祐，突然想到被晒花的脸，难为情地站住了，回头咬着嘴唇向老站长求助。

“这是明珠的对象吧？”老站长热情地走过来，伸出双手握着杨其祐的手，“杨其祐，北京的研究生，我们全站职工都知道你。你可来了！”

“明珠这是下乡晒伤了，过两天就好了。你这是来看明珠，还是……调过来了？”老站长看一眼杨其祐就觉得这人可靠，便想帮着吴明珠把人留下来。

“您是站长，明珠在信里说起过。还有您，老王叔，明珠都说起过你们。”杨其祐的声音中有南方人的那种柔和，听得老站长和老王眼里闪过一丝惊讶。

杨其祐接着说：“我调到新疆大学了。”

“调过来了？为我们小吴？”老王高声喊道。

“是的。不然，还会因为什么？”

老站长哈哈大笑道：“我就怕小吴为了你，在我们新疆待不住，这下你来了，一切就都解决了。好儿女志在四方，你们在这里大有可为！”

老王说：“我们新疆可是好地方！天大地大好活人！”

来到吴明珠的小屋，把门关上，吴明珠先是笑了起来——憋着嗓子笑，怕隔壁办公的人听到太大的动静。

“对不住杨其祐同志，吴明珠同志把脸晒花了，有点儿丑。”

吴明珠难为情地说。

杨其祐笑了起来。吴明珠的目光坚定、自信，只要她在，他就会不由自主地向她靠拢。半天，他说了一句："你的辫子长长了！"

可不是嘛，自从毕业那年在学生会办公室里，杨其祐说"你梳辫子挺好看的"，吴明珠就开始留辫子。5年过去了，吴明珠的大辫子已经长及腰间。

"铛——"

"铛——"

"铛——"

1958年正月初一。老王站在鄯善县政府外的十字路口，敲着一个铮亮的小镲头，喊："快去吧！今天晚上吴明珠结婚，大家都去吃喜糖！"

仅仅两年时间，吴明珠在鄯善县委、县政府已经是大名鼎鼎，一说吴明珠，县委、县政府上班的人都知道是农技站那个留着大辫子的姑娘。

所谓"过年娶媳妇"，必定是热闹非凡。加上当时地方政府里多是外地来的年轻人，《青春舞曲》必定是要跳的，维吾尔族手鼓舞必定是要跳的，杨其祐和吴明珠的婚礼成了扎根边疆的年轻人的一场欢乐大派对。大家喝着白开水就能唱歌，吃着盐炒西瓜子就能跳舞。

吴明珠看着新婚丈夫杨其祐，悄声说："谢谢你能来我们新疆。"

杨其祐机智地说："这也是我的新疆。"

两人的婚房是借同事的宿舍。吴明珠请单位的大姐、大婶儿帮她做了两床被子。一红一绿的缎子被面是母亲从南京寄来的，被子的棉絮是王婶儿一块儿一块儿撕开棉花、一块儿一块儿铺起来，先打好棉花胎，再缝起来的。被里子是国庆节吴明珠和杨其祐一起在乌鲁木齐买的。在扯被单时，杨其祐说了一句够吴明珠安慰一辈子的话："不管怎样，被里得我来扯。棉絮、被面再好都不贴身，只有被里才贴身，我就当被里吧，贴着你。"

结婚的前一天，吴明珠请食堂师傅王大姐烧了一大锅开水。她用蒸馒头的食用碱洗头，洗出一盆"黄河水"（含沙量大），再洗一遍，洗出一盆"长江水"（含沙量相对小点），洗了 4 遍，总算把头发洗干净了。然后用竹篦子，把头发篦了两遍。"篦下来的东西就不说了，哈哈哈——"王大姐帮她把辫子编好，说："发梢都开叉了，黄了，剪一点儿吧。"

吴明珠说："他让我留辫子，我就留着，一寸都没剪过。明天结婚，我就对他说，喏，这是为你留的辫子，一寸都没剪过。"说着，就难为情地笑了起来。

王大姐感叹一声说："你们这日子，过得跟歌儿里唱的一样。"

在新婚的小屋里，杨其祐封上煤饼炉子，来到床边，首先抓过吴明珠的辫子。吴明珠调皮地说："头发分叉了，本来想把发梢剪了。可一想，这辫子可是你叫我留的，现在完完整整在这里，毫发不损。"

从大学毕业到现在，5 年多时间，一个只身进疆的姑娘，就像这辫子，只是生长，越长越长。杨其祐除了幸福还有一种感激。

3 天后的大年初四，吴明珠要随地区农委的领导检查农户越冬工作，杨其祐就带上两包喜糖，坐班车回乌鲁木齐了。

坐在长途汽车上，他脑海里想着吴明珠活泼的身影——她已经从一只快乐的小燕子成长为一只坚强有力、经过风雨见过世面的大雁，从心智和体魄上，这个女子实际上已经走在了他的前面。而他作为幸福的新婚丈夫，愿意回味这样的话："你不知道阿依斯汗可可齐有多好吃，我这辈子没吃过这么好吃的瓜。我今年种几个瓜给你吃，你就等着吃吧。"

他开玩笑说："人家都是小伙子种瓜送给姑娘，咱家倒好，姑娘种瓜给小伙子吃。"

吴明珠哈哈大笑道："咱家就是这形势，我就不计较给你种瓜吃了。"

一路上，杨其祐都感觉到唇齿留香。

六　踏遍百村

蹲点，就是深入基层，深入工作现场，通过长期观察、长期参与实际工作，找到解决实际问题的方法，在实践中提高认识，改进方法，加深和群众的感情。蹲点是提高工作效率，加深生命体验的有效办法。

1958 年，新疆大部分地区实行了农业合作化，土地成为合作社的集体财产，吴明珠和县农技站有了发挥技术能动性的更大空间。吴明珠还是按照自己的工作计划，直接在鄯善县城关合作社蹲点，一边在摩沙老爹的瓜地旁开辟一块试验田种植包括阿依斯汗可可齐在内的西甜瓜，一边继续收集种子。

"摩沙老爹，今年您用您的办法种，我用我的办法种，看谁的瓜又大又甜。"

"阿依木汗（吴明珠的维吾尔族名字，意为月亮姑娘），自从你当了新娘子，你就更像天上的月亮了。但是种瓜是男人的事。”

“摩沙老爹，咱们就种出来比试比试？”

“好吧，阿依木汗，不过我不能让我的小儿子帮你担粪了，他要听生产队的安排了。”

“好的，摩沙老爹，我争取把全套活计都做一遍！不过，摩沙老爹，我可以给您 3 粒阿依斯汗可可齐种子。”

“你说什么？再说一遍！”

“我可以给您 3 粒阿依斯汗可可齐种子。”

“阿依斯汗可可齐！你真的找到阿依斯汗可可齐了？阿依木汗，你真是天上的月亮！”

吴明珠就在摩沙老爹家住下了。摩沙老爹一共有 11 个孩子，年龄差距大，大的已有 30 多岁了，最小的才 6 岁。摩沙老爹把一个儿子的婚房腾出来给吴明珠住，这个儿子到乌鲁木齐学习去了，将来要回到镇上当干部。

“我送最聪明的儿子去读书是英明的，”摩沙老爹常常对吴明珠他们这般说，“一位父亲总要挑选一个儿子去读书。”

有时，他看着吴明珠忙前忙后的身影，也会对老伴儿念叨：“阿依木汗的父亲得有多大的胸怀才能送一个女儿出去读书，还跑这么远来帮助我们种瓜。”

他并不是很理解这样的事，但是他发现与去年相比，阿依木汗的维吾尔语说得更好了。

种子在木盒子里培育，土地也翻整好了，暂时闲下来的吴明珠开始想为村民做些什么，她对摩沙老爹说：“摩沙老爹，您应该把两个小儿子送到县城里读书。”

“我已经送一个儿子去读书了，一家一个就够了。”

“摩沙老爹，您希望自己的儿子像巴依的儿子们那样体面吗？您看我、张技术员、李技术员，干干净净多体面，您不希望您的儿子们长大了也能这样吗？”

“我希望我家的古丽像你这样自己挣钱，不受男人的气。”摩沙老爹忧伤地说。

“那就让他们去读书。现在是新社会了，读书只要交一两块钱。您的大女儿不是嫁到县城了吗？让她跟夫家商量商量，把弟弟妹妹接到县城里上学。”

“可是古丽太大了，已经14岁了，该嫁人了。”

“14岁是虚岁，实际才13岁，还不算太晚。哪怕她只读上两三年，她就有可能在公家单位找到工作。”摩沙老爹若有所思。吴明珠继续说：“她一个女孩子，让她带上两个弟弟去县城念书，您也放心一点。”

这之后的某一天，摩沙老爹骑着马去县城了。他在县城待了3天，回来后满面春风。女婿家愿意让两个弟弟住在家里，白天去学校上学，放学后替他家干点活。一个星期后，摩沙老爹借了两匹马，带着两个儿子和两袋粮食，送孩子们去上学了。14岁的古丽最终被留在家里，3年后嫁到大姐夫家的村子去了。

吴明珠后来蹲点过几十个村子，每蹲点一个村子，她总是劝村民送孩子去上学。她还能用另一种方式帮助村民，比如说，如果用她的技术种出的瓜比摩沙老爹的好，她就能说服村民接受科学栽培技术，提高产量，增加收入——虽然这个过程很慢，也好过裹足不前。

她跟杨其祐依然保持着通信，虽然已经结婚了且同在新疆，但夫妻俩见面的机会也并不多。大年初四两人分别后，杨其祐要等到劳动节才能回来一天。暑假他先带学生实习，实习结束才回鄯善住了两周。接下来，他们能盼望的只有国庆节的团聚了。

吴明珠白天在地里忙碌，晚上回到房间整理资料、写日记，或者是给杨其祐写信。

有一天晚上，吴明珠来到院子里，摩沙老爹一家正在院子里乘凉。

摩沙老爹对吴明珠说："阿依木汗，你来得正好，我们有一个很大的问题要问你。如果我们的瓜不能卖，我们是不是不应该种瓜，应该种麦子？"

"摩沙老爹，你并不会种麦子，但你会种瓜。你把你种的瓜交给国家，国家把别的地方种的麦子转给你，不是也很好？"

摩沙老爹想了半天，说："好是好，就是我没有钱。"

21 年后的 1979 年，78 岁的摩沙老爹用自家地里种的瓜换回了钱，他和儿孙们种的瓜就是"红心脆"。

摩沙老爹家另一个光荣的经历就是种"外贸瓜"，种的还是"红心脆"。尼克松总统访华的当年，将"红心脆"的名声带到了海外，一种"订单"的生产供销方式，在 1972 年开始引导摩沙老爹精细化种瓜，比如说按订单量种植、控制成本、按规格包装等。土地承包到户后，摩沙老爹 7 个儿子中有 4 个在种瓜，3 个在上学。

"阿依木汗是我们家的太阳，照耀着我们。"又过了 10 年，88 岁的摩沙老爹说。

59 岁的吴明珠听了，像维吾尔族人那样，调皮地耸耸肩。她在接待前来参观的同行时，总会说："我们新疆人就是这么朴质。你给他一点好，他记你一辈子。”

1959 年春夏，吴明珠熬过强烈的妊娠反应，准备按计划到鄯善县的吐峪沟蹲点。

回家过劳动节的杨其祐心疼妻子，劝说吴明珠不要再下乡蹲点了：“我知道你有个三年计划，一年一个村，收集一个片区的瓜果品种。吐峪沟有无籽白葡萄，你想去摸清葡萄的种植技术……”

吴明珠笑嘻嘻地说：“知妻莫如夫。你知道我多想按计划完成一切吗？ 50 年代就要结束了，过去这 10 年，我上大学，找准事业的方向，然后找到你结婚成家。同时，也逐渐打开工作局面，一步一步按计划往前推。现在孩子就要来了，但我希望把我的计划都完成。”

杨其祐看着妻子，他知道提不同意见完全没用，便说：“妊娠反应这么剧烈，乡下没什么医疗救护条件，出点事怎么办？”

吴明珠不以为然地说：“哎，老杨，你听说过没有，怀孕 3 ～ 7 个月的妇女身体素质特别好，力气是平时的 1.5 倍。有些妇女生产的当天还下田插秧，羊水破了，回家还要自己烧开一锅水，才准备生产。”

杨其祐听了，问道：“你听谁说的啊？那样的妇女能有几个？”

吴明珠看着他，笑着说：“弄不好，我就是其中一个。这些年，我骑马、拉犁……哎，摩沙老爹他那几个儿子，背地里都叫我铁姑娘。”

杨其祐反问道：“你不是月亮姑娘吗？怎么变成铁姑娘了？”

吴明珠哈哈笑着：“没事，你放心吧，最难受的阶段已经过去了。我自己会当心的。”

杨其祐无奈，只好回乌鲁木齐的学校上课去了。老站长听了吴明珠再次蹲点的申请，坚决反对：“小吴啊，工作不是一天两天的事。你不去，吐峪沟的白葡萄也还长在葡萄藤上，你可以生了小孩再去嘛！”

吴明珠着急道：“我要现在不去，就要再等一年，弄不好是两年。我等不起啊！”

老站长安慰她说：“种葡萄不是打仗，哪有等不起的？”

吴明珠反问道：“站长，难道您忘了攻占山头的目标和实施计划？计划已经制订好了，我就得完成不是？”

老站长没办法，说：“那你和李志超一起去。咱们这个单位，除了你没有女职工。只好派个男同志，好有个照应。”

吴明珠笑起来：“站长，我在学校的时候就是假小子。老师同学都把我当小伙子。”

过了劳动节，吴明珠和李志超到吐峪沟蹲点去了。单位派了一匹马拉着一辆车，李志超负责赶车，吴明珠在路平的时候就坐在车上，路况差时就跟在马车后走。中间在鲁克沁镇打个尖儿，去年收集种子时见过的乡干部，看见吴明珠面色蜡黄，再看她走路有些异样，大凡明白是怎么回事了，都会“啊”一声以示赞叹。

村民艾力克去年到吴明珠在沙山农业社的试验田里，尝了一口阿依斯汗可可齐，获得了十几粒试验种子，听说吴明珠来了，赶紧来向她表示感谢：第一，他这辈子终于吃到了阿依斯汗可可齐；第二，他这辈子竟能亲手种上阿依斯汗可可齐。艾力克说：“那些珍贵的种子，我会传给我儿子、孙子，世世代代一直种下去。”

吴明珠想：自己只是找到了一份珍贵的种子，种了两亩试验田，农民兄弟却这么珍视，连“世世代代”这样的话都说出来了，自己还有什么理由不好好找种子，保护好这些种子？

在去往吐峪沟的路上，吴明珠对李志超说：“你说过，有了那口瓜，有了那口羊肉，来新疆就不亏。我再发挥一下，有了艾力克的感激之情，咱们受的苦受的累，就都值得了。”

李志超说：“就冲我在新疆娶了个好媳妇，就都值了！”

吴明珠问：“你媳妇几月的预产期？”

李志超笑道：“9 月的，咱们 9 月初得打道回府，你到那时也该回去歇着了。”

坐在马车上的吴明珠也笑了，抬头仰望阳光里的钻天杨，5 月里，它们亮亮的叶子，每一片都向着阳光。吴明珠下意识地摸摸肚子，一个小生命正在成长。

吐峪沟是丝绸之路上的重要节点，先后有佛教、伊斯兰教传播至此，分别留下了千佛洞和霍加木麻扎等历史遗存，还有最古老的、据说有 1700 年历史的维吾尔族村落吐峪沟麻扎村。吐峪沟南北纵向切开火焰山，8 月份的时候，地表温度可达 50 摄氏度，有时能达到 80 摄氏度。

吴明珠和李志超在吐峪沟乡政府腾出的两间小屋里住下来，乡长跟他们介绍说，全乡 13 个农业合作社，有维吾尔族、蒙古族、回族和汉族等各族群众，风俗不一，文化多元。吴明珠向乡长汇报说，一个村按两天算，13 个村走一遍下来得一个月。到 8 月份，收瓜、收葡萄的时候，再走一遍，把要看的瓜看了，要收的种子收上来。退伍军人出身的乡长看着这位走起路来气喘吁吁的女技术员，不知道她还能坚持多久。他说：“先转两个村再说吧，我们这里可热了，你们不一定待得住。”

“你先派人把马车送回我们农技站吧。”吴明珠对乡长说。

“马车你还不留着用？我们这里中午气温能到五六十摄氏度，没有马车你们怎么下乡？”乡长越发不相信这两个知识分子能在这里待得住。

“我们站里就这一套马车，其他同志还要用。我们下乡都是两条腿走去的，没事，已经练出来了。我们从最远的村看起，从西到东，这样一路看过来，你看可以吗？”吴明珠接着报了一长串村名。

“吴技术员，你对我们这里很熟悉嘛。”

“不熟悉，只知道名字，所以要一个村一个村地看，还请你给我们安排一个当地干部。”

“我带个人跟你们一起去。”乡长说着下意识地在腰上捋了半圈，这是整理武装带的动作。

乡长没有想到的是，吴明珠他们不仅坚持走遍了13个村，还找到了“黑眉毛”“香黄梨”等7个品种的瓜，只等瓜熟时来收集种子。

吴明珠和李志超这一趟下来，果真用了一个月时间。收队回到乡政府后，李志超步行回县城看望怀孕的妻子。杨其祐带领学生暑期生产实习后，也从县城走到吐峪沟乡政府看望吴明珠。这时，吴明珠已经怀孕7个月，脸颊消瘦得有些脱形。

“哎呀老杨，你怎么来了？”吴明珠看着杨其祐，“你走过来的？”

“我回家后听李志超说，就你一个人在吐峪沟，我就转身赶了过来。”杨其祐道。

“我们工作告一段落，他回家看他媳妇。”几个月不见了，吴明珠盯着杨其祐怎么也看不够。

“你怎么不回去？”杨其祐问妻子。

“路上太颠，对孩子不好。你又不在家，我回去也没用。哎，我给你写了信，但这里没有邮局。”

“回去就不要来了。看看你的肚子，衣服都扣不住了。”

吴明珠笑着打了一下杨其祐伸过来的手。

“乡长的媳妇说去找两件维吾尔妇女的大裙子给我，明天就拿来。”吴明珠笑着说，“我们今年的工作目标又变了，我这身子也学不了种葡萄，我就用一个月时间，把全乡13个村的瓜地、葡萄园摸查了一遍。乡长他们陪着我们，效率可高呢。我们现在知道哪块地里种的什么瓜，等到下个月瓜熟了，我们去买瓜、收种就是了。”

“你脑子里就是瓜，宝宝怎么样呢？”

“哎，小家伙可好呢，开始踢人了。好几个维吾尔族大婶儿说我怀的是儿子。”

“哦，是吗？”说到即将到来的孩子，杨其祐笑得十分开心，“我这就写信给家里，让家里做点小衣服小被子寄来。”

“别让家里寄东西了，那么远，邮费比东西都贵。我找王婶儿各家搜罗一点就行了。”

“哎，孩子生下来怎么带啊？”杨其祐叹了一句，“我在乌鲁木齐，能帮你的时间太有限了。”

“先别想这么远。其祐，我现在想吃东西，你去给我擀面条吧。我就想吃面条，不想吃馕了。”

听说吴技术员的丈夫来了，乡长媳妇从自家的菜地里拔了点当时很稀罕的葱和白菜，送给小两口做面条用。

吴明珠追出门感谢，乡长媳妇说：“你们教教当地人种菜，兴许比教他们种瓜管用。谁能天天吃瓜、吃葡萄？”吴明珠心里咯噔一下，记住了这句话。

面条连锅端过来，架在地上的 3 块砖上。杨其祐看着吴明珠吃，吴明珠边吃边笑：“我已经两个星期没吃到青菜了，乡长媳妇的青菜，这一畦还是头回吃。在新疆，青菜比肉好吃。”

“农技站应该自己种点菜，收点种子，向城关下面的各村推广一下。”杨其祐在乌鲁木齐好歹还有白菜吃，在乡里，因为当地没有种菜的传统，乡政府的汉族干部只有自己种一点才有得吃。

“是啊！我们应该成立个蔬菜组。我请刘佩瑛老师给我寄点资料，看看新疆适合种什么蔬菜。哎，你怎么不吃？你走了这么远的路，肯定饿坏了。”

“等你吃饱了我再吃。”杨其祐擦了一把汗，实际上他已经饿过头了，开始冒冷汗。

一觉醒来，杨其祐向乡里借了一辆架子车，拉着车到乡政府所在地潘家坎村的村头村尾、田间地头转了半天，拉回来一架子车的树枝、废木料、丢弃的葡萄藤，还在村里买到一罐子羊奶。乡长媳妇看见，过来问：“杨老师，你这么大的学问家捡柴做啥子？”

杨其祐说：“捡柴给小吴烧水洗头洗澡。她挺着个大肚子，洗不得晒的水。我明天再去捡一车，我发现田间地头有很多柴火，我多捡一些，留在灶上烧饭。”

乡长媳妇竖起拇指，道：“哎，有学问的男人就是细心啊。我大肚子的时候，在老家一直下地干活直到生娃前两天，造孽得很。”

吴明珠凑过来说：“乡长也是为了新疆建设嘛。嫂子，你的蔬菜种子从哪里搞到的？”

乡长媳妇回答道："我给你说，吴技术员，这个顶重要了。你得弄山东、河南的种子。我先前种我们湖南老家的种子，不行，长不好。我从去年开始种山东的种子就能种成。"

"嫂子，我记下了。"

下午，杨其祐在灶上烧了一大铁桶水。新疆的水是这样的：从井里提上来，要在太阳下晒。平常，吴明珠就用这晒过的水刷牙、洗脸。而杨其祐说太阳直晒的水火气太大，怀着宝宝不能直接用，要在火上烧一烧。炉膛里烧着水，吴明珠坐在园子里的葡萄架下。杨其祐操起剪刀，把妻子的长辫子剪掉一尺，还剩下一尺。

"这辫子为你留的，现在太长了，洗头太费水了，你给我剪掉一半吧。"前一天晚上，吴明珠对杨其祐说。

歇了两天，吴明珠要带杨其祐去看吐峪沟的千佛洞和霍加木麻扎。

"你知道吗？这个乡的13个村，有维吾尔族村、回族村、蒙古族村，当然还有我们汉族人的村子。为什么聚集着这么多民族？在历史上，这肯定是一个东西来往的通道，很多商人、传教士、教徒就在这里住下来了，然后形成了不同民族的村子。"

"明珠啊，你在这里不光是收集瓜种，还收集到这么多的掌故，想得这么深啊！"杨其祐由衷地感叹。

"我是这么想的，人这样流动，就会形成不同民族的村子。瓜果是不是也一样？从中亚、欧洲流进来的种子就在这里落下脚，中原的种子会不会也在这里落下了脚？"

"哦，是啊！"杨其祐恍然大悟。

"小麦、玉米，包括小米也有可能是从西边进来的。但是，从中原进新疆肯定是主流。”

“吴明珠同志，你进步得太快了！”杨其祐看着妻子不禁赞叹。

“如果我们把某种蔬菜引进新疆，并且能存得住，我们就像历史上那些使者一样丰富了新疆的作物。”

杨其祐：“不到 30 岁就有这种胸怀，新疆教育了你。”

吴明珠咧开嘴笑了，说：“所以，我判断吐峪沟的瓜种资源应该很丰富。”

“哦！”杨其祐恍然大悟，妻子说了半天，目的是这个。

“我们第一遍地毯式调查已经发现了 60 多个品种，所以我得留下来，把这些种子一网打尽。”

杨其祐轻轻叹口气：“你带我去麻扎村吧，听听那个老古丽唱歌。我借个架子车拉着你。”

吴明珠两口子天刚蒙蒙亮就出发，赶在大太阳炙烤大地前来到麻扎村。吴明珠穿着乡长媳妇找来的长裙子，围上头巾，这样肚子里的小宝宝可以免受太阳的暴晒。这一次，吴明珠难得放下工作，陪着杨其祐来旅游。杨其祐真是个学问家，仔细看了千佛洞里自然敞开的每一个洞，边看边做笔记。当听到老古丽苍凉、充满异域风情的《达坂城的姑娘》时，他用简谱记下几段旋律，后来在没事时还拿出来哼一哼。

吴明珠和杨其祐在回去的路上，拐到了一条岔路，走着走着，两边的景物有点陌生了。

“咱们还是回到原路走吧？”杨其祐因为是第一次走，有些不放心。

“没事的，”吴明珠望望天，望望远处的参照物，给杨其祐打气道，“只要大方向没有错，总会走到正路上的。”杨其祐拉着架子车，继续往前走。

“老杨，我们唱首歌吧。”杨其祐随口哼出的竟是老古丽唱的《达坂城的姑娘》，悠扬的旋律跟这偏西的黄太阳、走不完的黄沙路很般配。“老杨，你居然会唱了！我的天，我嫁的是一个什么天才呀！就听这一耳朵就能哼出来！”杨其祐越走越带劲。

吴明珠坐在架子车上，看着杨其祐满心欢喜。

杨其祐说：“你去年抱着一个阿依斯汗可可齐去乌鲁木齐，让我好感动啊，明珠。”

“好吃吗？”吴明珠笑着问。当时，她抱着一个瓜去乌鲁木齐开会，这个瓜可是她种出的第一批阿依斯汗可可齐，一路上内心有多甜，她一直没好意思说。

“我一直舍不得吃。放了 10 天，瓜彻底熟了我才吃。我把瓜种给你留下了。”

“那就是阿依斯汗可可齐。”吴明珠爽朗地说。

“它应该有个汉语名字，这样才好传播。”

“它那么脆，瓜瓤还是酱红色的，就叫‘脆红心’吧？”

“应该把‘红心’放在前面，叫‘红心脆’是不是更好？”

“就叫‘红心脆’。”

这时，杨其祐停下，转过头对吴明珠说：“如果叫‘红心脆’，还应该对它提纯一下。毕竟这个瓜已经种了 20 多年了吧。”

吴明珠听了若有所思，道：“我把孩子生下来后就着手做这事。你要帮我，我需要你的知识、你的大脑。”

杨其祐再次回头，在夕阳下，看着妻子。

吴明珠突然闻到一股气味，她直起腰，向前望了望：“前面有瓜地，其祐，前面有瓜地。”

“你是什么神仙鼻子啊，我怎么闻不出来是瓜地？”

“一定是瓜地。我已经闻到瓜地的味道了。”跟哈密瓜打了三季的交道，吴明珠能从空气里闻出瓜的味道。

“你能确定吗？”

“就在前面两里地的地方。”

“能买几个瓜就好了，让你解解渴。”

“这条路我没走过，一定是一块我没调查到的瓜地。快去看看。”

杨其祐拉着空架子车，跑着去找瓜地了。

果然，前边是一片甜瓜地。杨其祐正在跟一个十几岁的男孩买瓜。男孩的黑眼睛有一种维吾尔族男孩特有的俊美，他已经摘了两个瓜，正递给杨其祐。吴明珠走过来，对少年说：“巴郎子，我买你的瓜哟。”

少年看看吴明珠又看看杨其祐，说：“你们是种瓜的技术员？你们多少岁了？你们是从北京来的？”

吴明珠对杨其祐说：“他会以为我们跟他20岁的哥哥一样大，他以为汉人都是从北京来的。”

吴明珠夫妇买了瓜，还与少年聊了好一会儿。他们这次意外找到的瓜叫“花皮金棒子”，它后来成为改良“红心脆”表皮颜色、纹路的品种。

一周后，杨其祐要回新疆大学，吴明珠送他到村外的三岔口，一辆路过的军车看见吴明珠就停了下来。

“你是那个种瓜的技术员？”年轻的士兵从车窗探出身子。

吴明珠笑着对解放军说：“是咧。这是我爱人，去乌鲁木齐，你捎他一段儿吧。”又对丈夫说：“回学校好好吃饭，不要省。”

他们挥手道别的情景，吴明珠牢记终生，到 80 岁了还讲给人听。

9 月底，吴明珠完成了吐峪沟瓜种的调查和收集，共获得了 80 多份瓜种。她和李志超、张哲回县农技站前，13 个村的村民们陆续来到乡政府，送瓜送葡萄送鸡蛋，麻扎村的“葡萄大王”把一包葡萄干丢在院子里，对院子里的吴明珠说：“你干的活儿，像公鸡羽毛一样漂亮！”

七　杂交良瓜

吴明珠和科研伙伴李志超、张哲，凭着科研热情，凭着自己的两条腿，在 1957 到 1959 年的 3 年时间里，走遍了吐鲁番盆地鄯善、吐鲁番、托克逊 3 个县的 300 多个自然村，收集、筛选到 101 份西甜瓜种。

20 世纪 60 年代，吴明珠在丈夫杨其祐的帮助下，和科研伙伴们建起苗圃，将筛选出的 101 份瓜种分类、整理，得到 44 个西甜瓜地方品种和一份野生甜瓜资源。

这是新疆第一份关于西甜瓜的种质资源调查报告，为吴明珠及其团队培育改良西甜瓜打下了基础。

1959 年秋，刚结束吐峪沟瓜种收集任务回到鄯善县城，吴明珠就生产了。孩子生下的第二天傍晚，杨其祐才赶回来。吴明珠的继母钱一云女士带着吃的、用的从南京赶来鄯善县照顾女儿和外孙，看到简陋的小屋不禁感叹：“住在小屋，胸怀天下！”看着可爱的小外孙，再叹一声：“一对璧人儿，生个小天使！”

为纪念这对年轻的父母在吐峪沟度过的那个美妙的夏天，这个漂亮的男孩被父亲取名为杨夏。杨夏 3 个月大时，由外祖母抱回南京抚养、教育，一直到上大学，后在重庆工作。

1960 年春节后，吴明珠休完产假回单位上班，被县委、县政府任命为鄯善县农技站党支部副书记、副站长。上任后，吴明珠就制订了全站的三年计划，其中一条就是在站里组建蔬菜服务组，一边做适合当地种植的蔬菜试验，一边指导农业社种植大白菜。她说："同志们，咱们要改天换地，种蔬菜就是改天换地，咱们要让鄯善人民吃上蔬菜。"

1965 年，吴明珠回到南京父母家生下了女儿杨准。杨准依旧由外祖父外祖母、舅舅舅妈抚养成人。

休完 3 个月产假后，吴明珠回到吐鲁番县，这时她是县农技站的党支部书记、站长。从这一年开始，她和科研伙伴们开始改造"红心脆"，把"红心脆"和多种外皮鲜艳、有网纹的品种进行杂交，其中就有与"花皮金棒子"的杂交。

所谓杂交，以"红心脆 × 花皮金棒子"为例，就是以"红心脆"为母本，"花皮金棒子"为父本，到了开花季，便将父本的花粉抹在母本有果的花蕊上，这样结的果就兼有母本和父本的特性。而这样的杂交，大自然也会做，风和蜜蜂、蝴蝶、小鸟都能帮助做到。自然杂交可以使果实表现出杂交优势，也可以使种子失去其原有的特征，这就是串种。育种家的工作就是有目标、有设计地将两个品种杂交，经过至少 6 个世代的存优汰劣，选出最接近甚至超过设计目标的成果。这个成果，就是新品种。

在新疆，一年只能种一季瓜，而选育一个杂交品种至少需要 6 个世代。如果杂交了一批育种材料，种了三四年才发现都不行，那么这批杂交材料就算报废了。园艺家的育种工作就是以年为最小时间单位，以 6 年为一个周期时间单位，选育一个新品种至少需要 6 年。

“太慢了！”吴明珠对正在设计加盖水渠的丈夫说。杨其祐这时已调到了吐鲁番县农技站，他成为整个新疆维吾尔自治区县级农技站唯一一位有硕士学位的职工。他结合自己的专业所长，改良春小麦品种以适应新疆的种植条件。在国家倡导大力兴修水利工程的节骨眼儿上，他设计了一种加盖水渠。“坎儿井的好处就是减少水的蒸发，我们借鉴它的优点给水渠加个盖子。”于是，加盖的水渠在吐鲁番盆地流行开来，后来扩展到新疆其他地区。

“自治区农科院搞玉米的，冬天到海南岛加代育种了。”杨其祐消息灵通，对妻子说。

“听说湖南省农科院在搞杂交水稻，袁隆平也在呢。”吴明珠说。

“老袁可不仅仅是参与其中，他是领头羊呢！”杨其祐高兴地说。他想起了那位近 20 年没见面的老同学，想起了袁隆平在校园里拉小提琴的情景。他说：“我在《科学通报》上读过他那篇《水稻的雄性不孕性》。水稻这种自花授粉的作物搞杂交，那就推翻了经典遗传学中自花授粉作物没有杂交优势的论断啊，真要是成功了，那是开天辟地的事情哩。”

吴明珠沉思了好一会儿，说：“我们也应该到海南岛加代育种，不然这一年种一季，太慢了。我明天就去做个计划。”

“你先去自治区农科院找找他们搞玉米的，看看他们是怎么做的。地是怎么租的，住在哪里，然后再做计划。”

吴明珠看着杨其祐说：“什么事儿你都替我想在前头。”

杨其祐笑道："谁叫我老婆是我的领导？"

吴明珠笑了，调皮地瞪了丈夫一眼："孩子的生活费寄了吧？俩孩子写信来没有？"

杨其祐回道："儿子写信开头都说，爸爸你好。最后才说代问妈妈好。"

吴明珠内心一酸，走出门去。

杨其祐在后面喊："别往心里去，孩子们还小。"

八 万里南繁

1973 年 9 月，43 岁的吴明珠带着 3 名科研助手第一次到海南岛做西甜瓜新品种的加代选育。他们从吐鲁番出发，东进南下，一路辗转渡过琼州海峡，到海口再南下崖县，历时 15 天，行程万里。吴明珠想到 1955 年坐着大卡车，一路风餐露宿 15 天来到乌鲁木齐的往事，她感觉到岁月的轮回。那个活泼的、干劲冲天的小姑娘已人到中年，但是那股劲还在：到了海南，一定要培育出几个好品种。

1973 年 10 月，籼型杂交水稻三系配套成功实现。在全国杂交水稻工作经验交流会上，袁隆平作为全国杂交水稻协作攻关组总技术负责人，正式宣布了这一消息。

1973 年值得好好记一笔！

此时的海南岛正处于高光时段：杂交水稻三系配套成功，棉花良种攻关渐次铺开，杂交玉米正向单交种全面过渡，各地科技人员纷至沓来，南繁土地供不应求……就在这一年，中国农林科学院的李竞雄正在培育著名的“中单 2 号”；河南浚县的程相文迎来第 9 个南繁年；像刘显兵、马庆华等县级种子站的技术员也加入南繁大军……

此刻吴明珠大学毕业已经 20 年了，距她整理出新疆第一份西甜瓜种质资源谱已经过去 10 年，距她开始改良“红心脆”也已经 8 年了。吴明珠决心继续改良“红心脆”，克服它不宜长途运输的缺点，让它更耐储存、更便于运输。

吴明珠把漫长的旅程变成跟助手们讨论问题的“开会时间”。吴明珠说：“广交会去年订走的瓜，据说路上颠坏了不少。但到了香港市场，挑出完好的瓜加价出售，结果卖得很好。港商原来以为会赔本，结果赚了。”

吴明珠和助手们哈哈大笑。

吴明珠接着说：“我们还得改进这个瓜，要让它适于运输，瓜只有能卖到远方才能留名。就像阿依斯汗可可齐，离开小地方，走向全新疆，它才真正有价值。我准备用‘红心脆’做多个品种的杂交，形成一个系列，看看效果如何。”

“好喽。”助手朱勤南说。

“今年的‘外贸瓜’很快就能反馈消息了，看看卖得怎样。”

“反正价已经抬上去了，不会掉下来了。”朱勤南说。

吴明珠认真琢磨朱勤南的话。内地都是统购统销，没有价高价低之说，而在香港，他们的哈密瓜能够卖高价，这是之前没有想到的。

对于吴明珠来说，到海南路途远、物质条件差、耕作落后、没有面粉吃、吃不惯鱼等困难都不算个事儿，真正的事儿是：

一、海南雨水太多，瓜坐不住果；

二、海南太阳太毒，瓜被晒蔫了；

三、海南蚊虫太多，瓜被蚊虫叮。

怎么办？

吴明珠每天都在瓜地里转悠。当然，她还得写信安排吐鲁番县农技站今冬明春的科技支农工作；她还得给负责大白菜推广的技术员写信，鼓励他继续把大白菜推广下去——当年，她在鄯善县农技站的时候，已经把大白菜种植推广到生产队；她还得给两个孩子写信，鼓励他们多读书；她还要给杨其祐写信，告诉他自己的试验田离湖南杂交水稻的试验田只有 3 公里，她去找过袁隆平但没找到。她对杨其祐说："袁隆平他们的杂交水稻三系配套已经成功。老袁忙得恨不得飞着走。他们真是干成了一件大事！"

一天，吴明珠灵光一闪，想起多年前和李志超寻找阿依斯汗可可齐时说过的"傻话"："李志超，咱们种试验田的时候给瓜打把伞。"

"是啊，可以给瓜搭个棚子。"吴明珠怕这个灵感跑了，赶快跟助手朱勤南说。

这是 1973 年，塑料大棚的概念还没有兴起，搭棚子的设想虽然不是什么高技术，但这在南繁还是开先河的。用什么材料来搭呢？他们试过透明塑料薄膜，好不容易搭成，结果发现棚内温度太高，会把瓜闷死，只能把棚子拆了。他们总结教训，将杂交种分类，把收了籽的瓜送给兄弟南繁队，然后打道回府。

第二年他们早早来到南繁基地。这次除了行李、种子，还有两桶大豆油，这是自治区政府给的福利：每个南繁人员多配给 5 斤油。吴明珠说，在家千日好，出门事事难，额外配给的油都带着吧。于是在崖县的大街上，新疆来的南繁队员很好辨认——手里拎桶油的大抵是从新疆来的。1974 年冬，吴明珠的队伍里多了一张更年轻的面孔——刚刚高中毕业的郑树森。

“树森，你平时看什么书？”在火车上，吴明珠问。

“除了高中课本，不看什么书，”郑树森老实地回答，“也没什么书可看。”

“要看书。”吴明珠认真地说，“你们刚工作，要制订一个进步计划，有计划才能有行动。5 年内干啥，10 年内达到啥目标，目标定好了，就照着做。但是无论什么目标，看书学习都不能放弃。咱们这路上要晃荡 15 天，咱们每天讲两小时的《西甜瓜的栽培技术》，这是我家杨其祐编的。你们是不是都有？”

“我一来就听说，杨老师是留苏的研究生，为了您来到咱新疆。”郑树森说。

“传得有点儿神了。”吴明珠笑了一下，“杨老师是研究生不假，但不是留苏的，是咱们国家自己培养的。”

“他是为了您才来新疆的吧？”几个年轻人都好奇。

“为了祖国的建设来新疆的。”吴明珠强调，“我们都是为了新疆建设从五湖四海聚集到这里的。”

吴明珠等人在湛江下车后，先去湛江的农资市场转了一圈，要找瓜棚遮阳的材料。结果发现，从日本进口的尿素口袋，很薄且透气；另外一种薄薄的纱窗网用作拦截飞虫的材料也不错。于是，他们各买了一些，打成包，又买了两根扁担，由郑树森和另一个青年挑上。

“这儿的价格肯定比崖县便宜，”吴明珠说，“就是挑着费力气，我跟你们一起换着挑。”

这批从湛江挑过海的材料，成为海南岛最早的一批防晒、防虫的大棚材料。这后来为许多育种家所效仿。

“红心脆”的杂交群又更新了一个世代。

收了瓜种打道回府时，吴明珠拐了一个弯，回了一趟南京。两个孩子一直放在南京。自己对孩子没有尽到责任，对父母也没有尽到义务，她想去弥补一下，儿子今年夏天就高中毕业了，他何去何从?

一见面，母子俩却是生疏的，儿子虽不正面排斥、抵触母亲，但却刻意保持着距离，短暂的相聚并不能改变什么。探亲结束时，吴明珠对儿子说：“你 6 月份就毕业了，毕业后回新疆吧，让你爸好好给你制订个学习计划。”这年 7 月，杨夏带着妹妹坐了四天四夜火车回到新疆。他于恢复高考的第一年就考上大学，杨准则于 20 年后出国读研究生，这与父母最终把他们带回身边“整顿”了一下学习有关。

1975—1976 年的南繁季，海南岛南部的土地更不好租了，多数都被搞杂交水稻的租走了，而且一租租整年，反正海南岛的气候能种三季稻，可以连续作战。后来吴明珠见到了袁隆平，证实了她的猜测：以袁隆平为总技术负责人的全国杂交水稻协作攻关组，在这个南繁季共有 6 万亩地的制种工作全面铺开，以确保 1976 年杂交水稻在南方产稻区推广。

在加代“红心脆”的杂交群的同时，吴明珠被任命为吐鲁番地区科委副主任，负责下辖 3 个县的西甜瓜育种、栽培和推广。

到海南南繁前，吴明珠到鄯善县、吐鲁番县、托克逊县调研了一个月，布置来年的西甜瓜推广任务。到了沙山大队，摩沙老爹还是那么健壮，看见吴明珠便说：“吴站长，县里又给我

‘外贸瓜’的任务了，这次是两万斤。他们是怎么夸我种的阿依斯汗可可齐的？”

吴明珠看到摩沙老爹，劳累就减去了一半：“老爹，您还说阿依斯汗可可齐？它已经经过改良，叫‘红心脆’了！”

“哦——‘红心脆’也好听。”老摩沙快乐地说。

“您种的瓜，已经销售到香港了。”

“那是托你的福！”

一个月下来，吴明珠回到家里，进门一看，杨其祐不在家，家里到处都是空瓶子。吴明珠皱起眉头，闻了闻，是老酱油的味儿。吴明珠找了个桶，把瓶子一一塞进桶里，抓了把洗衣粉泡着。等杨其祐回来，吴明珠已经做好了白菜疙瘩汤。

“我就知道你今天能回来。你做疙瘩汤了？”

“你不爱吃疙瘩汤，但这对你的胃好。”

“放点蒜苗。我在家里种了不少蒜苗。来来来，你来看……”杨其祐拉着吴明珠到里间。

“我看见了。”吴明珠没好气地说，“白菜根发芽，土豆发芽。”

杨其祐抬起右手，做了一个“请看”的动作，几个发芽的土豆、白菜头显出一派生机。吴明珠笑了。

“什么事让你一摆弄，就洋气得很。”吴明珠口气一转，“家里怎么有这么多酱油瓶？”

“酱油拌饭得有酱油啊！”

“你不弄点菜吃？就酱油拌饭？”

“酱油也有营养呐！”

“当心你的胃。”

3 天后，吴明珠用韭菜和猪肉包了一顿饺子，吃罢，就登上南下的火车。

“红心脆”杂交群这一季下来就是第 5 世代了。3 个半月后，吴明珠和伙伴们回来了，她告诉杨其祐：“这次出苗好，坐果也壮实。出来的果实，硬实实的，整齐度已经显现出来了。我们把瓜尝了一遍，一路做着总结就回来了。这次见到袁隆平他们了。老袁现在的气魄可大了，水稻光制种就种了四季。咱们新疆生产建设兵团也有人参与杂交稻的联合攻关，我还送了他们几个瓜，看着他们吃完后又把种子收回来了。”

九　硕果累累

1976 年夏季，“红心脆”杂交群经过在新疆的第 6 世代的培育，性状已经稳定。其中的“红心脆”与“花皮金棒子”的杂交表现尤为良好。这批“红心脆”杂交群后来取名为“红 23 系”。“红心脆”与“花皮金棒子”的杂交种被命名为“含笑”——这是新疆杂交育成的第一个优质哈密瓜。

“红心脆”从 20 世纪 60 年代起，便成为新疆哈密瓜的主打品种，畅销 30 年。“含笑”从 20 世纪 70 年代起，成为新疆哈密瓜的主打品种，畅销 40 年。“红 23 系”甜瓜杂交种群，在 20 世纪最后 20 年，一直在吐鲁番地区种植，增加了哈密瓜果品的多样性。

经过连续几年的海南南繁，接触了众多南繁育种人，吴明珠的思路一下子打开了。特别是自己的老同学袁隆平，凭着一个善于思考的脑瓜，靠着一年里 10 个月泡在水稻田里，把杂交水稻搞成了，并在全国产稻区推广，这让吴明珠深受启发。作为一位科学家，吴明珠的视野和思想高度也在南繁这几年逐步形成。她想起自己年轻时的理想和科学抱负，又重拾初心：当初为什么到新疆？当初到鄯善县做的第一个工作是什么？她知道，作为一个西甜瓜育种人，手里有了种质资源才可能做下一步工作。而这些年加入西甜瓜育种的人员，缺乏的正是育种材料。何不就此开展一次种质资源普查呢？既摸清家底，又给科研人员提供一次向农民、向田野学习的机会。“光在自己的两亩试验田里摆弄，没有好的材料，再摆弄收获也不会大。”

在吴明珠的建议、推动和直接参与下，新疆维吾尔自治区科委、农委联合进行全自治区西甜瓜种质资源调查，这是新疆第二次西甜瓜种质资源调查。新疆生产建设兵团的 121 团从农家种里采选和提纯出“炮台红”和“哈密加格达”，新疆农科院选出“赛红”，喀什地区的伽师县农技站选出“卡拉克赛”等品种。这些优质农家种都是研究新疆西甜瓜的原始资料，后来成为新疆哈密瓜杂交品种的源头。同时，新疆的西甜瓜育种和研究不再限于吐鲁番地区，而是拓展到了全新疆的科研单位。

此时，吴明珠清醒地认识到人才和机构的重要性——创办一个研究所就像创办一所大学，育人和育种要同时进行。

1978 年，吴明珠被任命为吐鲁番地区行署副专员。她以科技工作者的名义向地委打报告，建议成立吐鲁番地区葡萄瓜类研究所，由政府拨款，配备事业编制。吴明珠将她起草的建立研究所的报告拿给杨其祐看。其时杨其祐才 48 岁，却已经戴上老花镜了。吴明珠看着戴着老花镜的丈夫，心里突然一酸，这个多才多艺的男人，什么时候开始出现老态了？

杨其祐看着妻子起草的报告，他知道妻子早已在精神高度、眼光格局和业务上超过了自己，并不需要自己替她把关，她只不过是在延续一种亲密交流的方式，也是让他知道，她已经走到什么地方了。

“很好！连错别字都没有。”杨其祐笑着，回头看着妻子。

“我听说你给大家上英语课，教室里座无虚席。”

杨其祐听了哈哈地笑了起来：“主要是学生多，还有外单位的小青年。现在大家的学习热情赶上咱们上学那会儿了。”

“为‘四化’而学习，学习才有希望，这是好事啊！”

吐鲁番葡萄瓜类研究所于1979年成立，吴明珠亲自兼任所长，并开始搜罗人才。冯炯鑫和廖新福是首批进入该研究所的技术人员，他们后来成长为新疆西甜瓜研究和产业推广的中坚力量：冯炯鑫曾任新疆农科院哈密瓜研究中心党委书记；廖新福是国家西甜瓜产业技术体系综合研究室岗位科学家，新疆维吾尔自治区葡萄瓜果研究所原所长。

十　永失最爱

时间转个身就进入了后来被人们怀念的20世纪80年代。

吴明珠再去海南南繁经过成都时，就会抽出时间去重庆看看在那里上大学的儿子。早早离开母亲的孩子早熟，20出头的杨夏身上有着同龄人少有的成熟和沉稳。在重庆，吴明珠还看望了老师刘佩瑛。

还在吐鲁番地区农技站工作的杨其祐，在“向科学技术进军”“时间换效率”的时代氛围的激励下，琢磨着再给新疆填补一项空白。

“咱们不能总吃大白菜吧？指望外地往新疆大批运菜也是不现实的。我们自力更生，也能解决新疆的吃菜问题。”50 岁的杨其祐感觉自己还能好好干 10 年。10 年，足以把一件零基础的事情搞成一项事业。经过长时间思考，他对吴明珠说：“我参考了好几个项目，发现西红柿是很好的项目，生产建设兵团已经搞了这么些年，但食用菌在新疆还没人搞过。我看中它一年四季都可以采收，而且营养价值堪比肉类。”

吴明珠对丈夫说：“我看你最近一个劲儿地写呀写的，就是在弄食用菌？”

“我写了一个报告，希望科委支持。”杨其祐说着便把报告拿给妻子。

吴明珠戴上眼镜看了起来，看完，走到正做饭的丈夫身边，发现丈夫瘦了很多：“其祐，我是这么想的，你也不是搞食用菌的，得找个内行咨询一下。你回西南农学院找找刘佩瑛老师，让她给你找找搞食用菌的专家，除了技术问题，还有市场问题，要考虑新疆跟重庆的饮食习惯不同，市场规模也不同。另外，一个大棚长多少、宽多少，种几架子最合适，几年能收回成本，这些都要调查清楚了，才能做决定。”

杨其祐笑了。他越来越感觉到，身边这个女人已经历练得他都有些陌生了，但是他知道，妻子是对的。

1980 年初夏，杨其祐在吐鲁番地区农技站建立起一个食用菌种植大棚，专门从重庆引进了一批食用菌种产的第一批平菇，给农技站职工一家送两斤。吴明珠在家里吃着平菇炒鸡蛋，赞不绝口：“啥事儿让你一弄准能成。我明天去你的棚子看看——你看咱俩，一个钻瓜棚，一个钻菇棚。”杨其祐哈哈大笑。吴明珠看着丈夫，有些心疼。第二天，看完菇棚，吴明珠给丈夫建议：“你赶快叫上书记、站长到地区科委，找农业口的领导汇报，请他们来视察。领导只有看见东西才会支持你。”

“我这菇已经采了一半……”

“要说咱书生气呢。采了一半也行，告诉领导采了一半分给职工尝尝鲜。为大家办好事，也没有错。”

1981年早春，为了食用菌的事杨其祐再下重庆学习，与刘佩瑛再次见面时，刘佩瑛兴高采烈地跟他讲起自己的新项目“魔芋”。杨其祐看着年届60的刘佩瑛还在研究新课题，还在带研究生，心想大家都迎来了“第二春”，都攒着劲儿再干一两件大事，自己也要干出点名堂。有了工作目标，杨其祐认识到应该保护“革命的本钱”。最近吃不下饭，体力有所下降，趁着在重庆，他去医院做了个体检。杨其祐一边等结果，一边去西南农学院查找资料，参观城郊农民的菇棚。体检结果出来，疑似胃癌，必须马上住院。

吴明珠从海南南繁基地直接去了重庆。杨其祐的活检结果出来，确诊胃癌。吴明珠抱住老杨的头，感觉这个大山一样的男人，现在如此脆弱。

“别怕，老杨，咱们做了手术就好了。”

吴明珠5点钟起床，给老杨洗脸、刷牙、刮胡子，送老杨进手术室。“老杨，别怕。胃上的事跟别的不一样。胃上的切除了就好了。不怕啊，老杨！”杨其祐微笑着向她摆摆手，她也笑着。手术室门关上，吴明珠的眼泪流了出来。

吴明珠有种负罪感，作为妻子她应该守在手术室门口，但是作为一名科技人员，她不能不牵挂这批培育了 15 个世代的西瓜种，更何况其中有几个品种马上要见分晓了。吴明珠掐着时间，到 8 点半邮电局开门时，去给南繁团队发了电报，告知老杨做手术她暂时回不去，她让助手们做好每个瓜藤的记录，给典型的瓜拍下照片。写着电报文，吴明珠又流下了眼泪。在普通人对癌症并没有多少认识的 1981 年，作为一名跟生命打交道的科学家，吴明珠明了癌症的成因。她难以接受的是，一向乐观善良的杨其祐会得癌症，在这之前，他不曾对她表露过什么。而自己，虽然觉察到丈夫体重突然下降，脸色发黑，但对病的忌讳让她开不了口。而丈夫，从胃病发展成胃癌，忍受过多少“疼”？！吴明珠把电文递给报务员，说：“这封电报每个字都很重要，不能错。”走出邮电局，吴明珠在小吃摊上吃了两碗小面，她又恢复镇定，重新走回邮电局，发了封电报向自己的哥哥借钱。从南繁基地赶过来她哪带多少钱，杨其祐的入院费都是找同学借的。吴明珠和杨其祐对钱看得很淡，花起来也大大咧咧，工作 20 多年没存下什么钱。两个人的工资一半寄到南京父母那里养孩子，另一笔相当大的开支花在铁路上：杨其祐两年回一趟南京，俩孩子隔一年来一趟乌鲁木齐。在二十世纪六七十年代，也算不低的“边疆工资”就这么抛洒出去了。杨其祐有时开玩笑说：“咱俩这过的，很像那些流浪歌手。”

“怎么讲？”

“吃了今年的不想明年的。”

“我想明年啊，我想 10 年后我的这个杂交种成个什么样子，结个怎样的瓜！”老杨笑着挥挥手，他不抱怨。听得出丈夫是说他们俩对待钱、对待家业的那种洒脱的态度，吴明珠想了想，说："流浪歌手有定业无定居，我们有定业也有定居，还是不一样吧？好好过每一年，就会有10年后的好日子。"

吴明珠回到医院。儿子杨夏向学校请了假来陪父亲。手术做了10个小时，母子俩等着杨其祐从手术室出来，又进术后观察室。

"夏，你在这儿熬一天了，回学校去吧，明天上课……"

"我在这儿看着我爸。"

"你爸在观察室，谁都不让进，你在这儿也没用。"

"我陪着你。"

"我不用陪。"

"妈——"

"咱们讲点效率好不好！"吴明珠劝儿子回去上课，"3天后下了课来看看。真有啥事，我给你学校打电话。对了，我让你舅舅汇钱到你学校，你这两天留点心。"

吴明珠看着儿子的背影心一疼。回到医院旁边的小旅馆，极度疲惫的她躺下就睡着了。第二天，她依旧是5点起床，洗澡，吃早饭，查资料，8点半去医院，等医生查完房后，和众多病人家属一起，一窝蜂地涌进病房。

一年后，杨其祐调到江苏省农科院。

调令下来后，杨其祐坐在家里，心里空落落的。等吴明珠从试验田里回来，杨其祐将调令的事告诉妻子。吴明珠笑了："恭喜你呀老杨，调成了。"

杨其祐心有愧疚地说："我在家等了你一下午，想了很多。对不起呀明珠，我当了逃兵。当初你支边我跟着来了，没有陪你到底，对不住啊。”

“可不能这么说。”吴明珠忍着没让眼泪流出来，“你这身体不适合新疆的气候。再说，我们只是暂别，等我干不动了也回南京。”

“你这么说我就宽心了。身体好了，我能多陪你几年。再一个，我调过去也好管管女儿。杨准也 17 岁了，明年要考大学了。”

“对，我下次去海南，就先去南京转一圈。我们只是换个地方……你得好好吃饭，要把吃饭当作科研一样认真对待。”

吴明珠终于没忍住眼泪，把头转了过去。

杨其祐调到江苏省农科院后，身体恢复了许多，又开始小麦研究——这是他当年读研究生时研究的方向，时隔 20 多年方才重新拾起。

杨其祐调往南京后，新疆家里就剩吴明珠一个人了。尽管一年中她有 4 个月在海南，另外 4 个月在研究所的地里摆弄瓜，剩下的 4 个月里还会去吐鲁番盆地走访一遍，但是，她还是习惯从外面回来时，有老杨等在家里。那时，她会做一锅南瓜面疙瘩，一人一大碗吃得身上暖烘烘的。她会拿一本英文科技杂志，选出对自己有用的便交给老杨翻译。几天后，老杨就会把翻译稿给她，并告诉她重点在哪里。她还习惯每次出差回来坐在家里唯一的书桌前，花几天时间看一遍杨其祐为她标明了“☆”的文章——有专业杂志上的，也有报纸上的。杨其祐深知吴明珠的时间太少了。

这天，吴明珠回到家里，灯是黑的，屋是凉的。她疲惫地坐在书桌桌前，发了一会儿愣后打开台灯，蓦然看见杨其祐整理出的、画了“☆”的报纸，报纸里还夹了一张用圆珠笔写的便签：

为了避免知识老化，加速知识更新，应重新阅读如下书目：

1.《遗传学》

2.《细胞遗传学》

3.《作物育种常用的统计分析法》

4.《蔬菜育种学》

5.《蔬菜育种法》

6.《蔬菜研究法》

见字如面，吴明珠流下了眼泪。老杨，这个才华横溢、曾经写得那样一手漂亮字的人，因为生病，字都写得歪歪扭扭了，但即便这样，他还想着更新知识，把自己武装起来。特别是关于蔬菜的这 3 本书，那是他为发展食用菌而做的知识上的准备。他这一走，地区农技站的食用菌棚不知谁接手了。

吴明珠连忙打开大灯，在书架上翻找，找到一本季道藩教授主编的《遗传学》(1979 年版)。吴明珠把书前后翻了一下，发现杨其祐的红蓝笔标记已经画到最后一页。

吴明珠叹口气说："老杨，不声不响自己学完了。你列的这些书，不管学完没有，我都替你把它们学完。"

吴明珠打算明天到单位给老杨打个电话，问问他《作物育种常用的统计分析法》这本书放在哪里了，她和科研小组成员都应该把这些书从头学一遍。对了，应该叫老杨去南京、上海的书店找找，买一批书寄回来，供大家学习。一想到还有这么多新知识要学，还有问题要向老杨请教，吴明珠的心里又充满希望。

电话铃响了。石河子农学院来电话邀请吴明珠去讲课、交流。从吐鲁番到石河子，400 公里柏油路加石子路，路上至少要"咣当”七八个小时。车过达坂城，停下来吃午饭。吴明珠听到几句陌生但又熟悉的旋律，而其中一句忧伤的调子，让吴明珠猛然想起，这是原版的《达坂城的姑娘》。在新疆这些年，《达坂城的姑娘》的故事传来传去，但还是歌声传得更长久。她在恍惚间想起吐峪沟的那个夏天，想起麻扎村那个唱歌的老古丽，想起回程时走错了路，意外地找到“花皮金棒子”……而现在，她的老杨病了，离开了新疆。

吴明珠把一大碗牛肉烩面吃完了，拍拍身上刚刚下瓜地沾上的尘土，说：“吃饱了，晚上可以晚点吃。到了石河子先去兵团转一圈，看看他们今年种瓜的情况。”

“晚上还想请你给学生做个报告。”

“咱们掐着时间，看完兵团的地，留一个小时吃饭，然后就给学生开讲座。安排得紧一点。”

吴明珠坐上吉普，对随车来的处长说：“我想起来一件事，你帮我看看怎么弄、该找谁。我的好几个助手都是下乡知青，在我那里干得还挺好。但是，没有学历将来评职称都是问题，再者，他们也需要系统学习专业知识，所以我想送他们在职学习。你看这个事怎么才能弄成。”

“我向领导请示一下，看看怎么办。在职的吗？”

吴明珠点点头，道：“在职的。学知识，拿文凭。”

在回程的路上，他们的吉普车被重型大卡车撞得飞了起来，最后滑到几十米外的戈壁上。吴明珠脑子里闪出一个念头：“这下子要提前去见马克思了！”瞬间失去了知觉。

吴明珠昏迷了整整两天。当意识到自己还活着，她感到深深的后怕，也更清楚了自己想要什么：人真是旦夕祸福！人真的不能以为自己的时间还长着呢！真的应该把有限的生命用在创造更大的价值上！

当地委书记、行署专员到医院看望她时，吴明珠向组织提出：“书记呀，我还是多放点时间在育瓜上吧。这是我的强项，干这个，我能发挥更大的作用。”

书记说：“我们都规定了，你可以不坐班。”

吴明珠回道：“我占着位置，不能发挥副专员的作用，也是心里不安呢。但是让我花很多时间看文件、开会、做决定，我也是真忙不过来。多育几个好品种，对咱们吐鲁番的意义更大。等我出院了，我就给地委打个报告吧。”

正说着，因碰撞引起的脑震荡让吴明珠一阵呕吐。书记看着好不忍心，说：“吴老师，你先休息，其他事出院再说。”

1983 年 11 月，为了更专心地搞西甜瓜育种，吴明珠毅然辞去吐鲁番地区行署副专员的职务。

1984 年春，吴明珠被调往新疆维吾尔自治区农科院园艺作物研究所。随后，吴明珠成立了西甜瓜课题组，再次搜罗人才，刚毕业的大学生伊鸿平被招进吴明珠课题组，后来成长为这个团队的中坚力量。

1983—1984 年这个南繁季，吴明珠团队用亲本“伊选”和“T_2”，做了一个历史性碰撞，培育出一个此后 37 年经久不衰的早熟西瓜品种——“84-24”。

生命繁茂，在吴明珠手里汹涌蓬勃；而生命黑暗的一面，却逐步占领杨其祐的肌体，直到那无序的、狂暴的力量把这个好男人拖垮。1986 年 4 月，杨其祐起不来床了。吴明珠把手头的工作交给冯炯鑫和伊鸿平，请假去南京照顾丈夫。

她心中的白马王子，兴修水利、推广大白菜和食用菌的“洋博士”、群众口中的“造福人”，而今瘦得只剩下一把骨头。

“对不起啊明珠，让你丢下你的瓜……”躺在病床上的杨其祐纯净得像一位天使。女儿杨准向学校请了假，来照顾父亲。

“可不准这么说话。”吴明珠看着老杨，眼睛里噙着泪花。

“咱们约法三章，咱们谁都不哭，到那一天也不哭。”杨其祐把目光从妻子身上移到女儿的脸庞上。女儿 21 岁，明年就要大学毕业了。

“好的，爸，不哭。”

“咱们先说说女儿的事，我怕以后忘了。”杨其祐看着妻子，“准儿能念书，要让她念下去，今年底就着手考研的事，争取一次考上；一次考不上就再考一年，来之不易的好日子，一定不要浪费了。读个研，然后出国再读个博士，把自己锤炼成器。”

“我要是走了，就少了一个人的工资，你妈的负担就更重了。杨夏来了我跟他说，让他自力更生，将来结婚生小孩都要自己解决。你妈就供你一个，咬咬牙还是能供下来的，但是你一定要把研究生读下来。”

“准儿回学校上学去吧，有你妈在这儿就行了。”

过了一天，杨其祐对吴明珠说：“别忙了，来，躺下来，给我说说你的瓜，那个‘84-24’。”说着，他挪挪身子，给吴明珠腾出了位置。吴明珠看看同病房的病友，有些难为情。

“不要管他们，拿出你那不管不顾的劲儿。”杨其祐笑了，他发黑的、满是皱纹的脸，笑起来像一朵墨菊。

吴明珠坐到杨其祐对面。

“你想听‘84-24’？”吴明珠没想到杨其祐依然关心她的

科研。

“对，现在终于有时间了，啥也不用管了，就听你说话。就说说‘84–24’，从头讲起。最早的亲本是谁？”

吴明珠说：“你记得1965年吗？我到乌鲁木齐开会，临走时让你去沙山，去摩沙老爹的瓜地去授粉。我还特意跟你说，那里有几粒美国种，来之不易，一定要细心授粉，确保其受孕。”

杨其祐想了想，故意皱着眉头说：“我给你的瓜授过多少次粉，数都数不清，我哪记得是哪次？”

吴明珠呵呵笑了：“美国种，记得不？”

“记得。那种子是哪来的？”

“一个无名英雄寄给我的。信里啥都没写，就写了‘Klondike–7’，还有5粒种子。我不能确认就是‘Klondike–7’，便拿出2粒，自己做了2年提纯，然后将原种和提纯后的种子，于1965年跟咱们的‘吐鲁番浅绿皮夏西瓜’杂交。你去授粉的瓜里就有它们，它们是‘84–24’最早的源头。”

“这么说，‘84–24’也有我的功劳？”

“当然有你的功劳。”吴明珠望着丈夫，自己能在新疆坚持30年，没有丈夫的支持自己兴许也能坚持下来，但肯定是苦巴巴的。而丈夫的帮助和支持，让她干得既带劲又快乐。

“那个种子会是刘佩瑛老师寄的吗？”杨其祐思忖着。

“我后来见过她好几次，她从来不提。但是，能知道我在鄯善县地址的人不多。1963年，我实际上已经到吐鲁番了，但是信还是寄到了鄯善，说明寄信人并不知道我已经换了单位。这是个几年不联系的故人，很可能是刘老师。”

“应该是刘老师，但1966年就停了联系。”杨其祐对妻子早期的育种工作了如指掌。

“1966 年夏天收的是 F_1 代，之后停了 5 年。你还记得 1972 年咱们为什么又重新开始西甜瓜育种吗？”

“当然记得。那一年春上，北京有人来找哈密瓜，供接待外宾用。你和李志超带人到处找，最后找到了二十几个，听说是空运到北京的呢。”杨其祐说着笑着，好像又吃到了当年的“红心脆”。

“是啊，自治区一下子重视起来。那年夏天就在鄯善，开始种‘外贸瓜’。我就是那时候重新开始育种的。我把那些年收集到的种子种到吐鲁番红旗公社青年农场，这里就有‘Klondike-7’和‘吐鲁番浅绿皮夏西瓜’的杂交 F_1 代，也有‘红心脆 × 花皮金棒子’；前一个是西瓜杂交种，后一个是甜瓜杂交种，就这么一代一代地种。那次在青年农场，我们种了 20 多亩试验田呢。心里急呀，把收集到的育种材料都种上了。结果呢，苗长到四五片叶子时，一天中午天刮起了大风，就是咱们说的那个‘黑毛风’，风一来，伸手不见五指……”

“我经历过几次。鄯善的老艾山家最小的小巴郎就是被一场‘黑毛风’卷走的。”老杨也努力打开自己的记忆。

“我当时在农场办公室，风一下子把房子包住了，好像掉进夜里，而当时是中午 12 点。我拿起雨衣准备去试验田，沙伦支书拦住我，他说我像小羊羔一样瘦，风会把我刮到天上去，还是留在那里好好写字。他自己就抱根铁棒子出门了。”

“噢，对，抱根铁棒子！”杨其祐笑得咳嗽了两声，“有一次，当地百姓叫我抱一块大石头。我也见过有人抱一头羊。”

“农场部离试验田有 4 里路呢。我心想，就算是沙伦书记赶去也都是凶多吉少，那可是我积攒了 10 多年的心血呀，我急得嘴上顿时生出两个火疮。风从中午刮到晚上，我想这次肯定是完了。这时候，农场部的门从外面‘咣’的一声被撞开了，滚进来一个人，满身满脸都是土。他开口说话了我才听出是农场试验小组的组长。他说：‘沙伦支书叫你放心睡觉。20 亩的瓜苗子，我们全都用湿沙子埋好了。’我问：‘那沙伦支书呢？’他说：‘他坐在瓜沟里累得回不来了。’我感动得说不出话。我说弄点水洗洗吧，小组长说，洗啥，出去又一身土。我们第二天到试验田一看，是沙伦支书和试验小组的农民兄弟保住了我们的心血。”

“我记得你回来跟我说，第二天县长还给你打电话。”

“是啊。我从地里回来，就接到热切普县长打来的电话，问瓜受损失没有。我告诉他，沙伦支书带着试验小组和农场的兄弟，把苗保住了。你知道，我向来都不爱哭的，叫热切普县长这么一问，忍不住就哭了。”

“你是吃了苦，不过也赢得了尊敬，最主要是还把事做成了。”

吴明珠看着丈夫，“尊敬”这个词从丈夫嘴里说出，让她格外宽心。她突然想起一件事，自己先笑了起来：“我跟你说件事。1956 年，我们赴新疆的头一天，我自己跑到天安门广场，对着城楼上毛主席的画像暗暗发誓：我一定要作出成绩后回来向主席汇报！”

杨其祐看着妻子，眼角淌出眼泪。他抿着嘴笑着，轻轻说了一声：“你做到了。”

杨其祐闭上眼睛，过一会便睡着了。同病房的病友一直在听着他们的对话，钦慕地看着这两口子。

杨其祐的病况时好时坏，稳定的时候，他就又让吴明珠给他讲“84-24”亲本的选育。父本“T_2”从 1965 年就开始培育，当时她正怀着女儿杨准，坚持在瓜地里劳作。有一天，杨其祐突然清醒了，对吴明珠说："我想起来了，1965 年你让我去沙山摩沙老爹的瓜地授粉，是因为你怀老二了，县农技站到沙山大队还有 20 里路呢，光走这段路就够呛。我就背上水壶和馕去帮你授粉。"

吴明珠说："你帮我授过很多次粉。我常去自治区或地区开会，但开花可不分时候，它可不管你开不开会，助手们要是不在单位，就只好让你去授粉。"

"你写个单子放在桌上，我拿着单子就去授粉。你就从来不怕我弄错？"杨其祐开玩笑说。

"你怎么会出错？你不会出错。我的事，你更不会出错。"吴明珠突然有些动容，这个男人为了自己，千里赴疆，一生都在帮助自己，做自己的精神靠山和帮手。她忍不住说："老杨，你后悔不？你跟我到新疆，到鄯善农技站这个'小庙'里，到现在，没有职务，也没有职称……"吴明珠说不下去了。

"明珠啊，你还记得当初我们是怎么约定的吗？谁先干出成绩，另一方就跟随先干出成绩的。我是履行当初的诺言罢了。我不后悔啊。"

杨其祐歇了一会儿又说："怎么才叫发挥才能了呢？只有当了官，出了名，发了财才叫发挥了才能吗？我给大家传播了知识，传播了科学，帮助了你，当你的基座让你高飞，这样的人生有什么可后悔的？"

吴明珠的眼泪忍不住掉下来了，她伸手把老杨流到耳边的眼泪擦干。

"都是我不好，没有照顾好你，让你的胃坏了，得了这么坏的病。"

“每个人来到世界上的任务不同，你是为大家伙，为老百姓谋大幸福的，我是为身边的人谋小幸福。我最满意的是，你终于成了你理想中的那个人。俩孩子也送到大学里去了，剩下的就看他们的造化了。”

杨其祐这次昏迷前对吴明珠说：“你那儿工作放心不下，现在这个季节，瓜又该授粉了。能回去就回去吧，回去了再来嘛……”

说完，杨其祐就闭上眼，病痛已经让他筋疲力尽，而止疼针让他昏迷的时间越来越长。

杨准看着母亲说：“妈，你去新疆不？”她真怕母亲转身回新疆给瓜授粉。

“我怎么能走？”吴明珠没看女儿，“你回学校吧，好好上课，尽量不分心。”

女儿背起书包准备走，吴明珠突然说：“准儿，跟妈一起出去吃饭。你爸睡着了，至少能睡一个小时，瞅这空儿把饭吃了。”

在医院门外的小饭铺，吴明珠要了一笼小笼包、两碗馄饨。

“准儿啊，你和你哥哥生下来后妈妈就没有好好管你们，对不住你们，现在想想很是愧疚。但是，爸爸妈妈也没闲着，也没干坏事。你哥哥高中毕业得早，基础差一点儿，那时候学校不提倡学习提倡劳动，你哥哥在学校是一把劳动的好手。为了让他能考上大学，你爸爸把他叫到新疆，他 1977 年能考上大学也是不容易。你爸这几年怎么管理你学习的，你也清楚。准儿啊，我们这代人，吃了太多苦，国家从战争中走出来也是一穷二白，我们就是想干点什么，让下一代少吃点苦。妈，就只会育瓜，你爸爸会得多，又是修水利又是推广大白菜、食用菌。我们刚去新疆的时候根本就没有蔬菜，你爸爸他们把蔬菜引进新疆，在一定程度上改变了当地的饮食结构，你爸爸做的事更了不起呢。”

“我爸从没对我说起过这些。”

“你爸从来不爱说自己的成绩。”

老杨昏迷的时间越来越长，人也越来越瘦。儿子杨夏也请假来到南京。儿子替换吴明珠，让她回家休息一会儿。这天早上，吴明珠来到病房，杨其祐笑眯眯地看着她。吴明珠凑到丈夫身边，老杨在空中画了一个“3”。

“3，这是啥意思？”

“三连冠嘛！”

吴明珠恍然大悟。老杨这是说，她的“含笑”“火洲一号”“伊选”3 个西甜瓜品种，连续获得自治区科技成果奖。

“我的成果一半都是你的。”吴明珠深情地说。

“好品种就是为人造福。”虚弱的杨其祐心里想的还是吴明珠。正说着，杨夏领着来自吐鲁番科委、鄯善县政府、鄯善县农技站的代表们走进病房，他们千里迢迢来南京看望慰问杨其祐。

一位维吾尔族干部说：“虽然我们来自不同民族，但是我们就像亲兄弟一样。你播撒的科技种子正在新疆大地上开花。”

杨其祐流出了眼泪，然后笑了起来：“真想咱们新疆的羊肉啊——”

那位维吾尔族干部“哇”地哭起来：“老杨啊，咱想东想西想给你带点啥，最后还是说给你带点咱吐鲁番的羊肉，我们怕肉坏了，就先煮熟了，我这就到下面的饭店让他们再煮煮，让你饱饱吃一顿咱新疆的羊肉。”

一个小时后，切片的羊肉端到病房，杨其祐吃了一片，说了一句只有吴明珠能听懂的话：“这一口，把人都吃‘亮’啦！”

1986 年 10 月杨其祐去世，享年 57 岁。

5 天后，吴明珠就启程南下海南岛。强忍悲痛的她对女儿说："你爸说，我干的是我们两个人的事业。我只有好好干，才对得起你爸爸这么多年的付出。"

吴明珠和儿子在南京火车站分手，儿子西行，吴明珠南下。儿子问："要不我陪你到海南，再回单位？"吴明珠说："儿子啊，你妈挺得住。我一干活，就啥都忘了。不用你送，咱俩都提高一下效率。"

吴明珠在启程前给助手伊鸿平发电报："今年种三季。"就从这一年开始，吴明珠科研小组开始每年三季育种。

十一 "84-24"

继吴明珠之后的第二任国家西甜瓜产业技术体系首席科学家许勇教授认为，"84-24"这个品种推广得非常好，它是吴明珠对西甜瓜产业体系的最大贡献！

"84-24"，生产名"新优三号"，代号"早佳"，不过人们都习惯叫它"84-24"。它的父本"T_2"的选育，可追溯到 1965 年，经过 3 个阶段近 20 年的选育，最终育成"T_2"。它的母本是 1977 年从日本引进的杂交一代"伊吹"，吴明珠和团队对它进行了 8 代自交，在 1981 年选育出高代稳定的品种"伊选"。1983 年冬，吴明珠将"伊选"和"T_2"来了一个甜蜜的碰撞，产生了一个巨无霸品种，后取名为"新优三号"。它是个早熟品种，在海南及长江流域已推广 30 多年，至今还是畅销品种，每年仅瓜种就需要 30 ～ 40 吨。

1990 年，“新优三号”在中国园艺学会西甜瓜专业委员会组织的全国南方早熟西瓜评比会上获得一等奖。近 30 年来，“新优三号”频频获得国家级、省部级的大奖。实际上，“新优三号”在中国西瓜产业中的作用，远远超过了这些奖项。

从 20 世纪 80 年代中后期开始，海南早熟西瓜 90% 种植的是“新优三号”，风行全国各大城市的海南反季节西瓜就是“新优三号”，从 20 世纪 90 年代开始，它逐渐成为海南反季节瓜果蔬菜的主打商品，成为海南农业的一大经济增长点。

新疆哈密瓜到海南岛落户，成为海南冬季瓜果中另一大输出品种，也是靠吴明珠及其团队对哈密瓜品种的改良——也就是说，在新疆是良种的哈密瓜，不一定适于海南岛高温多雨多湿的气候，只有经过改良，才能适于当地生产。另外，吴明珠团队最早在海南岛引进、使用遮阳网、防虫网和塑料大棚这些设施，不仅因地制宜创造了西甜瓜的栽培技术，也为海南的设施农业提供了示范。

鉴于对中国西甜瓜事业的卓越贡献，吴明珠于 1999 年 11 月荣膺“全国十大杰出技术人才”，同年当选为中国工程院院士。

掌声雷动，1999 年 11 月 25 日，69 岁的吴明珠从容地走上北京人民大会堂的发言席。她一头花白的短发，身着一件可以下地穿的碎花衬衫，走到麦克风前，从容地说出了心里话：

我叫吴明珠，是新疆农科院搞甜瓜、西瓜育种的研究员。

在新疆的大戈壁滩上，我奋战了 40 多年。从梳着两条大辫子的大姑娘进新疆起始，我就在新疆培育西瓜和哈密瓜，也叫甜瓜，直到今天已是年近古稀的老太太，我仍然奋战在新疆的戈壁滩上。一年四季，我天天摆弄瓜，瓜棚就是我的家。如今，我丈夫病逝了，儿女远离了，我一个人还留在新疆摆弄瓜。人们说，我心里只有瓜，瓜是我的儿子，我会和瓜说话……

是啊，瓜是我的生命，我的人生就是想结几个瓜，把瓜的甘甜献给人民。

到新疆40多年了，要问苦不苦，说老实话，是真苦。戈壁滩的狂风，火焰山的烈日，疾病，车祸，什么艰难困苦我都遇到过。这艰苦的环境，就像一座炼丹炉，练就了自己吃苦的本领，练出了一身钢筋铁骨……

十二　甜的事业

1996年11月，海南岛上阳光灿烂，植物蓊郁。66岁的吴明珠在三亚凤凰机场迎来了75岁的刘佩瑛教授。刘佩瑛一头银发，一身纯色的西装，身板硬朗，气度不凡。这两位加起来有140多岁的师生，在机场出口紧紧拥抱。

这一幕，在两年前的东京国际机场上演过一回。那一次，两人受第24届国际园艺学会年会的邀请，赴日本东京做学术交流。吴明珠就新疆厚皮甜瓜育种的回顾和展望做了学术交流，刘佩瑛就魔芋研究及生产种植做了分享。那一次在东京，师生俩除了学术交流，就是在一起吃饭、喝咖啡，相互交流读书心得。有那么一瞬间，吴明珠有种重回40年前的恍忽感。吴明珠对刘老师说：“老杨去世后，他的大多数东西我都烧了，只留下了他的文章和书。书我带回海南了，用两年时间把它们读了一遍，可以说是学习了一遍。事实上，老杨帮助我把知识更新了一遍。他生病后调到南京，我在新疆的家里看到他写的书单，后来，这些书都在南京的家里找到了，我就把它们带到了海南，不下地时就看书。我还记得当年您把《钢铁是怎样炼成的》借给我看，那本书奠定了我一生的基调。”当问起 20 世纪 60 年代初，在鄯善县农技站收到“Klondike-7”引进种的事，刘佩瑛笑了笑，说了一句让吴明珠百感交集的话：“我们在年轻的时候就确立了人生目标，我们只是践行初心罢了。吃再多苦，也不会忘了初衷。”

1976 年重新回到教学、科研岗位后，从人生到事业，刘佩英都迎来了第二个高峰。她挖掘、研究原本非常小众的食材——魔芋，使之成为深受百姓欢迎的食物，并努力实现产业化，成为帮助农民致富的作物。刘佩瑛这次来海南，就是要考察在海南山区种植、加工魔芋的可行性。

“刘老师，您还是这么神采奕奕。”吴明珠面对这位打不倒、累不垮的老师，由衷地赞叹道。

“阿依木汗，我看你还能跳新疆舞呢。”刘佩瑛笑道。

听到一声阿依木汗，吴明珠百感交集。老杨去世 10 年了，这是第一次听到有人叫自己阿依木汗。她现在是人们口中的吴站长、吴专员、吴研究员、“甜瓜皇后”、“西瓜大王”。

“先看你的瓜地还是先陪我进山？”刘佩瑛直截了当。

“瓜刚授了粉，给它们保几天‘胎’。我陪您先去山里转转。一天两个县。”

刘佩瑛的助手看着这对银发师生如此充满活力，偷偷做了个鬼脸。

第二天，吴明珠找来一辆车陪同刘佩瑛进山考察，带路的是当地瓜农陈川武。在黎村苗寨，她们重点考察加工能力和市场，而聊得最多的还是吴明珠的西甜瓜。

刘佩瑛说："你们反季节生产的哈密瓜就地销售，这个做法很好啊。全国只有海南岛能在冬季露天种植西甜瓜。你们要把科研成果转化成生产力，联合地方政府带动当地农民致富，增加税收。我们在重庆就是这么搞的，先帮助农民发展生产，创税收，然后再做更进一步的研究。"

"哦，陈川武就是我们扶持的瓜农，"吴明珠说，"你来说说，你是怎么学种瓜的。"

陈川武说："我高中毕业没考上大学，就待在家里。我们家就在吴教授的试验田附近，我每天趴在墙头上看他们种瓜。有一天，吴教授喊我下来，问我想种瓜吗。我说我看看。吴教授说，别看看了，在这儿干活每天可以挣 5 块钱，好过每天趴在墙头上看。"

"哈哈哈哈。"这对师生都被逗笑了。

"就这样我开始学种瓜，吴教授他们叫我干啥我就干啥。第二年，我在地里种了两亩瓜。我上午在吴教授这里干，下午到我的地里忙，就这么跟着学。我种的瓜长得不好了，就叫他们过去看看。"

"现在种了多少亩？"

"今年种了 100 亩，我都开始雇人了。种好了，有外地人来收，都收走了。"

吴明珠介绍说："因为种瓜的农民越来越多，我们成立了农技服务小分队。我跟年轻人说，育种是为了啥，可不仅仅是写论文、评职称，是为了生产，让农民种出好瓜，让老百姓吃上好瓜。别看不起技术推广，别怕跟农民打交道，如果我们的好种子不能服务生产，我们就是迂腐的‘孔乙己’，不能尽整没有用的科技游戏。”

刘佩瑛上岛的第5天，吴明珠和她一起钻进由塑料遮阳网和尼龙防虫网搭成的瓜棚。刘佩瑛说：“真是海南特色呀，别的地方要太阳晒，你们倒要弄个‘蚊帐’遮阳光。瓜授粉后，还要‘保胎’。”

“在瓜棚里这么大声说话，瓜妞妞会吓着，不好好坐果。”

“你的瓜就像人一样。”

“人有生命，瓜也有生命，一样的。”

吴明珠说：“刘老师，前年在东京我很受启发。国际上已经不流行大瓜，而是讲究适当大小、便于运输、适于超市售卖。”

傍晚时，下乡给瓜果治病的李劲松回来了，还带回一桶从刚上岸的渔民那里买来的海产——半桶海蟹半桶小杂鱼。

23岁的李劲松是吴明珠团队中年龄最小的，他操着一口湖南普通话：“刘教授好！听说您是吴老师的老师。吴老师是我老师的老师，吴老师是我的师奶奶，那您就是太师奶奶啦！”

果棚下，爆发出一阵大笑。

“吴老师说您爱吃麻辣蟹，这要是到饭店吃啊，这一锅蟹可贵啦，所以我们自力更生，吴老师叫我买点蟹回来自己做。您看这些蟹，每一只都生龙活虎。”

刘佩瑛高兴地说：“你们有火锅底料吗？用那个底料炒蟹，错不了。”然后冲着跑向后院的李劲松喊：“1包底料8只蟹的比例！”

“听您这么说，说明您很会做饭。”吴明珠说。

刘佩瑛笑了，说：“我研究了一辈子蔬菜，会种菜也会做菜。”

吴明珠深深地叹口气说：“可惜……我没好好做饭，把老杨的胃给弄坏了。”

刘佩瑛安慰她：“你也不要太自责。”

吴明珠回忆道：“到最后，他太痛苦了。人瘦得皮包骨头。但是当着我的面，他从不表现出来。您知道，有些人面对疼是大喊大叫，有些人是一声不吭，往心里憋。他不想让我看见他的痛苦，只想让我看见他好的一面。我刚开始还暗自流泪，到最后的那段日子，我忍住不当着他的面哭。我已经帮不了他什么了，只能给他信心，让他舒心地、放心地走。”

刘佩瑛说：“你这么做是对的。”

吴明珠深深地叹口气：“临终那天，本来他已经停止了呼吸。我对儿子说：‘你让我给你爸爸洗最后一次脸吧。’他听见我的声音，眼睛又突然睁开了……儿子抹都抹不下来……他不想死……他舍不得离开我，舍不得离开孩子们，舍不得离开生他养他的土地……他还有很多工作要做……他多想活着啊……”

吴明珠双手捂住了脸。

刘佩瑛也流下了眼泪，她站起来，紧紧搂住自己的学生。

助手们在远处默默地看着这对饱经沧桑的师生。

“所以我怎么能不好好干，怎么能不抓紧时间干？”吴明珠抹了一把眼泪，拍了拍老师的手，“老杨说，我的事业就是他的事业，他把扶持帮助我变成他的事业。他走了，我得一人干两个人的事，才算对得起他。”

刘佩瑛轻轻擦去吴明珠的泪水，说：“这些年，你从没对别人说，是吧？”

吴明珠看着老师，点点头道："没有合适的人说，就不说了。"

向老师倾诉完，吴明珠的心情舒缓多了。她泡了两杯咖啡："您尝尝，这是海南咖啡，我到海南南繁 20 多年，很喜欢这个口味。每年冬天，能在海南碰到不少同学或校友，比如袁隆平。"

"袁隆平去年当选为院士了，这是咱们学校毕业生里的第一位院士。了不起！"

"我一想到他就是他当年游泳健将的样子。1973 年我第一次南繁，他的三系法杂交水稻已经配套成功了。当年我去找他没找到，我第三次来海南南繁才见到他。真为他骄傲！"

"你也干得很好，我为你骄傲呢！你能经常见到隆平吗？"

"开会时能见到。他现在国内国外跑，传授杂交水稻技术。有一年他告诉我去了泰国，又一年见到他说是去了印度，他还去美国传授杂交水稻技术，他是个国际主义战士呢。"

"你也应该把好种子播撒出去，把种植技术传授出去。这往大里说是为国为民，往小里说是'留英名'。还记得你给我讲的《达坂城的姑娘》的故事吗？所有的故事都可能被湮灭，而这首歌流传下来了。你的种子，比如说'84-24'，就是一首歌，你的故事也可能被遗忘，但是好种子会流传下去。"

20 世纪 80 年代，吴明珠发起成立了以南繁基地为中心，全国各地西甜瓜知名专家共同参与的华夏西瓜甜瓜育种家联谊会，旨在推动合作研究，共同推进西甜瓜产业化。通过这个联谊会，吴明珠把"84-24"等品种或亲本材料无偿提供给其他育种家，推进这个品种在我国东部地区，如上海、江苏、浙江等地推广，成为经久不衰的早瓜品种。当人们对无偿提供种子的行为表示不解甚至误会时，吴明珠不解释不申辩，因为一颗种子早在几十年前就埋在了心里。居里夫人当年面对镭是怎么说的？“没有人应该用镭致富，它是属于全人类的！”同理罢了！

2000 年元旦，吴明珠在南繁基地接到老同学袁隆平的电话。

“吴明珠，我是袁隆平啊！”70 岁的袁隆平还是那口带着湖南腔调的普通话，“第一个，我非常郑重地祝贺你当选为中国工程院院士。老杨天上有知，也会很高兴很高兴的！”

“谢谢老同学！”70 岁的吴明珠爽朗地说。

“第二个啊，今天是新世纪的第一天。我反正是天不亮就下田，看见了新世纪的第一个大太阳。”

“我也看到了。”

“啊，对！我们是在祖国南端的田野上看到第一轮红日。这不简单呢！所以，向你问好啊！”

“也向你问好。老袁——杂交水稻之父！”

“说到杂交水稻就说到正题了。我现在搞超级稻攻关呢。明天有一批专家要来参观我的试验田，我邀请你，我派个车去接你，和老朋友见见面。对了，我们的校友向仲怀院士也来，我们一起说说话，你要好好给我们讲讲西甜瓜。”

“好嘞，老袁。我带几个瓜去。我们育出了几个新品种，都是精品瓜。”吴明珠热情地说。

袁隆平笑道：“哎，对头！我很想吃你培育的瓜。哈哈哈，我是让老百姓吃得饱，向仲怀是让老百姓穿得好，你是让老百姓生活过得甜，都是民生大事啊！”

在湖南杂交水稻研究中心海南三亚试验基地，袁隆平院士、吴明珠院士、向仲怀院士这三位老校友在新世纪的阳光下亲切地握手。

海南岛冬季的暖阳里，风吹稻浪，瓜果飘香。

第四章

棉芯尽藏科技剑

郭三堆　中国抗虫棉发明人

通过审定的抗虫棉品种几乎都来过海南南繁，
海南对我国种业的发展以及保障粮食安全功不可没。

中国抗虫棉发明人郭三堆研究员说：科学研究，一就是一，二就是二，来不得半点虚假。所以讲科学家的故事也根本不需要形容词。出于对郭老师意见的尊重，本章关于他的笔墨，笔者采用了最简单的对话体。

以种治虫，中国棉田遍洒中国种

“种子是农业的‘芯片’”，人们对这句话耳熟能详。

通过对种子进行人工干预，创造遗传变异，改良其遗传特性，以培育优良新品种，这就叫作育种。

育种方法有杂交育种、诱变育种、单（多）倍体育种、分子育种等。

袁隆平发明的杂交水稻、李登海培育的紧凑型杂交玉米“掖单12”、吴明珠培育的优质西瓜“84-24”，所采用的方法都是杂交育种，都属于常规育种。它们背后的理论基础都是遗传学。

随着世界生物科技已能够从基因的角度表达一种植物或动物，育种的方法里也加入了一个新方法——分子育种，就是通过基因导入，培育出符合一定要求的新品种。

育种界有个通俗的说法，杂交育种是育种方法的2.0版，分子育种是育种方法的3.0版。

分子育种这一建立在分子遗传学基础上的、科技含量更高的育种方法，在二十世纪六七十年代才兴起。我国在 1994 年利用分子育种技术，培育出单价抗虫棉，成为继美国之后世界上第二个拥有自主知识产权抗虫棉的国家。

2021 年 1 月，笔者在海南三亚南滨农场场部采访中国抗虫棉发明人郭三堆时，他说:“中国抗虫棉是被逼出来的。”

类似的话，奠定中国南繁理论基础的遗传育种学家、杂交玉米开拓者之一的吴绍骙教授也曾说过，异地培育是被逼出来的。

那么中国抗虫棉又是在什么情况下被逼出来的呢?

一　棉田虫灾

1990 年夏，骄阳似火，没有一丝风。河北某乡村土路上，驶来两辆桑塔纳小轿车。车子在一大片棉田边停下后，下来 8 个人，他们是来调研棉铃虫灾的农业部和当地的干部。

“我们县今年的棉花怕是要毁了。去年减产了三成，今年怕是要减产四五成。”当地的干部说到棉花，一脸愁苦。

调研组一行走进棉田，只见几乎每一株棉花上都挂着、蜷曲着、爬行着几十只青色、褐色或灰褐色的棉铃虫，它们蚕食着刚刚从铃壳露出的蒴果，有的棉株叶子已经被啃食了一半。空气中，有破碎棉铃的气味、虫子腐烂的气味，以及更为刺鼻的农药味。调研组的同志一边采样、拍照、做记录，一边问：“今年打过十几次药了？”

一位乡干部说：“我们乡的棉田一个星期打一次，打完根本不起作用。头天打完，第二天去地里看，指望能看见一地虫子，谁曾想地上没有，虫子还挂在棉花叶儿上，只是有点蔫儿。过了中午，它们又‘活’过来了，照样吃。”

“我们乡也是，”一位穿白衬衫的乡干部接过话茬，“虫都成精了。人都受不了，可虫子就是不死。王夏庄一个村民，打虫打不下去，没办法，派放假的孩子到地里捉虫子。结果孩子昏倒在地里，已经这浓度了，虫子都没死。”

另一位乡干部接着说：“我们乡有个村，看见别的村打药不管用，干脆不打了，有些人每天让老婆孩子到地里捉虫子。”说着，他捡起一根木棒，在棉株上横向一划，棉铃虫噗噜噜地往下掉。

调研组正在了解情况，远远跑来一群当地农民。他们是在附近棉田里干活的农民，看到这群干部模样的人就像看到救星一样跑了过来。

“领导，你们是县里的领导还是省里的领导？我们要反映情况。”

“领导，你们下来得太及时了。再不解决问题，这棉花种不了了！”

“领导，快救救棉花吧！再想不出法子，今年的棉花都要绝收了！”人群中一个壮年汉子急得满头大汗。

几个围过来的妇女嗓门更大，大家的情绪非常激动。这时，跑来了一位老者，身后跟着两个半大男孩：“哎呀——领导呀，你们可算来了！快救救我们家吧！哎呀呀呀……”老汉哭嚎起来。

“棉花叫虫子毁完了！儿子儿媳给棉花打药，中毒了，俩都中毒了……哎呀呀呀……”

村人静默了一会儿，几个妇女七嘴八舌说明原委：半个月前，这老汉的儿子儿媳在棉田打药，因为高温，加上棉田密不透风，高浓度农药引起窒息，以致双双中毒身亡。剩下老汉带着两个可怜的孙子，望着棉田一筹莫展。

“快救救棉花吧，照这样下去，人没了，地又绝收了，日子没法儿过了！”

老汉的悲痛和两个孩子无助的眼神，深深地刺痛了调研组的同志。

来自农业部的同志站出来，面对愁容满面的棉农们说：“我们这次调研了黄淮海棉区很多地方，看到虫灾是很严重。我们回去后会把情况如实向部里汇报。这么大的国家，总会有办法的。请乡亲们放心！”

二 临危受命

1984 年，分子生物学在我国农业领域的应用还是一片空白。作为中国农业科技“国家队”的中国农科院决定填补这项空白，成立生物技术研究中心（中国农科院生物技术研究所的前身）。中国分子生物学研究的奠基人和开拓者之一的范云六挑起了大梁，负责组建队伍，开展科研。郭三堆作为青年科研骨干，追随范云六从中国科学院微生物研究所来到中国农科院，随后被推荐为中法科技合作的青年专家。他于 1986 年赴法国巴斯德研究所做访问学者，开展苏云金芽孢杆菌杀虫基因的研究并取得重大进展，法国一家科学杂志对此作了介绍。这两年的联合研究打开了郭三堆的学术眼界和国际视野，他充分认识到自己研究的学科站在了世界生物科技最前沿，有巨大的发展空间，能在分子层面解决人们过去解决不了的问题。

棉铃虫的肆虐、杀虫剂的失效，导致 1991 年我国棉花总产量大幅度下降，其中黄淮海棉区减产近五成，棉农的积极性遭到重创。棉花减产也直接冲击了我国的外贸出口，在那个年代，我国出口创汇总量的 25% 来自棉纺织品。

国家决定从源头上解决这一问题。农药不管用了，只能换一种治虫方式——种植自带毒素的抗虫棉，以种治虫让棉铃虫一吃就死。

有这样的棉株吗?

有，美国有。1986 年，美国孟山都（Monsanto）公司利用分子育种技术，研发出一种转基因抗虫棉。于是国内出现两种声音：一种是拿来主义，建议花钱买孟山都公司的抗虫棉技术，迅速为我们所用。经过几个回合的商业谈判，对方开出 9000 万美元的专利使用费，并且拟在条款中要求我国科学家不能使用他们的抗虫材料进行后续研发。苛刻条件的背后，既是种业科技上的竞争，也是两个大国的利益博弈。另一种更强烈的声音是要自力更生，要研发有自主知识产权的抗虫棉。我国科学家历来奉行艰苦奋斗，自力更生：“我们能让卫星上天，也能研发抗虫棉！”

自力更生成为最终的选择。

“863”计划的全称是国家高技术研究发展计划。1992 年，“棉花抗虫基因工程育种研究”项目被列入国家“863”计划。当研究任务托付给中国农科院生物技术研究中心时，郭三堆成为被历史选中的那个人。一项利国利民的重任——中国“棉花抗虫基因工程育种研究”项目，于 1992 年春天拉开了序幕。在国家“863”计划办公室的领导下，组织了上游、中游、下游等优势互补的单位共同参与。郭三堆研究小组的任务——设计杀虫蛋白，属于研究工作的上游。

苏云金芽孢杆菌，简称 Bt，是世界上应用最为广泛的微生物杀虫剂。所以，用 Bt 蛋白作为抗虫棉的杀虫蛋白在行业内并不是什么秘密。2021 年 1 月，笔者在三亚采访郭三堆时，他简要介绍了 Bt 单价抗虫基因："为了获得知识产权，我们的杀虫基因编码的杀虫蛋白质的杀虫区域是依据 Cry1A（b）蛋白质的分子结构设计的，杀虫性很强。而识别区域和结合区域是依据 Cry1A（c）蛋白质的分子结构设计的，识别能力和结合能力也很强。我们设计的单价融合抗虫基因 *Cry1A*（*b/c*），基因全长 1824 bp，编码 608 个氨基酸，XXG/C 的比例由 23.97% 提高到 65.46%，提高 1.73 倍，并去除了干扰植物表达的序列。"

面对如此深奥的专业讲解，笔者不禁问道："这是什么意思呢？"

郭三堆："通俗点说有两个要点：一是将细菌的杀虫基因人工改造成棉花的杀虫基因；二是中国研制的抗虫棉和其他国家的不一样，在分子设计上就有别于其他国家。我们抗虫基因的大小是美国抗虫基因的一半，抗虫棉中的基因数为多拷贝。这样才可能有自主知识产权，有了自主知识产权才可以不受制于人，才能打破垄断，保住我国的植棉市场和产业。"

1992 年，郭三堆带着几个学生，在简陋的实验室使用落后的设备开始堪称卓越的研究。他们工作的第一步就是破解棉花的基因密码，以便将细菌的杀虫基因人工改造成棉花的杀虫基因。

"细菌是原核生物，棉花是真核生物，要让它们成为一体，就像在旱地里划船，技术难度很大，"郭三堆对笔者介绍说，"失败了成百上千次。我们那时候就在实验室支个行军床，困了就睡一会儿，醒了接着干。”

笔者：“与山西省农科院和江苏省农科院的合作是怎样一种情形？”

郭三堆：“我们所的科研组为上游，负责设计并合成 Bt 杀虫蛋白基因，成功构建了植物高效表达 Bt 杀虫基因载体，并在烟草中验证了抗虫功能。但是，我们在将抗虫基因导入棉种的环节遇到了困难。为了确保将抗虫基因快速导入棉花并获得成功，我们采用了两种导入途径。第一种是国内外公认的农杆菌介导法，由山西省农科院的陈志贤和焦改丽负责将基因导入棉花。第二种是花粉管通道法（我国科学家周光宇先生最早创立），由江苏省农科院的黄骏麒和倪万潮负责将基因导入棉花。他们都是中游课题组。”

笔者：“导入后就算成功了吗？”

郭三堆：“我们把带有抗虫基因的表达载体导入棉花获得转基因植株，后续还有大量工作要做。这些导入抗虫基因的植株有的遗传不稳定，后代还有分离；有的表达不出抗虫性；有的表达出的抗虫性有低有高……这样，同一环节的试验要重复很多次。我们在北京没有试验基地，当时就借用中国农科院作物所的试验田和网室进行试验，兄弟单位给了我们很大的支持。”

笔者：“最后终于成功了。”

郭三堆：“必须成功。我当时在一份杂志上看到宋义贵、刘永奇发表的调查报告，上面说 1992 年山东棉花单产、总产都比 1991 年减产 50% 左右，全省收购皮棉量仅为 1991 年同期的 37.65%。这个数字触目惊心，它反映的是多少棉纺厂将停工，多少纺织工人的收入没法保障。另外，那两年棉田成为毒水的源头，一下大雨，农田的水排到河里，死鱼就漂在水面上。有些河里都没有鱼了。”

笔者：“国产单价转基因抗虫棉是1994年底研制成功的吗？”

郭三堆：“是的。经过中国农业科学院植保所网室生物杀虫实验鉴定，获得认定和通过。1995年获得中国专利。”

笔者：“获得中国专利就不辩自明了。2001年，世界知识产权组织和国家知识产权局联合为‘编码杀虫蛋白质融合基因和表达载体及其应用’颁发专利金奖。你们的这项科研成果得到了国际认可。”

郭三堆：“获得国际、国内认可是一方面，更重要的是抗虫棉的推广和应用。因为那时候，我们的棉种市场已经被美国种业公司瞄上了。”

三　互为人梯

经过3年奋战，国家“863”计划“棉花抗虫基因工程育种研究”项目单价转基因抗虫棉由郭三堆团队研制成功。这是世界上第二个有自主知识产权的单价抗虫棉，影响深远——它关系到棉花产业链上千千万万老百姓的生计，也关系到国民经济健康发展和备战备灾物资安全。到1994年底为止，该项目完成了抗虫基因研发这一部分，而它面临的更大、更艰巨的挑战是实现产业化。通俗点说就是培育出抗虫棉种子，待种子通过国审或省审就可以成为流通的抗虫棉品种，向广大的棉区推广。

万里征途，现在只是完成了第一步。

美国老牌种业公司的鼻子是灵敏的，金钱哗哗的声音日夜不停。1995 年底，郭三堆团队的专利“编码杀虫蛋白质融合基因和表达载体及其应用”公布后，外国同行对中国的研究速度如此之快表示惊讶的同时也深感钦佩。孟山都也意识到，再揣着自有抗虫棉技术卖个高价钱的想法已经不现实了。务实的做法，就是比照他们在美国、欧洲卖种子的模式，尽快抢占中国棉种市场。1995 年，我国的棉花种植面积约 5421.6 千公顷（国家统计局数据），在巨大的商机面前，比起市场化运作才十几年、还在“两条腿走路”的我国种子公司，孟山都这家老牌公司要老辣得多。

觊觎我国棉种市场多年的孟山都公司，于 1996 年投资几百万美元，分别在河北、安徽成立了冀岱、安岱抗虫棉种业公司，以少量免费试种和开发示范种植区等方式，地毯式推广其种子，仅用两年时间就占领了河北、安徽等植棉市场。

“我们农科院的科技人员、种子站的职工，看着那些美国公司的雇员拿着种子找种棉大户，免费送种子，就登记个地址，签个合同，等棉花收了再来要种子款。他们这一招狠呐，得有多强的经济实力做后盾啊！”石家庄市农林科学研究院原棉花研究室主任、育种家赵国忠介绍说，“关键是他们的种子抗虫。常规种子一个生长季要打十几次农药，他们那个，后期打两三次农药棉花就成熟了。”

赵国忠接着说：“农民是最会算经济账的。尝到甜头后，第二年他们都去买孟山都的种子了。那时候，我心里真是急呀。我们这么好的种子，因为不抗虫，被农民弃用了。”

孟山都公司在河北、安徽的棉种市场得手后，接着又成立豫岱、鲁岱、苏岱、湘岱、鄂岱等抗虫棉种业公司，横扫我国主要产棉区。到 1999 年，美国抗虫棉占据了我国抗虫棉市场 95% 的份额。

形势严峻！

农业部种植司举行会议，决定在“抗虫棉中试及产业化”项目的统领下，发起全国棉花产业总动员。多个科研院所纷纷参与转基因抗虫棉品种培育，大批棉花育种家再一次集结到海南岛这块南繁宝地。

这是海南南繁福地迎来的又一次大会战。20 世纪 60 年代中期到 70 年代初，是农业部倡导的“二杂”南繁；20 世纪 70 年代中期到 80 年代早期，是杂交水稻大规模南繁；到了 20 世纪 90 年代中后期，海南岛的南繁基地迎来了抗虫棉的大规模育种和制种。

国产抗虫棉通过安全评价及品种区试审定后，又在国家“863”计划“抗虫棉中试及产业化”项目、农业部“抗虫棉产业化”等项目的支持下，经全国棉花科研院所、种业界和企业界大规模合作，形成一种颇具中国特色的新品种推广方式。抗虫棉推广时最主要的资金、人才来自国家的扶持项目，也有一部分由企业筹措、投资。中国种子的商品化在抗虫棉的推广和产业化过程中逐步形成。

郭三堆：“当时是全国上下一盘棋，上中下游机构和企业相互支持。全国有三四十家单位参与，每年有几千人为抗虫棉产业化工作。中国抗虫棉的研制和产业化成功，得益于国家立项支持，全国大协作。功劳归于大家。”

笔者：“具体的流程是怎样的？”

郭三堆：“我们提供杀虫蛋白基因和导入技术，棉花育种家将导入抗虫基因后的种质培育成品种。培育出抗虫棉新品种后要审核，这时国家配套成立了转基因生物安全评审委员会，制定了转基因生物安全评价标准。它使我们的转基因抗虫棉从一开始就在法规内运行，为抗虫棉产业化保驾护航。还要说一句，我们为什么要先申请单价 Bt 抗虫基因的专利，然后才把它转化到棉种里，就是要保护我们的知识产权——既不被外国人侵权，也防止国内不明真相的人说三道四。”

笔者：“您当时有这个意识还是相当前卫的，那时候国人的知识产权意识并不强。”

郭三堆：“这是美国人教我们的。我国当时想尽快引进抗虫棉，但他们要价几千万美元。他们在保护自己的知识产权。那么我们也应该培养这种意识，在保护知识产权上要当仁不让。我们刚才说到了品种评审环节，当时各级种子评审委员会对于抗虫棉新品种特别支持，成熟一个就评审通过一个，为抗虫棉的安全应用保驾护航。这里特别有趣的是，我们的抗虫棉新种质绝大多数是在海南岛培育并扩繁成功的。”

笔者：“如果没有海南南繁，会是怎样的呢？”

郭三堆：“没有海南这块宝地，那要慢得多，有了海南南繁，至少可以一年两代甚至一年三代，这是一方面。另一方面，按常规，新品种培育出来要到不同产棉区进行区域试验和审定，通过评审后再进入产业化。但我们的抗虫棉种依托的是多个地区的良种，只需检测它的抗虫性。因为抗虫棉种多在海南培育，所以这个品种审定会就在海南召开，不用多地往返，从而提高了效率。可以这样说，通过审定的抗虫棉品种几乎都来海南南繁过，海南对我国种业的发展以及保障粮食安全功不可没。”

笔者："中国抗虫棉的产业化借鉴了美国孟山都的经验吗？"

郭三堆："应该是有所借鉴，咱们中国人很善于学习。咱们抗虫棉的产业化比其他农作物的产业化要迅速，从根本上说是国家建立了产业化项目，拿出人力财力物力来推进，跟当初杂交水稻的推广有得一比。但是，杂交水稻那时候没有多少钱，靠的是老一辈农业科技工作者硬拼，另外就是行政推广一直下沉到乡镇。对抗虫棉的推广，国家只负责'上''中'两个阶段，'下'这一个阶段主要靠企业了。中国的种子公司到田间地头搞示范种植，比美国在中国的公司要接地气得多。另外，我们的种子有适应当地气候、土壤、水肥的基础，比如河北的种子加上我们的杀虫蛋白，就是装了一个杀虫'芯片'，当然适合在河北种植。我们的抗虫棉种子在适应性、多样性上远远优于美国的种子。同时，我们的价格也有优势。"

说着，郭三堆愉快地笑了起来，他说话声音不大，认真而专注："我跟赵国忠主任合作得很好。我们互为人梯，攀登良种高峰，培育了好几个品种。他现在的办公室就在我楼下，他退休后没回石家庄，照样研究他的棉花；我每年也在海南过四五个月，也是照样研究抗虫棉。"

四　夺回市场

抗虫棉的研发利国利民，但是也挡不住一些杂音：说什么中国的抗虫棉是盗版的；说什么美国人研究抗虫棉研究了多长时间，花了多少钱，郭三堆带着几个学生就把这一世界性难题攻克了，可信吗？面对种种质疑，郭三堆没有解释，“听见狼叫唤，还不上山砍柴了？”他琢磨的是怎样改进单价抗虫棉。作为严谨的科学家，早在单价抗虫棉培育之初，郭三堆就在实验中发现了单价抗虫棉仍存在生长后期抗虫性弱的问题。那么如何解决这一问题呢？他想：能不能在现有 Bt 杀虫蛋白的基础上，再增加一个杀虫基因，就算棉铃虫侥幸通过了第一道“防火墙”，也通不过第二道“防火墙”？那么，应该选用哪种毒素呢？他想到过马蜂的毒素，但考虑到安全性，放弃了。有一天，他在一份国外杂志上看到豇豆胰蛋白酶抑制剂（CpTI）的报道，灵感由此产生。1995 年，在中华农业科教基金会的支持下，郭三堆科研团队又开始了“双价 Bt+CpTI 抗虫棉”的研制工作。

郭三堆介绍说：“Bt 基因产生的晶体蛋白可迅速破坏棉铃虫的消化道，使其因‘肠胃穿孔’而死亡，但是到作物生长的后期，其抗虫性会减弱；CpTI 基因是我们做的第二道‘防火墙’，它可以产生胰蛋白酶抑制剂，控制棉铃虫消化酶的活性，以降低其对食物的消化能力，进而使其产生厌食症。同时还可诱导棉铃虫大量分泌消化酶，使其因代谢异常而死亡。这项研究进行了 3 年，1998 年双价抗虫棉研制成功并获得中国专利。”

笔者：“此时，双价抗虫基因依然是一种抗虫种质，还要将它转育到其他棉种中？”

郭三堆继续说：“这时候，我们找到赵国忠老师，他跟我同岁，1998 年他已经培育出声名远扬的‘冀棉 8 号’‘冀棉 17’和‘石远 321’。我们合作的项目就是把 Bt 基因和 CpTI 基因同时导入‘石远 321’之中，经过抗虫性生物鉴定和分子检测，证实抗虫基因已经存在，而赵老师和石家庄市农科所的任务，就是对这些材料进行选择和纯化，把它培育成一个新抗虫棉品种。”

1998 年秋天，赵国忠带着 297 棵具有双价抗虫基因的植株来到海南，开始了紧张的繁育工作。1999 年春天，赵国忠带着南繁成功的第一代新品系回到石家庄，进行第二个世代的选育。一个育种材料往往要经过 4 ～ 5 个世代，其性状才能稳定下来。

单价抗虫棉、双价抗虫棉，并不是将抗虫基因导入植株后就万事大吉了。郭三堆团队跟踪这些抗虫棉植株，从 1995 年就开始到海南南繁，在培育双价棉品种时更是积极跟进。不幸的是，在这个关键时刻，郭三堆查出了结肠癌。全家人心里都笼上了一层阴影，家里的顶梁柱要是倒下了，今后的日子该怎么办；郭三堆着急的却是，如果自己真的倒下了，抗虫基因转化为抗虫棉品种的进程肯定会迟滞，这么好的科研成果不能尽快转化为生产力就太可惜了，而且中国的棉植市场还将继续被外国种子侵占——据统计，到 1999 年，国外抗虫棉播种面积占我国抗虫棉播种面积的 95%。也许是这种焦虑的情绪影响了郭三堆手术后的恢复，手术缝合处有一个针眼总是难以愈合，处于溃疡状态。但是，尚未痊愈的郭三堆等不了了，抗虫棉第一批品种就要培育成功，与赵国忠团队合作的转抗虫基因“石远 321”也即将育成，他不能再待在医院里。于是，伤口还没有养好的郭三堆就出院了。一天，在棉田里，过量的劳作让他的伤口裂开，导致创面溃疡。伤口感染引发高烧，郭三堆被同事紧急送进医院，接受手术二次缝合。夫人心疼他，哭着责备他：“是棉花重要还是命重要？”他知道夫人是担心他，但是他们山西人崇尚关公，崇尚忠烈。“一个农业科学家，只有对农民有用、对国家有用才有价值。”这次出院后，郭三堆仍然直奔棉花试验田。

经过赵国忠团队 4 年艰辛的南繁北育，被命名为“SGK321”的双价转基因抗虫棉于 2001 年通过省级审定，2002 年通过国家级品种审定。郭三堆团队和赵国忠团队联合完成的这一成果，使我国成为世界上第一个成功研制双价转基因抗虫棉的国家。

2019 年 11 月，赵国忠在石家庄市农林科学研究院三亚育种基地带笔者参观他的棉花试验田。

当问到当年培育双价抗虫棉“SGK321”的情形时，赵国忠介绍说：“我最早是在 1977 年就来海南搞棉花南繁了。头几年，都是我一个人来海南做加代棉种培育。一根扁担挑两个包，一包是种子，一包是自己的东西。那时候的南繁人大多数是挑着扁担上岛的，只有湖南、四川这些地方的育种人是背着背篓来的。我那根扁担跟了我十几年。直到 1990 年，上岛的交通工具变了，可以坐飞机来了，我们才不挑担子。

“我培育的所有棉花品种都与海南这块宝地有关。‘石远 321’是一个种间三元杂交新品种，是跟中科院遗传所合作培育的。我们把海岛棉、野生瑟伯氏棉的优异性状，通过杂交导入陆地棉中，使陆地棉产生丰富的变异，从而产生了一大批不同类型的优异种质资源，我们从中培育出‘石远 321’。这些种质资源都是具有我国自主知识产权的。郭三堆老师他们团队选中‘石远 321’这个早熟、高产、稳产的品种作为双价抗虫棉的载体，把双价基因导入，我们负责选育和纯化，最后形成的新品种叫‘双价抗虫棉 SGK321’。它于 2001 年通过省审，2002 年通过国审。

“2001 年通过省审就可以种植了，结果 2001 年一下就推广了 10 多万亩，2002 年更是遍地开花。那真是‘SGK321’种到哪里，哪里的棉花就丰收。从此打破了美国人对我国抗虫棉种子市场的垄断。后来，我们的‘SGK321’推广到河北、河南、山西、山东、江苏、湖北、湖南等地，取得了良好的经济效益和社会效益。

“我们都是亲历者，看着美国公司的抗虫棉种子占领了我们的种子市场。我们的抗虫棉上市前，地里种的都是美国棉种。后来，我们的抗虫棉种上市了，特别是双价抗虫棉上市后，因为我们的种子抗虫性强，品种更适于本地气候条件，少用农药，少花人工，一亩地可以节约 10% ～ 15% 的成本，农民是最会算账的，所以美国公司再怎么推销他们的种子也没用了，棉农照样会选我们国产抗虫棉种子。到了 2004 年，河北基本上已经没有美国的抗虫棉田了。”

据郭三堆介绍，中国农科院生物技术研究所又与中国农科院棉花所、江苏省农科院遗传生理所、山西省农科院棉花所、山东棉花研究中心、安徽省农科院棉花所、河北省农林科学院棉花所等多方合作，通过选用适应不同棉花生态种植区的棉种，进行单价、双价抗虫基因导入、转育，培育出适于不同产区的抗虫棉种，使国产抗虫棉产业迅速崛起。这项全国多家单位合作的项目——“棉花规模化转基因技术体系平台建设及其应用”在 2005 年被授予国家科学技术进步奖二等奖，李付广、喻树迅、郭三堆、倪万潮、吴家和等为这一项目的主要完成人。

“棉花抗虫基因的研制”这一总项目涵盖了国产“单价 Bt 抗虫棉”项目和“双价 Bt+CpTI 抗虫棉”项目。该项目于 2002 年获国家技术发明奖二等奖，郭三堆、倪万潮、范云六、贾士荣、崔洪志为该项目的主要完成人。

国产各品种的抗虫棉，转战我国各大产棉区，与美国孟山都公司展开激烈的拉锯战。国产抗虫棉 2002 年占国内抗虫棉市场份额的 43.3%，2003 年占 53.9%，2009 年以后，国产抗虫棉种植面积占全国抗虫棉种植面积的 96% 以上，以绝对优势夺回了市场。自此，美国抗虫棉品种基本退出我国市场。

在这场关乎国计民生、种子安全的棉种大战中，中国的抗虫棉完胜！

郭三堆在接受笔者采访时说："'中国的饭碗要装中国种子'，虽然我们搞的棉花不是粮食，但是道理是相通的。在吃饭、穿衣这些基本问题上要牢牢把握主动权，在种子问题上也要牢牢把握主动权。"

五　藏技于种

抗虫棉是我国农业的"先锋作物"，是国产转基因农作物产业化的代表，它和中国的杂交水稻一样，代表我国农业高新技术走出国门，为我国在激烈的国际种子大战中占据了一席之地，也惠及"一带一路"沿线国家。

藏技于种——增加种子中的技术含量，使之更有利于农业生产，更节约劳动成本，更有利于生态保护，是科学家们不断追求的目标。

国产抗虫棉逐步占领中国抗虫棉市场之后，郭三堆团队将研究的重心转移到对三系抗虫杂交棉的研究上。科学家奔跑的脚步没有停止。1998 年，郭三堆团队与邯郸市农科院马维军合作，利用杂交优势，开始研究三系抗虫杂交棉。他们采用与育性相关的分子标记辅助选择育种技术，快速选育出稳定的恢复系和不育系，并导入抗虫性状，培育出配合力高的抗虫不育系和恢复系，完成了杂交抗虫棉的三系配套，并且建成了“三系杂交抗虫棉生物育种技术体系”。这个体系将基因工程技术和杂种优势利用相结合，攻克了棉花育种领域抗虫与高产难以结合的世界性难题，成功地创建了高产量、高纯度、高效率、大规模、低成本、能够直接应用的转抗虫基因三系杂交棉常规育种与分子育种相结合的新体系，具有明显的创新性，整体技术水平居国际领先地位。利用该体系生产杂交种，制种效率和产量比去雄杂交制种提高 40% 以上，制种成本降低 60% 左右。

“转抗虫基因的三系杂交棉分子育种的方法”，2009 年获得国家发明专利，2014 年荣获国家知识产权局颁发的中国专利优秀奖。2011 年，“三系抗虫棉生物育种技术体系创建及应用”荣获中国农业科学院科学技术成果奖特等奖。据统计，转抗虫基因三系杂交棉在推广应用后，平均每亩增产 25% 以上，直接增收超过 48 亿元。

草害每年给我国造成的经济损失约占粮食产值的 13%。2010 年，郭三堆团队与同所的林敏团队合作，开始了双基因抗草甘膦除草剂棉花研究。2012 年，双基因抗草甘膦除草剂棉花在国内首次研究成功，抗除草剂能力达到生产用量的 5 倍以上。2014 年，“一种含有草甘膦抗性基因的表达载体及其应用”获得国家发明专利。为了更好地保护知识产权，他们成功研制了分子标记鉴定体系。2016 年，“鉴定双价抗除草剂基因棉花 GGK2 分子标记及应用”获得国家发明专利。为了今后在产业化过程中更好地维护和规范市场，打击假冒伪劣产品，为双基因抗草甘膦除草剂棉花大规模产业化保驾护航，他们又成功研制了快速试纸条鉴定体系。2017 年，“GR79-EPSPS 的单克隆抗体试纸条及其应用”获得国家发明专利。目前，双基因抗草甘膦除草剂棉花已经获得安全生产试验证书，为产业化打下了很好的基础。

目前，郭三堆团队在抗虫抗除草剂双抗棉花、高产优质双抗棉花、机采双抗棉花等项目的研究上也取得了新的进展。棉种的“芯片”里，科技含量越来越高。

20 多年的抗虫棉种植、推广，10 多年的三系杂交抗虫棉推广，已使国产抗虫棉成为现代生物技术应用于我国农业生产的先锋作物，也为其他农作物的生物育种和产业化提供了示范。

又一个深刻的变化是，据国家统计局数据，2020 年我国的棉花总产量达 591.05 万吨，其中新疆的棉花总产量达到 516.08 万吨，约占全国棉花总产量的 87%。2020 年，全国棉花播种面积为 3168.91 千公顷，新疆棉花播种面积达 2502 千公顷，也就是说棉花种植经过 20 多年的逐步西移，为我国东中部地区腾出大量土地种粮食等其他农作物，为国家粮食安全提供了用地保障。

棉花种植西移必须要有适合新疆气候、土壤的棉种更新换代，棉花育种家们便通过分子育种和传统育种相结合的方式不断培育新品种，这同时也标志着育种技术从 2.0 时代向 3.0 时代进发。现在，育种家的育种路线也变为：分子实验室→育种家所在地→海南南繁基地。郭三堆、赵国忠以及新一代的育种家们，不是在分子实验室，就是在育种试验田。

2020 年 11 月，笔者在北京预约采访郭三堆，但他说忙得抽不出时间，过两天就去海南南繁了，到时再采访吧。于是十几天后，笔者在海南南滨农场场部见到了郭三堆。海南南滨农场为支持郭三堆团队和赵国忠团队的南繁科研，腾出两个半层给他们使用，海南当地对南繁科研的支持可见一斑。

那天，郭三堆讲述他在法国巴斯德研究所做访问学者的故事，充满了科学家的机智和幽默。可书可写的故事很多，但在本书完成之际，郭三堆建议删除这些故事性的文字，他说："科学家最好就是搞科研，拿科研成果说话，其他的不重要。"他在审读完稿件后还提出，任何虚构的、抒情的都不必要。郭三堆再三说："中国抗虫棉及其产业化是大家的功劳，我只是设计了抗虫基因，后面有很多单位和个人投入到这项工作中。所以，千万不要拔高我。"

在对南繁人的采访中，笔者无数次地感受到，很多科学家和郭三堆、赵国忠都有着相同的气质。他们为国家、为人民作出了巨大贡献，但依然这样谦逊和质朴，依然秉承着一是一、二是二的科学精神，他们的全部心思都用在为农业生产增加科技含量，不断地用科学技术解决农业生产中的实际问题上。对他们的采访，不仅在于对其治学精神的体察，也在于对其人格力量的感悟。

藏种子芯片于吾园

一　种质资源

在海南三亚崖州区，坐落着国家种质三亚野生棉圃（简称野生棉圃）。它是我国46个国家级农作物种质资源库之一，隶属于中国农科院棉花研究所，始建于1982年底。全园面积80余亩，其中野生棉、近缘植物、半野生棉、种间杂种、工具材料、自然突变材料和人工诱变材料等7个棉花专业种质圃共占地20亩。

2020年8月，笔者来到位于河南安阳的中棉所，采访野生棉研究课题组组长刘方。他介绍说："目前，世界上主要有两个野生棉种质圃，一个是美国在墨西哥建的野生棉圃，另一个就是我们三亚的这一座。

"野生棉圃建设之前，我们中棉所南繁时'居无定所'，经常'打游击'。野生棉圃所在的这块地，在当年是一个废弃的斜山坡。1982年，我们中棉所从当时的崖县良种场将其长期租下来并逐年开垦，现在已经是我们的永久性南繁用地。从那以后，老一辈育种家从国内外收集的野生棉材料，就种在这块地里。刚开始苗少，只划出几亩地作为野生棉圃。

"20世纪80年代那会儿，30年代出生的那一代专家还年富力强，正是出成果的时候。汪若海老所长、徐成就这些老专家们为野生棉圃作出了很大的贡献。中棉所原副所长王坤波，大学毕业就分配到中棉所，随即着手筹建野生棉圃，把毕生的精力都献给了野生棉。可以说，正是因为有了那一代专家的远见卓识，才能在当时没有专门项目经费的情况下，凭着专业精神，凭着对后代负责的态度建立起野生棉圃，为今天的建设打下了坚实的基础。”

笔者有些好奇，问道：“当时的种质收集工作是自发的？”

刘方认真地想了想，说：“就像一个音乐家去采风，听到的民歌、地方戏，有用没用都把它搜集起来。我们棉花科研人员也是这样，看见野生棉活体就把它搜集起来。因为对于资源专家来说，有了资源才能育种。当时还看不到野生棉种有什么用，因为当时分子生物学才刚刚起步，大部分传统育种家还没有意识到野生棉的重要性。但是凭着职业本能，他们知道收集、整理野生棉是造福后代的事，所以又不完全是自发的，我们毕竟是棉花研究的‘国家队’，肩负着收集、保存野生棉种质资源的使命。”

野生棉圃作为种质资源库的开发利用情况如何，也是笔者所关心的。刘方说：“我们园中种的达尔文氏棉就是《物种起源》的作者达尔文发现并命名的野生棉，它有耐盐、耐旱、耐贫瘠的基因，我们课题组目前正在把达尔文氏棉的优良基因转育到陆地棉中，希望在不久的将来培育出适合新疆的气候和土壤的优异棉花新品种。”

“我在新疆采访时，见到新疆农科院的试验田里，有一种彩棉正在参与区域试验，它跟野生棉有关吗？”笔者问。

“对！这正是我们团队开展的彩棉育种项目。”中棉所品种资源研究室主任杜雄明正是彩棉研究的开创者。

刘方和杜雄明给笔者讲述了飞行半个地球寻访、收集野生棉种质的故事。这些故事充满了传奇色彩，但在本书中，笔者更关注他们在国内收集、整理野生棉种的故事。

二　孤岛寻棉

2012 年 5 月，国家科技基础性工作专项“我国西南边境地区棉花种质资源考察和收集”项目启动，将在 2012 年 5 月至 2015 年 5 月对我国西南的中越、中缅、中印、中巴边境地区，以及海南、台湾沿海滩涂等地进行棉种资源广泛调查，旨在了解我国边境的棉花遗传多样性富集与分布情况，抢救性发掘、收集、保护我国的濒危棉花地方品种资源，丰富我国棉花的遗传多样性。项目由中棉所、南京农业大学、江苏省农业科学院经作所、湖南省棉花所等 7 家单位共同参与，中棉所品种资源研究室杜雄明主持该项目。

我们国家历来重视基础科研工作。所谓大国担当，收集、保存地球上棉属所有野生棉、地方种、栽培棉的种质，也是一种担当吧。

2015 年 3 月，杜雄明主持的这个项目已经接近尾声，但是他们还有一个地方没有走到——海南省三沙市所管辖的岛屿，野生奇异物种往往存在于人迹罕至的地方。19 世纪 30 年代，英国博物学家达尔文乘坐“小猎犬”号环球航行过程中，中途曾停靠在加拉帕戈斯群岛。他被群岛所特有的 400 余种生物吸引，进行了一个多月的考察研究，受此启发写出了举世闻名的《物种起源》。达尔文通过对比该群岛物种与南美大陆物种的相似性与差异性，最终得出了在当时惊世骇俗的进化论。加拉帕戈斯群岛是达尔文的“灵感缪斯”——岛屿，特别是人迹罕至的岛屿往往能引起生物学家、农学家探索的欲望。杜雄明他们从立项开始，每年都提交到三沙市永兴岛进行科学考察的申请，但一直没有成行。

2015年3月的一天，杜雄明和队友小刘正在野生棉圃里忙活，突然接到一个电话，通知他们可派两人到三沙考察，当天下午赶往三亚港乘补给船前往永兴岛。

“终于等到了！”杜雄明兴奋地一跺脚，立马收起地里的活儿，打点行装。

“面包、瓶装水、长裤、长袖、帽子、防晒霜，没有的就去买。”杜雄明嘱咐小刘做好出发前的准备。

他们一点也不娇气，2014年在西藏考察棉种资源时，身上被紫外线烤得脱了层皮。“脸上好像贴了补丁，新皮和旧皮斑驳。”他如此自嘲了一个月。

“三沙方面怎么就批准我们登岛了呢？”小刘问道。

“我讲了我们在西藏的故事，可能打动了他们吧。”

他俩从试验基地走到公路上，伸手拦了辆出租车。坐到车上，憧憬着期待已久的三沙永兴岛考察，平时并不爱说话的杜雄明不禁打开话匣子，说起“革命家史”：“我第一次来海南南繁，王坤波开着拖拉机到崖州来接我，我站在长途汽车站都惊呆了。”

小刘笑道：“我听王主任说过，农业部副部长考察棉田坐的也是拖拉机。真豪迈！”

杜雄明：“我听汪若海所长说，他第一次来海南南繁，是当地农场的小伙子赶着牛车去接的。汪所长第一次南繁是 1959 年，我还没出生呢，更别说你了。”

小刘神往地说：“真豪迈！”

杜雄明：“现在的条件真是好了，咱都能坐出租车赶往码头了，还能坐大吨位的补给船去海岛上考察，汪所长他们年轻时可不敢这么想。不过，我们在西藏的经历也很豪迈。”

傍晚时分，杜雄明两人坐上从三亚市驶向三沙市永兴岛的补给船。他们得到通知，次日下午 5 点必须乘补给船返回。

刚上船是兴奋的，免不了在甲板上逗留很长时间。天色慢慢黑下来，陆地在被一点一点推远，远到只剩一个轮廓，后来，连轮廓都没有了。

“你说渔民得有多大的胆量，把自己的命就搁在一条船上，这船要是大船也好，过去也没多少大船，大多是小船……这在船上的感觉，跟看电影完全不一样啊。”小刘是“八〇后”，有着跟杜雄明完全不一样的成长环境，他的联想总离不开电影。

“实际上，咱们在贵州、在西藏，把自己交给一辆车，跟这也差不多。别多想，小伙子。”杜雄明说完，便拍拍小刘，回到船舱。事实上，在这狭小、幽闭的船舱里，杜雄明感觉自己像是上了太空舱，只有这个太空舱是可依靠的，舱外就是茫茫太空。从舷窗望出去，四周一片漆黑，船在一片混沌的深蓝色和黑蓝色中航行。手机信号也没有了，仿佛与世隔绝。

后来，海上的风越来越大，风掀起浪，大船像秋千一样忽高忽低地摇摆。预料中的晕船如期而至。

他们上午 10 点从基地出来就没吃过东西，就是担心可能晕船。怕什么来什么，小刘好像要把胃里的水都吐出来，甚至出现耳鸣，差点昏迷过去。

“小刘，我认为我们应该吃点东西。”

“杜老师，吃了还是吐，还是不吃吧。”

“不吃的话，明天下船干不了活儿。”

“我还是先睡一觉，到天亮时再吃吧。”

杜雄明想了想，认为也对，如果一夜不合眼的话，在永兴岛的烈日下寻找野生棉，恐怕人会中暑昏倒。

“那就先喝半瓶水，不要造成身体缺水，毕竟年过半百了呀！”

接下来，52 岁的杜雄明不得不与摇晃的床板作斗争。当然，他还担心小刘从高架床上铺掉下来，他用绳子绑住小刘的腰带，另一头拴在护栏上。可第二天凌晨，船一个摆尾，把他从床上甩了下来。船舱里另一个在高架床上铺睡的人，被直接从上铺甩到地面上，摔得咚咚响——这是一位摄影记者，他夜里睡觉把相机绑在护栏上，船这一甩，相机没甩掉，人甩下来了。

杜雄明见小刘还昏头昏脑睡着，便自己走出船舱。天空正在慢慢明亮，太阳出来前的大海和天空，青蓝得就像最纯净的女孩儿。

接着，太阳出来了。当太阳一半在海水里，一半披着红霞被海水托出时，这一个平时很少抒情的男人，眼睛竟有些湿润。这恐怕是他平生见到的最壮丽的日出，那火球仿佛就在不远的地方，似乎船稍稍向东转舵，就能冲进太阳的光环里去。

“看到这样的海上日出，昨晚受一晚上罪也值得！”不知什么时候，小刘已经站在了他的身边。

“这就是咱们这些老家伙风里雨里舍生忘死地去找种子的乐趣。”杜雄明笑着调侃道，“光看见日出只是幸福的一半，找野生棉种子才是我们此行的目的。目的比感受更重要。”

“我的脑袋都快炸了，比脑震荡还脑震荡。”小刘说，“我真想上岸睡一觉。”

“在岛上我们只有 8 个小时，这是场硬仗。”

“我希望在找到种子的同时，最好能见到海龟和海龟蛋。”小刘说。

“希望能发现蓬蓬棉，”杜雄明说，“现在要找到蓬蓬棉的种子太难了。你赶快去吃点东西，我去找船员问问，先了解情况。”长期的野外考察，让杜雄明深知从知情人那里获得信息的重要性。

一个小时后，船在永兴岛码头靠岸。杜雄明和小刘走下舷梯，两人走路就像企鹅一样，两边晃。小刘又吐了一次，把刚刚吃下的东西全吐了出来。杜雄明脚下踩着码头坚实的土地，习惯性跺跺脚，让那种踏实感重新回来。

“我有种从太空回到地球的感觉。”小刘嚷嚷道。

“小刘，你试试跺跺脚可能会好点。要么盯着一个目标，让神志收一收。你是休息一会儿呢，还是开始干活？”

“干活吧！我估计到中午再干，能把咱们晒脱一层皮。”

“对，防晒霜！咱俩的距离要保持在 100 米之内，至少要能看到彼此。全岛除了建筑物，剩下的，看看咱们能找到什么。”

所谓采集种质，没有什么特别的，就是凭着一双内行的眼睛，两条特别能走路的腿，剩下的就是耐高温或耐低温、耐高湿或耐干燥和耐饥耐渴的本领。

杜雄明还是让小刘先休息半小时，镇定一下他被船晃晕的大脑，自己先开始“地搜”。他绕开已经人工开发的中心地段，向岛屿的边缘走去。“小刘，我向左手边走，你一会儿跟上。”走出几步，杜雄明也吐了，但吐出来后整个人感觉好多了。

“达尔文坐‘小猎犬’号航海 6 年，我们坐一夜船就吐成这样，真不应该。不过，如果再坐几天船可能也就适应了。”杜雄明有一年在三亚南繁基地读过《达尔文传》，他时常会想到达尔文在加拉帕戈斯群岛的发现，以及据此写下的《物种起源》。同理，他们为一颗种子翻山越岭、吃苦受累，也是想能找到几个棉种资源并保存下来，也是想为人类保存一些物种。

很快，小刘跟上来了，拿个棍子东扒拉扒拉，西扒拉扒拉。“咱俩像赶蛇一样。”小刘说。

“不能打草惊蛇，还是在必要时再扒拉吧。”

乌云来了。海边的水珠被风吹到他们身上。

接着雨来了，他们躲在椰子树下。好在雨也就下了十几分钟。雨过天晴，他们穿着湿衣服，暴晒在永兴岛的烈日下，衣服上很快晒出了盐花。

杜雄明和小刘在岛上寻寻觅觅了 6 个小时。在西沙海洋博物馆，困得坐在地板上睡着了。当管理员推醒他们时，他们表明身份并说明上岛的意图。对方立马就说：“我们种的西红柿总是不结果，请帮忙去看看。”在管理员精心打理的一畦菜地里，他们发现了一棵野生棉。

“你们找这个干啥？”管理员问。

“拿回去研究。”杜雄明半是开玩笑地说。

“你们找这个呀？医院那边有棵大的，我带你们去看看。”

“哦，走呀！”杜雄明心里猛地一震，凭着某种直觉，他感觉到有个大发现等着自己。

这位管理员带着他们来到岛上医院，在医院围墙的一角，一株植物正在开花。

“蓬蓬棉！是蓬蓬棉！”杜雄明跑了起来。跑到跟前一看，不由得哈哈大笑，道：“踏破铁鞋无觅处，你却在灯火阑珊处。就是你了！”

“蓬蓬棉！四季棉！一年四季开花棉！”小刘说起小快板。

后来，他们又在海滩、树林、草丛以及废弃设施场所等处都发现了蓬蓬棉。这些蓬蓬棉有的经过多年生长，植株主茎已如手腕粗；有的刚发新枝；有的开着白色或乳白色的花朵；有的棉桃已经争先吐絮……他们果然来到了一个海岛型植物宝库。

这次特殊的旅行，他们一共采摘了 20 多个不同类型的蓬蓬棉。

后来，杜雄明团队将这些蓬蓬棉与同事和朋友在其他地方找到的蓬蓬棉种在三亚大茅基地，并利用遗传学和全基因组关联分析等方法，系统地研究了这些蓬蓬棉，揭示了其进化地位，为拓宽陆地棉遗传多样性提供了理论依据和材料基础。通过分析蓬蓬棉、中美洲半野生棉和现代栽培种群体的基因型，他们发现蓬蓬棉是一种相对古老的陆地棉半野生棉，可能是数百年前地理大发现时代随全球贸易商船或洋流运动传入我国境内的。群体比较结果表明，蓬蓬棉基因组上携带的一些特殊单体型区段，与中美洲陆地棉半野生棉和现代栽培种均存在差异，这些染色体区段对重新认识陆地棉在我国的引进和驯化历史，进一步拓展现代栽培陆地棉的遗传多样性具有重要意义。

2022 年春，笔者再次见到杜雄明，他劈头就来了这么一句：“棉花在受到盐胁迫后产量会严重下降，蓬蓬棉能长期生活在高温、高盐地区，说明其可能含有抗盐碱基因。目前我们团队已将采集来的部分棉种在中棉所三亚南繁基地进行繁育，通过对‘海南蓬蓬棉 × 陆地栽培棉’的遗传连锁图谱等进行研究，期待能解析其抗盐碱机制，并培育出抗盐碱的新品种。”

蓬蓬棉，三亚野生棉圃，抗盐碱新品种，三者就这样联系起来！

笔者不禁想探询杜雄明一行前往三沙科考的“敲门砖”：“我还是好奇，7 年前您讲了什么故事打动了三沙市的领导，让他们马上安排你们去永兴岛科考？”

“往事不提也罢，我们搞科研的不在意遇个险、生个病，我们在意的是科研过程和科研目的。”

“您还是透露一句吧。”

“讲了一下那次在西藏科考的经历。迷路了，低温、黑夜、悬崖，海拔 5000 米，各种危险因素交织在一起，我们陷入了绝境。每个人都在手机上写好了交代家里的话，我的手几次放在‘发送’键上，屏住呼吸，等待命运的安排……当然最终没有发出。”

笔者倒吸了一口气：“我自己去过西藏 7 次，我知道那是怎样一种情形。俩字：豪迈！”

多年来，中棉所品种资源研究团队上高原下海岛，深入荒郊野外，纵横千万里，足迹遍及 50 多个国家，先后收集棉花种质资源 1.1 万份——这里面既包括栽培棉也包括野生棉，既包括种子也包括活体。在此基础上，中棉所建立了现代种质资源鉴定评价平台，引领了全国棉花种质资源基因组学和彩色棉育种学的发展。

夯实南繁底座的底座

中国种子协会会长张延秋曾说：如果说南繁托起了中国粮食安全的底座，那么底座的底座就是海南岛南部这块26.8万亩的南繁土地。我们这本书基本上都在讲种子的故事、育种的故事，实际上，我们还应该讲讲这块处于北纬18°左右的，贯穿三亚、陵水、乐东三市县的土地的故事。26.8万亩南繁土地上的故事很多。2022年春，在三亚，我们走进中棉所的野生棉圃。

一　野生棉圃

全世界迄今已经定名的棉属共有49个野生棉种和4个栽培棉种，三亚野生棉圃常年宿生保存约900份材料，涵盖棉种44个，为棉属全部棉种的80%以上。该圃面向全国提供实验材料，是我国野生棉研究的资源材料库。

种子是农业的“芯片”。种子的“芯片”是什么呢？是种子内部的基因密码。中棉所所长李付广向笔者介绍了这个棉圃的科研价值：“藏有全世界超过80%的野生棉、栽培棉的基因密码，是棉花种子改良的源头性育种材料。”

它所发挥的作用也是惊人的。据刘方介绍：“该圃在棉属分类、起源与演化等基本理论研究方面发挥了良好作用，是我国棉花基础研究的素材源头，也是我国棉花基础研究和应用基础研究的主渠道，促成了 31 项科技成果获奖 38 次，500 余篇科技论文，100 余篇研究生学位论文。”

笔者慕名参观了野生棉圃，眼前的各种野生棉拓展了笔者对棉花的认知。我们常见的棉花是栽培棉，是人类对原始棉种利用和驯化的结果。棉属的种更多的是野生棉。这些野生棉有的足足有五六米高，比如雷蒙德氏棉、艾克曼棉等；有的几乎匍匐在地，如圆叶棉、杨叶棉等；有的花开得非常漂亮，可以作为观赏植物，比如澳大利亚的斯特提棉，当地人叫它沙漠玫瑰，是其原产地澳大利亚北领地的区花；还有的棉絮是棕色的，比如达尔文氏棉。在野生棉圃里，笔者看到了一棵十几米高的大树，那是棉花的“亲戚”，即棉属的近缘植物，叫杨叶肖槿，也属于野生棉种质资源范畴。这棵树枝繁叶茂，成了所有来野生棉圃参观的人必看的“网红树”。这是野生棉圃现有的模样，那它当初是什么样呢？时间还要回溯到 40 年前。

1982 年，中棉所在崖县良种场获得了一个长期、稳定的南繁育种基地，主要用于棉花育种南繁，也用于野生棉材料的种质保存。

这年的 11 月，刚刚分配到中棉所工作的大学生王坤波，由汪若海带来这里，承担一项有别于其他育种家的任务：着手建立野生棉种质圃。

事实上，这块当初叫“野生棉种植园”的土地还是一片荒地，除了杂草什么也没有。中棉所借了几间平房作为生活用房。与其他南繁人员秋天来播种，第二年春天收了种子就走的业务路径不同，王坤波成了“留鸟”，一年四季都在这里工作。带他来海南的育种家汪若海，早在 1959 年就来过海南岛南繁，是有记录的最早到海南南繁的科技人员，后于 1989 年出任中棉所所长。王坤波记得，汪若海总是待在宿舍里学英语、翻译文献，一刻也不浪费。汪若海还时常对他说，南繁工作大部分时间是在田间劳作，但是也有大把的自由时间。长年在此，不能荒废了时间，要有主体科研方向和阶段性目标。王坤波明确表示自己的研究方向就是野生棉的收集、保存和利用，汪若海肯定了他的想法：“你还年轻，开展野生棉研究，就像野生棉自身具有无限的种质潜力一样，是会大有作为的。”

王坤波就这样在野生棉圃待了下来。来年 4 月，育种家们都走了，育种材料都收了，留在基地的就剩他和两个工人。土地，除了一小块种野生棉，其他大都“闲置”了。他反倒是有时间专心致志养护那些从世界各地收集的野生棉，并且开始学习相关知识。王坤波对笔者说，他上大学前当了 3 年多的农民，农村里所有的农活基本都会干。两名工人在挨着宿舍的地方种了点蔬菜，还从旁边的黎族村寨讨来几棵木瓜苗种上。为抵御每年都要“搞个几场”的台风，王坤波给野生棉育苗、移栽，储备更多活体植株。

中棉所计划建设南繁基地的工作起始于 20 世纪 70 年代末期，80 年代初确定在崖县的这个良种场。1985 年得到当时的农牧渔业部正式批复，明确为科级事业单位，1994 年升格为处级机构。

1986 年冬季，王坤波主持种植园的管理工作，过着一种类似“农场主”的生活：在南繁季到来前，他们先要把土地耕一遍，耙一遍，起好垄，开好沟，以待育种家到来；南繁季 5 个月，他要操心水、肥、农机以及育种人的吃住行，还要兼管着野生棉圃；南繁季后，除了管理野生棉圃，还要加强基础设施建设，比如说兴修水利。

在这个种植园，最头疼的是用水问题。海南岛冬季就是旱季，特别是三亚一带，南繁季节降水量很少。三四月份，快要成熟的南繁棉花需要大量灌溉，但此时太阳毒辣，雨水稀少，加之坡地上的种植园没有水渠，所以用水问题十分突出。科研人员只得到坡地下的小河沟里拉水浇灌。当时，所里有人说，如果继续这么缺水，这个基地就没有保留的必要了，不如另外再找一块地——毕竟在 20 世纪 80 年代，南繁用地还不算十分紧张。

王坤波在这块坡地上不知转了多少圈，看见过几个废井留下的"窟窿"。

"这山坡上打不出水，别费劲儿了！"基地的老一辈管理人员告诫王坤波。

王坤波望着这块从 20 世纪 70 年代就由汪若海等老一代育种家共同选定的、已经使用了近 10 年、培育过"中棉所"系列多个品种的土地，心想如果放弃了，就好像把传统中断了。更糟糕的是，园子里来自世界各地的野生棉植株多是多年生种，如果移栽，势必会对它们造成损坏，甚至导致毁灭性破坏。

解决用水问题，已经到了刻不容缓的地步。

王坤波决定去找专家，专业的事要由专业人士来办。他从三亚来到海口再到云龙，找到地质勘查大队的水文专家，邀请技术人员到基地现场勘查。专家勘定坡田洋小河沟附近应该有水，可以打井。

时值 1986 年，海南还没有建省办经济特区，许多现在看起来平常的事，在当时却很难推动。比如说，打井在当时要“计划调控”，还要到政府申报。结果是这边棉株旱得要死，不得不拉水浇地，那边“计划”还批不下来。

当然，打井申请最终还是批下来了，地质勘查队的设备也到场了，井打到第 13 天就出水了，打到第 15 天，抽上来的水喷涌而出。王坤波高兴坏了，看着“突突突”往外喷的水，他想：这一园的野生棉这下可以喝个饱啦！

水来了，矛盾也来了。当初在签租地合同时，良种场要求中棉所给他们打一口井。现在，良种场要求水抽上来后，先接到他们的管道，再由他们分配用水给中棉所种植园。

“没有的事！”王坤波有那么点虎劲，敢想敢干敢担当，“我们打的井，主动权必须在我们手里！我们可以给你水，但前提是必须保证我们的科研用水。我们地里种的是科研材料，是从世界各地收集来的野生棉植株，你们想想哪个重要。”

王坤波着手铺设水管，引水上坡。管道要经过附近拱北村十几户农民的田块。王坤波就带上合同带上钱，一家一户做工作、签合同。在不厌其烦地解决一个又一个问题之后，他才通知工程队挖沟，铺水管。

“南繁就是难、烦，又难又烦。”王坤波接受笔者采访时说，“育种反而很单纯，跟植物打交道就行了。跟人打交道，就会有各种矛盾。但是，为了给育种家们提供一个舒适、便利的育种环境，总得干这些又难又烦的事。”

王坤波从小河沟边向山坡上一望，坡度还真不小，把水抽上水塔，再流下来，配套挖好水渠，那就成“自流渠”了，只要一打开水闸，水就会自动浇灌棉田。工程就是这样干的，也成功了，王坤波终于笑了。虽然种植园是公家的，但是他就像经营自家的一样用心。

二　U 形规律

1996 年，王坤波在种植园打了两口井，在基地的四周垒起了围墙，在 80 亩的坡地上开垦出了 50 亩耕地。耕地状似梯田，有的两块地上下高度差三四米，田埂做成石墙护坡，远远看上去像小长城。至此，整个种植园才给人以特别的安全感和家园感。王坤波动手能力强，会驾驶多种机动车，包括拖拉机、汽车，还会使用各种农机具。他不仅负责管理这块土地、水源、南繁人员的食宿行等，还负责种棉的田间管理；不仅栽培、养护野生棉，还拓展了一项新业务——代理南繁。

起因是王坤波就读华中农学院（今华中农业大学）时的老师，由于身体原因不能到海南搞棉花南繁育种。老师信得过自己的学生，就把棉花材料寄给王坤波，让他代为南繁，等收了种子之后，再寄回去。来年 4 月，他的老师收到种子后，从科研经费里划出一笔支付给种植园。这是他给种植园带来的一笔收益。虽然种植园为中棉所下属事业单位，但是他们也不能什么都“等靠要”。因此，他试探性开展了代理南繁这项科技服务业务。

第二年，老师又将育种材料寄给王坤波，同时也向华中农学院的其他老师介绍了王坤波。一个新的南繁方式初见端倪：代理南繁——包括全程代理和部分代理。而种植园也逐步摸索出一种适合南繁基地的管理模式：对内，实行事业单位型管理；对外，收费代理南繁。

由此，王坤波带领自己的团队开始了一种新的、有规律的南繁工作程序：每年的 9 月到来年 4 月，他们的工作是整地、灌溉，等待育种家们来租地、育种，并帮助他们做田间管理；或者接收代理南繁的材料，下种，田间管理，杂交，收种，寄出。同时也接待非棉花专业的育种家进园做试验。他们还收集育种家留种之外的棉花，卖皮棉创收。每年的 5 到 9 月，他们会将卖皮棉、代理南繁的收入投入农业基础设施建设或添置农具。王坤波自嘲就像个“农场主”。

他们摸索出的这一套南繁管理思路和方法，现在也为经营南繁土地的公司所效法。当然，后者从事的是纯粹的经济活动。王坤波他们与这些公司的区别在于，他的团队始终坚持搞科研，他们精心管理的野生棉圃始终免费对国内科研院所开放，在科研院所提出申请的情况下，还会免费提供野生材料的枝、叶、茎、种子等。

据不完全统计，截至 2009 年底，全国近 190 个单位约 3280 人次在此基地进行了棉花代理南繁。在代理南繁的过程中，王坤波主持开展了棉花生育期生长规律的研究工作，发现了南繁棉花的 U 形发育规律，为棉花南繁生育期调控，形成一系列田间管理技术方法奠定了理论基础。

2022 年春，笔者采访王坤波时，他具体讲述了从 26 岁就开始的、延续了 30 年的驻扎南繁的科研收获。王坤波早期的南繁生活是“驻扎”形式的，长期工作和生活在海南基地。

在代理南繁时，王坤波团队开展了南繁棉花生育期试验。他特意强调“南繁棉花”这个词，旨在强调同一种棉花种在河南和种在海南是不一样的。王坤波团队要摸索、总结的是：种在海南的南繁棉花的生育规律以及配套的管理技术。

在一年又一年的实践中，王坤波团队发现了南繁棉花生长发育速度是两头快、中间慢，呈典型的U字形，即他们口中的U形发育规律。从南繁棉花播种的当年10月到收获的翌年4月，气温会由高到低再升高。这与黄淮海地区从下种到收获，气温曲线两头低中间高有很大的不同。由此，他们发现了U形发育规律，进而在南繁棉花生育期内，采取不同的田间管理配套技术。

棉花是一种生育期较长的作物，生育期较短的水稻、玉米、大豆等区别较大。南繁棉花冬季生长发育呈U形规律，与在内地产棉区种植的棉花恰好相反，田间管理差别很大。他们在长期研究的基础上完成的“南繁棉花的生育规律和关键技术研究”项目于2010年获得海南省科技进步奖一等奖，这是南繁作物田间管理的首个省级获奖项目。

三 南繁担当

20世纪80年代末我国棉铃虫大暴发，棉花产业遭受严重损失。作为棉花科研“国家队”的中棉所没有置身事外。在国产抗虫棉研制出来之前，中棉所率先搞了一次大型行动：集中全所育种家手里的抗虫棉种资源，扩租土地，分4轮播种，突击扩繁制种，以解棉农燃眉之急。王坤波团队是承担这一任务的主力。

王坤波在接受笔者采访时介绍，当年“大南繁”时，他的重点任务是田间管理，要处理的事情很多：个别苗株开始打蔫儿；

新租的一块棉田机井抽不出水；第一轮种的棉苗要追加施肥……

当时，他去镇上买化肥，只买到 10 袋。他给一些店老板提建议：“你们就知道卖矿泉水，即便是 5 块钱一瓶，能赚多少钱？还有，这么大的店，就摆个电话机，靠路人打电话收费能赚多少钱？你们怎么不去进点化肥？这么多育种的，到这个季节都需要化肥，这个商机你们怎么没看到？”过了半个月他再来镇上，果然多了两家卖化肥的店。店家说，听了一个育种人的建议，就做起了化肥生意。王坤波就嘿嘿笑了起来。

机井抽不出水，淘井的工人对王坤波说：“把工钱结了吧，这井废了。”

王坤波说：“不能废！它废了，我这百十亩棉花咋办？”他走到井边向下看看，井不深，井底的淤泥半露在水中。

“你为啥说这井废了？”王坤波问。

“井底的泥太实了，淘不出来。”工人说，“你们找打井队的用钻头打，兴许能打出水。”

“等到他们来，我的苗都旱死了。你的防护绳给我用用，我下去看看。”

“你打过井没有？下面憋得很。”

“你们听我指挥，现在放我下去。”

王坤波套上防护绳，提上桶和一把短柄铁锨就下井了。井底的泥确实很结实，王坤波用手抓起一把，一捏，主要是沙子。王坤波打过两口井，经验告诉他：水是在含沙层行走的，现在井底主要是沙子，还有淘出水的希望。他挥起锨子挖起来，挖了 5 桶沙出去，水就开始渗出来了。

王坤波对笔者说：“我的名字里有‘坤’，‘坤’代表‘地’，‘坤波’就是地下有水、有波。这可能就是我打井井里就会出水的缘故。”说完，他哈哈笑着。

井淘出水，水浇灌棉田，棉花就噌噌地长。

在棉花结桃的当口儿，传来时任农业部副部长王连铮要来视察的消息。王坤波高兴极了。20世纪80年代中期，作为我国著名大豆遗传学家，王连铮长期在这个种植园培育大豆新品种。这一晃，10年过去了，王研究员已经是农业部副部长，王坤波也从青年变成了中年。这些年的成长和历练，使他不仅成为搞科研的好手，也是协调各种事务的高手。种植园基地扩展到80亩，有了两口井，有了水塔和大大小小五六辆机动车，攒下了不少家底。为了迎接王连铮，他把机动车都洗干净，院子用水冲了一遍。他还让做饭的当地阿姨买了几个老椰子，用椰子水给客人解渴，用椰子肉炖鸡。

然而由于飞机晚点，王连铮副部长和汪若海所长半夜两点半才到基地，他们倒头就在基地的大板床睡下了。

第二天一大早，吃过早饭，王连铮要求下棉田看看——黄淮海地区棉铃虫已经成灾，王连铮急于看看中棉所的抗虫棉的抗虫性。

“要去地里看，就得坐我的拖拉机了。”王坤波搓着手说。

“好哇，我有好多年没坐拖拉机了。是那台吗？”王连铮指着东方红牌550大轮无篷拖拉机，哈哈笑起来。

于是乎，无比精彩的一幕上演了：王坤波开着这台大轮无篷的拖拉机，一边坐着汪若海，一边坐着王连铮，突突突地在棉田间的机耕道上前行，从这块地到那块地，有时还下车查看在不打药的情况下棉种的抗虫性。拖拉机到了宁远河边，王坤波问：“是直接涉水过去，还是绕道？”

汪所长喊了一句：“小王，冲过去！”

好在那时是旱季，河水不深，拖拉机开了过去。

20 多年后，王坤波说起这段往事依然兴致勃勃。他告诉笔者一个细节，一位副部长、一位所长，坐的地方根本就不是座位，而是大型拖拉机轮子上的挡板，就是那个弧形的铁壳。虽然那两个铁壳各有一个扶手，但还是很危险，现在想想深感后怕。

王坤波课题组除了管理 4 个批次的种子扩繁，还在最佳播种期、临界播种期、南繁棉花灾害、南繁棉花田间管理等方面摸索出规律。王坤波等主编的《棉花南繁》一书，对这些经验做了系统的总结。

20 世纪 90 年代，在棉铃虫害肆虐下，中棉所的科学家们大规模突击制种，有力阻击了意欲垄断我国抗虫棉市场的美国公司，同时也为我国具有自主知识产权的抗虫棉研发赢得了宝贵时间。后来，中棉所的这批种子里也有几个品种通过了省审和国审，比如“中棉所 29”“中棉所 30”“中棉所 31”和“中棉所 32”。

四　国字队风

中棉所，这支撑起中国棉花科研和棉花育种半壁江山的“国家队”，人才济济，笔者只能从南繁这个视角，从野生棉圃这个切入口，一探南繁对中国棉花种业的作用。

采访王坤波时，他介绍说：“南繁与我们中棉所的关系体现在两个方面。在棉花基础理论研究、高精尖技术研究方面，我们始终是‘国家队’，承担着国家重大科研项目，也承担着棉花领域基础研究项目，包括种质资源的收集。这些重大项目的源头性材料，都在我所南繁中心。我们的三个基地侧重点各有不同。野生棉圃为我国 46 个国家农作物种质资源库之一，是野生棉资源收集、保存、共享和研究利用的重要平台。另外两个基地分别在荔枝沟和大茅，它们因建设时间较晚，设备、设施还在不断升级，但分子实验室已经建成。在育种方面，2000 年之前我们中棉所培育的棉花良种的推广面积，占全国棉花播种面积的半壁江山，到目前为止，累计有 100 多个经久不衰的品种。在这些品种中，除了 20 世纪 80 年代之前培育的‘中棉所 1 号’到‘中棉所 9 号’外，我们培育的其他 100 多个良种都跟海南南繁有关。南繁已经是我们育种工作的必要环节。在我们棉花产业界，即使到了分子育种和遗传育种相结合的当下，去海南南繁仍是必要的。”

“对于野生棉，无非是收集、保存、利用这三块。”王坤波向笔者介绍道，“至于野生棉圃的利用，早在 2006 年，我们课题组就做过名为‘野生与特色棉花遗传资源的创新与利用研究’的项目。这一科研项目获得过国家科学技术进步奖二等奖。国家科委认为这个项目的总体技术水平为国际先进水平。这些年来，野生棉圃的种质资源不断丰富，科研成果不断涌现。”

五　孵化新器

俗话说，讲故事就是做比喻。野生棉圃就是各研究单位在海南育种基地的一个缩影，虽然说它们的发展历程不同，各有各的故事，但讲述总会回到同一个主题：南繁是保障中国粮食安全的底座。那么，保护好育种基地，保护好 26.8 万亩南繁用地，就是保护好底座的底座。

时间进入 21 世纪 20 年代，距玉米育种家吴绍骙先生第一次南繁实践已经过去了 60 多年，南繁已经迎来了崭新的时代——分子育种与常规育种相结合的时代。科技在动植物育种中所占比重越来越大，一个集产业化、市场化、专业化、集约化于一体的国家南繁科研基地与国家热带农业科学中心正在三亚崖州湾科技城紧锣密鼓地建设中。特别是在海南建设中国特色自由贸易港的伟大进程中，党中央、国务院明确要求："发挥国家南繁科研育种基地优势，建设全球热带农业中心和全球动植物种质资源引进中转基地"，为南繁事业进一步指明了发展方向，更赋予了南繁世界意义。南繁福地，它不仅仅属于海南，属于中国，它也属于全球。

我们欣喜地看到，2021 年 5 月，海南省崖州湾种子实验室正式揭牌，成为我国又一个种质资源库和现代种业的科技孵化器。

当笔者走进这个中国种业创新平台，看到中国农业科学院、中国农业大学、浙江大学等的科研团队已经入驻。大楼一共 7 层，每一层看上去好似静悄悄，而透过玻璃窗能看到科研人员正干得热火朝天。

笔者采访了崖州湾种子实验室负责人、中国科学院遗传与发育生物学研究所研究员陈凡。陈凡介绍说，这个实验室是由海南省搭建的大型种业科研平台，它依托和服务于国家南繁科研育种基地，对种子科技创新和种业高质量发展具有特殊意义。

“在种质资源保存方面，”陈凡介绍说，“这里的每一粒种子都拥有自己的‘身份证’，都有唯一编号，用来记录种子品种、入库时间、供种单位、代数等信息。在队伍建设方面，现在初步形成了由院士创新团队、全职科研人员、双聘科研人员和全职博士后组成的科研队伍。目前，已经有20位院士在此筹建创新团队。在设备方面，已经配备种子品质鉴定设备等3000多台高精尖科研仪器，为种子进行全流程、多环节的检测、分析和研究。”

“在科研基地方面，”陈凡介绍说，“实验室已经把自有基地升级改造成了高标准科研用田，以帮助科研工作者更好地工作。”

笔者在三亚崖州湾科技城管理局进一步了解到，除了已建成的精准设计育种中心和崖州湾种子实验室，南繁科技城正在谋划建设的种业创新实验室、国际玉米技术创新与成果转化中心、国际大豆技术创新中心等平台，将为实现种业科技自立自强、种源自主可控保驾护航。

与此同时，海南省已打造国家南繁科研育种保护区26.8万亩，已建成南繁高标准农田24.26万亩。南繁科技城一系列科技平台的建成，将为中国南繁事业插上科技的翅膀。

特别令人振奋的是，2022年4月10日习近平总书记考察了崖州湾种子实验室，他强调，中国人的饭碗要牢牢端在自己手中，就必须把种子牢牢攥在自己手里。要围绕保障粮食安全和重要农产品供给集中攻关，实现种业科技自立自强、种源自主可控，用中国种子保障中国粮食安全。

粮食安全是“国之大者”。

悠悠万事，吃饭为大。

中国南繁，筑牢了中国饭碗的底座！

后　记

我 2019 年 10 月接受本书的写作任务，到完成最后的打磨，历时近 3 年。这次写作如此之难是我没预料到的。我接受这个任务的主要原因是可以采访到袁隆平先生——我当时对袁先生并不了解，但我知道，为百姓谋“食”就是最大的仁。袁隆平先生是我们这个时代的“大仁者”，能采访到他，书写他，是一种幸运——并不是每个写作者都能有这样的幸运。

写这本书的第一个难点是，我对农业完全外行，遇到任何专业名词都得去查词典，甚至“南繁”这个词到底指什么，我都跟它纠缠了将近一个月。我是那种非要自己弄懂，必须自己想明白其中的逻辑才能写作的那种笨作者——如果我自己不信、不明白，就无法下笔。我要把玉米、水稻、棉花、西甜瓜，甚至分子育种里的那些陌生的名词、陌生的逻辑关系弄懂，并且确信自己的理解是对的才会下笔。在采访和写作的过程中，弄懂专业术语一直是我要攻克的堡垒。事实上，写作时我也在不断更正早期犯下的认识上的错误。

第二个难点在于扒开历史，找到某个事件与另一个事件的内在关系，弄清它们是在怎样的社会大背景下运行，从而找到叙述这个人物和事件的有效方法，确定行文的笔调。比如说，吴绍骙先生为什么会在20世纪90年代说异地培育是被逼出来的。何以是被逼出来的？为此我找了大量的资料，甚至采访了我的父亲，从而挖出他作为学生翻译，曾参加过1952年苏联专家在原华北农科院举办的米丘林学说讲习班的经历。因为有我父亲的切身感受，对那段两种遗传学说的斗争，我就能相对容易厘清它的来龙去脉，写起来也放心很多。再比如，《袁隆平口述自传》中说，1970年11月，袁隆平去北京请教专家，那么请教哪个专家，解决了什么问题，在书上都没有记载。在采访当时与袁隆平先生一起研究杂交水稻的尹华奇研究员时，我刨根问底，穷追不舍，终于搞清楚了相关内容。另外，还有对历史事实的陈述中相互矛盾的部分怎么去伪存真也是个问题，我核实事实的时间多于写作的时间。本书第二章“艳阳青碧水稻田”在完成初稿后，曾邀请当年与袁隆平先生并肩作战的罗孝和先生、周坤炉先生，及他后来的科研助手杨耀松先生，工作秘书辛业芸女士，学生邓启云博士，袁隆平创新团队“八〇后”专家吴俊等审读；也曾邀请谢华安院士本人、颜龙安院士的助手蔡耀辉先生审读，听取各方意见，才形成今天这个面貌。其他各篇章也都邀请采访对象或采访对象的单位、同事审读。

第三个难点则在于采访。我原先设想的是当专家们到海南来南繁时，我在海南岛上对他们进行采访，结果遇到新冠肺炎疫情，原准备2020年春节后就开始的采访计划不能实现，而发生疫情的区域解封的时间各不相同，采访推迟到当年8月才开始。自此，我开始了跑遍大半个中国采访之旅。纵向上，我先从郑州到安阳再回到郑州，接着从郑州到长沙，在湖南逗留了20多天，采访了四代杂交水稻专家，最后以采访到袁隆平先生收官。横向上，我 11 月从苏州到南京，采访了南京农科院，然后飞到乌鲁木齐，采访吴明珠院士的学生、助手，及新疆农科院的种质资源收集、保存团队；还应邀飞到喀什，走入维吾尔族村庄，进入村民家庭，现场采访定点扶贫的成果，目睹了维吾尔族老乡对扶贫工作队的信赖和依靠。因为正好碰到喀什暴发疫情，从新疆撤离颇具戏剧性。离开新疆去北京采访，在采访了两位院士后，又“追随”一位科学家直接飞到三亚。从前，作为一个很“宅”的作家，日常生活中我接触的人基本上都跟写作无关，面对的是自己想象和虚构的故事。这次南繁采访，我的日常行为第一次与写作这么紧密，我的写作，不仅要面对我脑海里逐渐成形的对采访对象的认识，还要面对采访对象本人和他身边的人，以及他们庞杂的故事。这个经验对我来说是新鲜的，并且之于写作受益匪浅。

第四个难点是，我对采访对象的认识与他们的自我认识有差别。我对他们的认识带着我的预设，比如说英雄主义、阳光、爽朗、烂漫，稍稍抽离地面。所以，我写出的每一个故事的第一稿、第二稿都得不到被采访对象的完全认可。科学家们理智、严谨、严肃、务实，经过几十年风里雨里的磨砺，必定不全是轻盈的、烂漫的。于是，我就跟他们一遍一遍聊天，一遍一遍调整描写笔调，所以，每个人物都写了至少四遍，有的甚至七遍。我在修改中慢慢调整我的文章与被采访人气质的契合度，认真观察他们看世界、看问题的视角，发现他们不同的风格、不同的行事作风。最后我与各采访对象或他们的助手、学生相互都觉得文本是想要的状态时，已经到了截稿时间。事实上，经过这样的磨合，作为一个写作者，我自己也找到了认识生活、理解生活的一种新方法。

第五个难点实际上不是写作上的，而是内心的。我的父亲也是一位农业教育专家，在我刚接受写作本书的任务时，他是除我以外最关心这本书的人。我每次回家他都要问写作进展，有时候他还从报纸上剪下一些文章拿给我看，每次看到袁隆平先生的故事也都要给我讲讲。但一场重病压垮了他。病好之后，他与我就这本书的交谈越来越少，每次只是问：“写多少了？还要写多少万字？”仅仅一年时间，他从一个健硕、健谈、睿智、爱说笑的人，变成一个沉默寡言的老者——阿尔茨海默病找上了他。现在的父亲一周之中三天清醒四天糊涂。但是，就是糊涂时也会每天问：“杨沐在哪里？她的书写完没有？”在父母给予我的家教中，可以吃得差一点，穿得差一点，全世界都可以不理你，但你要做个正派人，要争取著书立说，不枉来这个世界一遭。所以，我的第五个难点就是，我的父亲已经老到这个程度了，一年内被医院下了两次病危通知书，我本应该床前尽孝，但我必须从苏州的父母家只身回到海南，为这本书做最后的采访，最后收集各位专家的意见，做最后的润色。我那身体还算硬朗的母亲带领全家（除了我），每天都顶着劳累和焦虑照顾父亲，但她从来也没有说让我马上回去。如此，在本书出版前的最后两个月，我也基本上是咬着牙关、硬着心肠，拼着自己最大的能耐把这本书方方面面弄妥帖了，交出去。

近 3 年的采访、写作，我不得不承认，我的写作没有扛住时间的催逼：袁隆平先生于 2021 年 5 月 22 日驾鹤仙去；吴明珠院士深受阿尔茨海默病的困扰，已经不认识大部分人。我本人在写作中又老了 3 岁，而我也迎来了我们家更小一代的成员，看着虎头虎脑的他茁壮成长。

近 3 年的采访和写作，我不再是只要能采访袁隆平先生就很高兴了，我真切地认识到南繁是国之重器，是中国种子安全、粮食安全的底座。我这次重点采访老一辈农业科学家、老一辈南繁人，就是希望通过梳理南繁历史，讲述老一辈农业科学家百折不挠，为人民奉献自己聪明才智的南繁故事，提炼出他们的精神财富——爱国、为民、求真、务实；也彰显南繁之于中国粮食，有着无比重要的地位，所谓国之大者，关乎百姓苍生！

谨以此书向我们的父辈们致敬！

致　谢

采访对象：（以姓氏笔画为序）

王坤波　尹华奇　邓华凤　邓启云　冯炯鑫　伊鸿平　刘　方　许启凤　杜雄明　李登海　杨远柱　吴明珠　辛业芸　陈伟程　罗孝和　周坤炉　袁隆平　徐　麟　郭　梁　郭三堆　郭名奇　堵纯信　黄祯茂　喻树迅　程相文　谢华安　谢放鸣　颜龙安　戴景瑞

审读书稿的单位和个人

中国农业大学　戴景瑞

中国农业科学院生物技术研究所　郭三堆

中国农业科学院棉花研究所　王坤波　杜雄明　刘　方

山东登海种业股份有限公司　姜伟娟

江西省超级水稻研究发展中心　蔡耀辉

湖南杂交水稻研究中心　罗孝和　杨耀松　辛业芸　吴　俊

河南农业大学　郭战伟　王红艳　汤继华

新疆农业科学院　伊鸿平

协助采访的单位和个人

海南省农业科学院　周燕华

海南省社会保险服务中心　周　俊

三亚市政府办公厅　张　磊

三亚市农业农村局　柯用春

中国种子协会南繁分会　唐　萍

特别鸣谢

刘成果　张延秋　韩少功　罗　东